O MANUSCRITO DO IMPERADOR

OBRAS DA AUTORA PUBLICADAS PELA EDITORA RECORD

O manuscrito do imperador
O mercador de lã
O monge inglês
O senhor do falcão

Valeria Montaldi

O Manuscrito do Imperador

Tradução de
JOANA ANGÉLICA D'ÁVILA MELO

EDITORA RECORD
RIO DE JANEIRO • SÃO PAULO
2011

CIP-BRASIL. CATALOGAÇÃO-NA-FONTE
SINDICATO NACIONAL DOS EDITORES DE LIVROS, RJ

M763m
Montaldi, Valeria
O manuscrito do imperador / Valeria Montaldi; tradução de Joana Angélica D'Ávila Melo.– Rio de Janeiro: Record, 2011.

Tradução de: Il manoscritto dell'imperatore
Sequência de: O senhor do falcão
ISBN 978-85-01-08703-4

1. Romance italiano. I. Melo, Joana Angélica D'Ávila II. Título.

11-0926
CDD: 853
CDU: 821.131.3-3

TÍTULO ORIGINAL:
Il Manoscritto Dell'Imperatore

Texto revisado segundo o novo Acordo Ortográfico da Língua Portuguesa.

Impresso no Brasil

ISBN 978-85-01-08703-4

EDITORA AFILIADA

Seja um leitor preferencial Record.
Cadastre-se e receba informações sobre nossos lançamentos e nossas promoções.

Atendimento e venda direta ao leitor:
mdireto@record.com.br ou (21) 2585-2002.

para Giulio

... destas cidades restará o vento que as atravessa...

(Bertolt Brecht)

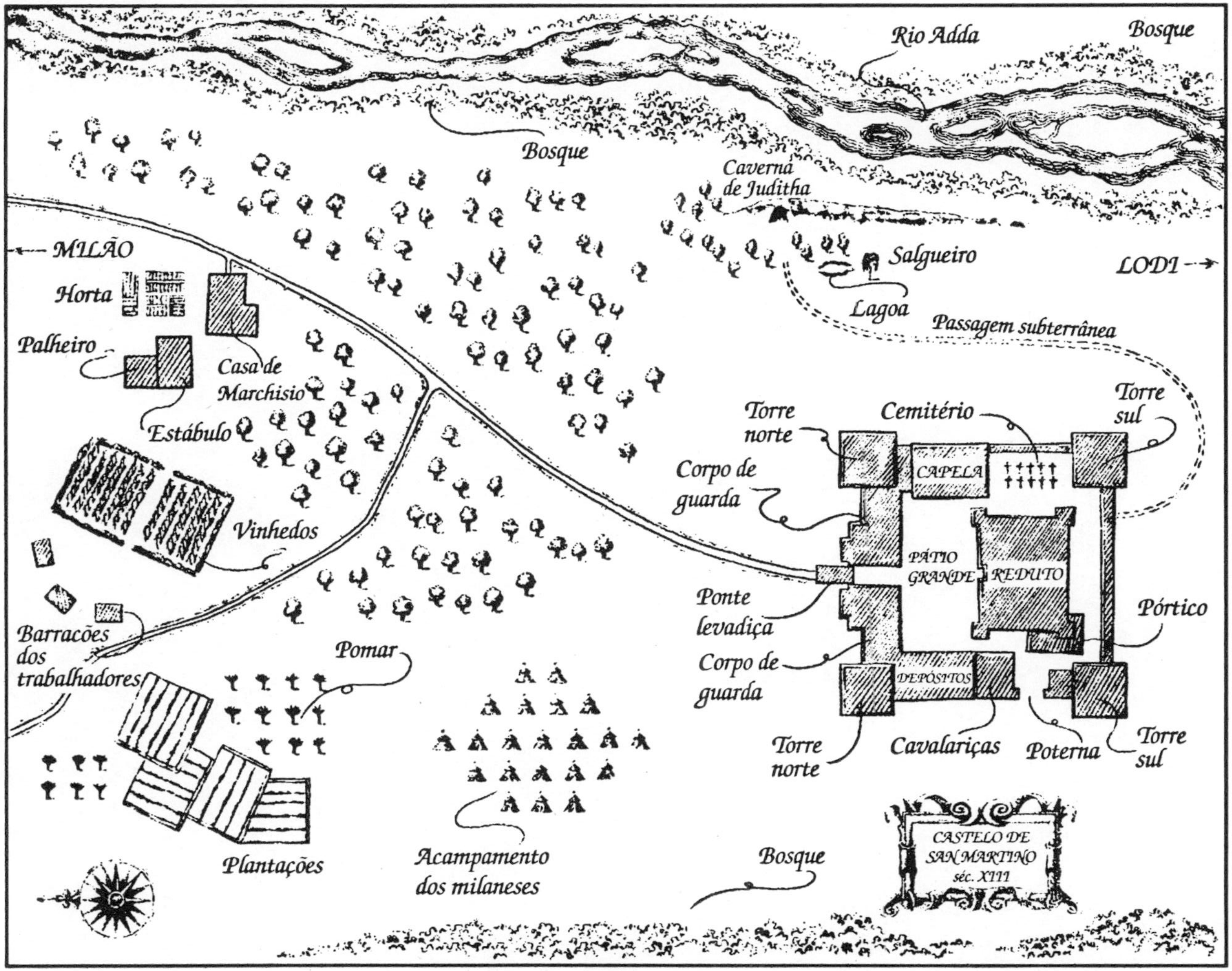
Rio Adda
Bosque
Bosque
Caverna de Juditha
Salgueiro
Lagoa
LODI →
← MILÃO
Horta
Palheiro
Casa de Marchisio
Estábulo
Passagem subterrânea
Torre norte
Cemitério
Torre sul
Corpo de guarda
CAPELA
PÁTIO GRANDE
REDUTO
Vinhedos
Ponte levadiça
Pórtico
Corpo de guarda
DEPÓSITOS
Barracões dos trabalhadores
Pomar
Torre norte
Cavalariças
Poterna
Torre sul
Plantações
Acampamento dos milaneses
Bosque
CASTELO DE SAN MARTINO séc. XIII

Prólogo

Parma, fevereiro de 1248
Acampamento imperial

A mulher estava caída de costas. A veste, repuxada até o seio, deixava descoberto o ventre; as tiras da camisola, rasgada no meio, pendiam dos lados das coxas abertas.

O armeiro atou de novo os calções na cintura e encarou-a. Os olhos aterrorizados que o fitaram provocaram-lhe nova comichão na virilha, mas só por um instante. Ele puxou o punhal do gibão, agarrou a mulher pelos cabelos e lhe cortou a garganta. Por um momento longuíssimo, um gorgolejo horrível encheu a saleta de estudos, e depois veio o silêncio. A cabeça da jovem sarracena tombou para trás e do talho no pescoço o sangue começou a jorrar em golfadas sobre o pavimento.

O homem limpou a lâmina na veste da mulher e deu uma risadinha de escárnio: logo ele, um humilde armeiro de Parma, matara a puta do imperador! Assim que toda aquela história acabasse, começaria a se vangloriar na estalagem, explicando como se servira dela antes de degolá-la. Até enriqueceria a narrativa com todos os detalhes truculentos que conseguisse inventar, e seus comparsas de bebedeira ficariam embasbacados.

Recobrou-se dessa fantasia. Tinha de executar a tarefa que lhe fora atribuída e devia fazer isso de imediato, já perdera tempo demais. Travou a porta atrás de si e observou atentamente o local: uma escrivaninha de cavaletes e um assento de viagem estavam encostados à parede. Pouco adiante, semiocculto por uma cortina de couro lavrado que pendia da trave do forro, havia um cofre de prata maciça. Experimentou a tampa: estava trancada. Soltou uma imprecação. Onde diabos estaria a chave? Estava ali, em algum lugar, ou Frederico a levara consigo ao deixar o acampamento? A escrivaninha era desprovida de gaveta e sobre o tampo havia apenas um tinteiro, uma pena de ganso e um pergaminho raspado várias vezes. De chave, nem sombra.

Devia procurá-la.

Olhou ao redor. Logo atrás de uma baixa divisória de madeira entalhada com motivos espiraliformes, entrevia-se um leito. Contornado o biombo, ele agarrou o colchão de plumas e manteve-o levantado com o braço esquerdo, enquanto, com a mão direita, vasculhava o estrado de madeira subjacente. Depois de apalpar quase todas as tábuas, seus dedos perceberam, ao longo de uma fissura, uma trouxinha de pano. Pegou-a e abriu-a: no meio do tecido apareceu a chave.

Exultante, virou-se e a inseriu na fechadura. O cofre se abriu.

No fundo, jazia uma sacola de couro. Nada mais.

Tirou-a, desatou rapidamente os cordões e fez deslizar para fora o que ela continha.

Quando sua mente compreendeu o significado daquilo que seus olhos fitavam, brotou-lhe da garganta um grito de júbilo.

Ali estavam os pergaminhos! Excitado, ajoelhou-se e apoiou-os sobre o pavimento, começando a percorrer apressadamente as folhas. No primeiro, a letra inicial do texto era decorada com uma figura humana envolta em vermelho. Um friso, azul como a esfera na qual estava pintada a imagem e pontilhado por arabescos dourados, corria ao lado das duas colunas de texto e emoldurava toda a página: as dez folhas que se seguiam eram cobertas de linhas redigidas com tinta preta.

O armeiro não sabia ler, mas podia apostar que aquele era de fato o tratado escrito por Frederico. Os pergaminhos mantidos sob chave e a imagem miniaturada convenceram-no de que havia finalmente encontrado o tesouro que lhe haviam pedido para roubar.

Repôs o livro na sacola, fechou-a e atou os cordões ao seu cinto. Do pavimento onde o jogara, recolheu o manto e o envolveu em torno do corpo. Em seguida, após lançar uma última olhadela distraída ao cadáver da sarracena, aproximou-se da soleira da saleta e encostou o ouvido à porta: do corredor não provinha nenhum ruído. Abriu-a e, em passos amortecidos, enveredou pela escada de madeira.

No vestíbulo não havia ninguém.

Deslizando silencioso pela penumbra, alcançou o portal e saiu, cauteloso.

A fumaça do incêndio lhe cortou a respiração. Das ruínas dos alojamentos militares que até a véspera haviam abrigado o exército do imperador ainda se erguiam delgadas línguas de fogo que aos poucos iam se apagando. Abafados pela distância, mas claramente distinguíveis, do fundo do campo chegavam até ali os barridos e rugidos dos animais exóticos aprisionados no cercado. Surdos àqueles sons terrificantes, grupos de homens e mulheres circulavam pelo acampamento. Agitados, saltavam os cadáveres dos guardas imperiais e, com gestos febris, remexiam os destroços. De vez em quando, aqui e ali subia um grito de exultação e alguém partia correndo, apertando ao peito um vaso, uma garnacha de petigris, um alforje cheio.

Esfregando os olhos lacrimejantes pela fumaça, o armeiro examinou o campo. Estava coberto de cadáveres.

Moveu-se às pressas, serpenteando por aquele amontoado de corpos. Seu pé bateu num joelho ainda coberto pela perneira. Com um estalido, o membro se desprendeu de chofre, revelando a enorme poça de sangue que se espalhava pelo terreno. O armeiro escorregou sobre aquela massa viscosa e caiu de bruços, indo parar em cima do morto: pela viseira aberta do elmo, dois olhos cegos o fitavam, ainda arregalados numa expressão de terror.

Levantou-se e prosseguiu com mais cuidado, observando atentamente aquela fartura de equipamentos de guerra. As espadas do exército imperial, forjadas na Alemanha, eram famosas como as mais resistentes da Europa, e uma daquelas armas lhe seria vantajosa: se a revendesse em sua oficina, poderia obter um lucro notável.

Avançou mais. Estendido numa saliência do terreno jazia o cadáver decapitado de um homem. O elmo, do qual se projetavam ossos e cartilagens sanguinolentas, havia rolado até um pouco adiante. O armeiro se aproximou e, com gestos experientes, desatou as tiras de couro do fecho. O elmo se abriu e a cabeça cortada deslizou para fora, caindo no chão com um baque surdo. Sem dar importância a isso, o armeiro avaliou a consistência do capacete, girou-o entre as mãos e examinou-o por todos os lados. Era de feitura caprichada e apresentava apenas uma pequena mossa: à exceção de uma longa estria de sangue que lhe percorria a base, toda a superfície do metal brilhava como prata polida. Segurando-o embaixo do braço dobrado, voltou para perto do cadáver. Do cinto que apertava a cota de malhas de ferro pendia a bainha vazia, e a mão do morto ainda segurava a espada. O armeiro a extraiu à força daqueles dedos enrijecidos e levantou-a: era pesada, e a lâmina, coberta de sangue seco, terminava em ponta arredondada. Observando-a melhor, ele notou que, em relevo sobre a empunhadura, corria um friso com motivos de folhas, em cujo interior estava gravado "hoffnung": embora não fizesse ideia sobre o que podia significar aquela palavra, bem sabia que muitas vezes os cavaleiros a serviço do imperador mandavam gravar em suas armas as insígnias da própria linhagem. Se o corpo daquele combatente tivesse pertencido a um aristocrata, como ele supunha, em algum lugar devia se encontrar também um escudo igualmente precioso.

Apertando ao peito elmo e espada, o armeiro voltou-se e recuou alguns passos: ali, a poucos pés de distância, abandonado sobre o terreno ensanguentado e semicoberto pelas placas de ferro da armadura de outro soldado abatido, encontrou-o. Inclinou-se para examiná-lo: uma cruz de bronze trabalhada em repuxado ocupava toda a parte central, enquanto nas bordas estava cinzelada a ouro a mesma palavra que ornava o punho da espada recém-roubada.

Já certo de ter encontrado o seu butim, meteu a mão livre sob o escudo, agarrou as correias e, usando a espada como alavanca, começou a puxá-lo para si. A armadura que revestia o morto era pesada e o armeiro, embora tivesse músculos robustecidos por anos de trabalho, só conseguiu extrair o clípeo na quinta tentativa. Levantou-o e, pendurando-o às costas, caminhou rumo à saída do acampamento. Estava satisfeito. A venda daquelas três peças, depois de limpas e devidamente polidas, iria proporcionar-lhe uma bela soma, a qual, acrescida ao prêmio prometido por quem o encarregara do furto, poderia lhe garantir um pequeno capital. Justamente aquele de que necessitava para retomar sua atividade, que aqueles longos meses de assédio haviam arruinado.

Tinha quase chegado à porta sul do acampamento quando sua atenção foi atraída por uma aglomeração de pessoas, da qual provinham gritos e gargalhadas espalhafatosas.

Aproximou-se.

No centro do grupo que o circundava, um homem estava encolhido sobre um rudimentar assento de palha. As mangas de tecido azul do seu manto estavam arregaçadas até os ombros e revelavam um precioso forro de peliça. Os braços nus, abandonados ao longo dos flancos, pendiam inertes sobre o terreno e gotejavam sangue. As mãos, amputadas à altura dos pulsos, jaziam aos seus pés.

O rosto do homem estava cinzento e os olhos aterrorizados corriam de um a outro de seus algozes: a mandíbula, despencada como a de um cadáver, escancarava-lhe a boca numa careta obtusa.

— E agora, Taddeo? Sem mãos, como você fará para escrever ainda os documentos do seu patrão?

As palavras zombeteiras saídas da boca do popular que as pronunciara foram seguidas por outras risadas e por uma chuva de cusparadas. O prisioneiro se prostrou e desmaiou.

— Oh, gente, será que já morreu, hem?! — perguntou, preocupada, uma voz feminina.

— Claro que não, não vê que está respirando? — respondeu alguém ao lado dela. — Mas é melhor que o levemos logo para a cidade: todos devem vê-lo, antes que estique as canelas!

Depois de embrulhá-lo no próprio manto, colocaram-no sobre uma carroça: uma mulher recolheu do solo as mãos amputadas e jogou-as sobre o corpo. Depois, enquanto o homem mais robusto do grupo empurrava o veículo, todos juntos se encaminharam para a saída do campo.

O armeiro os seguiu. Um esgar satisfeito lhe estirava os lábios. Quando, na véspera, haviam tomado a decisão de tentar o assalto ao acampamento que Frederico chamara pomposamente de "Vitória", ninguém em Parma poderia esperar tão grande sucesso: dezenas de soldados mortos, grande número de prisioneiros e até a captura de Taddeo de Sessa, um dos mais influentes conselheiros do imperador. E para ele, além disso, aquele butim inesperado, que finalmente o enriqueceria...

De repente, um coro raivoso de rugidos encheu o ar.

O armeiro se voltou. Alguém havia ateado fogo à palha que recobria o terreno do cercado de animais e as chamas começavam a subir, tão altas que podiam ser vistas até de longe. Considerando que nem mesmo aquelas feras inúteis se salvariam, ele apressou o passo rumo ao fosso que separava a área do campo e os muros da cidade.

Parma

Um só castiçal de dois bocais estava pousado no centro da mesa. À luz das velas, os dourados arabescos pintados sobre o pergaminho brilhavam: Guidotto dal Canale aflorou-os com as pontas dos dedos e aquele contato áspero lhe proporcionou um arrepio ao longo do dorso. Levantou-se, fechou o livro, prendendo as páginas com as tiras de linho que pendiam da costura, e, com grande cautela, recolocou-o na sacola de couro.

Enquanto se aproximava do cofre onde o esconderia, começou a refletir sobre a viagem que o esperava. Partiria para Milão, onde seu primo Ghiberto tinha os conhecimentos certos para aconselhá-lo quanto à venda daqueles pergaminhos. Não havendo saído nunca da cidade, certamente o ajudaria a escolher a pessoa mais adequada a quem oferecer a compra, ao passo que ele, bloqueado havia mais de um ano ali em Parma por aquele maldito cerco, corria o risco de cometer erros de avaliação. O fato de ter estado por tanto tempo ausente da praça de Milão iria impedi-lo de sopesar com a devida prudência os efeitos produzidos em sua clientela habitual pelas recentes mudanças ocorridas na gestão da comuna. Ele sabia que muitos aristocratas, expulsos da cidade, haviam se refugiado em suas propriedades rurais e que outros, acusados de tomar o partido do imperador, tinham sido até mortos. Dizia-se também que algumas famílias, desde sempre gibelinas, por puro cálculo político tinham preferido aderir à facção oposta. O que ele sabia quanto a quem tinha trocado de bandeira? E se, incautamente, propusesse o manuscrito de Frederico justamente a nobres guelfos? Com toda a probabilidade, em poucas horas penderia de uma forca erguida sobre uma carroça em praça pública... Não, devia pedir a orientação de Ghiberto, não havia dúvida. Depois o recompensaria lautamente pelos serviços, dando-lhe um quinto da soma recebida do comprador. O dinheiro pago ao armeiro não era nada diante do que ele esperava obter com a venda do manuscrito. Embora aquele campônio ignorante, mais do que satisfeito com o saquinho de moedas que havia recebido, tivesse prometido manter silêncio sobre a história do furto, parecia-lhe melhor apressar a partida. A excitação que percorria a cidade após o saque do acampamento não garantiria nenhuma discrição. Os cidadãos, que haviam conseguido roubar até a coroa imperial e a tinham levado à catedral como um troféu, não faziam outra coisa além de beber e farrear nas estalagens. E se depois de uma carraspana o armeiro saísse contando haver roubado o livro do imperador e tê-lo entregado justamente a ele?

Estava perdendo tempo, não era hora de ruminar pensamentos. Às pressas, repôs a sacola de couro no cofre, fechou-o e guardou a chave na escarcela que trazia pendurada no cinto. Partiria ao alvorecer do dia seguinte.

1

Luni, novembro de 1248
Acampamento imperial

"... *portanto, esta é a minha ordem. Exijo que seja cumprida com a máxima urgência. Se, para recuperar o manuscrito, for necessária a violência, não hesite em usá-la, mas saiba desde já que tudo o que fizer deverá permanecer secreto. Certamente não preciso sugerir-lhe os métodos com os quais deve levar a termo esta operação. Como sempre, o senhor tem minha confiança incondicional. O favor que me prestará, devolvendo-me a posse do tratado, será recompensado adequadamente, em dinheiro e benefícios.*"

Frederico releu a carta e, depois de acrescentar-lhe sua assinatura e o sinete imperial, confiou-a ao secretário, que aguardava do lado oposto da tenda.

— Este despacho tem de partir imediatamente — ordenou. — Ezzelino deve recebê-lo dentro de uma semana.

O homem assentiu e desapareceu lá fora.

Frederico voltou à escrivaninha e sentou-se. Apesar da beberagem preparada pelo médico da corte, a dor nos rins ainda o atormentava. Esticou as pernas, tentando dar alívio aos músculos da coluna.

Entrelaçou os dedos e começou a refletir. Fora uma sorte que Ezzelino tivesse participado com ele da reconquista de Parma, porque seus métodos expeditos haviam desatado a língua de muitas pessoas. Uma delas apontou o armeiro como o autor do furto do manuscrito: o homem foi posto imediatamente sob tortura. Aquele idiota, que ainda esperava salvar a vida, contou tudo, sem ocultar sequer o nome do negociante de arte a quem o entregara, um certo Guidotto dal Canale. Depois de mandar matar o armeiro, Ezzelino começou a procurar o negociante. Seus espiões lhe haviam referido que, com toda a probabilidade, o homem se refugiara em Milão, onde mantinha comércio junto com um parente. Num primeiro momento, Frederico pensou em enviar um dos seus sicários para capturá-lo, mas depois mudou de ideia: aquela cidade, desde sempre inexpugnável, já lhe criara problemas demais. Seria melhor não divulgar a notícia da descoberta, e o vicário imperial era a pessoa mais adequada para manter a necessária discrição sobre toda a coisa. Além disso, para um homem que se rodeava de músicos e poetas e que gostava de conservar volumes raros e preciosos em sua biblioteca, seria uma honra executar aquela tarefa delicada em favor do imperador. Este ainda recordava a requintada feitura do afresco que Ezzelino mandara pintar no palácio de Bassano. Ao vê-lo, não conseguira evitar perguntar-se como era possível que na alma de um tirano tão feroz se alojasse tão grande sensibilidade para as artes liberais. Espantara-se naquele momento, mas agora aquela familiaridade com pintores e miniaturistas lhe seria útil: uma vez que tivesse nas mãos o tratado, Ezzelino seguramente encontraria alguém capaz de verificar se se tratava do original. De fato, pelo que Frederico sabia, nos nove meses passados após o furto os pergaminhos podiam ter sido copiados.

Estava seguro de ter feito a coisa certa: a fidelidade de Ezzelino era indiscutível, assim como sua aversão ao papa. Um arrepio percorreu a espinha do imperador: aquele idiota arrogante! Se viesse a saber do manuscrito, Inocêncio IV lhe lançaria uma nova excomunhão: podia apostar que aquelas linhas usadas para ilustrar a vida das aves de rapina o irritariam profundamente. Como poderia o pontífice, que como todos os seus predecessores atribuía qualquer acidente natural à vontade divina, compreender a importância da observação científica? O que sabia dos precedentes tratados redigidos por estudiosos árabes sobre aquela matéria fascinante? Como podia imaginar a alegria do falcoeiro ao criar o pintainho até vê-lo tornar-se um falcão majestoso, capaz de voar milhas e depois voltar ao punho de seu dono com a presa ainda intacta no bico? Não, Inocêncio jamais compreenderia. Havia anos, mandava fechar as escolas que ele, Frederico, tinha aberto, fazia perseguir por heresia médicos, astrólogos, homens de letras, repetia que era a Igreja quem tinha o primado sobre a ciência, como se esta última fosse uma sórdida forja geradora de demônios! Mas por que, meu Deus, aqueles malditos padres eram tão intolerantes com quem pretendesse usar a razão para explicar os fenômenos naturais? Por acaso era a vontade divina que os fazia comer, beber, arrotar, urinar, defecar?

Levantou-se num salto.

— Sou eu o único rei! — gritou para a tenda vazia. — Fui eu a ser consagrado com cetro, anel e coroa, sou eu o ungido do Senhor, e não aquele maldito! Foi Deus quem me concedeu o privilégio do comando e eu o exercerei até meu último suspiro, com fé e razão!

Pressionou com força as mãos sobre a escrivaninha: a raiva o fazia tremer.

Respirou profundamente, até que o tremor cessou. Em seguida, em longos passos, saiu para a esplanada onde estava montado o acampamento. Os Apuanos se erguiam imponentes diante dele. Os cimos estavam cobertos por nuvens espessas, cinzentas como chumbo: impelidas por um vento gélido, iam se deslocando para leste. Do oeste, outra frente de nuvens, ainda baixa no horizonte, avançava lentamente para a costa.

Voltou-se para o mar: à distância, a água parada dos paludes se misturava com a ressaca. No porto quase deserto, um único navio estava fundeado, e quatro barcos de pescadores ondulavam junto à margem.

Uma rajada de vento o acometeu, levantando um redemoinho de poeira que o cegou. Frederico esfregou os olhos irritados e entrou de volta na tenda.

2

Marca Trevigiana, março de 1249
Castelo de Solagna

Os reflexos da tocha dançavam nas paredes da sala, atenuando-se pouco a pouco na leve luminosidade dos primeiros clarões da alvorada. Sobre o piso de carvalho, estendia-se uma grande folha de papel de cânhamo na qual estava traçado um círculo dividido em 12 gomos: ligados por linhas intricadas como os fios de uma teia de aranha malsucedida, os signos zodiacais tinham sido desenhados na borda externa da circunferência.

Paulo de Bagdá observava-os em silêncio. As mãos morenas, afuseladas como as de um alaudista, afundavam-se no regaço, entre as dobras da veste. Os pés, calçados com preciosas babuchas de seda, despontavam sob as pernas cruzadas.

Agachado diante dele, Ezzelino o fitava, impaciente.

— E então — impacientou-se, levantando-se de chofre —, ainda falta muito para termos um vaticínio?

O sarraceno ergueu os olhos.

— Meus lábios ainda não estão prontos para pronunciar o oráculo que está se formando em minha mente, senhor — respondeu, severo.

Intimidado a contragosto, Ezzelino o encarou e se acocorou de novo no chão.

Com um suspiro, o astrólogo voltou a examinar a disposição dos planetas.

— Bem — começou —, está vendo aqui a posição de Saturno e de Netuno? Ambos lhe são hostis e pressagiam incerteza e ações que poderiam ser chamadas de irrefletidas. Por outro lado, Marte e Urano pareceriam propícios, desde que seja exercida a virtude da prudência. Oh, bem sei que — continuou, levantando a mão para frear a réplica irritada que estava prestes a sair dos lábios do seu patrão —, depois que sua decisão está tomada, o senhor não gosta de protelar, mas neste caso é necessário refletir mais sobre o que fazer. Embora eu ignore o objeto da busca para a qual solicitou meu parecer, posso dizer que os trânsitos que estão à sua frente falam claro. Até agora, uma indubitável competência lhe permitiu superar facilmente as adversidades, sua habilidade em alcançar os objetivos que estabeleceu está fora de discussão, o domínio sobre as situações mais arriscadas lhe pertence por instinto, mas de agora em diante o senhor deve prestar mais atenção. Aqui, lê-se que está tomado por uma ilusão e que desejos incontrolados poderiam guiar suas ações. Observe, meu senhor — disse, estendendo a mão para aflorar dois símbolos —, tanto Plutão quanto Júpiter não fazem senão confirmar o vaticínio: rivalidade, perigo e talvez...

Hesitou.

— Talvez ruína.

Incrédulo, Ezzelino fitou o astrólogo. O sarraceno sustentou o olhar dele em silêncio. Depois recolheu a folha e enrolou-a.

— Pode ir, agora — disse Ezzelino, com voz incolor. — Se eu ainda precisar de você, mandarei chamá-lo.

Paulo de Bagdá levantou-se, inclinou a cabeça numa saudação deferente e saiu.

Ezzelino deu alguns passos inquietos pela sala. Chegou à janela, subiu o degrau escavado na chanfradura e olhou para fora. Logo abaixo dos muros do castelo fluía o Brenta: sombreadas pelas árvores, as duas margens estavam cobertas de seixos, e a corrente do rio, já cheia, reluzia aos raios oblíquos do sol ainda baixo no horizonte. O ar frio lhe roçou a face; ele se arrepiou. Desceu do degrau, aproximou-se da lareira, deixou-se cair no assento forrado de pelo de lobo e fechou os olhos.

O que podia significar, afinal, aquela profecia maléfica? Por que, justamente agora que ele havia alcançado quase todos os objetivos que fixara para si, sua vida deveria se transformar num desastre? Até esse momento, as previsões de Paulo de Bagdá tinham se revelado corretas: quer o astrólogo verificasse a posição das estrelas, quer fizesse aquelas estranhas misturas com água, azeite, ossos de animais e ervas, muitos dos seus vaticínios tinham encontrado confirmação posterior...

Ezzelino abriu os olhos: o fogo estava quase totalmente apagado. Fincando o cotovelo no braço da cadeira, apoiou a cabeça na palma da mão e fitou os lampejos avermelhados das últimas brasas. O astrólogo lhe aconselhara prudência. Mas que prudência, meu Deus?! Por acaso tinha sido com prudência que havia conquistado fortalezas e cidades, descoberto conspirações, eliminado inimigos, com frequência escondidos entre seus próprios familiares? O que o guiara havia sido sobretudo a audácia: no decorrer dos anos, ganhara a confiança do imperador, tornara-se um de seus mais preciosos aliados e até desposara uma filha dele. Tinha levado as próprias tropas à batalha ao lado de Frederico, e muitas vitórias no campo eram também mérito seu. E agora que o imperador lhe confiava aquela missão precursora de novos benefícios, por acaso iria se deixar influenciar por uma profecia infausta?

Não, não podia parar, sua ascensão devia continuar. Concluiria o que tinha em mente, sem dar atenção ao prognóstico dos astros.

Mergulhado em pensamentos, passou a mão sobre o crânio calvo. Em seguida levantou-se do assento e aproximou-se da porta. Era inútil demorar mais: deixaria Solagna e partiria logo para Bassano.

Marca Trevigiana, Bassano

O saquinho ainda estava no bolso da veste, onde o esquecera na noite anterior, ao chegar à hospedaria. Tinha sido uma imprudência deixá-lo ali: se durante a noite um ladrão tivesse penetrado no aposento, o primeiro lugar onde procuraria dinheiro seria justamente aquele.

Pensando no risco que havia corrido, Simon estreitou a bolsinha nas mãos e aproximou-se da pequena janela que dava para a galeria. Doíam-lhe as pernas, as costas, os braços, e era difícil manter os olhos abertos: aqueles vinte dias de cavalgada contínua o tinham desancado. O soldado que mais de um mês antes fora buscá-lo às pressas em sua oficina de Aix, ordenando-lhe partir de imediato em viagem para Bassano, dissera que só fariam as paradas indispensáveis para poucas horas de sono e a troca dos cavalos. Não sabia quantas milhas tinham percorrido, mas a neve que recobria alguns desfiladeiros e os desvios feitos para não ir parar no meio de uma batalha haviam retardado a marcha. Mais de uma vez, tentou obter esclarecimentos sobre aquela partida forçada, mas o soldado respondia que não sabia nada, estava só obedecendo à ordem de Ezzelino. Porém, de uma coisa tinha certeza, acrescentava, conciliador: seu senhor não tinha intenções hostis em relação a ele, Simon, porque, se assim fosse, seu encargo teria sido o de matá-lo, e não o de conduzi-lo a Bassano. Nem um pouco aliviado por essas palavras, durante toda a viagem Simon continuou a se perguntar o que Ezzelino podia querer de um miniaturista, e ainda por cima forasteiro: não os haveria suficientes na Lombardia, para mandarem chamar justamente a ele, em Aix? Na parada em Cremona, quis visitar a oficina de Goffredo de Colônia, cuja fama de mestre habilíssimo da iluminura havia chegado até a França, mas seu guia não lhe deu permissão: não havia tempo, disse, e, fosse como fosse, ele poderia voltar ali em outra ocasião.

Saiu para a galeria e as tábuas do piso estalaram sob seus pés. O vento havia afastado as nuvens e ao norte as montanhas se recortavam nítidas contra o horizonte. Entrou de volta, atou ao cinto dos calções a bolsinha do dinheiro e lavou o rosto com água da bacia. Depois escolheu no saco de bagagem um de seus melhores trajes e o vestiu. Antes de pegar o manto no gancho da parede, conferiu o pequeno cofre onde mantinha o material de trabalho. Estava tudo correto: os potinhos dos pigmentos, sobrepostos um ao outro, eram mantidos na posição adequada por dois grossos rolos de trapos manchados de cores; os estilos e pincéis, embrulhados respectivamente em dois pedaços de couro de cervo, acomodavam-se no fundo; as folhas de pergaminho e o papel de cânhamo que ele usava habitualmente para os esboços preparatórios enrolavam-se sobre si mesmos e ocupavam todo o espaço restante.

Fechou o cofre, levantou a veste e meteu a chave no bolso dos calções. Junto com o dinheiro que trouxera consigo, o conteúdo daquele estojo constituía todo o seu capital: se alguém o subtraísse, seria sua ruína.

A luz nítida da manhã iluminava o afresco. Enquanto, pela enésima vez, admirava-lhe as cores brilhantes, Ezzelino pensou em como fora hábil o pintor que, dez anos antes, havia executado aquele trabalho. Quando ele lhe mostrara a sala, sugerindo como local do afresco a parede a ocidente, acima da lareira, o artista não replicou. Com calma, postou-se de costas contra a alta janela, observando com atenção todo o espaço. Depois, deu sua opinião: a parede norte era a que devia ser decorada, disse, porque ali a luz chegaria oblíqua e exaltaria com graça as linhas e as cores da pintura. Além disso, acrescentou, aquela parede ficava a uma distância adequada da lareira, e a fumaça não ameaçaria empanar os pigmentos.

Ezzelino se orgulhava daquele afresco. Em toda a Marca, ninguém podia gabar-se de um mais belo: o ouro que recobria a coroa, as delicadas esfumaturas da rosa empunhada pelo imperador, a retícula de rugas traçada sob seus olhos e a pacata compostura dos outros três personagens faziam dele uma obra única. Até o falcão, retido pela mão enluvada da mulher, fora reproduzido com uma altivez tão natural que parecia vivo. Quando, por ocasião de uma visita oficial ao castelo, Frederico viu a pintura, sua satisfação não fugiu aos olhos atentos de Ezzelino: este não o sabia então, mas agora se dava conta de que aquele astuto ato de deferência também lhe garantia a consideração do imperador. Talvez, depois de avaliar com quanta atenção o dono da casa escolhera o artista para realizar aquela obra dedicada ao elogio do poder imperial, Frederico se tivesse convencido de estar lidando não só com um hábil *condottiero*, mas também com um homem que, como ele, fazia muita questão de hospedar na corte um grupo de sábios.

A estima do imperador não podia senão satisfazê-lo, e era sua intenção aumentá-la ainda mais. Depois de receber a carta de Frederico, levara menos de um mês para descobrir onde estava o negociante de arte. Seus informantes haviam referido que Guidotto se refugiara em Lodi, e isso se revelava útil: eram muitos os aristocratas gibelinos daquela cidade com quem havia feito alianças, e nenhum deles podia permitir-se trair sua confiança ou desobedecer a alguma ordem sua. Apesar das recomendações do astrólogo, tinha certeza de que o plano que havia traçado obteria pleno sucesso.

Um sorriso malicioso lhe estirou os lábios, quase indistinguíveis em meio à barba espessa. O miniaturista, pensou, jamais poderia imaginar o motivo pelo qual mandara chamá-lo ao palácio. Estava curioso por conhecê-lo. Esperava que ele fosse maleável: do contrário, as ameaças o convenceriam.

Aproximou-se da janela e observou o céu. A julgar pela posição do sol e pela quantidade de carrinhos que percorriam a viela rumo à praça do castelo onde se fazia feira, já devia ter passado a hora terça. O miniaturista estava atrasado.

Irritado, já ia mandar buscá-lo por um dos seus guardas quando um doméstico bateu à porta, anunciando a chegada de uma visita.

Simon entrou. Os cabelos louros caíam desarrumados sobre o pescoço, úmidos de suor, e os lábios gretados tremiam.

— Saúde, meu senhor — ofegou, esboçando uma inclinação —, eu sou Simon de Aix. Seu soldado me conduziu da França até aqui, conforme o exigido. Peço que me perdoe o atraso, devido à minha imperícia em me mover pelas ruas desta cidade desconhecida. Estou à sua disposição, senhor.

Ezzelino o observou e deu um passo em direção a ele.

— Como é que você fala tão bem a nossa língua? — perguntou. — Por acaso a aprendeu com alguém, lá em sua terra?

— Meu mestre esteve longo tempo em Veneza, antes de se transferir para Aix, e, quando me ensinava, dirigia-se a mim mais vezes no idioma da Lombardia do que no da França. Meu mestre...

— Já morreu, não?

— Sim, morreu de febre, dois anos atrás. No testamento, me designou como seu sucessor na condução da oficina.

— Devia apreciar muito sua arte, se tomou essa decisão. Você não se acha jovem demais para merecer semelhante herança?

O miniaturista sustentou o olhar zombeteiro de Ezzelino. Bem sabia o que lhe passava pela cabeça: que o afeto do mestre por ele se originava na sodomia, vício ao qual se acreditavam entregues os pintores franceses. Aquele falatório sinistro já obrigara muitos ao exílio.

— Roger de Villeneuve foi como um pai para mim — replicou, com voz firme —, e mais nada. Quanto à minha idade, se o senhor considera que minha experiência na arte da iluminura ainda é muito verde, por que mandou me chamar?

Ezzelino apreciou a altivez dessas palavras: sob a aparência de um rosto de traços delicados, aquele jovem devia esconder um caráter determinado. Tinha compreendido a qual suspeita aludia sua pergunta de pouco antes e, sem dar sinais de querer justificar qualquer coisa, preparava-se para enfrentá-lo como um adversário. Simon de Aix parecia não ter medo: melhor assim, pensou, sua audácia lhe seria útil.

— Mandei chamá-lo aqui — explicou, convidando-o a se sentar num dos bancos diante da lareira acesa — porque tenho um encargo para você. Diga-me, conhece os tratados de falcoaria?

— Sei que existem dois e que foram escritos pelos árabes: me parece que o mais antigo é aquele dito de Ghatrif, mais tarde retomado por outro compilador. Creio que este último tratado é conhecido pelo nome de Moamin...

— Vejo que está bem informado, e isso me agrada. O que você ignora, porém, é que existe um terceiro. Foi escrito de próprio punho pelo imperador Frederico da Suévia.

Simon o fitou, espantado.

— O imperador?

— Sim, o imperador. Somos poucos a saber disso. Só posso dizer que esse tratado lhe era muito caro e que...

— Era?... — ousou interromper o jovem.

— Sim, era, porque há um ano não está mais nas mãos dele. Por acaso você ouviu falar da guerra contra Parma e da subsequente destruição do acampamento imperial por um punhado de assediados daquela cidade?

Simon anuiu.

— Pois é, parece que, durante as incursões perpetradas no campo por aqueles malditos parmenses, também foi roubado o tratado de Frederico. Dizem que ele o deixou incautamente em seus aposentos e que, uma vez subtraído, o manuscrito não foi mais localizado. Até três meses atrás.

Simon permaneceu em silêncio. A surpresa provocada por aquela inesperada revelação estava lentamente sendo substituída por uma profunda inquietude: aquele homem queria alguma coisa dele, alguma coisa muito perigosa.

— Pode imaginar a dor do imperador por essa imensa perda? — continuou Ezzelino. — Seria como se alguém fosse à sua oficina e destruísse todos os pergaminhos... O que você faria, se encontrasse o autor de semelhante estrago? Não o mataria, talvez?

Simon não respondeu. Sua ansiedade crescia.

Ezzelino o encarou, atento.

— Eu soube — continuou — que o manuscrito está hoje nas mãos de um negociante que deseja fazer dele um vergonhoso objeto de comércio, e isso me é impossível de aceitar. Sou muito ligado ao imperador para permitir que uma obra tão preciosa acabe sabe-se lá onde, talvez exibida no palácio de algum regente de meia-tigela. Aqueles pergaminhos devem retornar a Frederico, e eu sou o único que pode fazer com que isso aconteça. Mas preciso da sua ajuda.

Simon continuava calado. Irritado por esse silêncio, Ezzelino o fitou severamente.

— É você quem me devolverá o tratado — disse, áspero. — Sei onde ele está e lhe fornecerei os meios necessários para recuperá-lo.

O miniaturista empalideceu.

— Mas eu... eu... — balbuciou — ... como poderei? E também, por que justamente eu?

Ezzelino se levantou, deu um passo em direção ao visitante e o enfrentou, ameaçador.

— Esta é uma ordem, Simon de Aix, e lhe é dada pelo vicário imperial — sibilou, empertigando-se em toda a sua estatura. — Você não tem nenhuma possibilidade de se opor aos meus desejos. Por acaso quer terminar seus dias acorrentado nos meus calabouços?

O jovem balançou negativamente a cabeça.

Satisfeito por ter finalmente conseguido apavorá-lo, Ezzelino prosseguiu. Seu tom era mais amável, agora.

— Se lhe confio este encargo, é por considerá-lo a pessoa certa. Meus informantes me asseguraram que você é um miniaturista de valor e sabe distinguir um original de uma falsificação. Sei com certeza que as folhas que compõem o tratado de Frederico estão ornadas por iluminuras. Parece que, no momento do furto, estavam sendo ilustradas por um pintor cujos rastros se perderam: talvez tenha sido morto durante a devastação do acampamento de Vitória, ou então conseguiu fugir. Sua tarefa será a de se aproximar do negociante e examinar as iluminuras para saber se são as originais ou apenas cópias. Caberá a você encontrar o modo de fazer isso. Gualdo de Margnano, um dos meus homens mais dignos de confiança, irá em sua companhia: ele saberá como ajudá-lo, se surgirem dificuldades. Depois de verificada a autenticidade da obra, vocês dois devem se apoderar do manuscrito e trazê-lo aqui. O negociante está em Lodi, que, como talvez você saiba, encontra-se sob jurisdição imperial: nessa cidade, disponho de amigos fiéis que, junto com meu lugar-tenente, poderão gerir toda a coisa da melhor maneira. Vocês partirão dentro de três dias, terão uma escolta e um salvo-conduto: de vez em quando, Gualdo lhe dirá o que fazer e como se mover sem despertar suspeitas. Seu trabalho, caso você esteja se perguntando, será recompensado: quando retornar com o tratado, receberá uma bolsa com vinte liras. Prepare sua bagagem e, ao alvorecer do terceiro dia a partir de hoje, compareça diante da Porta dos Leões para a partida.

Ezzelino se voltou, aproximou-se do afresco e com a ponta dos dedos aflorou a almofada pintada sob a figura do imperador.

— Quando souber quem recuperou seus pergaminhos, Frederico demonstrará gratidão, e não somente a mim: os benefícios que você obterá dele lhe serão muito mais úteis do que minha compensação em dinheiro. E agora, vá — concluiu, virando-se de novo para o jovem. — Não volte à minha presença enquanto não tiver levado a termo o seu encargo.

Simon se levantou. Por um instante, cambaleou, tropeçando contra as pernas do assento: depois, inclinando-se, murmurou uma saudação e saiu da sala.

Ezzelino o seguiu com o olhar. Quando a porta se fechou atrás do jovem, entregou-se a uma risada satisfeita: a primeira parte do seu plano tivera início. Ajeitou as dobras da túnica e encaminhou-se para a portinha que levava ao aposento contíguo. Dali a pouco deveria encontrar seu sobrinho Ansedisio, podestade de Pádua: ao que parecia, este último devia lhe trazer importantes comunicações sobre a situação da cidade. Conversaria com ele e mais tarde, à hora de vésperas, finalmente gozaria das graças de Lidia, com quem não se deitava havia mais de uma semana.

A lembrança do corpo fresco e macio da moça lhe provocou um sorriso.

3

O vozerio da praça lotada de bancas de feira lhe chegava indistinto aos ouvidos, como o ciciar de dezenas de cigarras. Simon caminhava com dificuldade, sem conseguir controlar os passos: suas pernas ainda tremiam.

Uma prostituta, surgida da penumbra do pórtico, veio ao seu encontro. A veste vermelha enfaixava-lhe o corpo gordo e, sobre o seio flácido, quase totalmente exposto pelo profundo decote, reluzia um ordinário medalhão de oricalco.

— E então, belo jovem, quer um pouco de companhia? São apenas dois soldos...

Simon a encarou, e a sensação de mal-estar que já desde meia hora antes experimentava na boca do estômago se transformou num violento espasmo de náusea. Apoiou-se na coluna do pórtico e vomitou.

— Mas vejam só este paspalhão! — exclamou a mulher, despeitada. — Quem você acha que é? — continuou, levantando a voz. — Sou muito pouco aristocrática para seu gosto? Olhem para ele, habituado a rainhas e princesas! Ora, palerma, vá tomar no cu! — vociferou, dando-lhe um tapa violento no ombro e desaparecendo de novo sob o pórtico.

Simon estava sem fôlego: o sabor ácido da bile lhe queimava a garganta. Segurando-se à coluna com um braço, tentou se recompor. O vendedor da banca bem diante dele o encarava, divertido, e seu cliente, que segurava um cesto cheio de castanhas secas recém-compradas, fitava-o de boca aberta. O jovem baixou os olhos e, tentando se esquivar das pessoas e dos sacos de mercadorias espalhados aqui e ali pela praça, dirigiu-se à hospedaria.

"E agora?", refletiu, enveredando pela íngreme descida rumo à Porta Brenta, "o que farei agora?". Virou-se: poucos passos atrás, pareceu-lhe distinguir, em meio à multidão já meio rarefeita, um dos guardas que havia notado no palácio de Ezzelino. Um frêmito de terror lhe gelou a nuca. Acelerou o passo, até quase correr, e virou-se de novo: o homem continuava caminhando ali atrás, sem pressa, sem sequer tentar se esconder.

O senhor mandara segui-lo.

Apavorado, ergueu os olhos para os retângulos de céu que se adivinhavam acima do beco, para além das vertentes dos telhados. Sentiu-se numa armadilha. O que fazia ali, naquela cidade estrangeira, à mercê de um príncipe desconhecido? Por que justamente ele fora convocado por Ezzelino para aquela maldita história?

Havia chegado ao rio. Enxugou a testa suada com a manga do manto e apoiou-se ao parapeito de madeira que delimitava a área do porto. O Brenta corria abaixo dele: no ponto onde estavam atracando as barcaças carregadas do madeirame que vinha das montanhas, a água subia em amplas ondas que se encrespavam, desenrolando-se lentamente até a margem.

Inalou profundamente o ar úmido. Aos poucos, em sua mente insinuou-se a suspeita de que, uma vez levado a termo aquele estranho encargo, Ezzelino poderia querer se livrar dele. Não conseguia entender por completo quais eram suas verdadeiras intenções: por que o próprio imperador, a quem certamente não faltavam os meios para recuperá-lo, não se ocupava do tratado? O que Ezzelino tinha a ver com tudo aquilo? Não sabia quase nada a respeito dele, exceto que era vicário imperial e dominava sobre toda a Marca. Quando o soldado se apresentara na oficina e o obrigara a segui-lo, tinha preferido pensar que estava prestes a receber uma encomenda prestigiosa. No fundo, sua habilidade de miniaturista era bem conhecida até em Marselha e, considerando as frequentes viagens que Frederico realizava àquela cidade para manter sob controle seus domínios na região, iludira-se achando que fora justamente o imperador, ou alguém da corte, a sugerir a Ezzelino os seus serviços. No entanto, aquele encontro recém-concluído lhe deixara a inquietante sensação de estar lidando com um tirano cruel e sem escrúpulos.

Sentiu um calafrio. Soltou do parapeito de madeira as mãos contraídas e virou-se. O guarda estava a poucos passos de distância, apoiado à parede da estalagem: indiferente, observava o descarregamento de uma barcaça.

Movendo penosamente as pernas, pesadas como chumbo, Simon entrou na hospedaria e subiu ao seu quarto. Depois de abrir a folha interna da janela, encostou-se ao umbral e ali ficou, respirando o odor do rio.

Enquanto caminhava ao longo da gleba, Gualdo observava os pilriteiros que ocupavam toda a descida até o fosso. As touceiras, plantadas muito tempo antes para impedir a passagem de homens e cavalos rumo ao castelo, estavam dando rebentos. Decidiu que mandaria verificar o terreno subjacente: se, no outono anterior, os animais selvagens tivessem escavado muitas tocas, as raízes já não estariam suficientemente sólidas para garantir a defesa constituída pelos espinhos agudíssimos daquelas sarças.

Seu olhar correu para a planície diante do castelo. Mesmo de longe podia ver os vinhedos de uva *schiava*, cujas fileiras ocupavam boa metade das terras de Margnano. Muitos daqueles vinhedos eram seus: esperava que aquela nova missão recebida de Ezzelino não o mantivesse por demasiado tempo longe de Bassano, porque dentro em pouco deveria verificar pessoalmente os novos enxertos, mal executados pelo seu rendeiro no ano precedente.

Recapitulou o colóquio que acabara de ter com Ezzelino. O senhor lhe dissera que Simon de Aix deveria examinar o tratado para verificar-lhe a autenticidade e, se esta fosse estabelecida acima de qualquer dúvida, a ele caberia a tarefa de roubá-lo do negociante. O homem estava hospedado no palácio de Giacomo Overgnaghi, um aristocrata de Lodi que Ezzelino conhecia bem. O negociante havia se refugiado ali, explicara este último, depois de deixar às pressas a cidade de Milão, onde, dois meses antes, tentara inutilmente vender o manuscrito. O cliente a quem o ofereceu mostrou-se relutante em adquiri-lo, afirmando que, se alguém nas hierarquias eclesiásticas milanesas viesse a saber do negócio, os dois seriam presos sob a acusação de serem simpatizantes do imperador. De fato, quem, senão um partidário de Frederico, podia ter consigo aquele material pagão? À prisão se seguiria a excomunhão e os pergaminhos acabariam nas mãos do arcebispo, que, para instigar mais uma vez o ódio da multidão contra o imperador, iria queimá-los em praça pública. Agora, em segurança naquela cidade gibelina e hóspede de um aristocrata com quem mantinha relações de negócios havia muito tempo, o negociante aguardava tempos melhores para poder voltar a oferecer sua mercadoria.

Enquanto seus olhos abraçavam uma última vez a planície e os renques de videiras, Gualdo se surpreendeu imaginando se ainda os reveria. Aquela que ele estava prestes a desencadear era apenas a última das muitas ações clandestinas que já efetuara por conta de Ezzelino. De quantos segredos havia sido informado até aquele dia? Que risco estava correndo por saber de tantos? E se a certa altura também ele se tornasse, como outros, uma testemunha inoportuna?

Sentiu-se percorrido por um arrepio, mas o ignorou. Tinha recebido uma ordem, e certamente não estava em posição de recusá-la.

Seguiu ao longo do caminho que conduzia às muralhas e transpôs a Porta Auréola.

4

Campina de Lodi
Castelo de San Martino

"At tibi prima, puer, nullo munuscula cultu
errantis hederas passim cum baccare tellus
mixtaque ridenti colocasia fundet acantho..."

A voz de Alisa era pouco mais que um sussurro. A testa, franzida no esforço de lembrar a sequência exata dos versos, estava sulcada por duas rugas verticais que desciam até a raiz do nariz. Logo abaixo da garganta, as mãos fechadas em punho premiam o peito, enrugando o tecido da veste.

"... *ipsae lacte domum...*"

A jovem se interrompeu. Corou, arregalou os olhos e fitou o mestre, atordoada.

Matthew sorriu, benévolo.

— "... *referent distenta capellae...*" — concluiu em vez dela. — Por hoje, chega, Alisa — acrescentou —, já estudou bastante. Recapitule os versos de Virgílio ainda por alguns dias e depois, quando estiver bem segura de recordá-los, passaremos a Cícero.

Alisa assentiu, agradecida. Matthew fechou o livro das *Éclogas*.

— Por que — disse ele —, agora que começa a boa estação, não fazemos as aulas ao ar livre, em vez de nesta saleta empoeirada? Podemos ir para o pátio do castelo ou, se seu tutor permitir, até fora dos muros, sob as árvores que margeiam o rio. Afinal, todos os terrenos aqui ao redor pertencem à sua família e são bem protegidos por um corpo de guarda: não teremos nada a temer. O que você acha?

O rosto de Alisa se iluminou.

— Oh, que bom, mestre, se realmente pudermos...

— Pedirei permissão ao seu tio Bonizzo, não se preocupe. Agora, vá, é quase a hora sexta e, pelo perfume que sinto flutuando no ar, creio que os servos acabam de desenfornar o pão deste mês. Não está com fome?

A jovem sorriu e se aproximou da porta. Por um momento, Matthew a observou: a veste de lã inglesa caía em pregas macias em torno de seu corpo esbelto. Os cabelos ruivos, recolhidos numa trança tão longa que aflorava as nádegas, estavam livres da touca, que ela nunca usava durante as aulas.

Matthew não sabia por quê, mas aquela moça lhe parecia inquieta, como se temesse alguma coisa.

Quando, seis meses antes, ele chegara ao castelo chamado por Bonizzo de San Martino para ensinar as artes da gramática à sobrinha deste, o aristocrata só mencionou vagamente o passado de Alisa, limitando-se a contar que ela não conhecera a mãe, a qual morrera ao dá-la à luz. Disse que o pai, abatido em combate quatro anos antes, tinha sido regente do castelo e proprietário dos terrenos circundantes. Pouco antes de partir para a batalha, Jacopo havia redigido um testamento no qual se dizia que, em caso de morte, seu irmão Bonizzo teria a tutela de Alisa: entre as outras disposições relativas à manutenção e ao dote que caberia à jovem, ordenava que ela recebesse uma instrução adequada ao seu nível. Ao ouvi-lo falar desse específico desejo do irmão, Matthew teve a impressão de captar um toque irônico na voz do castelão: talvez, pensou então, Bonizzo considerasse supérfluo que uma filha mulher devesse aprender as artes das letras, a menos que estivesse destinada ao magistério num convento prestigioso. Esta última possibilidade, contudo, não parecia caber nos projetos do tio: ele logo esclareceu suas intenções, declarando que procuraria quanto antes um marido para a sobrinha, a fim de que o castelo pudesse continuar tendo um regente.

Mais tarde, a própria Alisa lhe explicou a verdadeira situação. Bonizzo era filho do segundo casamento da avó paterna da jovem, e não podia reivindicar nenhum direito sobre as propriedades. Na verdade, o castelo e as terras pertenciam havia muitíssimos anos à família dos San Martino, antepassados do pai dela. Embora as relações entre os dois meios-irmãos quase sempre tivessem sido boas, Jacopo nunca manifestara a intenção de ceder o patrimônio a Bonizzo, preferindo que fosse a filha a herdá-lo.

Com frequência o aristocrata passava temporadas em Lodi, onde cuidava dos seus negócios. Possuía um palacete vizinho à Casa dos Humilhados e, uma vez por semana, vinha a San Martino para controlar o bom andamento das propriedades e para visitar a mãe, Bernarda. A velha morava no castelo, acudida por Giacoma, uma doméstica quase tão antiga quanto ela. Bernarda, em quem muitos anos antes um médico famoso havia diagnosticado um grave "frenesi", circulava por aposentos, corredores e pátios falando sozinha e muitas vezes assustando os servos. Sem nenhum motivo, gritava frases desconexas contra eles e, mais de uma vez, até chegara a agredi-los. Giacoma a seguia como uma sombra e fazia o máximo para evitar que a patroa executasse ações insensatas. Bonizzo, por ocasião de suas visitas, passava algumas horas com ela, escutando-a e acalmando-a, mas o efeito consolador de suas palavras durava o espaço de uma noite. No dia seguinte, tudo recomeçava como antes. A doença, iniciada já antes da morte de Jacopo e agravada no decorrer dos últimos dois anos, tornara o caráter de Bernarda cada vez mais maligno: todos a temiam, até Alisa. A velha considerava a neta uma presença irritante e supérflua naqueles aposentos que, em sua mente insana, deveriam acolher somente seu filho e ela.

Matthew se aproximou da janela. Esta era singularmente grande para ter sido escavada no interior daqueles muros espessos, mais adequados a uma fortaleza do que a um castelo. Mais uma vez, considerou que a fortuna dos San Martino devia ser realmente respeitável, se havia mais de um século a família precisava de defesa. O castelo, de fato, surgia na planície a menos de uma milha da margem do rio, e sem dúvida não gozava de uma posição segura. Provavelmente, esse tinha sido o motivo que induzira o fundador da estirpe a mandar erigir um recinto tão robusto, fortificado com torres angulares e cingido por um fosso. Uma construção cara, indício de grandes possibilidades econômicas, mas também de uma provável e ambicionada vassalagem concedida por um soberano poderoso. Talvez, pensou ele, o pai de Alisa tivesse sido um lugar-tenente imperial, e talvez a proteção reservada ao castelo remontasse a um período ainda mais antigo, quando quem dominava sobre aquelas terras era o avô do imperador, aquele outro Frederico, dito "o Barba-Roxa". Se as vicissitudes dos San Martino estavam de fato ligadas às dos Hohenstaufen, era totalmente compreensível a construção de um aparato defensivo tão imponente: havia anos, as zonas ao redor de Lodi, Melegnano e Pavia eram palco de confrontos cruentos entre os partidários do papa e os do imperador. Decerto os San Martino previam uma abundante fileira de inimigos que, sem a existência de defesas adequadas, poderiam assaltar o castelo e devastar as propriedades do condado.

Apoiou os cotovelos no batente da janela e olhou para fora. Ali, do alto da torre onde havia sido montado o pequeno escritório, dominava-se a campina: a cerca de uma milha dos muros, no limite das plantações, surgia a casa de pedra do rendeiro, atrás da qual se adivinhavam um estábulo e os barracões de madeira dos trabalhadores. Mais à frente, perto do canal do Muzza, numa vasta área de campos deixados em pousio, pastava um rebanho de vacas; a leste, semioculto pelas árvores, corria o Adda. Um dia, durante o inverno precedente, quando as margens arenosas do rio ainda estavam recobertas por uma fina camada de gelo, Matthew avançara até lá e, circundado pelas árvores desnudas e pelo silêncio da natureza ainda adormecida, havia escutado o chapinhar da corrente. O perfume do musgo escondido entre os seixos e a cor turva da água lhe recordaram sua terra: ele voltou ali outras vezes, como se aquele lugar lhe restituísse a sensação de pertencer a uma vida perdida para sempre.

Agora, enquanto de longe chegavam aos seus ouvidos os mugidos das vacas no pasto, perguntou-se quanto duraria aquela paz que circundava o castelo. Não compreendia por quê, mas esta lhe parecia enganadora, como se uma calma aparente estivesse prestes a anunciar o desastre. Entre aquelas muralhas bem munidas percebia algo de sorrateiro, como a inhaca acre que sugere a presença do animal selvagem antes mesmo que ele se mostre. E não era somente a loucura de Bernarda a tornar sombria a atmosfera, eram também as atitudes de Bonizzo, que, apesar dos modos aristocráticos, não conseguia disfarçar inteiramente um quê de ambíguo, de escuso. Matthew esperava que o objeto da dubiedade que se intuía nele não fosse Alisa, incômodo obstáculo ao seu provável desejo de possuir todo o patrimônio da família.

Afastou-se da janela, pegou o livro das *Éclogas* e recolocou-o no armário.

5

Lodi
Palácio San Martino

Ruggino Cataneo mantinha entre os dedos o que restava de uma coxa de perdiz. O fiapo untuoso de um pedaço de carne pendia de uma fissura de seus dentes e se perdia nas profundezas da barba grisalha.

— Boa, esta caça — grunhiu, reprimindo um arroto. — Provém das suas terras, suponho...

Bonizzo o fitou, nauseado. Ele mesmo quase não tinha tocado na comida.

— Sim, é uma charela, ou perdiz-cinzenta — disse, desviando o olhar da boca do convidado. — Encontram-se muitas nos bosques e capturá-las não é difícil, basta ter bons caçadores e cães adestrados.

— E não lhe faltam nem uns nem outros, não é?

O tom artificiosamente bonachão da voz irritou Bonizzo. Não tinha intenção de continuar aquela conversa insossa: o motivo do encontro com Ruggino era bem outro, e chegara o momento de enfrentar a questão que lhe interessava.

— Não, claro — respondeu, esforçando-se por sorrir —, mas o senhor não veio aqui só para falarmos de perdizes, certo? Afinal, refletiu sobre aquilo que conversamos na última vez em que nos encontramos? O que diz da minha proposta?

O homem limpou os lábios com o pano de linho.

— Pensei longamente — respondeu, meditabundo — e, considerando os prós e os contras, creio que posso aceitar. Desposarei sua sobrinha, Bonizzo, mas sob uma condição: que um tabelião redija um contrato no qual conste em letras claras que minha regência fictícia será adequadamente compensada. O ato notarial permanecerá secreto e o funcionário que o escrever é quem o conservará consigo, de tal modo que, no caso de futuras divergências, eu não tenha de sofrer alguma consequência desagradável.

Bonizzo ostentou uma expressão magoada.

— Não confia em mim? — suspirou.

Os lábios de Ruggino se estiraram numa careta.

— Responderei com outra pergunta. Por que o senhor escolheu justamente a mim como pretendente à mão de sua sobrinha? Não seria melhor um homem mais jovem, capaz de dar uma segura progênie à linhagem? Ora, vamos, Bonizzo — prosseguiu, enquanto seu olhar se tornava penetrante —, ambos conhecemos muito bem os motivos que o levaram a me interpelar: por ser um descendente secundário, o senhor não pode obter a posse do castelo, e o obstáculo constituído pelo testamento do seu irmão não lhe permite apropriar-se dele, como gostaria. Então, o que excogitou? Um casamento de conveniência para Alisa: ela é tão jovem que o deixa seguro quanto à sua obediência, seja qual for a escolha que o senhor lhe impuser. Portanto, o que pode ser melhor do que um marido suficientemente velho para tornar improvável a possibilidade de gerar prole, e, além disso, financeiramente arruinado? Diga-me, o senhor me faria esta oferta se não tivesse certeza de que todas as minhas terras de Locate foram devastadas? Oh, não, não mandaria me chamar se não soubesse que os contínuos confrontos entre milaneses e o imperador destruíram todas as plantações, a granja e até minha residência! Não possuo mais nada, o senhor bem sabe, exceto a única porção do castelo que restou de pé, onde vivo na única companhia de um servo de confiança. Não tenho mulher nem herdeiros, meus dois irmãos morreram em batalha, minha irmã definha num mosteiro... Estou arruinado e velho, mas não sou um estúpido. Certamente o senhor pensou: já sem um único soldo, este homem me deverá gratidão pela possibilidade de resgate que lhe é oferecida, e justamente por isso obedecerá a mim, servindo à minha causa como o mais fiel dos escravos. Muito esperto, Bonizzo, devo reconhecer. Contudo, já que este casamento não passa de uma troca de favores, cujo objetivo é o de salvaguardar sobretudo os seus interesses, a história toda exige ser tutelada por um contrato. É, não, não me basta gozar de sua hospitalidade no castelo, fingindo ser o novo regente dele. Quero que meu compromisso seja pago: a soma, estabeleceremos depois, diante do tabelião. Quanto à sua sobrinha, bom, saberei me arranjar. No fundo, ela é apenas uma menina e, como tenho certeza de que o senhor não quer ver seus planos destruídos por uma possível gravidez, desde já lhe asseguro que encontrarei outros modos para satisfazer minhas exigências.

O homem se calou, tamborilando lentamente os dedos sobre a toalha de Flandres.

O rosto de Bonizzo era uma máscara de pedra. Por um demoradíssimo instante, ele fitou em silêncio seu convidado. Depois se levantou e mediu a sala em longos passos. Por fim, deteve-se diante de Ruggino e, mantendo as mãos fechadas em punho ao longo dos flancos, falou.

— Concordo, faremos como o senhor diz, mas tome cuidado: se ousar se opor a qualquer decisão que eu venha a tomar em relação ao castelo, não verá mais um único soldo sair da minha bolsa e voltará ao lugar de onde veio. Saiba que, se um comportamento irrefletido de sua parte vier a gerar dificuldades, não escapará à minha ira. E se... — acrescentou, após um instante de hesitação — se por um infeliz acidente lhe acontecesse algo desagradável, creio que ninguém choraria sua morte, nem mesmo Alisa: certamente não me seria difícil arrumar para ela um novo marido, se necessário.

Ruggino anuiu, sustentando o olhar de Bonizzo.

— Não se preocupe — disse, esboçando um sorriso —, nunca dissentirei de suas determinações, não terei nada a ganhar com isso. Portanto, só nos resta redigir o contrato diante do tabelião e marcar a data das núpcias. Quando acha que poderemos celebrá-las?

— Penso que no dia da festa de são Martinho: a ocasião da vindima me parece a melhor de todas para que o rendeiro e os camponeses jurem fidelidade ao novo regente.

— E sua sobrinha? Já a informou de suas intenções?

— Não, mas farei isso hoje mesmo: só estava esperando sua resposta. Daqui a uma semana, o senhor irá ao castelo, será oficialmente apresentado a ela como seu futuro esposo e...

— Tem certeza de que conseguirá ser obedecido? — interrompeu Ruggino. — Afinal, o senhor não é o pai de Alisa, é apenas o tutor. E se ela se recusar me desposar?

Um esgar estirou os lábios de Bonizzo.

— Não o fará, não pode se permitir isso. Alisa depende de mim e das minhas vontades, sabe muito bem que não tem alternativas.

— E também há sempre o convento... — meditou Ruggino em voz alta. — Seguramente, a ameaça de acabar seus dias na cela embolorada de algum mosteiro a levaria a tomar juízo, não lhe parece?

Bonizzo o fitou.

— Acha que eu já não pensei nisso? Mas, por enquanto, essa perspectiva não se encaixa nos meus planos — concluiu, áspero.

Ruggino assentiu e se levantou, não sem antes esvaziar totalmente a caneca na qual restava um fundo de vinho.

— Pois muito bem. Daqui a uma semana, estarei pronto para a convocação a San Martino. Não tema — concluiu, esfregando a barba com os dedos para se livrar do fiapo de carne —, vestirei meus melhores trajes para causar uma impressão favorável em sua sobrinha e, se encontrar aquilo que tenho em mente, levarei um presente adequado à idade dela...

Os dois homens se encaminharam para a saída e Ruggino foi embora.

Depois que a porta se fechou, Bonizzo voltou à mesa e se deixou cair sobre o banco. Com os cotovelos espetados na toalha de Flandres, mordiscou os nós dos dedos. Tudo resolvido, finalmente. Tinha certeza de que aquele velho simplório, embora tivesse simulado uma dignidade suspeitosa que não combinava com sua condição precária, não lhe causaria problemas: já ele, em contrapartida, daquele casamento só obteria vantagens. Sem dúvida não lhe faltava dinheiro para retribuir os serviços daquele homem, cuja idade avançada lhe garantia inclusive que o período de desembolso seria breve. Seguiria de imediato para o castelo: comunicaria a Alisa que ela estava prestes a se casar, e também informaria Bernarda. Depois, no dia seguinte, conversaria com o tabelião para receber os primeiros conselhos sobre os detalhes do contrato.

Ergueu a caneca e levou-a aos lábios: ainda estava cheia.

Castelo de San Martino

O travesseiro de plumas estava úmido e o tecido de linho que o revestia, frio e enrugado contra a face de Alisa. Delfina tentou estirá-lo com a mão: a moça gemeu no sono.

Tinha chorado durante horas. Depois da conversa com o tio, durante a qual ficara tão estupefata que sequer tivera forças para abrir a boca, correra para o quarto e se jogara nos braços da ama. Com o rosto afundado entre as dobras da veste de Delfina, começou a soluçar: esta, mesmo não compreendendo o motivo de tanto desespero, tentou acalmá-la. Foi necessária uma boa meia hora até que Alisa conseguisse dar um sentido às palavras truncadas que lhe saíam dos lábios: quando, entre as lágrimas, ela finalmente contou o que Bonizzo lhe dissera, Delfina escutou incrédula. O que iam fazer com sua menina? Aquela pequena, a quem havia nutrido no próprio seio dezessete anos antes, era como uma filha para ela: a sua, a quem havia parido uma semana antes de ser chamada ao castelo para ser ama de leite, nascera morta, e, pouco tempo depois, o marido também morrera, abatido pelo coice de um cavalo. Ter de cuidar de Alisa tinha sido um consolo, que se transformou em alegria quando Jacopo de San Martino decidiu mantê-la no serviço mesmo depois do período de amamentação: Delfina se tornou a doméstica pessoal da jovem, e as atenções que lhe dedicava eram provavelmente maiores do que aquelas que a própria mãe de Alisa lhe reservaria se tivesse sobrevivido.

E agora? O que a esperava, agora? Já fazia algum tempo que Delfina pensava no futuro de Alisa. Aqueles olhos verdes, os cabelos ruivos como as chamas da lareira, a pele transparente e o corpo esbelto e gracioso atrairiam mais de um pretendente, disso tinha certeza. Muitas vezes, quando à noite demorava a conciliar o sono, imaginava quem seria o futuro regente de San

Martino. Havia em Lodi muitos jovens cavaleiros que ficariam felizes por desposar Alisa, e mais de uma vez Delfina havia fantasiado poder continuar por muito tempo no castelo, cuidando da prole que viria. Afinal, tinha só 38 anos, ainda não estava tão cansada a ponto de não poder assistir outras crianças... No entanto, agora aquele diabo de Bonizzo decidia dar a menina como esposa a um velho! Enquanto a estreitava ao peito, acolhendo em silêncio todas as suas lágrimas, a ama havia sentido crescerem dentro de si a dor e a raiva. "Por que se espanta, velha estúpida?", disse a si mesma. "Aquele bastardo nunca se ocupou de outra coisa que não de seus tráficos e do seu dinheiro: mesmo declarando-se gibelino, por acaso combateu uma só vez ao lado do imperador? A única coisa que lhe falta", pensou ela, furiosa, "é a segurança de poder continuar a possuir terras e castelo, e, assim, o que haveria de melhor do que um casamento combinado, e ainda por cima com um velho...".

Pobre Alisa! Naquela noite, havia recusado o alimento: Delfina não insistiu e ajudou-a a preparar-se para a noite. Quando, exausta, a jovem finalmente adormeceu, ela se dirigiu ao seu enxergão no fundo do aposento, mas o sono não vinha. O da patroa também foi breve: pouco depois, enquanto fitava o escuro do quarto, Delfina a ouviu chorar de novo.

Agora, as primeiras luzes da alvorada lambiam o vão da janela. Descalça, para não fazer ruído, Delfina se aproximou da lareira e atiçou o fogo: uma acha de lenha crepitou e uma nuvem de centelhas subiu rumo à chaminé. Voltou-se, temendo haver acordado Alisa: esta ainda dormia.

Calçou os tamancos, recolheu o balde e saiu, dirigindo-se ao poço. Dali a pouco, lavaria o rosto dela: a água da bacia precisava estar fresca.

— Perdoe, mestre, se ouso lhe falar disso. Eu... eu sei que Alisa lhe faz confidências e então...

De pé diante de Matthew, no canto mais escuro do corredor que levava às cozinhas, Delfina torcia as mãos. A touca de pano estava inclinada de mau jeito sobre seus cabelos, que se grudavam em cachos desordenados na pele suada das faces. Matthew não falava. O estupor experimentado ao escutar o relato da ama estava sendo substituído pela amargura. Afinal, refletiu, sua sensação se revelara certa: as tramas elaboradas por Bonizzo em detrimento da sobrinha haviam sido levadas a termo. Tinha certeza de que, àquela altura, nada poderia ainda ser mudado.

O olhar implorante da mulher não o abandonava.

— Delfina — disse ele —, você não está pensando que eu possa...

Interrompeu-se. Uma copeira vinha descendo a escada: trazia nas mãos um cesto de ovos e, quando passou ao lado deles, olhou-os curiosa. Matthew esperou que o rumor de seus tamancos desaparecesse atrás da porta das cozinhas.

— Como eu dizia — recomeçou, baixando a voz num sussurro —, você não acredita que eu tenha alguma autoridade para falar com Bonizzo, certo? Foi ele quem me chamou aqui, é ele quem me paga e me hospeda no castelo: eu jamais poderia me permitir pedir-lhe explicações sobre esse casamento. Nós dois bem sabemos que Alisa está sob a tutela dele e tem de obedecer.

Delfina baixou os olhos.

— Ela está chorando desde... desde ontem — balbuciou —, e não tocou na comida. Eu...

Engoliu em seco e não conseguiu continuar. Matthew pegou as mãos dela entre as suas.

— Leve-me até lá, tentarei falar com ela.

A mulher anuiu, em silêncio, e, movendo com dificuldade o corpo pesado, subiu os degraus íngremes da escada. O mestre a seguiu.

Os olhos que o fitavam estavam enxutos. Embora a pele avermelhada do rosto e o inchaço das pálpebras denunciassem as horas passadas em pranto, na expressão de Alisa se adivinhava uma dureza nova.

— Mestre, não tenho a menor possibilidade de me opor à vontade do meu tio. Terei de me casar com aquele homem, e pronto.

A última palavra soou áspera. Matthew tinha dificuldade de reconhecer naquele tom a atitude submissa demonstrada pela sua aluna até aquele dia.

Um suspiro entrecortado saiu dos lábios da jovem.

— Sempre obedeci a todos, sem nunca me rebelar — continuou Alisa. — Dou graças a Deus por ter tido Delfina comigo, não sei o que faria sem ela. Não foi fácil crescer aqui dentro, rodeada somente por homens e por uma velha maluca que gostaria de me ver morta. Quando meu tio chamou o senhor aqui, finalmente me senti feliz: sabia que o testamento do meu pai estabelecia que eu recebesse uma instrução, e o fato de Bonizzo ter consentido em respeitar a vontade dele me fez imaginar que... Nem eu mesma sei o que esperava. Antes de sua vinda, eu temia ter de continuar seguindo as lições do padre Arnaldo, que, pobre homem, sem dúvida não é um mestre com a mesma experiência. Desde quando comecei a estudar com o senhor, porém, é como se os muros deste castelo se tivessem aberto e...

Sua voz se embargou e Alisa recomeçou a chorar, silenciosa, sem soluços.

Sentado diante dela, Matthew a fitava, impotente. Mais uma vez, como já lhe acontecera, assaltou-o uma onda de revolta contra as injustiças de que eram vítimas os mais fracos, aqueles que não podiam se defender das prevaricações, da miséria, das doenças... Nem mesmo quando ainda envergava o hábito de monge e os votos pronunciados lhe impunham obediência à vontade divina ele conseguira aceitar que a dignidade humana fosse pisoteada.

Por um longo instante, fechou os olhos, e depois começou a falar.

— Se você quiser, Alisa — disse, pacato —, eu lhe conto a minha história: talvez a ajude a compreender que o sofrimento faz parte da vida de todos nós.

A moça fungou e assentiu.

— Você sabe que antigamente eu era um monge beneditino, não?

— Sim, Bonizzo me contou.

— Oito ou nove anos atrás, já não recordo bem, o prior do meu mosteiro me impôs uma peregrinação penitencial: segundo ele, eu tinha cometido uma falta grave que exigia meu afastamento dos confrades...

— O que o senhor tinha feito? — perguntou a jovem.

— Eu havia tentado proteger uma mulher acusada de bruxaria. Não era verdade que ela fosse uma malfazeja — esclareceu ele, ante a expressão horrorizada de Alisa —, mas todos assim acreditavam e, após um processo sumário, condenaram-na à fogueira. Chamava-se Mary, como a mãe de Cristo. Parti da Inglaterra para chegar a Vezélay, na França, onde me fora ordenado retirar-me em penitência: ao longo do caminho, porém, alguns acontecimentos, os quais até hoje não consigo explicar, me convenceram a prosseguir minha viagem até os Alpes. Lá, numa minúscula aldeia perdida entre as montanhas de gelo, corri o risco de morrer, acusado, como Mary, de erros que não cometi. Foi somente graças a um aristocrata de bom coração que pude continuar vivendo: esse homem me hospedou em seu castelo e ali, por dois anos, ensinei ao filho dele as mesmas disciplinas que você está aprendendo agora. Depois, outras vicissitudes me conduziram a Milão...

— A Milão?! — exclamou Alisa, estupefata. — Mas então não é a primeira vez que o senhor vem à Lombardia!

— Não, não é a primeira vez. Permaneci longo tempo naquela cidade e, embora meus dias decorressem na paz de um grande mosteiro, também lá precisei enfrentar situações difíceis, que muitas vezes me fizeram arriscar a vida.

— Mas... — perguntou a moça, incerta — nunca pensou em retornar à Inglaterra?

Matthew a encarou, contendo um sorriso. Finalmente. Estimulada por uma saudável curiosidade juvenil, a atenção de Alisa estava tomando o rumo que a levaria, ao menos por curto tempo, a esquecer seu próprio desespero.

— Estive prestes a fazer isso três anos atrás, mas a sorte decidiu diferentemente.

O monge hesitou.

— Está lembrada, Alisa, das palavras de Sêneca que estudamos juntos, *ducunt fata volentem, nolentem trahunt*? Sabe qual é o significado delas?

— Sim, mestre. Segundo creio, significam que... aquilo que o fado decide por nós deve ser secundado, se não quisermos ser atropelados à nossa revelia.

— Está certo, muito bem. Esta máxima é sempre válida, ainda que se tenham passado séculos desde que ela foi escrita: devemos aceitar o caminho que o Onipotente estabeleceu para cada um de nós. Na maioria das vezes é difícil, porque não compreendemos qual é o objetivo de tudo, principalmente quando somos obrigados a enfrentar sofrimentos para os quais não estamos preparados.

A moça o fitava, em expectativa.

Matthew refletiu por alguns momentos, antes de continuar: talvez Alisa fosse jovem demais para entender. Mas depois, pensando em quantas tristezas ela já tivera de suportar em sua breve vida e em quantas outras dificuldades a esperavam, decidiu não lhe esconder nada.

— Três anos atrás, justamente quando eu estava pensando em retornar à minha terra, conheci uma mulher e me apaixonei.

Disse isso com simplicidade, sem acrescentar nada. Alisa continuava calada: já desde o início daquela sugestiva narrativa, havia parado de chorar.

— Abandonei o hábito de monge — prosseguiu Matthew, baixando a cabeça — e me casei com ela. Saímos juntos de Milão e fomos para Montpellier, na França. Lá, passamos a fazer parte da ordem dos Humilhados, ela como terciária leiga num hospital e eu como mestre de gramática.

— E por que está agora aqui em Lodi? E ela, sua mulher, por que não veio com o senhor?

Os olhos de Matthew se velaram.

— Quando partimos de Milão, seguiu conosco uma menina. Tinha ficado sozinha no mundo e minha mulher a acolhera em sua casa desde antes de me conhecer. Chamava-se Colomba, era curiosa, de inteligência aguçada, e sempre pronta a ser útil: eu a amei de imediato e não me foi difícil lhe servir de pai. Ela estava crescendo bem e eu já começara a lhe ensinar os primeiros rudimentos da escrita quando, há pouco mais de dois anos, desencadeou-se em Montpellier uma pestilência: poupou a mim e a pequena, mas contagiou minha mulher. Ela morreu em menos de um mês. Não consegui manter comigo a menina: Colomba foi tomada por uma grave forma de melancolia, e só os cuidados assíduos de uma amiga querida, uma mulher experiente na arte médica, conseguiram mantê-la viva. Depois da cura, a menina expressou o desejo de ficar com ela: eu sabia que a deixava em boas mãos, e assim preferi lhe fazer a vontade.

Alisa o encarava, atenta.

— Nunca entendi — continuou ele, calmo — por que o destino quis golpear somente minha mulher, deixando a mim e a menina imunes à doença. Torturei-me durante meses, pensando que aquela desgraça e a separação de Colomba fossem a justa punição por eu ter ousado abandonar o hábito. Talvez tenha sido isto mesmo, ou talvez o Altíssimo tenha querido me submeter a outra terrível provação, a fim de que eu compreenda que nada é dado para sempre. O tempo que passei com minha mulher e minha filha foi breve demais, o da dor pela perda delas não acabará nunca. Não consegui permanecer em Montpellier: as vielas, a nossa casa, a capela onde íamos rezar juntos, tudo se transformou num tormento... Decidi partir: eis por que estou aqui agora.

Alisa continuava a fitá-lo, sem falar. Os dedos de sua mão, encostada ao pescoço, enrolavam um cachinho dos cabelos.

— Quem mais sabe de toda essa história? — murmurou enfim, levantando-se lentamente do banquinho. — Bonizzo está a par?

— Não — respondeu o mestre —, seu tio sabe apenas o que lhe disse frei Vitale, o preboste de Lodi. Foi ele quem sugeriu a Bonizzo o meu nome como preceptor, depois que o confrade do mesmo grau dos Humilhados de Santa Maria de Brera, em Milão, o informou sobre minha disponibilidade para ensinar gramática. Tive de dizer a ambos que outrora eu vestia o hábito de beneditino, mas não contei mais nada, e nenhum dos dois me pediu informações sobre os últimos três anos. Talvez a carta de referência de frei Jacques, o diretor da "domus humiliata" de Montpellier, tenha bastado para convencê-los.

De pé ao seu lado, Alisa aguardava outras palavras, que não vieram. Matthew fitava um ponto impreciso na parede diante de si. Permaneceu imóvel por um momento, e depois levantou-se também.

— Eu já não sou jovem e as dificuldades que precisei enfrentar foram muitas, mas tento não desanimar, porque sei que haverá outras. Você deve ser corajosa, Alisa — disse, pousando as mãos sobre os ombros frágeis da moça —, sua vida mal começou e tudo ainda pode mudar. Quero que saiba que sou seu amigo. Pode confiar em mim e, sobretudo, não tenha medo. Muitas vezes a realidade é melhor do que nos parece.

Alisa olhou para ele.

— Obrigada — sussurrou, baixando os olhos.

— Delfina me disse que você não come há dois dias. Não acha que é o caso de recomeçar a se alimentar? Sem comida para encher a pança, as forças se vão e a mente se ofusca: não é o que você quer, certo?

— Não.

— Bem, então direi à sua doméstica que mande lhe preparar uma boa sopa. Cuide de si mesma, Alisa.

Matthew deixou caírem os braços ao longo dos flancos e saiu do aposento. Por um longuíssimo instante, a moça continuou de pé, imóvel. Seus pensamentos vagavam confusos. Depois, sem motivo aparente, ela se lembrou da boneca de pano com a qual brincava quando criança. Cautelosa, como se precisasse se esconder de alguém, aproximou-se da arca. Deslocou pilhas de roupas, de cintos, camisolas e calções, até que suas mãos encontraram a trouxinha macia que procuravam. Levantou-a diante do rosto: os olhos da boneca, pintados com negro de fumo, já estavam desbotados, a touca de seda estava rasgada e uma perna balançava, quase totalmente separada do corpo.

Apertou-a ao peito. Do outro lado da porta fechada, provenientes do fundo do corredor, ressoaram os gritos desconexos de Bernarda.

6

Burgo de Soncino

A carroça oscilava perigosamente sob o peso do madeirame. Os bois que a puxavam pararam diante do terrapleno onde, fixado a um suporte de ferro, estava montado o moitão. Dois homens subiram à carroça e, em equilíbrio precário sobre o assoalho, desataram as cordas e prenderam os dentes de uma grande tenaz ao redor de um tronco enorme. Pouco mais atrás, outros dois homens começaram a manobrar o contrapeso: o tronco se ergueu, oscilou por alguns instantes acima da carroça e, guiado pelos gestos experientes dos trabalhadores, rolou para o chão com um baque surdo. Uma nuvem de poeira escureceu o ar: o cavalo de Simon, apavorado com o barulho, desviou-se levemente e chocou-se com o de Gualdo.

Enquanto incitava sua cavalgadura a afastar-se do terrapleno, o miniaturista começou a tossir.

— Oh, o senhorzinho está sufocado! — zombou Gualdo, caindo na risada. — Vê-se que você jamais combateu, francês! Esta poeira não é nada, diante da que empesteia os campos de batalha!

Afastaram-se uns cem passos pelo caminho que descia até o rio. De onde se encontravam, tinham uma perspectiva completa do burgo: aninhado sobre uma pequena colina, era cingido por muralhas robustas. Fora do recinto, adiante do revelim, dezenas de homens trabalhavam alegremente escavando alicerces, erguendo postes de sustentação, montando traves.

— O que estão fazendo? — perguntou Simon, espantado com toda aquela operosidade.

— Ampliando o burgo, não está vendo? Dois anos atrás, Buoso de Dovara tornou-se podestade de Soncino e começou a derrubar metade da colina para construir as casas mais próximas da cidadela, a fim de garantir à sua gente uma defesa melhor. Sei que deverão acabar antes do próximo inverno e chegarão até lá embaixo — disse Gualdo, apontando o rio atrás deles. — Um belo trabalho, não acha? Na beira do rio também haverá novas construções, moinhos, torres de sinalização, corpos de guarda...

Simon se voltou. Pouco mais ao sul, onde as margens do Oglio se aproximavam uma da outra, havia sido montada uma ponte de chatas sobre a qual transitavam carrinhos, mulas e homens carregados de materiais.

— Esta parada será a última, não faremos outras — anunciou Gualdo, acompanhando o olhar do rapaz —, ainda temos três rios para atravessar e perderemos muito tempo nos pedágios das pontes. Ficaremos aqui só por dois dias, para ferrar os cavalos e deixá-los descansar.

Sem acrescentar mais nada, acenou aos dois guardas da escolta e, esporeando seu murzelo, avançou. Simon o seguiu. Estava com fome: por toda a viagem, haviam comido somente pão rançoso e carne-seca, regados por uma ou outra caneca de um vinho amargoso que Gualdo servia com muita parcimônia de um pequeno odre de couro. A estalagem de Soncino seria a primeira onde eles se deteriam: até então, de fato, haviam passado a noite nos estábulos de granjas encontradas ao longo do caminho. Muitos feitores tinham inicialmente relutado em acolhê-los, mas, depois de verem o sinete do senhor da Marca nas credenciais exibidas por Gualdo, de repente se haviam mostrado hospitaleiros, oferecendo pão preto e, algumas vezes, até leite e queijo. Bem sabiam que, caso se recusassem a dar asilo a um emissário de Ezzelino, correriam o risco de ver devastados seus campos e suas moradias.

Depois de percorrerem a breve subida que levava à cidadela, mostraram os salvo-condutos aos vigias e, ultrapassado o revelim de madeira e ferro, atravessaram a ponte levadiça. Entraram num vasto pátio quadrado, circundado por construções, e flanquearam uma escada angular. Simon deu uma olhada para o alto: os adarves estavam cheios de guardas. Do alojamento militar adjacente à escada saíram dois soldados: curiosos, observaram os recém-chegados e depois se dirigiram a um armazém que, a julgar pela quantidade de sacos empilhados contra a parede, devia conter grãos. Enquanto prosseguiam rumo ao centro do pátio, uma jovem saiu correndo do pórtico escuro de uma loja e por pouco não acabou entre as patas do cavalo de Gualdo. Escorregou e caiu, mas logo se levantou, praguejando, e, correndo como havia chegado, desapareceu pelo portão de uma casa estreita.

— São apressados, neste lugar! — exclamou Gualdo, rindo. — Veja — acrescentou, desviando o olhar das formas generosas da moça e apontando uma alta torre quadrada —, aqueles são o palácio da comuna e a capela do podestade. Chegamos ao centro do burgo, daqui prosseguiremos a pé.

Desmontou e, imitado por Simon, confiou o cavalo aos dois homens da escolta. Seguiram juntos pela via principal, em busca de uma estalagem. Encontraram-na quase de imediato, indicada por um comprido ramo de aveleira pendurado acima da arquitrave.

— Salve! — disse o estalajadeiro, indo ao encontro deles. — O que posso fazer pelos senhores?

O homem, corpulento, vestido numa túnica de lã e num avental amarrotado, esquadrinhou com interesse os novos clientes. Embora o estado dos trajes deles denunciasse as muitas horas passadas a cavalo, ambos pareciam ser de boa estirpe, sobretudo o mais velho. Se ficassem ali, poderia lhes alugar o quarto, em vez de dois enxergões no dormitório comum: seguramente, podiam se permitir pagar o preço mais alto.

— Queremos leitos para duas noites e refeições quentes — disse Gualdo, observando os únicos dois fregueses presentes no amplo local. Estavam vestidos de maneira digna, não mostravam sinais de embriaguez e a travessa diante deles estava cheia de carne fumegante. “Bom sinal”, pensou, “talvez tenhamos vindo à melhor hospedaria de Soncino...”.

Segurando uma vela acesa, o estalajadeiro os precedeu ao longo dos dois lances de uma íngreme escada de madeira e os conduziu até o quarto. Era muito pequeno, mas limpo: um banquinho e dois enxergões acomodados sobre o pavimento eram o único mobiliário. A janela, pela qual entrava muito pouca luz, abria-se para uma galeria coberta por um alpendre de tábuas, que avançavam até a parede da construção fronteira.

— Está do agrado dos senhores? — perguntou o homem, pousando a vela sobre o banquinho onde já havia outra, apagada.

— Sim — grunhiu Gualdo, livrando-se do manto. — Também precisamos de uma dorna com água quente e de uma serva que nos ajeite as roupas. Deverão estar prontas amanhã, à hora de vésperas.

Embora um tanto espantado por aquele pedido insólito, o homem anuiu, esclarecendo que eles poderiam descer ao espaço atrás da cozinha, aonde, ligada por uma canalização ao poço do pátio, chegava a água. Em meia hora, o ajudante a esquentaria na lareira e encheria a dorna, e depois a serva se encarregaria das vestes deles.

Gualdo se deixou cair sobre o enxergão: embora tentasse não o demonstrar, estava cansado. Considerou que o peso dos anos começava a se fazer sentir: talvez, refletiu, fosse hora de parar, de dedicar-se apenas às suas propriedades. Já haviam sido muitas as batalhas de que tivera de participar com Ezzelino: com a ponta de um dedo, aflorou a longa cicatriz que lhe descia do maxilar até a base do pescoço. Naquela vez, seu escudo havia desviado a lâmina o suficiente, mas ele se perguntava se, num corpo a corpo análogo, conseguiria se defender novamente. Não tinha certeza. Observou seu companheiro de viagem, que, deitado no colchão, fitava as traves do teto.

— Diga-me, Simon — perguntou de chofre —, você tem parentes em sua cidade?

Lentamente, o jovem virou a cabeça para seu interlocutor.

— Não — respondeu —, não tenho ninguém, nem pais nem irmãos. Três deles morreram ainda crianças, e o quarto se mudou para o norte da França. Após a morte do nosso pai, o meu mestre, Roger de Villeneuve, convidou-o para trabalhar comigo na oficina dele, mas Jacques recusou: jamais gostou de trabalhos manuais, prefere o comércio. Na última carta que me escreveu, dizia estar em Orléans, em companhia de um mercador de tecidos: desde então, passaram-se dois anos, e não tive mais notícias.

Calou-se e fechou os olhos. Não tinha vontade de falar, estava inquieto demais. Quanto mais pensava, mais se convencia de que, em vez das 20 liras prometidas, Ezzelino lhe pagaria com a morte. A dúvida, cada vez mais angustiante, havia envenenado suas últimas noites. Se pelo menos conseguisse fugir...

Seus pensamentos foram interrompidos por uma série de sonoros golpes na porta. Gualdo se levantou do enxergão e abriu. No vão apareceu a cara do estalajadeiro.

— A dorna está pronta, senhores — informou, com um sorriso servil.

— Tem certeza, Menego?

A voz de Gualdo soava preocupada. O homem da escolta assentiu.

— Passei as vésperas de ontem com um dos chefes dos guardas, como o senhor me ordenou. No início ele não queria falar, mas, depois de três canecas de vinho, soltou a língua. Dizem que no mês passado o imperador escapou de uma tentativa de envenenamento feita por um médico e que a ideia do homicídio partiu de Pier delle Vigne, seu conselheiro de mais confiança. A conspiração foi descoberta a tempo e, ao que parece, Pier delle Vigne quase foi linchado por uma multidão enfurecida. Eu também soube que dentro de alguns dias o imperador deixará Cremona, onde reuniu as tropas para outra campanha militar: a nova expedição será comandada pelo seu filho Enzo, acompanhado, no comando, por Buoso de Dovara e outros capitães imperiais...

— Então — interrompeu Gualdo —, quanto mais cedo chegarmos ao nosso destino, melhor. Quando Buoso começar a movimentar suas tropas, as estradas ficarão lotadas de soldados que vão retardar nossa marcha. Além disso...

Interrompeu-se a tempo. Os dois homens da escolta não tinham sido informados do objetivo daquela viagem. Provavelmente, pensavam que Ezzelino queria estabelecer novas alianças e que, como já acontecera, Gualdo era portador de uma missão. Embora tivessem deixado escapar alguns sinais de certa curiosidade quanto à incongruente presença do miniaturista, nenhum deles havia pedido explicações, como convinha ao seu papel de militares. Não era o caso, portanto, de que uma palavra a mais, pronunciada num momento de cansaço, viesse levá-los ao conhecimento daquilo que não deviam saber.

— Partiremos antes das vésperas — concluiu Gualdo, apressado —, e cavalgaremos a noite inteira. Mandem preparar logo os cavalos.

Virou-se e saiu da esquina do pórtico: a luz do sol, quase no zênite, feriu-lhe os olhos. Ele pestanejou e, em passos resolutos, dirigiu-se para a hospedaria.

7

Castelo de San Martino

A tampa da cesta era mantida fechada por uma fita de seda amarela que terminava num grande laço.

— Desate-o — disse Bonizzo. O sorriso com que ele acompanhou essa única palavra destoava do tom imperioso da voz.

O rosto de Alisa estava lívido. Fazia mais de uma hora que ela permanecia ali, de pé, na sala do castelo: tinha as pernas e os braços entorpecidos e, de vez em quando, uma vertigem lhe escurecia a vista.

Os dois homens estavam à sua frente, à espera. Desde o momento em que havia chegado, e enquanto lhe apresentava suas credenciais aristocráticas e lhe mentia listando o número dos bens ainda em sua posse, Ruggino não tinha parado de fitá-la. Embora velados pela idade, seus olhos brilhavam de excitação. Pouco antes, quando ordenara ao servo que fosse buscar o presente para a noiva, havia anunciado que ela encontraria na canastra uma surpresa. Alisa havia assentido, mas não conseguira sorrir: fosse o que fosse, aquela homenagem não lhe restituiria a serenidade perdida.

Aproximou-se da cesta, inclinou-se, desfez o nó da fita e levantou a tampa.

No fundo, acomodado sobre um paninho enrolado, aninhava-se um cachorrinho. Dormia. O pelo branco descia em longos cachos ondulados ao redor do corpo, a cauda envolvia as patas.

Por um instante, Alisa ficou imóvel, pasmada. Ergueu os olhos para Ruggino.

— Pode tirá-lo — exortou-a o homem —, é seu.

Hesitante, a jovem olhou mais uma vez dentro da cesta e depois, afundando os braços entre as paredes de junco, levantou o cãozinho. O animal acordou, ganiu por um instante e, balançando a cauda, estendeu o focinho para farejar sua nova dona.

— Gostou? — perguntou Ruggino.

As faces de Alisa haviam recuperado a cor. Como poderia não gostar daquela bolota fofinha e quente, que ofegava inquieta sobre seu peito, tentando passar a língua rosada na seda de sua veste?

— Sim... — respondeu com voz embargada — eu... eu lhe agradeço, senhor.

Ruggino sorriu satisfeito.

— Comprei de um mercador proveniente da França. Ele se dirigia a Roma, onde parece que esta nova raça de cães é muito apreciada pelas damas da nobreza. Dizem que as aristocratas francesas não conseguem dispensar a companhia deles e se divertem ao vê-los chapinhar nos lagos de seus castelos, perseguindo os patos... A raça se chama "*caniche*". E a senhorita, que nome lhe dará, Alisa?

— Oh, chega destas bobagens! — explodiu Bonizzo, irritado. Já demonstrara paciência demais em suportar aquela comédia melosa. — Agora que recebeu o seu presente, pode ir, Alisa — continuou. — Eu e Ruggino ainda precisamos discutir muitos detalhes do casamento.

Era uma ordem. Levando abraçado o cãozinho, a jovem saiu da sala. Quando a porta se fechou atrás dela, Ruggino olhou para seu anfitrião.

— O que me diz? Será que ela gostou de mim, pelo menos um pouco? — perguntou, incerto.

— Ora, o que me importa se o senhor agradou ou não à minha sobrinha? — exclamou Bonizzo. Suas pálpebras se fecharam a meio, deixando uma abertura estreita como a lâmina de uma faca. — Ruggino — sibilou ele —, por acaso mudou de ideia?

O velho o encarou em silêncio. Depois, endireitando o corpo numa atitude resoluta, aproximou-se e tomou as mãos dele entre as suas.

— O senhor não tem motivo para duvidar da minha fidelidade: honrarei o melhor possível os pactos estabelecidos.

— Bem, era o que eu queria ouvir. E agora, venha cá — disse Bonizzo, encaminhando-se para a escrivaninha, onde, ao lado de um tinteiro e de uma pena de ganso, estavam espalhadas algumas folhas. — Devemos combinar os festejos, que serão grandiosos: ao casamento assistirão os aristocratas e os cavaleiros de Lodi, além dos cônegos, e para o banquete que se seguirá convidaremos também os rendeiros e os camponeses dos arredores. Todos deverão dar-se conta da importância da estirpe dos San Martino!

Ruggino anuiu. Sentaram-se os dois no comprido banco encostado à parede e começaram a folhear os pergaminhos.

Com o pano de limpeza na mão, Delfina observava a pequena poça de urina junto da parede. A expressão do seu rosto não prometia nada de bom.

— Só nos faltava um cão! — resmungou, inclinando-se para enxugar o piso. — Como se eu já não tivesse muito o que fazer!

Alisa, sentada no colchão de plumas, segurava no colo o cachorrinho e lhe acariciava a barriga. O animal estava deitado de costas, com as patas no ar, e a cauda ondulava devagarinho, em sinal de contentamento.

— Resolvi — disse a moça, em tom vivaz. — Como é uma fêmea, vou chamá-la de Cátula, que em latim significa cadelinha. O que acha, Delfina?

A mulher ergueu o olhar do pano molhado que segurava: a resposta brusca que estava prestes a lhe sair dos lábios se desfez quando ela viu o rosto radioso de Alisa. Havia quanto tempo não a percebia tão feliz? Pobre filha... Talvez, refletiu, a companhia daquele bichinho pudesse ajudá-la a suportar melhor o que a esperava.

— Cá-tu-la... — silabou — Cátula... sim, no fundo pode funcionar... Seu mestre gostará da escolha desse nome, pelo menos o latim que lhe ensina não será desperdiçado! A propósito, ele já sabe desta novidade?

— Não, ainda não. Hoje está em Lodi, para discutir não sei o quê com o preboste dos Humilhados. Contarei amanhã, ou melhor, Cátula irá comigo e, se ele me permitir, ficará lá conosco durante a aula.

— Ah, não! Quer que eu tenha de limpar a urina dela também do piso da saleta de estudos?! Não, Alisa, você mostra a cadelinha a ele e depois a traz de volta para cá...

A moça depositou o animal no chão e se levantou. Cátula deu uma pequena corrida até a parede, seguida pelo olhar suspeitoso de Delfina. Alisa se aproximou da ama e, sem dizer palavra, refugiou-se entre seus braços. A mulher deixou cair o esfregão e estreitou-a contra si. Gostaria de pronunciar palavras de consolo, mas um nó lhe bloqueava a garganta. Ficaram abraçadas em silêncio por um longo momento, e depois, de chofre, Alisa se afastou.

— Aquele velho babão, que se acha esperto! — exclamou, repentinamente furiosa. — Presenteando-me a cachorrinha, acreditou comprar meu consentimento! Por acaso acha que eu sou uma estúpida? Tenho quase certeza de que me mentiu, falando de suas posses: um palácio aqui, uma residência ali, a granja, os terrenos férteis... Um aristocrata de alta linhagem que se apresenta diante do castelão com a veste cheia de manchas e muito mal cerzida nos pulsos! E se, em vez de serem prósperas como ele diz, suas propriedades estiverem à beira da ruína? Se este casamento tiver sido pactuado como uma troca de favores entre ele e Bonizzo? Por todos os demônios! Se realmente for isso, o que será de mim?

Boquiaberta, Delfina fitava Alisa. Jamais a ouvira falar daquele modo, aquela careta irada que lhe deformava os traços era totalmente nova. Como era possível que um instante antes brincasse despreocupada com a cachorrinha e agora, de repente, explodisse de raiva? O que Alisa acabava de dizer era verdade, mas a ama preferiria que ela não o soubesse. Tinha imaginado que, na inocência de sua pouca idade, a moça não perceberia até o fundo as tramas urdidas às suas costas. Esperava que, apesar de tudo, Alisa se tornasse uma esposa devotada e paciente. Por acaso não sabia que, conforme o uso, eram as famílias a decidir os destinos das jovens aristocratas, e que seria assim também no caso dela? "Não, minha menina", Delfina gostaria de dizer, "não deixe que as coisas tomem esse rumo! Não tenha medo, lute, defenda-se, fuja deste castelo maldito!". Apavorada pela enormidade daquilo que acabava de lhe passar pela cabeça, tentou reorganizar os pensamentos: com dificuldade, impôs-se recuperar a atitude severa que usara tantas vezes quando, em criança, Alisa merecia uma reprimenda.

— O que você acha? — explodiu, fingindo-se indignada. — Se seu tio decidiu casá-la com Ruggino, é por achar que, com este matrimônio, estará garantido também o seu futuro, e não somente o dele! Evidentemente, para ser feliz não basta ser esposa de um cavaleiro de belo aspecto... Lembra-se de Costanza, a filha dos Campolongo, aquela casada com o primogênito dos Cavenago? Você mesma me contou que, depois de gerar um monte de bastardos com outras mulheres, aquele porco repudiou a esposa, corrompeu um tabelião e se apoderou do castelo e das propriedades dos Campolongo!

Delfina ofegava. No rosto rubro, a expressão dos seus olhos, longe de parecer severa, revelava um quê de suplicante. Alisa a fitou: por um instante, a angústia que experimentava por si mesma foi sobrepujada pela pena daquela mulher, a quem amava como a uma mãe.

Deu um profundo suspiro.

— Sei de todas essas coisas, Delfina. No entanto, continuo achando que Bonizzo não se comportou como bom tutor. Poderia ao menos me informar sobre suas intenções, antes de combinar este matrimônio! Poderia me dizer a quem pretendia me dar como esposa, e quando. No entanto, não o fez. O que significa que não se interessa nem um pouco por mim, e que seus objetivos são bem diferentes. Ah, se meu pai ainda fosse vivo...

Não disse mais nada: seus lábios se contraíram numa linha fina. Ela apertou os braços em torno do próprio peito e virou-se para Cátula.

Do canto no fundo do aposento onde se acomodara, a cachorrinha trotou em direção à dona e, erguendo-se nas patas posteriores, começou a lhe raspar a veste. A moça tomou-a nos braços.

— Temo que ela tenha urinado de novo... — disse, sentindo molhada a manga, no ponto onde a cadela havia encostado o traseiro.

Delfina se voltou para olhar: uma nova poça pequenina reluzia sobre o pavimento. Fulminando o animal com o olhar, deslocou-se até a parede e recomeçou a secar o chão.

— A partir de amanhã, levo você para o pátio e você fica lá, até aprender a mijar e cagar lá fora! — resmungou baixinho. — Quero ver de nós duas quem vai vencer!

Alisa fingiu não ter ouvido essas palavras desbocadas. Abraçou Cátula e voltou a sentar-se no colchão.

8

Granja de San Martino

Marchisio inspecionou a palha, afastando as galinhas com um gesto do braço.

Só vinte ovos.

Praguejando, recolheu-os no cesto e saiu do galinheiro. Até as galinhas, agora! Mas o que estava acontecendo, meu Deus do céu? Seria possível que botassem tão poucos ovos? Isso já vinha acontecendo havia duas semanas e, se continuasse assim, em um mês ele não mais poderia vendê-los no mercado de Lodi nem alimentar os trabalhadores. Era só o que faltava! Como se não bastassem a colheita escassa do ano anterior e o tempo esquisito do inverno recém-terminado, que havia trazido neve às montanhas e pouquíssima chuva à planície... Marchisio bem sabia que, quando as estações se apresentavam estranhas, os únicos a pagar a conta eram os rendeiros: aos patrões, comodamente alojados em seus palácios, não importavam nem um pouco os esforços despendidos nos campos, os queixumes dos camponeses, as vacas que não pariam. A eles só interessavam os aluguéis de terras a embolsar e as homenagens que esperavam receber com regularidade, os frangos, os capões, o vinho, o mel e qualquer outro produto da granja. E agora, como se não fosse suficiente, havia também aquela outra história do contrato...

Com a ponta do tamanco, assestou um pontapé no ganso que o seguira grasnando até ali. O animal fugiu, assustado. Naquele momento, Marchisio sem dúvida não precisava da companhia de um ganso: devia era falar, isto sim, com sua mulher, e logo.

Atravessou o terreiro e dirigiu-se para o telheiro. À luz suave do ocaso, as pedras de rio com as quais fora construída a fachada de sua casa tinham assumido uma tonalidade rosada. Deteve-se um instante para olhá-las. Ainda recordava o empenho com que havia procurado os materiais de construção, muitos anos antes: as pedras arredondadas, a melhor argamassa, as traves, a madeira para a porta... Tinha edificado a moradia num só verão, com a ajuda de quatro trabalhadores, e depois fizera construir o estábulo, o galinheiro e os barracões para os camponeses. Era um rapaz então, e o entusiasmo por aquele arrendamento inesperado que lhe fora concedido pelo senhor de San Martino havia multiplicado suas forças. Plantara renques de videiras, semeara centeio, painço e trigo, e as colheitas haviam sido abundantes. Comprara quatro vacas e pagara a concessão para acasalá-las com o touro comunal: ano após ano, as vacas haviam parido, e agora podiam-se contar umas quarenta. Tivera sorte: as incursões dos soldados milaneses jamais haviam chegado a aflorar seus terrenos e, até aquele dia, a porção de bosque, as pastagens e as plantações tinham garantido tranquilidade e bem-estar à sua família. Mas e agora? O que aconteceria agora, se Bonizzo quisesse realmente alterar a duração de seu contrato de arrendamento?

Transpôs a soleira em passos decididos. À luz incerta da lamparina a óleo, viu sua mulher sentada, amamentando Germano, o caçula deles.

— De novo, vinte ovos, vinte, e só! — exclamou, jogando o cesto sobre a mesa.

— Devagar com estes ovos, por favor — replicou a mulher, alarmada —, ou teremos ainda menos!

Marchisio se sentou junto dela e segurou a cabeça entre as mãos.

— O que estará acontecendo, Savina? As galinhas botam poucos ovos, e duas das quatro vacas que cruzamos já abortaram: com o valor que nos custa a concessão do acasalamento, e se no verão não tivermos bezerros, teremos de vender umas dez cabeças. E não é só isso. Ontem, vistoriei os vinhedos e encontrei os sarmentos cheios de pulgões: se continuar assim, este ano não teremos nem mesmo vinho!

Levantou-se e deu um soco no ar.

— Parece que há uma maldição sobre as terras dos San Martino, meu Deus! — gritou, com raiva.

O bebê, assustado, largou o seio da mãe e começou a chorar.

Savina o acomodou no berço de balanço, pendurado no canto mais quentinho do aposento. Em silêncio, começou a fazê-lo ondular nas cordas. Aos poucos, o menino se acalmou. Marchisio observou a figura pesada de sua mulher. Quanto tempo se passara desde que haviam sido dois enamorados, cheios de esperança no futuro? Savina tinha sido uma jovem muito atraente, e os companheiros de farras haviam sentido inveja quando ele anunciara que ia se casar com ela. Depois, no decorrer dos anos, o trabalho, as gravidezes e a dor pelos três filhos mortos em tenra idade haviam desgastado nela o frescor e o entusiasmo. Agora, daquela antiga beleza restavam apenas alguns traços que só ele era capaz de reconhecer.

Aproximou-se e lhe cingiu a cintura.

— Venha cá — sussurrou, levando-a até o banco e fazendo-a se sentar. — Nós vamos conseguir, você vai ver, vamos conseguir também desta vez...

Savina o fitou: seus olhos o esquadrinharam, penetrantes.

— O que lhe disseram sobre aquela história do contrato? — perguntou, séria.

Marchisio hesitou. Que sentido fazia falar disso com ela? Só conseguiria causar mais uma grave preocupação: e se, como já acontecera, Savina se angustiasse a ponto de ver seu leite desaparecer? Não podiam perder o menino: aquela gravidez tinha sido a última, a idade dela não lhe permitiria outras. O bebê tinha de sobreviver.

A mulher lhe tomou a mão e pousou-a no regaço.

— Diga, Marchisio, eu quero saber.

O homem deixou caírem os braços sobre as coxas e começou a falar.

— Encontrei em Lodi o comerciante de pimenta que abastece a mesa dos San Martino. Ele me aconselhou a ficar alerta, pois parece que Bonizzo anda dizendo que quer mudar a duração do contrato de arrendamento: em vez dos habituais dez anos renováveis, parece que nos fará assinar um contrato bienal ou mesmo anual, e que, uma vez vencido, somente a ele caberá decidir pela prorrogação ou não. Compreende o que isso significa, Savina?

Significa que, depois de todo o trabalho que tivemos nestes terrenos, se Bonizzo decidir exigir uma locação superior à que podemos pagar, ou se tivermos colheitas escassas, mesmo que só por um ano, aquele bastardo pode nos mandar embora e procurar algum outro que se ocupe das suas propriedades. Deveremos sair desta casa, dispensar os trabalhadores e partir em busca de novas terras, ou então nos transferir para uma cidade e trabalhar como domésticos, ou sabe Deus o que mais...

Os olhos de Savina estavam fixos sobre a rachadura de uma tábua do piso. Uma aba da camisola que pouco antes ela havia afastado para amamentar o filho deslizou para o lado, descobrindo o seio. Ela não percebeu. Marchisio se soltou de sua mão e, com delicadeza, voltou a unir os dois lados do tecido e atou os laços.

A mulher se levantou e foi até o berço: o menino dormia. Em silêncio, aproximou-se da lareira e começou a mexer a sopa de couve que fervia na panela pendurada no gancho de ferro.

— Pai, pai! Olhe o que eu achei!

Antes mesmo de vê-lo, ouviram sua voz excitada. Recortado contra a luz moribunda do crepúsculo, Benedetto estava imóvel na moldura da porta. Com o braço afastado do corpo, segurava na mão direita a extremidade de uma cobra comprida; na outra mão, fechada em punho, apertava uma pedra.

— Fale baixo! — reprovou-o Marchisio, levantando-se. — Você sabe que a esta hora Germano está dormindo! O que é isso aí? — perguntou, indo ao encontro dele.

— É uma cobra, e bem grandinha! Está morta, pelo menos eu acho, porque não se mexe mais... Mas eu também trouxe a pedra com que a matei. Assim, se ela não estiver totalmente morta, o senhor mesmo pode acabar com... Quer ver? — perguntou o garoto, estendendo-lhe o seu troféu.

— Onde a encontrou? — perguntou Marchisio. Pegou o réptil e o observou com atenção: a cabeça estava esmagada.

— Escondida atrás do palheiro: eu estava encostando os feixes na parede quando a vi surgir entre meus pés. Peguei logo esta pedra no chão e, antes que ela pudesse fugir, golpeei-a três vezes, porque ela não parava de se mexer. Está morta, não, papai? — perguntou Benedetto, com um repentino tremor na voz.

— Mais do que morta! — exclamou Marchisio. — Não vê que a cabeça virou um mingau? Você teve boa mira e acertou o alvo, mas nunca mais faça uma coisa dessas. Se, em vez de uma inofensiva cobra-d'água, tivesse golpeado uma víbora, ela se voltaria e o morderia. O veneno da víbora mata, Benedetto, você sabe, não?

Mortificado, o garoto baixou os olhos.

— Eu achava... — murmurou.

— Sei o que você achava, mas agora chega. Por sorte, não aconteceu nada.

Savina, que se aproximara, olhou o réptil que pendia da mão de seu marido. Já vira muitas daquelas cobras junto do rio e já não as temia. Esta, porém, era mais robusta do que as outras. Com um frêmito, imaginou-a plantando os dentes no delicado tornozelo do seu filho. A mordida causaria um ferimento e depois uma chaga e depois, quem sabe, febres...

— Por que está tão gorda? — perguntou ao marido, enquanto a sombra de uma suspeita lhe atravessava a mente.

Como se ela tivesse de repente captado seu próprio pensamento, Marchisio a encarou por um instante, de boca aberta. Depois, sem responder, correu lá para fora. Cada vez mais confuso, Benedetto o seguiu.

Marchisio rumou decidido para o galinheiro. O garoto o viu abrir com fúria a portinhola e fazer saírem todas as galinhas, que se espalharam pelo terreiro, nervosas e cacarejantes. Depois de um tempo que lhe pareceu enorme, ouviu a voz alterada de seu pai cuspindo uma avalanche de palavrões. Não ousou se aproximar e voltou até a porta, onde sua mãe estava à espera. Savina lhe pousou uma das mãos sobre o ombro.

— Eu sabia! Sabia que devia haver um motivo! — berrou o rendeiro, saindo do galinheiro. Suas roupas estavam cobertas por fios de palha. — É por isso que esta vagabunda está tão gorda! É por isso que temos tão poucos ovos! — exclamou, sacudindo a cobra no ar. — Achei um monte de cascas embaixo da palha. Esta puta e sabe lá quantas outras estavam comendo os ovos!

— Mas como é possível? — perguntou Savina. — Esses bichos costumam comer rãs, peixes... Por que vieram até aqui?

Marchisio jogou a cobra na lareira: as chamas crepitaram por um instante e pelo aposento se difundiu um odor nauseabundo. Benedetto cobriu o nariz com as mãos.

— Não sei — respondeu o homem, despindo o gibão e sacudindo-o para livrá-lo da palha. — Esta é uma estação estranha: o nível do rio está mais baixo do que de costume, porque neste inverno choveu pouco, e pode ser que não haja comida suficiente para essas serpentes. Então elas escalam as margens e vão até onde puderem achar o que comer. O problema é que, para uma que descobrimos, deve haver mais cem que se escondem. Estes animais são adaptáveis, Savina, e nos nossos campos certamente não faltam canais onde elas podem construir ninho. Devemos achá-las todas, e logo. Amanhã vou encarregar alguns trabalhadores de bater os fossos palmo a palmo, até encontrarem a última dessas cobras. Se não fosse você — continuou, voltando-se severamente para o filho —, eu nunca me lembraria de conferir o galinheiro... Agora vá, chame de volta as galinhas e retorne: a sopa está pronta.

Confortado pelas palavras de reconhecimento do pai, Benedetto assentiu e correu ao terreiro para fazer sua tarefa.

— É esperto esse garoto — disse Marchisio, sentando-se à mesa. — Eu deveria ter pensado nisso, em vez de me limitar a resmungar pela escassez dos ovos... Mas imagine se vou ter de aprender o ofício com um ranhento de 13 anos! Talvez eu esteja envelhecendo...

A mulher não respondeu. Sentou-se, pegou sua colher e afundou-a na sopa fumegante.

9

Lodi

Bonizzo desmontou e confiou o cavalo ao doméstico que o seguira até ali em lombo de mula.

— Volte daqui a uma hora — ordenou, estendendo-lhe as rédeas.

O homem pegou-as e se afastou rumo ao beco lateral, onde havia uma cocheira destinada a receber temporariamente as cavalgaduras que transitavam pela cidade.

Com um respeitoso aceno de cabeça, o guardião do palácio saudou o castelão, sem detê-lo: sabia que seu senhor o esperava.

Bonizzo atravessou o pátio e subiu a escada de pedra que levava aos ambientes superiores, onde seu anfitrião o receberia.

Depois de submeter-se ao acurado exame de um vigia plantado diante da porta, entrou. Do fundo do corredor escuro, veio ao seu encontro um servo que ouviu seu nome e desapareceu atrás de outra porta. Alguns instantes mais tarde, o homem o convidou a segui-lo.

— Salve, Bonizzo, eu estava à sua espera!

A voz trovejante de Giacomo Overgnaghi o acolheu na enorme sala. Espantado como sempre pela magnificência daquela decoração, Bonizzo deixou vaguear o olhar pelas tapeçarias de seda bordada que cobriam dois dos quatro lados e, com certa inveja, observou mais uma vez a grande lareira que se abria nas profundezas de pedra da parede. Em passos incertos, encaminhou-se para a longa mesa de cavaletes sobre a qual se alinhavam oito castiçais duplos de prata que sustentavam velas de cera. No meio, uma grande travessa cheia de doces ladeava uma jarra e duas canecas preciosamente cinzeladas.

— Venha, sente-se aqui comigo — convidou o aristocrata, oferecendo-lhe uma das duas cadeiras de espaldar. A um aceno seu, o doméstico serviu o vinho e em seguida se retirou.

— O que acha deste vinho, Bonizzo? Sabe de onde vem? Você não vai acreditar: vem da Sicília, o reino do nosso amado imperador! É um vinho de dois anos, e as barricas chegaram no verão passado. Imagine, foi o próprio Frederico quem as enviou para mim, e, embora tenha feito uma parte da viagem por mar, este néctar não perdeu nem um pingo do seu aroma. Sinta que perfume! — acrescentou, estendendo a caneca ao visitante.

Bonizzo experimentou a bebida. Era um vinho inteiramente diferente daqueles aos quais estava habituado: o sabor suave acariciava a língua e deixava na boca um toque açucarado.

— E você ainda não provou estes doces! — prosseguiu Giacomo, colocando-lhe na mão uma espécie de grande amêndoa marrom. — São obra da nossa cozinheira, que é sarracena, como as escravas do imperador: ela os faz com amêndoas, mel, ovos e gengibre. Diga, não são deliciosos?

Atropelado por aquela torrente de palavras, Bonizzo não pôde senão assentir, enquanto, com cautela, tentava mastigar aquela pasta dura demais para seus dentes deteriorados.

— Bom — disse Giacomo, depois de devorar quatro daqueles docinhos e de esvaziar a caneca —, agora que nos revigoramos, vamos ao motivo pelo qual mandei chamá-lo.

Enxugou os lábios com a manga da veste e levantou-se. Os drapeados da seda finamente costurada não conseguiam mascarar sua figura corpulenta, clara testemunha de uma indiscutível propensão para a boa mesa.

— Há cerca de um mês, está hospedado em meu palácio um comerciante de arte: chama-se Guidotto dal Canale. Sabe quem é?

Bonizzo balançou negativamente a cabeça.

— É um velho conhecido, com quem já fiz mais de um negócio. Ele comercia todo tipo de objeto precioso, de tecidos a joias, e tem grande experiência nos mercados. Tenho muita consideração por ele, e é por isso que, quando me pediu para ficar algum tempo aqui comigo, não pude me negar. Vou logo dizendo o motivo desse pedido: Guidotto precisou fugir de Milão, e sabe por quê? Porque corria o risco de ser preso, por causa de uma mercadoria especial que pretendia vender.

— Mercadoria roubada? — perguntou Bonizzo, indiferente, antes de levar a caneca aos lábios.

Giacomo o fitou.

— Em certo sentido — respondeu —, Guidotto está guardando um objeto que pertenceu ao imperador Frederico. Um manuscrito.

O castelão arregalou os olhos e engoliu às pressas o trago de vinho recém-sorvido.

— Um... um manuscrito de Frederico? — balbuciou, pousando a caneca sobre a mesa.

Contente pelo efeito obtido com aquela revelação, Giacomo assumiu uma atitude grave.

— Veja bem, Bonizzo, o que estou para lhe revelar é um segredo, e espero que você se dê conta do privilégio que é ser colocado a par disso. Parece — continuou, depois de uma pausa — que a coletânea de pergaminhos em poder do negociante é aquele famoso tratado de falcoaria escrito de próprio punho pelo imperador, do qual ele se vangloria há anos. Não sei como chegou às mãos de Guidotto: ele me contou que provavelmente o tratado foi roubado no ano passado, durante o saque ao acampamento de Vitória, e, por uma situação fortuita e após muitas peripécias, foi entregue justamente a ele. Não sei se acredito, mas de qualquer modo não é esse o problema. Guidotto pretendia bater a praça de Milão para tentar vender o manuscrito, mas seu primo Ghiberto, que também é negociante e tem loja em Milão, desaconselhou-o vivamente a fazer isso. Disse que, se viesse a público que tipo de objeto ele tinha em mãos, as autoridades comunais podiam prendê-lo sob a acusação de ser adepto de Frederico. Ele o exortou a vir para Lodi, onde somos todos seguidores do imperador, e a permanecer aqui por alguns meses, esperando que comece esta nova guerra da qual estão falando, contra Bolonha. Então, quando o podestade e o arcebispo estiverem empenhados em reunir as tropas e estabelecer novas alianças, talvez se dê menos atenção às transações comerciais e, com a ajuda do primo, Guidotto poderá tentar novamente vender o tratado. Até lá, estará em segurança aqui conosco.

Bonizzo havia escutado em silêncio tenso essa longa exposição, e agora começava a se perguntar o que ele tinha a ver com tudo aquilo.

Giacomo levou a caneca aos lábios e tomou um bom gole de vinho.

— Você deve estar se perguntando — recomeçou, limpando a garganta — por que eu o convoquei aqui e decidi lhe contar esta história. A razão é simples: não posso mais me permitir conceder hospitalidade ao negociante, e peço que você faça isso em meu lugar.

O castelão o encarou, embasbacado.

— Eu?! — exalou, rouco.

— Sim, você.

— Mas por que eu? Por que o negociante não pode... não pode continuar aqui no seu palácio?

— Porque as coisas estão ficando muito perigosas. Como você pode imaginar, este não é um período fácil para minha família, os conflitos com as Sommariva vêm sendo cada vez mais ásperos. Você bem sabe que aqueles malditos continuam a tramar intrigas para buscar o apoio de comerciantes e artesãos. Se o obtiverem, instalarão seus seguidores nos cargos máximos da cidade e nos expulsarão, os Overgnaghi, das posições que ocupamos em todos estes anos. Está prestes a começar uma guerra sem exclusão de golpes, Bonizzo, e eu estarei na linha de frente em todas as batalhas que se apresentarem. Embora já não seja jovem, devo defender o destino da minha família e dos meus filhos, que combaterão ao meu lado. Não posso permitir que um punhado de populares, sem experiência de governo e guiados por aristocratas ávidos, interessados somente no poder, venha se apoderar da cidade! Portanto, como vê, a presença de Guidotto se tornaria um transtorno: minhas frequentes ausências do palácio já não poderão garantir a ele a proteção adequada e, pior ainda, esta seria submetida a sério perigo se alguém viesse a saber do manuscrito. Assim, já que por enquanto o negociante não pode se afastar de Lodi, pensei em você: seu castelo — continuou, mordendo mais um docinho — está situado no condado, excluído das disputas citadinas mas suficientemente próximo à cidade: então, o que pode haver de melhor do que o refúgio guardado por um homem que é partidário do imperador? Ninguém o saberá e, de qualquer modo, sua moradia é adequadamente fortificada e defendida por um alentado corpo de guarda.

Bonizzo não replicou logo. Tentou raciocinar depressa e em seguida, sem esconder a desconfiança, fez a pergunta que desde o início daquela complicada explicação estava na ponta de sua língua.

— Mas por que, em vez de correr todos esses riscos com o negociante, você não o obrigou a restituir o manuscrito ao imperador? No fundo, me parece que sua fidelidade a Frederico vem de longa data. Não acha que ele lhe ficaria agradecido por um tal ato de tributo? Não creio que você teria dificuldades para lhe enviar um despacho com a notícia do achado do tratado: Cremona não fica longe, e dizem que o imperador ainda se encontra lá...

Os lábios de Giacomo estavam molhados pelo vinho recém-bebido e uma gota rosada lhe descia pelo queixo: ele a esfregou com os dedos.

— Veja bem — respondeu, pousando a caneca —, nem sempre os motivos que levam a determinadas decisões podem ser manifestados abertamente, e, neste caso, você deve aceitar minha reticência: basta-lhe saber que é bem motivada. Não me pergunte mais nada, Bonizzo. Ou melhor — acrescentou, fitando-o com olhos penetrantes —, eu é que gostaria de saber: quando você acredita que poderá honrar o débito que contraiu comigo?

As mãos do castelão se fecharam em punho entre as dobras da veste. Overgnaghi o estava chantageando: se ele não acolhesse o pedido de hospitalidade para o negociante, Giacomo exigiria a imediata restituição do dinheiro que lhe emprestara no ano anterior. Não podia devolvê-lo, não agora, com todas as despesas que deveria bancar para o casamento de Alisa, e aquele bastardo sabia disso muito bem! "Eis por que você interpelou logo a mim, filho da puta!", pensou, raivoso.

— Sabia — disse, em vez de responder — que eu estou para casar minha sobrinha?

— Sim, com Ruggino Cataneo, me contaram.

— As núpcias serão no outono e, como você pode imaginar, exigirão um enorme desembolso de dinheiro: a cerimônia, os festejos, as roupas, os móveis... Como eu poderia honrar logo agora esse débito, Giacomo? Se você puder esperar mais alguns meses...

O aristocrata levou a mão à frente da boca para disfarçar um arroto. Os dedos esconderam seu sorriso.

— Esperarei — disse, benévolo —, não quero que nossas relações de amizade sejam arruinadas por um débito idiota! — Levantou-se. — E então, posso garantir ao negociante que ele gozará de sua hospitalidade?

— Sim, diga que daqui a dois dias ele poderá ir para o castelo. Você sabe, é só o tempo de mandar preparar um aposento adequado...

— Muito bem. Ah, já ia esquecendo: evidentemente, Guidotto sabe que eu informei você sobre o manuscrito, do contrário não poderia pedir sua colaboração. Eu também disse que, se você quiser ver o documento, não há motivo para que ele se recuse a mostrá-lo: caberá a você ser o mais discreto possível a respeito.

Bonizzo anuiu e se levantou por sua vez. Estava furibundo. Gostaria de gritar na cara de Giacomo que havia compreendido muitíssimo bem o imbróglio em que ele o estava envolvendo. Qualquer coisa que desse errado naquela história, a responsabilidade seria exclusivamente sua: era ele quem escondia o negociante e seu perigosíssimo tesouro, era ele quem se arriscava! Sem dúvida não eram os temores pelo destino da própria família que haviam impelido Giacomo a expedir Guidotto para seu castelo, mas sim o medo de dever prestar contas ao imperador! Se pelo menos soubesse por que ele não queria devolver a Frederico o manuscrito...

Depois de fitá-lo em silêncio, o aristocrata se aproximou da janela e afastou a cortina. O linho branco, admiravelmente bordado em motivos florais, ondulou de leve, inflando-se um pouco ao sopro de vento que vinha de fora.

— Viu ali? — suspirou, apontando as árvores que margeavam o rio. — Estão dando os primeiros brotos: esperemos que a nova estação traga bons conselhos a todos...

Sem compreender o significado dessas palavras totalmente incongruentes, Bonizzo o encarou, esperando ser liberado.

Giacomo se voltou e fez tilintar uma pequena sineta pendurada a um gancho da parede. A porta se abriu e o doméstico entrou.

— Acompanhe o senhor de San Martino — ordenou. Depois de acenar em despedida, sentou-se à mesa.

Girando entre os dedos a caneca de vinho, começou a refletir. Finalmente, havia conseguido tirar de perto o negociante de arte! Quando este aparecera ali e lhe explicara o motivo de sua presença, ele tinha logo pensado em lhe propor devolver o manuscrito a Frederico, mas Guidotto o prevenira, afirmando: "Não tenho a menor intenção de renunciar ao negócio da minha vida." Giacomo sabia não se encontrar na posição adequada para impor condições. O negociante, que ao longo dos anos havia batido frequentemente a praça de Lodi, era mais do que um velho conhecido, como ele tinha dito a Bonizzo. Era seu prestamista pessoal, e mais de uma vez Giacomo havia precisado recorrer a ele para reforçar sua própria liquidez. Fazia já quatro anos que tomara emprestadas a Guidotto as vinte liras usadas para financiar a campanha contra os Sommariva. No intervalo, seus dois filhos homens tinham sido agraciados com o título de cavaleiro e as despesas com cavalos, armas e armaduras não lhe permitiram saldar o débito, cujos juros se tornavam cada vez mais pesados. Mesmo naquele momento, não tinha condições de honrá-lo, e estava certo de que Guidotto suspeitava disso: não havia mencionado o assunto, mas como podia ignorar que, com aquela iminente batalha a travar contra os opositores, ele não poderia se privar do dinheiro? Se o restituísse agora, com que fundos pagaria aos informantes e aos adversários dispostos a passar para o seu lado? Que Guidotto fizesse o que quisesse com o tratado, o importante era que não reclamasse seu crédito e fosse embora da cidade o mais depressa possível! O problema era que não podia dispensá-lo com maus modos e sem explicações. Tinha pensado logo no castelo de San Martino e levado umas duas semanas para convencê-lo a transferir-se para lá. Agora, depois da conversa com Bonizzo, estava seguro de ter feito a coisa certa: que aquele castelão de meia-tigela se encarregasse de resolver a questão, ele, aquela desmilinguida de sua sobrinha e seu casamento dispendioso!

"É assim que o mundo anda", disse a si mesmo, "eu lhe faço um favor e você me presta outro em troca: o importante é que o meu favor seja mais vinculatório do que o seu..."

Sorriu. Encheu mais uma vez a caneca de vinho e começou a saboreá-lo lentamente.

10

Lodi
Margem do Adda

De repente, o estrépito dos cascos se atenuou, abafado pela areia que, para além das últimas árvores do bosque, descia até o leito do rio.

Gualdo e Simon detiveram os cavalos. Os dois homens da escolta precederam-nos em direção à ponte. Era a hora terça, e o posto de guarda já estava lotado.

— Temo que tenhamos de esperar um bom tempo — disse Gualdo —, a não ser que a assinatura de Ezzelino no salvo-conduto induza os guardas a nos passar na frente dos outros...

Simon assentiu. Diante dele, na outra margem, erguiam-se as muralhas da cidade: tinham uns dez braços* de altura e eram tão compactas que lhe recordaram os espigões graníticos que, em sua terra, muitas vezes surgiam inesperados, separando um vale de outro. O recinto não apresentava acessos, mas só uma grande porta que se abria na outra extremidade da ponte, um pouco acima do porto, lotado de barcaças e pequenas chatas no atracadouro. À esquerda, onde as muralhas dobravam para o sul, um vasto palude escondia suas margens entre os arbustos densos da orla de uma floresta.

— Veja — disse Gualdo —, Menego já está voltando. Evidentemente, as credenciais que mostrou convenceram o corpo de guarda a nos dar pre-

---

*Antiga unidade de medida correspondente ao comprimento de um braço, entre 0,58 m e 0,70 m. Não confundir com braça, que oscila em torno de 2 m. (*N. da T.*)

cedência. Ouça quantos insultos estão nos lançando! Não creio que toda aquela gente na fila aprecie o favor que nos foi prestado!

Deu uma risadinha e esporeou o cavalo. Simon seguiu atrás, serpenteando cauteloso em meio àquela multidão de pessoas, carroças, mulas. À passagem deles, muitos rostos se levantaram para olhá-los, malévolos: alguns cuspiram.

Transpuseram a ponte de madeira e, passada a porta que dava acesso à cidade, começaram a subir o leve aclive da rua principal. Ladeada por edificações altas, a via era cortada por dezenas de becos tão estreitos que mal permitiam o acesso.

— Pronto — disse Gualdo, virando-se para Simon e apontando a esquina de um largo —, chegamos.

O jovem aproximou-se e observou com atenção o palácio. Construído em pedra e precedido de um pórtico, terminava numa torre de tijolos que dominava a praça: a imponente residência de um aristocrata de alta linhagem.

Gualdo desceu do cavalo e, depois de pedir de volta o salvo-conduto a Menego, ordenou a Simon que o aguardasse ali. Confiou-lhe as rédeas do seu animal e se encaminhou para a entrada. O guarda o perscrutou, suspeitoso: segurou o pergaminho que lhe havia sido entregue e conferiu o sinete. Levantou os olhos do rolo e novamente esquadrinhou Gualdo. Em seguida, desapareceu pelo portão de entrada.

— Ficaremos numa granja! Uma granja, meu Deus!

Transtornado de raiva, Gualdo falou alto demais. Ali perto, um freguês se deteve com a colher no ar e virou-se para observá-lo. Gualdo o encarou duramente e o homem baixou os olhos para sua sopa. Estava muito preocupado com aquela inesperada mudança de programa: em Lodi, onde podia contar com vários conhecidos de Ezzelino, seria mais fácil ficar de olho em Simon, e este, se por acaso lhe passasse pela cabeça tentar a fuga, jamais conseguiria seu intento. A cidade era solidamente fortificada e pululava de homens armados: bastaria dar a ordem e em um instante o francês seria achado e devolvido a ele. Já no condado, percorrido por mil trilhas, Simon poderia se esconder em alguma grota ou no coração do bosque, e ali, apenas com a ajuda dos dois guardas que os acompanhavam, tudo seria mais complicado.

Uma dor surda começou a lhe fazer latejar a cabeça. Segurou-a entre as mãos e tentou se acalmar. Sentado à mesa diante dele na estalagem lotada, Simon fitava a grande fatia de pão preto sobre a qual branqueavam os ossos da lebre assada: Gualdo mal a tocara. O jovem não ousava encarar seu companheiro: nunca o tinha visto tão furioso e não compreendia que diferença podia fazer, para um homem habituado aos rudes desconfortos da vida de soldado, alojar-se num palácio ou numa granja.

Gualdo levantou a cabeça e abriu as mãos sobre a mesa.

— Iremos para lá amanhã — disse — e permaneceremos o mínimo necessário para concluir a tarefa que nos foi confiada. Aquele maldito Overgnaghi! — exclamou baixinho, olhando ao redor para conferir se ninguém os escutava. — Não podia continuar hospedando o comerciante em seu palácio, em vez de mandá-lo para aquele... — hesitou — como diabos se chama o castelão? Aquele... aquele Bonizzo...! Giacomo Overgnaghi me disse que o rendeiro de San Martino é quem nos dará pousada, como se costuma fazer com os visitantes de passagem. Se Giacomo nos tivesse hospedado, como era intenção de Ezzelino, eu lhe explicaria o motivo da nossa presença aqui. Ele e o meu senhor têm relações de amizade e não seria difícil convencê-lo a fazer o negociante nos mostrar os pergaminhos. Mas, estando assim as coisas, eu sequer lhe falei do manuscrito: disse que Ezzelino me encarregou de fazer uma inspeção na cidade e nas terras do condado, com vistas a uma possível transferência sua para Lodi. Esta será a história que contarei a todos de agora em diante. — Olhou para o miniaturista. — Estou avisando, Simon — sibilou, num sussurro —, um só movimento errado de sua parte, e você está morto.

Os olhos azuis do jovem o fitaram, cientes. Gualdo jogou umas moedas sobre a mesa.

— Esta mesma noite escreverei uma carta a Ezzelino e o informarei sobre esta maldita mudança de programa. E agora vamos dormir — concluiu, brusco —, acordaremos antes do amanhecer. Por volta da hora terça, já deveremos estar alojados na granja de San Martino.

Granja de San Martino

Com as últimas e decisivas vassouradas, Savina acabou de limpar o aposento que abrigaria os dois forasteiros. Encostou a vassoura à parede, afofou os colchões e estendeu por cima as duas cobertas de lã. Colocou velas sobressalentes sobre a minúscula mesinha de cavaletes, conferiu se o painel de encerado estava fechado sobre a janelinha e observou o resultado daquela trabalheira: embora o ambiente não pudesse ser considerado elegante, agora estava bem limpo. Claro, se do estábulo ali atrás não se propagasse todo aquele fedor de estrume, seria melhor, mas não podia fazer nada: se o senhor de San Martino tivesse realmente consideração pelos dois homens prestes a chegar, iria alojá-los no castelo, e não ali! Quando, na véspera, o doméstico de Bonizzo tinha vindo anunciar que eles deveriam oferecer hospedagem a dois visitantes, Marchisio se enfurecera. "Mas como?", berrou, depois de ficar sozinho com ela. "Com todas as dificuldades que já devemos enfrentar, agora aquele bastardo também nos impõe alimentar dois desconhecidos e dar nossas camas para eles dormirem, sabe lá por quanto tempo!" Savina levara mais de uma hora para acalmá-lo, dizendo que, afinal, embora não o prestassem havia muito tempo, aquele serviço era uma obrigação devida ao senhor, e que, se eles se recusassem a cumpri-la, Bonizzo teria um motivo a mais para rescindir o contrato de arrendamento.

Fechou a porta. Embaixo, o pequeno Germano chorava: já passava algum tempo da hora da mamada. Ela desatou a camisola e desceu a escada correndo.

Castelo de San Martino

O tratado jazia aberto em cima da mesa do escritório privado de Bonizzo. Guidotto dal Canale observava a expressão de estupor impressa no rosto do castelão. Preferiria não ter de mostrá-lo, mas Overgnaghi tinha sido claro. "Ele o hospedará não se sabe por quanto tempo", dissera, "o senhor não vai querer impedi-lo de admirar seu tesouro, não é? Além disso", acrescentara, dissimulado, "é bom que Bonizzo compreenda logo a delicadeza do encargo que lhe confiei, mandando o senhor para lá: depois de ver o manuscrito, vai se dar conta de quanto este é precioso e aumentará ao máximo o nível de guarda ao redor de sua pessoa."

A voz de Bonizzo o desviou de seus pensamentos.

— Mas o senhor diz... — murmurou o castelão — o senhor diz que estas páginas são de próprio punho do imperador?

— Basta observar as iluminuras — respondeu Guidotto, em tom sabichão. — Quem o senhor acha que ousaria mandar pintar no frontispício semelhante figura em majestade, senão o próprio Frederico? Por acaso acha que o imperador permitiria que algum outro, em seu lugar, escrevesse um texto em folhas miniaturadas com tanta arte? É dele, Bonizzo, este manuscrito é dele, a prova é que o tratado se interrompe no *incipit* de um novo capítulo. Se este não lhe tivesse sido subtraído de repente, Frederico teria continuado a escrever naquela página.

— E o senhor realmente acredita que conseguirá vendê-lo? Não me parece fácil, ainda que...

— Ainda que, justamente — interrompeu Guidotto, seco. — Bonizzo, eu sou um negociante estimado e exerço este ofício há mais de vinte anos. Se estou aqui, esperando poder encontrar o cliente certo, é porque sei o que faço. Aliás — disse, fechando o livro e metendo-o no saco de couro —, devo lhe pedir que não fale do manuscrito com ninguém.

— Fique tranquilo, serei mudo como um túmulo e, se alguém me perguntar o motivo de sua presença no castelo, direi que, como o senhor comercia com tecidos preciosos e está esperando do Oriente uma nova carga, decidi hospedá-lo justamente para poder escolher, antes de todos os seus clientes, as melhores sedas.

Olhou para o outro, satisfeito. Ia acrescentando alguma coisa quando gritos desumanos, seguidos por outras vozes alarmadas e por uma correria precipitada, ressoaram do outro lado da porta fechada.

— Não é nada... — apressou-se Bonizzo a dizer, embaraçado pela expressão pasmada do seu hóspede. — Trata-se de minha mãe: ela está muito velha e sofre de uma forma de frenesi que, no entanto, é totalmente inofensiva. De vez em quando perde o controle, mas nossos servos e sua doméstica pessoal sabem como tomar conta dela.

Os berros se atenuaram num choramingo baixinho, que se extinguiu instantes depois. Bonizzo abriu cautelosamente a porta e espiou para fora.

— Venha — murmurou —, ela já foi. Pode retornar ao seu quarto.

— Gostaria de dar uma volta pelas suas terras — disse Guidotto, seguindo-o pelo corredor. — Acha que um dos seus guardas poderia me escoltar?

— Claro. Darei imediatamente a ordem para um soldado ficar à sua disposição.

Bonizzo se despediu e Guidotto, de volta ao seu quarto, recolocou o manuscrito no cofre de ferro. Fechou-o, meteu a chave na escarcela que trazia pendurada à cintura e amarrou bem apertados os cordões. Depois jogou o manto nas costas e se dirigiu às cavalariças.

Granja de San Martino

Benedetto se deteve com as mãos no ar: algumas folhas do agrião que ele acabava de colher caíram no chão. A poucos passos dali, do outro lado da mureta que separava a horta das primeiras plantações, um homem elegantemente vestido cavalgava a passo, seguido por um soldado do senhor. O desconhecido não se dignou de lhe dedicar um olhar, e o garoto o viu afastar-se rumo ao rio.

"Mas o que está acontecendo?", perguntou-se. Justamente naquela manhã, tinham chegado dois forasteiros à sua casa, e agora um outro circulava pelos campos. Essa nova situação não o agradava, não o agradava nem um pouco. Seu pai estava enfurecido e sua mãe, embora tentasse disfarçar, parecia inquieta.

Deu um pontapé numa pedra e, pendurando a cesta no braço, inclinou-se para recuperar a verdura caída.

11

Campina de San Martino

A cachorrinha dormia sobre a grama, junto aos pés de Alisa. De vez em quando, enquanto escutava sua aluna repetir a lição, o mestre lançava uma olhadela ao animal. Na véspera, Bernarda tinha descoberto a presença de Cátula no castelo. Havia cruzado com ela quando saía do seu quarto e, antes que a doméstica pudesse intervir, agarrara a pobrezinha, aos berros, e a lançara longe, sobre o pavimento, como se aquilo fosse uma ratazana repugnante. Cátula escorregou até a beira da escada, onde, plantando as unhas na madeira, finalmente parou: se caísse daquela altura, seguramente morreria. Ganindo, claudicou até o quarto de Alisa: a doméstica reconduziu Bernarda aos seus aposentos, sem conseguir interromper o rio de obscenidades que lhe saíam da boca. Alisa se apavorou, mas a cadelinha se recuperou quase de imediato e, em duas horas, tinha readquirido sua andadura normal.

Agora, Matthew nem se surpreendia mais; pelo contrário, até lhe pareceria estranho que inclusive ali, no último lugar aonde sua infinita peregrinação o conduzira, não lhe aparecesse um cão. Fazia anos que aquelas criaturas o seguiam em suas perambulações: primeiro na França, depois nas montanhas do Vale Augusta, depois em Milão... Não sabia se um destino bizarro reservava logo a ele essas companhias, mas tinha certeza de que todos os cães que encontrara em seu caminho tinham alegrado a vida das pessoas que lhe haviam sido caras.

A imagem de uma menina correndo despreocupada, com o cãozinho ao lado, invadiu-o sem aviso prévio. Ele fechou os olhos.

— ... Mestre?

A voz de Alisa lhe chegou amortecida, como se viesse de muito longe.

— E então — disse ele, com dificuldade —, onde paramos?

— Nos três tipos de estilo oratório de que Cícero fala... — respondeu a jovem, enquanto a brisa leve do rio lhe despenteava os cabelos: ela havia tirado a touca, que jazia no chão ao seu lado.

Matthew estava para convidá-la a prosseguir na enumeração dos três gêneros oratórios quando escutou um tropel de cascos. Virou-se: o guarda que os escoltava, sentado sobre uma pedra um pouco atrás, saltou de pé e desembainhou o punhal.

Do bosque surgiram dois homens a cavalo. O primeiro, de meia-idade, vestia uma garnacha forrada de peliça que lhe deixava livres as pernas calçadas em pesadas botas de couro; o segundo, pouco mais que um rapaz, por cima de uma túnica de tecido cor de escaiola usava um manto curto, que deixava à vista as panturrilhas cobertas por meias soladas de cor diferente.

Os desconhecidos estacaram. O mais velho desmontou e foi ao encontro do soldado.

— Como vê, não porto armas — disse em voz alta, afastando as abas da garnacha para mostrar a veste que ficava por baixo —, e assim vocês não têm nada a temer.

O guarda se aproximou, cauteloso, sempre com o punhal na mão.

— Quem são os senhores?

— Eu sou Gualdo de Margnano, lugar-tenente de Ezzelino de Romano, e sou hóspede de Bonizzo de San Martino. É o seu senhor, não? — afirmou, hostil.

— Sim, mas... Não os vi no castelo... — respondeu o homem, ainda desconfiado.

— Estou alojado na granja de Marchisio, junto com meu companheiro de viagem — explicou Gualdo, apontando Simon —, e me surpreende que Bonizzo não tenha informado todo o seu corpo de guarda sobre nossa presença em suas terras. O que aconteceria se fôssemos dois salteadores e tivéssemos intenção de agredir seus...?

Hesitou, pois não conhecia a identidade das duas pessoas na margem do rio: o homem, que tinha toda a aparência de ser um preceptor, estava de pé ao lado de uma jovem que estreitava no peito um cãozinho.

— Alisa de San Martino, a castelã — completou por ele o guarda, com uma nota de orgulho na voz —, e seu mestre de gramática.

— Eu não sabia que Bonizzo tinha uma filha.

— Não é filha, é sobrinha, e Bonizzo é seu tutor.

Como se de repente percebesse ter falado demais, o homem reembainhou o punhal e se calou, sem contudo se mover um passo de sua posição.

— Vamos, afaste-se! Ainda não confia?! Talvez queira ver minhas credenciais, antes de me permitir prestar homenagem à castelã? — vociferou Gualdo, puxando um pergaminho enrolado do bolso da veste.

Enquanto o soldado lançava uma olhada no sinete impresso sobre o rolo, Simon desmontou e se aproximou.

— Podem continuar — concedeu o guarda, circunspecto.

Gualdo se adiantou para Alisa.

— Salve, senhora — disse, com uma inclinação. — Eu me chamo Gualdo e venho da parte de Ezzelino de Romano para um reconhecimento nas terras dos San Martino. Ainda não tive a oportunidade de encontrar seu tio para informá-lo do meu encargo: a hospedagem na granja do feitor foi decidida em Lodi, e eu e meu companheiro — acrescentou, indicando o jovem que no intervalo tinha vindo ao seu encontro — só chegamos hoje. Apresento-lhe Simon de Aix, miniaturista francês a serviço do meu senhor.

Assustada, Alisa não respondeu à saudação; só conseguiu anuir. Matthew, cuja presença Gualdo havia ignorado completamente, observou com atenção os dois homens. O que havia falado devia ser um cavaleiro: confirmavam-no as roupas e a atitude resoluta, ao passo que a cicatriz que lhe percorria o maxilar testemunhava sua participação numa batalha cruenta. Parecia ser um homem perigoso.

O outro, em contraposição, parecia totalmente deslocado junto do primeiro. Desde quando desmontara, seus olhos, azuis como miosótis, não tinham em nenhum momento abandonado o rosto de Alisa. O que fazia ali aquele rapaz?, perguntou-se Matthew, com uma ponta de inquietação.

A jovem continuava calada. O mestre decidiu falar por ela.

— Eu e Alisa anunciaremos a Bonizzo a chegada dos senhores. Assim, se ele quiser recebê-los...

— E o senhor quem é, para ousar se dirigir a mim sem ter sido interpelado? — interrompeu Gualdo, imperioso.

— Queira desculpar — respondeu o outro, pacato, fingindo não perceber a grosseria —, meu nome é Matthew de Willingtham e exerço a função de preceptor.

Gualdo o fitou, sopesando-o. Matthew sustentou aquele olhar indagador, e depois virou-se para Alisa.

— É melhor voltarmos — disse, recolhendo do chão a touca.

Percebendo-se repentinamente de cabeça descoberta, a moça enrubesceu. Depositou Cátula na grama, colocou a touca e, precedida pelo guarda de escolta, encaminhou-se para o início da trilha que conduzia ao castelo. A cachorrinha trotou atrás, cuidando de se manter longe dos dois cavalos, que, indiferentes, pastavam um pouco adiante.

Quando Matthew passava ao seu lado, Gualdo o deteve com um gesto.

— Diga a Bonizzo de San Martino que amanhã eu pretendo encontrá-lo.

O mestre assentiu e, sem mais delongas, afastou-se com Alisa. Imóvel, Simon os seguiu com o olhar até que eles desapareceram além da barreira das árvores.

— E então? Pretende lançar raízes nesta margem?!

A voz áspera de Gualdo o alertou. Virou-se: o homem já estava a cavalo e o esperava, impaciente. Em passos nervosos, o jovem se dirigiu à sua cavalgadura e montou às pressas, seguindo o companheiro pelo interior do bosque.

12

Milão
Bosque do Quadronno

O fogo fazia crepitarem os ramos secos que recobriam o terreno, e o vento, que chegava em lufadas descontínuas, trazia consigo o odor acre da fumaça.

Juditha se deteve, ofegante, e voltou-se. O clarão do incêndio ainda se distinguia para além das árvores.

Deixando escapar um gemido, ela agarrou a sacola e apertou-a contra o peito. Depois, levantando a orla da túnica, começou a correr. Embora conhecesse todos os recantos do bosque, não estava certa de haver tomado a direção certa: na escuridão daquela noite sem lua, toda moita parecia igual à outra, e o estrépito do fogo, distante mas ainda perceptível, sobrepujava qualquer outro rumor. Se pelo menos encontrasse um curso d'água, saberia onde se encontrava.

Deteve-se mais uma vez e se apoiou ao tronco de um carvalho. Inclinando-se para a frente, estendeu os dedos e roçou a pele das pernas, arranhadas pelas sarças. Levou-os ao rosto: estavam molhados e tinham o odor metálico do sangue. Limpou-os na veste e começou a girar em torno da árvore: apalpou a casca, até que suas mãos encontraram a umidade do musgo. Tentou pensar depressa: o musgo no tronco assinalava o setentrião e portanto, para afastar-se da cidade, ela deveria tomar a direção oposta.

Extraiu o punhal do bolso do corpinho, meteu-o na botina de couro e apertou os cordões desta. Depois, estreitando a veste contra o corpo, moveu-se cautelosa, já sem correr. Enquanto avançava, das moitas subiam os ruídos atenuados dos animais selvagens. O uivo de um lobo, seguido de outros em resposta, ressoou de repente, abafado pela distância.

Por um instante, Juditha foi tomada pela vertigem e cambaleou. A imagem do seu animal servidor, desventrado por um golpe de balestra e caído ao chão diante da cabana, tirou-lhe o fôlego. Se ele não lhe tivesse assinalado a chegada dos guardas, ela jamais conseguiria fugir: o lobo havia sacrificado a vida por ela e agora, disso estava certa, seu corpo exânime seria levado à cidade como um troféu. "Eis o demônio", gritariam para as pessoas reunidas na praça, "eis o servo da bruxa!"

Continuou a caminhar, tentando aguçar o ouvido para captar algum ruído de água: sabia que, quanto mais o terreno se aproximava do sul, mais aumentavam os regos e minadouros. Se conseguisse alcançar o curso do Vettabia, no ponto onde ele se inseria no Lambro, estaria a salvo.

Tinha certeza de haver tomado o caminho que conduzia ao rio, porque o ar cheirava a terra molhada. Aquele último trecho de bosque, que se avizinhava perigosamente do circuito murado, obrigara-a a reduzir a marcha: as tochas acesas que brilhavam sobre os adarves expediam fachos de luz ao redor e, embora fraca, aquela claridade poderia revelar sua presença a um soldado que estivesse de guarda. Tinha prosseguido com cuidado e várias vezes se detivera para se esconder no fundo de alguma vala ou sob a incerta proteção dos ramos ainda despidos de uma touceira.

Estava exausta, mas faltava pouco para chegar ao fim da trilha: para além das árvores, o bosque se rarefazia numa charneca de silvas baixas, que chegavam a costear a estrada para Lodi.

Avançou mais. Suas mãos, estendidas à frente, encontraram um emaranhado de ramos que aflorava o terreno: a julgar pela consistência, imaginou que devia tratar-se de um carvalho-trufeiro. Sabendo como podiam ser enormes aqueles arbustos, moveu-se com cautela para procurar um vão entre as frondes, ainda grávidas das folhas do ano anterior. Tinha dado apenas poucos passos quando, de repente, vislumbrou um lampejo à sua esquerda.

Estacou, paralisada.

— Onde pensa que vai, hem, sua puta imunda?

No escuro, a voz precedeu a figura daquele que a emitia. Agitando na mão uma tocha, o homem se aproximou. À luz trêmula do archote, Juditha viu uma figura vestida num manto marrom-avermelhado, do qual despontavam duas pernas cobertas por botas de couro.

— Finalmente a encontrei! — sibilou o desconhecido, alcançando-a e agarrando-a por um braço.

Juditha compreendeu que o homem devia ser um dos populares que haviam se unido aos soldados encarregados de desencadear o incêndio na cabana: como pudera não perceber que ele a perseguira até ali? E por que estava sozinho? Como se tivesse escutado o fluxo dos seus pensamentos, o desconhecido continuou.

— Não vá pensar — disse, apertando-lhe o braço até fazê-lo doer — que eu venho seguindo você, hein? Não, sua bruxa estúpida, eu conheço a floresta como conheço meus próprios bolsos! Pensei: se ela fugir, fugirá para o rio e deverá passar por aqui: então, em vez de ir com os outros atear fogo à sua casa, me plantei aqui junto aos muros e esperei. Fiz muito bem, ora se fiz... E agora, quando eu arrastar você ao Broletto,* todas as honras serão para mim. Foi Gianotto quem capturou a bruxa, dirão, foi Gianotto...

A chama da tocha, agitada por uma brisa leve, criava reflexos dourados entre os cabelos fulvos de Juditha. O homem aproximou seu rosto do dela: seu hálito fedia a vinho.

— Vão me pagar — disse, rouco —, e vão me pagar bem, por pegá-la viva. Direi que você estava escondida entre estas plantas e urrava de prazer porque o Diabo estava lhe metendo no cu sua verga de bode... Bruxa — acrescentou, com uma careta lasciva —, agora sou eu o seu Diabo, agora você fará comigo tudo o que fez com ele!

---

*Termo que, nas cidades lombardas, identificava a praça da assembleia popular. (*N. da T.*)

Aos safanões, arrastou-a para uma pedra próxima, sobre a qual depositou a tocha. Depois, continuando a lhe apertar o braço, com a mão livre abriu as faldas do manto e levantou a túnica: da abertura dos calções despontava o membro ereto.

Com um empurrão violento, jogou-a no chão e em segundos estava em cima dela. A mulher se debatia e ele, bêbado demais para manter a agilidade, tinha dificuldade para mantê-la parada. Enquanto o membro do homem se esfregava convulso entre suas coxas em busca da vagina, Juditha conseguiu dobrar uma perna e, alongando um braço para a botina, meteu os dedos ali e puxou o punhal.

Em seguida, tudo aconteceu depressa.

Arqueando de repente os rins, ela empurrou seu agressor para o lado e, insinuando a mão armada sob o corpo dele, começou a golpear às cegas. A primeira cutelada lacerou somente o tecido do manto, mas as outras atingiram o alvo: o homem berrou e rolou sobre o flanco. Por alguns instantes, continuou gemendo: depois o som de sua voz foi ficando cada vez mais débil, até que se despedaçou numa série de estertores. Juditha estava imóvel, a mão trêmula ainda estendida diante de si. O mundo ao seu redor desapareceu e os rumores do bosque já não chegavam aos seus ouvidos. Ajoelhou-se e, avançando às apalpadelas no escuro, alcançou a pedra onde estava pousada a tocha. Pegou-a, levantou-se e recuou uns passos, em direção ao homem caído no chão. Aproximou a chama do rosto dele e o observou: os olhos dele a fitavam, incrédulos, as mãos agarravam o pênis, que, semidestacado do púbis, pendia sobre a coxa ensanguentada. De um rasgão no ventre, uma massa viscosa escorria ao longo do flanco.

— Oh, minha mãe... — arquejou o homem, num gorgolejo indistinto.

Foi seu último suspiro. O corpo se contraiu num espasmo, depois ficou rígido; os olhos reviraram e da boca saiu uma baba, rosada de sangue.

Por um longo instante Juditha permaneceu parada, como se uma paralisia repentina tivesse imobilizado todos os seus membros. Depois, com gestos nervosos, limpou a lâmina do punhal no tecido do corpinho, meteu-o de novo no cano da botina e, levando numa mão o archote, com a outra tateou uma passagem que lhe permitisse contornar o grande carvalho-trufeiro.

Encontrou-a e, chegada ao outro lado, observou a planície à sua frente: no fundo, a oriente, uma primeira e tímida lâmina de luz clareava o horizonte.

Continuou, olhando atrás de si a cada passo. Finalmente, no silêncio da noite moribunda, ouviu um chapinhar: primeiro abafado, e depois cada vez mais argentino, um rumor de água lhe invadiu os ouvidos. Lançou-se na direção daquele som e, assim que seus pés afundaram na terra fofa do minadouro, deixou-se tombar para diante, imergindo o rosto e o tronco na corrente. O archote se apagou e caiu. Ela se reergueu e, sem dar importância à veste molhada e aos cabelos encharcados que lhe fustigavam o rosto, começou a correr.

13

França
Lyon

Impelidos pela brisa leve que descia da colina de Fourvière, os panos escarlates oscilavam ao redor do baldaquino, revelando a intervalos a figura do papa a cavalo. Seu manto de seda cravejada descia ao longo dos flancos do animal, recobrindo-lhe metade da gualdrapa. Dos lados do pontífice, 24 aristocratas seguravam as varas de sustentação do baldaquino e avançavam no mesmo passo lento do cavalo.

Encabeçando o cortejo, seis porta-bandeiras desfraldavam os estandartes com as insígnias da Igreja de Roma e quatro trombeteiros sopravam seus instrumentos: entre as vielas, a música ecoava até o final da procissão, onde se confundia com o bater dos pandeiros e o tilintar das campainhas de jograis e malabaristas.

Indiferentes àquele amortecido ressoar profano, o bispo e os cardeais avançavam em seus trajes de cerimônia, caminhando solenes atrás do baldaquino: as cores berrantes dos tecidos nos quais estavam envoltos tremeluziam ao sol e faziam parecer ainda mais escuras as batinas dos padres e os hábitos dos monges que os seguiam. Uma longa fileira de poderosos e notáveis da cidade fechava o cortejo, protegido em três lados por um nutrido pelotão de soldados: em fileiras cerradas, os guardas mantinham sob controle a multidão, que, desordenada e vociferante, ocupava qualquer área disponível.

Limitados ao espaço apertado das ruas que desembocavam na praça da catedral, homens e mulheres se acotovelavam ao longo das paredes das casas, comprimiam-se, empurravam-se: crianças eram içadas aos ombros dos genitores e, de sacadas e janelas, muitas pessoas se debruçavam para ver.

Chegado ante a igreja primacial, o pontífice deteve o cavalo.

As trombetas silenciaram. O bispo se destacou da fila dos eclesiásticos e se deteve ao lado do baldaquino: ajoelhou-se e, depois de tirar do manto rubro um pequeno escrínio de ouro maciço, estendeu-o ao papa. Inocêncio IV tomou-o e, equilibrando-o sobre as palmas das mãos, ergueu-o diante de si, como um ostensório: as opalas e os rubis que cravejavam o objeto brilharam.

O público fez silêncio.

O pontífice levantou a tampa e, sem proferir palavra, afundou os dedos no escrínio. Retirou a mão e, mantendo-a fechada em punho, perscrutou os rostos trepidantes que o circundavam: em seguida, com um gesto circular do braço, lançou no ar um punhado de moedas. Ergueu-se da multidão um clamor: famélicos, os cidadãos se jogaram ao solo, alongando as mãos na poeira para apanhar aquela dádiva. Muitas vestes se rasgaram, houve quem perdesse os calçados, as crianças caíram dos ombros de quem as segurava e escorregaram para o meio do atropelo.

O papa continuou a jogar moedas. Quando o escrínio se esvaziou, devolveu-o ao bispo e, sem desmontar da sela, avançou até os andaimes erguidos diante do transepto da catedral. Ali, desceu do cavalo e encaminhou-se a pé para a abside, seguido pelos eclesiásticos e pelos notáveis.

A função solene estava prestes a começar.

O barulho dos martelos se transformara num fragor. Inocêncio IV aproximou-se da bífora e observou a praça abaixo de si: o largo da catedral fervilhava de pedreiros. Os homens, armados de pesadas marretas, golpeavam blocos de pedra dispostos ordenadamente sobre o calçamento. Uma nuvem de poeira fina pairava no ar: parecia névoa.

O papa fechou a janela com um golpe seco e o vidro veneziano chumbado na moldura de madeira vibrou.

Por um instante, Inocêncio IV fitou distraído a cena bíblica da tapeçaria pendurada à parede. Em seguida se encaminhou para o trono de madeira dourada que, apoiado sobre três degraus, sobressaía lá no fundo. Afundou as nádegas na almofada de seda escarlate e apoiou os cotovelos nos braços da cadeira.

O homem de pé, do outro lado da sala, olhava-o em silêncio.

— Aproxime-se, Hugues de Saint Cher: minha garganta já está bastante irritada por toda esta poeira de mármore, e não tenho intenção de gritar para me fazer ouvir... Afinal, quanto tempo falta para acabarem de construir esta bendita catedral? Faz anos que trabalham, e as naves laterais ainda não estão de pé! A propósito, não acha que a função de ontem teria tido um caráter bem mais solene se dispuséssemos de uma construção já concluída, em vez daquele pedaço coberto pelos andaimes? Toda aquela gente no descampado, sem um teto acima da cabeça...

O cardeal não replicou. Sabia o quanto Inocêncio IV estava irritado pelo atraso das obras na catedral de Saint Jean e, embora aquele fosse justamente o lugar onde havia sido determinada a última excomunhão do imperador, percebia como o papa sentia falta da cátedra romana.

Puxou as lentes de dentro do bolso da veste de seda, instalou-as sobre o nariz, adiantou-se uns dez passos e parou.

— Venha cá, Hugues, você ainda está muito longe. Os pajens têm o hábito de escutar atrás das portas, e não tenho a menor intenção de colocá-los a par da nossa conversa.

O cardeal se aproximou do trono.

— Sabe por que o convoquei aqui? — perguntou Inocêncio.

— Não, Santidade.

— Nem imagina?

— Não, na verdade eu...

— Você pode ser um mestre em teologia, mas não é nem um pouco perspicaz, meu caro cardeal! Por qual motivo acha que eu preciso da sua ajuda, senão para combater uma nova e devastadora heresia?

O purpurado baixou os olhos, mortificado.

— E quem você acha que fez nascer — continuou o papa, levantando um pouco a voz — esta enésima apostasia, hein? Não consegue adivinhar?

Hugues de Saint Cher negou com a cabeça.

— Ora, o danado daquele imperador, naturalmente! — Inocêncio agora gritava. O rosto, congestionado pela ira, tornara-se violáceo. — Não satisfeito com ter sido excomungado várias vezes, ainda me desafia! Pela Santa Virgem, quando vai parar de me atormentar? Quais e quantos outros modos encontrará para mover guerra contra mim?

Como se de repente percebesse ter levantado demais a voz, o pontífice se calou. Depois de lançar uma olhadela à porta trancada da sala, ergueu-se, desceu os degraus do trono e foi ao encontro do cardeal.

— Eu achava que você também sabia do manuscrito — sussurrou, agarrando-o pelo cotovelo e conduzindo-o para perto da janela. Ali, longe da porta, ninguém poderia escutar a conversa. — E então? Sabe alguma coisa, ou não?

Hugues de Saint Cher o fitou, sem entender.

— Então, vou ter de lhe explicar tudo — suspirou o pontífice, soltando o braço do outro. Sentou-se no parapeito de pedra escavado no intradorso da janela e começou a esfregar entre os dedos as esmeraldas e os rubis da cruz que lhe pendia sobre o peito.

— Dizem — começou — que há anos Frederico está compilando um tratado sobre falcoaria, e parece que, quando não está ocupado em alguma batalha, a redação desse manuscrito é seu passatempo preferido. Dizem também que a obra é ilustrada com preciosas iluminuras que representam as aves de rapina e seus adestradores. Ora, você percebe? Um manuscrito miniaturado, como se fosse o sermonário de uma catedral! Mas não é só isso. Sabe o que a férvida fantasia do imperador conseguiu inventar? Aquele maldito escreveu uma série de enunciados sobre a criação desses animais, enchendo as páginas com regras sobre como treiná-los, nutri-los, tratar deles, e até como fazê-los se reproduzir!

O cardeal o escutava atônito. O que aquele manuscrito tinha a ver com heresia?

Inocêncio o encarou.

— Ainda não compreendeu? — sibilou, com desprezo. — Sem dúvida você não consegue enxergar adiante do seu nariz, Hugues! Com essa dissertação, Frederico escreveu uma apologia do próprio poder. Em sua opinião, quem é, na verdade, o "bom falcoeiro", cujas virtudes aquele condenado descreve? O próprio imperador, é óbvio! E quem seriam os falcões a treinar com as melhores técnicas, senão os seus súditos? Assim como o falcoeiro submete os rapaces à sua vontade assegurando-lhes presas sempre frescas, também o imperador doma os próprios súditos. E sabe como faz? Bajula-os, cria-lhes a ilusão de ser parte do melhor governo possível, no qual Frederico, que decide e age por eles, é o único em condições de garantir conjunturas favoráveis e limites seguros. E aqueles estúpidos acreditam e o seguem como patos numa lagoa, cidadãos, podestades, feudatários, reinantes de meia Europa...

As palavras do papa foram interrompidas por um acesso de tosse. Furioso, ele se voltou e cuspiu um grumo de catarro no canto do piso. O cardeal desviou o olhar. Embora lhe estivesse claro o desapontamento do pontífice, ainda não compreendia que ligação existia entre o tratado e uma nova forma herética.

— E isso não é tudo — recomeçou Inocêncio, pigarreando. — O ponto mais grave é outro: na sequência dos seus enunciados sobre falcoaria, fala-se de "natureza". Uma natureza que deve ser observada, investigada, modificada, se necessário... Como se a natureza, como a chama Frederico, não fosse manifestação direta da vontade divina, mas matéria plasmável pelas mãos de qualquer um! Como se nós todos pudéssemos conhecê-la dispensando Deus! Ninguém deve pensar — prosseguiu, levantando-se num salto — que pode inventar "leis naturais": é unicamente a teologia que nos faz compreender os acidentes mundanos, as doenças, as catástrofes! Todos devem saber que o mundo e suas manifestações derivam de Deus e de mais ninguém! A Igreja ensina isso há séculos, e certamente não será a arrogância de um imperador sabichão que vai mudar os ditames dela!

O pontífice sentiu um arrepio.

— Compreendeu agora? Compreendeu por que estou falando de heresia? Por acaso percebe que o tratado, se vier a conhecimento público, suscitará uma curiosidade malsã, à qual se seguirá um interesse cada vez mais doentio? Veremos fileiras de exegetas brotarem como fungos de todos os cantos do império, prontos para explicar o verdadeiro significado dessa obra blasfema. O dano causado à autoridade da Igreja seria incalculável. O manuscrito, Hugues, é só a última demonstração de quanto esse Hohenstaufen anseia por arrancar de mim o governo do reino. De mim, do pontífice, do vigário de Cristo na terra, único verdadeiro rei e luz desejada por Deus para iluminar o dia, separando-o da escuridão do paganismo! Frederico jamais compreenderá que o primado pontifício é mais alto do que qualquer outro, e que, provindo diretamente de Deus, é o único que pode ter domínio e comando. De resto — acrescentou, com uma careta enojada —, o que se poderia esperar de um herético várias vezes excomungado, de um homem que mantém prósperos comércios com soberanos pagãos, que cultiva relações com os sábios desses reinos, que recheia a cabeça com a delirante ciência deles, de médicos, de matemáticos? Um homem que enche sua corte de astrólogos, poetas, jograis, prostitutas sarracenas?

Inocêncio IV voltou a se instalar no trono. De rubro que estava, seu rosto se tornou repentinamente pálido.

— Não podemos permitir — recomeçou, com um suspiro profundo — que semelhante imundície venha ao conhecimento dos meus súditos. Esse tratado é apenas o mais recente produto de uma mente infestada por visões demoníacas. Sua difusão deve ser proibida. Foi por isso que mandei chamá-lo.

O cardeal se manteve calado, à espera. Talvez estivesse começando a compreender.

— Parece que o manuscrito foi roubado e que está agora nas mãos de um negociante de arte. Os informantes de que dispomos dizem que esse homem está em Lodi, hospedado com um aristocrata gibelino.

— E por que ele estaria lá, e não na corte imperial? Se é verdade que se encontra na casa de um partidário de Frederico, por que este não lhe sugere restituir o tratado ao legítimo proprietário? — espantou-se Hugues de Saint Cher.

— Não seja ingênuo, cardeal. Não sabe que a avidez por dinheiro é o que move o mundo? Experimente imaginar quanto se poderia obter com a venda de semelhante objeto! Uma vez enriquecido, o negociante não levará mais que uma manhã para esquecer sua devoção ao imperador. Além do mais, a sede habitual das atividades dele é Milão, e todos sabemos quantas possibilidades oferece aquela praça, percorrida por compradores de todas as nacionalidades. Estou convencido de que ele voltará justamente para lá, a fim de tentar repassar o manuscrito. Portanto, é por Milão que devemos começar. Não creio que seja difícil fazer contato com o arcebispo Leone de Perego e explicar-lhe a situação: ele saberá como encontrar os meios de recuperar aqueles malditos pergaminhos. Quanto a você, seus confrades dominicanos e franciscanos — prosseguiu o papa, fitando o precioso tapete de lã bordada que recobria o pavimento — estão a serviço da Igreja para combater as heresias. Pois bem, como o manuscrito é o fruto monstruoso de sementes heréticas plantadas já faz tempo, a planta em que ele cresceu deve ser extirpada pela raiz. Escreverei uma carta ao arcebispo Leone e você a fará chegar a Milão. Se o negociante estiver de fato em Lodi, exijo que seja enviado para lá um inquisidor competente, em condições de investigar sem fazer uso de métodos coercitivos: seja como for, toda a operação deverá se desenvolver no mais absoluto segredo. Espero que os pergaminhos cheguem inteiros às minhas mãos dentro de um prazo razoável, digamos antes do verão. Agora vá, Hugues — concluiu, erguendo-se —, eu o aguardo aqui à hora de vésperas. Você encontrará minha carta, que deverá partir amanhã mesmo.

O cardeal anuiu e, inclinando-se, recuou até a porta da sala, sem jamais virar as costas ao papa.

Depois que ele saiu, Inocêncio IV se aproximou da escrivaninha e, sem sequer sentar-se, começou a escrever numa folha de pergaminho.

Na praça diante da catedral de Saint Jean, a barulheira dos martelos continuava incessante.

Enquanto tentava evitar os montes de lixo e os excrementos de cavalo que ninguém havia ainda providenciado remover das ruas após os rega-bofes que se seguiram à procissão da véspera, o cardeal meditava sobre como resolver da melhor maneira toda aquela história. Embora lisonjeado pela consideração que o pontífice lhe havia demonstrado, atormentava-o o temor de não estar à altura do encargo recebido. Ele, um estimado mestre de teologia pouco habituado a intrigas e maquinações, seria capaz de satisfazer as expectativas do papa? Devia fazê-lo: preferiria morrer a renunciar aos privilégios que a carreira eclesiástica lhe havia garantido até aquele dia. Nos dois anos passados em Lyon, a confiança do papa em relação a ele havia crescido gradativamente, e por nada do mundo Hugues de Saint Cher queria perdê-la.

As primeiras gotas de chuva começaram a cair de um céu cinzento como chumbo. Enquanto acelerava o passo, o cardeal lembrou-se de repente dos boatos que lhe haviam chegado meses antes sobre um franciscano que exercia funções de inquisidor por conta do arcebispo de Milão. Se a fama que o acompanhava até mesmo além dos limites da Lombardia não fosse imerecida, aquele frade poderia ser a pessoa mais adequada a enviar para Lodi: graças à sua experiência, ele saberia como pressionar o negociante e ameaçar adequadamente aqueles que lhe forneciam hospitalidade. Sim, decidiu satisfeito, não se limitaria a enviar ao arcebispo as ordens de Inocêncio. Faria mais: acrescentaria uma carta destinada ao prior do mosteiro dos Frades Menores, com a ordem de encarregar o inquisidor de uma missão a ser cumprida em nome do pontífice.

Havia chegado. Meteu-se pelo pórtico, tirou as lentes de cima do nariz, puxou o lenço do bolso do manto e enxugou-as. Em seguida, em passos ágeis, transpôs a soleira do palácio e subiu a escada que conduzia aos seus aposentos.

14

Castelo de San Martino

— Com que então, o senhor vem da França e se dirige a Veneza...

Da voz de Bonizzo transparecia a curiosidade: também o negociante, de pé ao lado dele, parecia interessado em conhecer a resposta. Simon correu o olhar de um para outro.

— Sim, senhor — disse —, venho de Aix. Cheguei à Itália há um mês para encontrar dois miniaturistas, o primeiro de Cremona e o segundo de Veneza: a fama de suas obras chegou à França, e, como a comparação com as técnicas alheias permite melhorar as próprias, decidi vir pessoalmente conhecer as oficinas deles. Como sabe, as formas e os assuntos da nossa arte — prosseguiu — estão em constante evolução e mudam de um país para outro. Neste momento, por exemplo, são muito requisitadas as iluminuras para livros de preces destinados a damas da aristocracia, ou ilustrações de manuscritos sobre a arte médica, como justamente em Veneza, onde...

— Interessante, interessante... — interrompeu Bonizzo, já entediado por aquela inútil mostra de erudição. — Mas me diga, o que o senhor faz agora aqui em San Martino, e em companhia do legado de Ezzelino?

Simon prendeu a respiração: esperava essa pergunta e sabia que devia fornecer uma resposta convincente.

Antes que o miniaturista pudesse abrir a boca, Gualdo falou por ele.

— Creio que já lhe expliquei isso, Bonizzo — disse, fitando severamente o castelão —, e não entendo por que Simon de Aix deva repetir aquilo que o senhor já sabe. Como eu lhe disse — continuou, fingindo a indulgente paciência que demonstraria diante de um aluno obtuso —, Ezzelino me encarregou de fazer este reconhecimento em Lodi porque, já me encontrando em Cremona, dos seus lugares-tenentes eu era o mais próximo daqui e, como o senhor pode imaginar, nos tempos atuais cada dia de viagem poupado é precioso... Em Cremona, encontrei por acaso o miniaturista: Simon havia concluído o que tinha a fazer ali e, tendo de retomar sua viagem rumo a Veneza, me perguntou se podia usufruir da minha escolta para chegar àquela cidade. Quem não faria a mesma coisa, com as estradas cheias de soldados em pé de guerra? O salvo-conduto que levo comigo garantirá a ele uma viagem segura até as terras da Marca Trevigiana e depois, quando chegarmos a Bassano, ele mesmo decidirá como e quando prosseguirá até Veneza.

Gualdo se calou: embora sua experiência de homem de mesnada o tivesse habituado à simulação, naquele momento preferiria trocar cuteladas no campo de batalha a mentir de modo tão deslavado.

— Senhores — replicou Bonizzo, após um instante de hesitação —, espero que a hospitalidade do meu rendeiro esteja conforme às suas exigências: se assim não for, não hesitem em me falar, e eu ordenarei a ele que...

— Não é necessário dar nenhuma ordem, está tudo certo — interrompeu Gualdo bruscamente. — A única coisa que lhe peço é que mande alojar meus dois homens de escolta junto ao seu corpo de guarda: a distância entre o castelo e a granja é mínima, e, quando eu precisar deles para os meus deslocamentos, mandarei chamá-los. Prefiro que durmam aqui com os outros soldados, e não naquele estábulo fedorento. Quanto ao resto, manterei o senhor informado: assim que tiver concluído meu encargo, irei embora, e ele — concluiu, apontando Simon — irá comigo.

Guidotto, que havia escutado em silêncio até então, gostaria de esclarecer melhor as razões daquela estranha vistoria nas terras dos San Martino, mas não estava em posição de fazer perguntas: o assunto só era da alçada do castelão. No entanto, a presença de um miniaturista no castelo, curiosamente simultânea à sua estada entre aquelas mesmas paredes, deixava-o inquieto.

Devia sair dali, e o mais depressa possível, mas para onde? Por toda parte reuniam-se tropas, as estradas estavam cheias de postos de bloqueio e ele não tinha nenhum salvo-conduto válido para se deslocar, nem rumo ao norte nem rumo ao sul.

Fechou os olhos. Gualdo, que o observava, compreendeu que o negociante suspeitava de alguma coisa: era necessário agir depressa, ou jamais conseguiria roubar o manuscrito.

Olhou de novo para Bonizzo.

— Além de vistoriar suas propriedades — disse —, devo saber de quantos homens armados o senhor dispõe, como é a planta do castelo e se existem vias de fuga. Inspecionarei todos os aposentos, os subterrâneos, os alojamentos militares, os adarves, as cozinhas, tudo... São as ordens do meu senhor, e espero que sejam aceitas sem discussão.

O castelão o fitou, pouco à vontade. Começava a sentir medo daquele homem.

— Como queira, Gualdo, estou à sua disposição — respondeu, inseguro.

Depois, sem esperar a chegada do doméstico, encaminhou-se para a porta e abriu-a.

Os três homens saíram. Com um apressado aceno de cabeça, Guidotto se afastou pelo corredor. Gualdo o acompanhou com o olhar, para conferir em que ala do castelo ficava o quarto dele; depois, acenando a Simon para segui-lo, dirigiu-se à escada que levava ao exterior.

Na capela do castelo, fracamente iluminada pelos dois círios dos lados do altar, ecoavam as palavras latinas salmodiadas pelo padre Arnaldo.

Guidotto fechou devagarinho o pequeno portão atrás de si e saiu para o pátio. A brisa fresca que vinha do rio lhe restaurou os pulmões, depois da meia hora passada no espaço sufocante daquele oratório úmido. Bonizzo o tinha convidado a participar da função em sufrágio pela alma do irmão, cuja morte fazia aniversário naquele dia: ele não pudera se recusar, embora preferisse ficar no seu quarto refletindo um pouco mais.

Não sabia o que fazer. No início havia pensado em comunicar suas suspeitas a Bonizzo: e se o reconhecimento nas terras fosse apenas um pretexto para introduzir o miniaturista no castelo? E se aqueles dois tivessem sido mandados ali por Ezzelino, com a intenção de apoderar-se do tratado? Pensou muito, mas depois julgou melhor se calar. O castelão não lhe parecia um homem confiável: embora se comportasse como imperioso governante daquele pequeno reino que era o seu solar, seus modos eram os de um intrujão, disposto a tudo para não perder dinheiro e poder. Se fosse informado dos seus temores, Bonizzo sempre poderia tramar uma intriga perigosa, poderia até decidir subtrair-lhe o manuscrito para entregá-lo ele mesmo ao legado. Não, era melhor não falar nada.

Continuava a se atormentar sobre para onde fugir e, apesar de tudo, o único lugar ainda lhe parecia ser Milão. Embora seu primo o tivesse desaconselhado a permanecer lá, não via outra solução: afinal, em Milão não circulavam partidários de Frederico dispostos a capturá-lo. Certo, havia sempre os espiões do podestade e do arcebispo, mas talvez, se tomasse o cuidado de não se expor, conseguiria esperar todo o tempo necessário a encontrar um cliente para o tratado. Até lá, continuaria a oferecer o resto de suas mercadorias, como sempre.

Acelerou o passo: se queria ir embora dali, devia achar uma desculpa, um pretexto convincente, que justificasse perante o castelão a necessidade de uma partida repentina.

15

Granja de San Martino

De olhos abertos, Simon fitava o trecho de pavimento iluminado pela lua cheia: a claridade que se difundia por trás do encerado da janela era débil, mas suficiente para mantê-lo desperto.

Tentando não fazer estalar a palha do colchão, soergueu-se no cotovelo e olhou seu companheiro: Gualdo, deitado de costas, dormia profundamente e de vez em quando roncava.

Considerou com amargura que aquele homem devia ser muito mais forte do que ele, se, depois daquela enervante conversa com o castelão, não tinha perdido nem um minuto de sono. De volta à granja, Gualdo o advertira a agir com prudência, porque temia que o negociante alimentasse suspeitas sobre os verdadeiros motivos da presença dos dois em San Martino. "Aquele homem intuiu alguma coisa", disse, "e sou capaz de apostar que está pensando em fugir: se conseguir, perderemos o tratado. Precisamos detê-lo. Quando eu for inspecionar os aposentos do castelo, você virá comigo: não daremos explicações a ninguém, você virá e pronto. Tenho certeza de que Guidotto esconde o manuscrito em seu quarto e você me ajudará a encontrá-lo."

Não seria nada fácil. O negociante, se de fato estivesse desconfiado, não arredaria pé enquanto eles examinassem seu quarto: o único lugar onde o tratado podia estar guardado era a arca. Que autoridade tinha Gualdo para obrigá-lo a abri-la?

De repente, o medo o assaltou: se o negociante se recusasse a obedecer, Gualdo o mataria. Enquanto ele lhe falava, Simon havia lido em seu olhar uma determinação férrea: afinal, de que se espantava, pelo amor de Deus?! Aquele era o legado do vicário imperial, um tirano que não hesitava em decepar cabeças por muito menos... Durante a parada em Soncino, havia captado algumas menções a Ezzelino nas conversas dos dois homens de escolta e compreendido que estava lidando com um homem feroz, que se rodeava de gente igualmente perigosa.

Gualdo tinha razão de pensar que Guidotto estava projetando a fuga. E ele? Por acaso conseguiria concretizar a sua?

Uma barata, surgida das dobras da coberta, rastejou sobre o colchão, desceu e correu velocíssima pelo pavimento, desaparecendo sob a fresta da porta.

Observou-a, enojado. Em seguida, depois de remexer as reentrâncias do colchão para ver se não havia outras, deitou-se de novo e cerrou as pálpebras.

Como uma lufada de vento que chega inesperada, desfazendo o mormaço de uma noite estival e suscitando um arrepio sobre a pele aquecida, a imagem de Alisa se formou diante dos seus olhos fechados. Abriu-os de chofre, no escuro: a visão era tão nítida que, por um instante, pareceu-lhe que a jovem estava ali ao lado dele.

Deixou que os pensamentos vagassem, sem controle. Ao encontrá-la junto ao Adda, ficara perturbado pela sua extraordinária beleza. Ainda a recordava, de pé, com o cãozinho entre os braços. Ela tremia, enquanto seus olhos verdes o fitavam assustados. Era justamente naqueles traços que ele gostaria de buscar inspiração para miniaturar o rosto da Virgem, se as regras severas de sua arte lhe permitissem isso...

Tinha revisto a moça naquela tarde, quando Bonizzo os convocara. Antes de se entreter com o negociante, o castelão havia apresentado a sobrinha a todos, comunicando que, dentro de alguns meses, ela desposaria um aristocrata. Enquanto Bonizzo explicava que os festejos para as núpcias seriam faustosos, a Simon pareceu que a expressão de Alisa se empanava de tristeza: ela o fitou e depois, corando, baixou o olhar para o chão. Aquele olhar fugaz provocou uma incompreensível vibração em todos os músculos do seu corpo. Era uma sensação que ele nunca experimentara, e mesmo agora, encolhido ali sobre o colchão de palha, continuava a refletir: seria possível apaixonar-se por uma mulher depois de encontrá-la apenas duas vezes? O que sabia ele, no fundo, da paixão de amor?

Espantado, deu-se conta de ter o membro túrgido. Aflorou-o com a mão.

"Mas o que está me acontecendo, por todos os demônios?", pensou irritado, sentando-se no colchão.

Levantou-se, vestiu o manto e saiu do quarto. Desceu a escada às apalpadelas e, chegado ao térreo, abriu a porta que dava para o terreiro. Para além dos renques de videiras, a lua iluminava as muralhas do castelo: de algum lugar, na campina, subiu o lamento de uma gata no cio.

16

Castelo de San Martino

Matthew pousou sobre a escrivaninha do seu quarto o *De Oratore* e, depois de inserir uma tira de linho na margem interna da página, fechou-o: no dia seguinte, recomeçaria daquele ponto.

A aula com Alisa, terminada havia pouco, tinha sido muito breve, por causa da ida dele a Lodi: até a hora sexta, deveria encontrar o preboste dos Humilhados, para o habitual relatório quinzenal. Gostaria de ter se demorado mais com Alisa, que naquela manhã se mostrara distraída: errava as conjugações dos verbos e quase não o escutava. Ele a repreendeu por não se concentrar, mas de nada adiantou: os olhos dela o fitavam divagantes, como se a mente estivesse longe. Supunha que o motivo daquela negligência incomum nos estudos devia ser buscado na ansiedade provocada por aquele noivado odioso. Alisa sabia perfeitamente que não podia se rebelar contra as decisões do tio, mas não conseguia se resignar. Nos últimos dias, porém, ela parecia diferente: os olhos, acesos por uma nova luz, perdiam-se atrás do lento percurso de uma nuvem ou vagavam devaneantes sobre as alvas flores do cerefólio selvagem recém-nascido nos campos adubados... Com frequência, como nessa manhã, desinteressava-se pela aula e tinha dificuldade de recordar até as regras já aprendidas. Essa mudança remontava a alguns dias antes, quando Bonizzo a apresentara ao lugar-tenente de Ezzelino e ao miniaturista.

Não tinha sido a única ocasião em que ela lhe falara deste último: tinha contado que o encontrara de novo no pátio, diante da porta do castelo. Simon esperava por Gualdo de Margnano e, encostado à parede, tentava esboçar linhas numa folha. Ela parou, curiosa, para observá-lo, e ele, embaraçado, disse que estava tentando reproduzir em papel de cânhamo as formas das ameias e dos merlões para recriar, numa de suas próximas iluminuras, as sombras que a luz desenhava na pedra. Depois, enrolou a folha e se afastou apressado.

Matthew, embora só o tivesse visto naquela ocasião no rio, recordava muito bem o quanto o jovem era atraente, e não o espantava que o aspecto dele pudesse ter impressionado Alisa. Com um frêmito de inquietação, pensou que, a julgar pelo que sabia, a jovem nunca havia experimentado o amor: e se fosse justamente aquele rapaz a fazê-la sentir a primeira perturbação dos sentidos? E se ela estivesse apaixonada? E se o miniaturista retribuísse esse sentimento?

Não devia pensar nisso agora, não havia tempo.

Saiu da torre e, em passos rápidos, foi até o estábulo, onde sua mula o esperava.

Lodi
Casa dos Humilhados

— Mas, pela Virgem Santíssima, esta bendita carta não podia ter chegado hoje de manhã?!

A voz irritada de frei Vitale ecoou no pequeno aposento usado como *scriptorium*. O frade estava sozinho. Matthew, o destinatário da mensagem, havia saído fazia pouco mais de uma hora: se o mestre ainda estivesse presente, ele poderia entregá-la pessoalmente, em vez de ter de mandar um doméstico até San Martino...

Pela janela entrou uma lufada de ar. Frei Vitale sentiu um calafrio: levantou-se e, com um golpe decidido, fechou a folha interna da janela. Pegou de cima da mísula a lamparina a óleo e pousou-a sobre a mesa. Sentou-se de novo e, à luz do lume, releu pela segunda vez o despacho que lhe chegara de Milão.

Com uma grafia larga e ordenada que ocupava somente um terço da folha de pergaminho, Tazio Mandelli, abade do mosteiro de San Simpliciano, convocava a Milão o mestre de gramática Matthew de Willingtham. Declarava que, na qualidade de superior direto de frei Vitale, preboste da Casa dos Humilhados de Lodi, ordenava que este transmitisse urgentemente essa comunicação ao mestre. O abade não especificava os motivos, limitando-se a afirmar que se tratava de uma questão a resolver, e que a presença de Matthew seria indispensável.

Apoiando os dedos sobre os cantos opostos do pergaminho para mantê-lo estendido, o frade ergueu o olhar para a parede: das portas entrecerradas da estante que ficava à sua frente pendiam as tiras dos registros. Suspirou: ainda devia examinar uns dez, e aquele trabalho rigoroso era bem mais importante do que a viagem de um terciário qualquer da Ordem!

Enrolou de novo a folha, guardou-a no bolso do hábito e se levantou. Esperava que, recebida a carta, Matthew fizesse o que lhe era pedido, sem mais envolvê-lo numa história da qual ele não fazia parte. Tinha mais em que pensar, desde o cálculo do preço da lã obtida dos rebanhos da comuna de Paullo até as decisões sobre a abertura daqueles três novos regos ao longo do Muzza...

Saiu, e a porta bateu atrás dele.

Campina de San Martino

A ocidente, os últimos raios do sol afloravam os cimos das árvores. Giovanni, o doméstico particular de frei Vitale, perscrutava a estrada diante de si. Estava aturdido: aquela inesperada saída vespertina iria obrigá-lo a uma incômoda cavalgada em lombo de mula e ele já estava cansado, depois de uma manhã inteira de trabalho. Esperava poder estar de volta a Lodi para as vésperas, mas não tinha certeza: a distância que o separava de San Martino era curta, mas, se não encontrasse logo o mestre a quem estava levando a mensagem, deveria ficar para dormir nos estábulos do castelo. Já uma vez, viajando à noite, correra o risco de ser vítima de uma emboscada de salteadores, e somente a chegada providencial de um pelotão de soldados o impedira de sucumbir à agressão. Quando o preboste lhe ordenara ir entregar a carta, ele tinha perguntado se podia deixar o encargo para o dia seguinte, mas o frade o repreendera, acusando-o de ser indolente e medroso.

Deslocou o peso de uma nádega para outra, tentando aliviar a coluna dolorida.

De repente, depois de uma ladeira que descia em direção ao Adda, percebeu outra mula. Esporeou a sua, que acelerou o passo. À medida que se aproximava, pelos cabelos alourados e pelo feitio do manto pareceu-lhe reconhecer a figura do mestre, a quem já vira mais de uma vez na Casa dos Humilhados.

— Mestre! — berrou, com todo o fôlego de que dispunha.

Matthew se voltou e perscrutou a estrada atrás de si: estava vazia, exceto por um homem que vinha na sua direção. Deteve a mula e ficou à espera.

Giovanni o alcançou e desmontou da cavalgadura.

— Ainda bem que alcancei o senhor! — ofegou, nervoso. — Frei Vitale me encarregou de lhe entregar esta mensagem.

Remexeu na escarcela pendurada à cintura e tirou um pequeno pergaminho.

— Eu estava com medo de precisar ir até o castelo, mas encontrei o senhor primeiro! Tome — disse, estendendo a carta —, o preboste me disse que não espera resposta. Então, se o senhor concordar, eu volto logo para Lodi: daqui a pouco vai escurecer...

O homem estava embaraçado: habituado a obedecer, não ousava se afastar sem ter recebido permissão. Matthew olhou para ele: tinha as pernas tortas e seu rosto, marcado por uma retícula de rugas, estava avermelhado pelo esforço daquela cavalgada apressada.

— Claro que pode voltar — respondeu, com um sorriso.

Reanimado, Giovanni puxou a mula pelo cabresto, para fazê-la girar, montou de volta e incitou-a na direção de Lodi.

Matthew desatou a tira que fechava o rolo de pergaminho, perguntando-se, curioso, de quem podia provir aquela missiva.

Quando acabou de ler, tinha a boca seca.

Engoliu em seco e leu mais uma vez aquelas poucas linhas.

O que o abade podia estar querendo? Teria acontecido algo de grave no mosteiro?

Embaixo dele, a mula se mexeu, inquieta. Segurando o pergaminho com uma das mãos, Matthew apertou os joelhos contra os flancos dela e a incitou a partir. Enquanto o animal seguia em passo apressado, seus pensamentos correram para Arnolfo de Sala. O monge, que até três anos antes havia exercido o cargo de abade em San Simpliciano, tinha sido como um irmão para ele. Sua amizade o confortara nos momentos mais difíceis, dissipando as muitas incertezas que o angustiavam e ajudando-o a reavivar uma fé às vezes vacilante. Após a morte da mulher de Matthew, Arnolfo, embora já gravemente enfermo, tinha encontrado forças para lhe escrever uma longa carta em que o exortava a não se deixar abater pela dor e a não se atribuir culpas que não lhe cabiam. Pedia que se lembrasse dele em suas preces e afirmava ter certeza de que um dia se reencontrariam na Jerusalém Celeste.

Morrera pouco mais de um ano antes, devastado pela febre tísica, e logo depois também falecera Giustino, o frade camareiro que desde sempre o coadjuvava na gestão do mosteiro. Matthew havia recebido a notícia por frei Marco, um jovem monge de San Simpliciano com quem mantivera contato epistolar após sua partida de Milão.

Por mais que continuasse a pensar, não conseguia encontrar explicação para aquela convocação repentina: que motivo o novo abade podia ter para mandar chamar justamente a ele, que não usava mais o hábito de beneditino?

Fosse qual fosse o assunto, seria melhor esclarecê-lo logo. Decidiu que, assim que Bonizzo retornasse, pediria a ele um cavalo que o levasse à cidade. Inventaria um pretexto que justificasse a viagem, torcendo para que esta fosse breve.

O sol tinha caído totalmente atrás das árvores que delimitavam os campos cultivados. Sobre os adarves do castelo, os guardas estavam acendendo as tochas: Matthew transpôs a ponte levadiça e entrou. Conduziu a mula até o estábulo e, apertando a carta na mão, subiu até seu quarto na torre.

17

Castelo de San Martino

Depois da penumbra da capela, a luz do sol feriu os olhos de Alisa. Pestanejando, ela transpôs a portinhola lateral e adentrou o cemitério. Atenta a não deixar cair nenhuma das flores que havia colhido, chegou ao túmulo de seu pai. Inclinou-se, depositou no chão as primaveras e o maço de malmequer-dos-brejos e começou a arrancar o mato que subia sobre a base da cruz. Não se passara muito tempo desde que estivera ali, e no entanto aquelas ervas infestantes já tinham crescido desmedidamente. No testamento, Jacopo havia estabelecido que seu túmulo devia ser na terra nua: assim, a cruz de pedra despontava solitária no fundo daquele minúsculo retângulo que costeava a abside. Todas as outras sepulturas, inclusive a de sua mãe, ficavam sob o pavimento da capela, como era de uso: durante as funções, o temor de pisar aquelas lajes esculpidas ainda a deixavam constrangida. Quando criança, acreditava que, sob seus passos, aquelas lápides poderiam se levantar de repente e revelar o horror daquilo que escondiam...

Sorrindo dos próprios medos infantis, começou a colocar as flores: dispôs em círculo as longas hastes do malmequer-dos-brejos, entrelaçando juntos os cálices amarelos. Depois, no meio, arrumou as primaveras: as pétalas violeta cobriram toda a grama embaixo.

Levantou-se e já ia se recolher numa prece quando ouviu um rangido.

Voltou-se, assustada. Encostado à portinhola, Simon a olhava.

— Eu... eu a vi entrar e... e a segui.

Alisa o fitou, intimidada.

— Eu... — continuou o jovem — eu não sabia que isto era um cemitério... Desculpe, eu não queria...

Alisa sorriu tristemente.

— É o túmulo do meu pai. De vez em quando venho aqui e faço uma prece...

Simon avançou alguns passos.

— Foi a senhorita quem colheu estas flores?

— Sim — respondeu a jovem, virando-se de novo para a cruz. — Gosta?

— São lindas.

O jovem estava agora ao seu lado, as vestes deles se tocavam.

— Alisa, eu... — murmurou Simon.

Lentamente, a moça se voltou para ele.

Simon inclinou-se, tomou-lhe os dedos e os aflorou com os lábios. Com o coração em tumulto, Alisa olhou a cascata de cachos louros que caía sobre o punho da veste dele. O jovem lhe soltou a mão e, apressado, puxou do bolso do manto uma pequena folha enrolada de papel de cânhamo.

— Isto... — murmurou, estendendo-a — eu pintei para a senhorita...

Alisa a desenrolou. Dentro de um triângulo aberto na base, admiravelmente delineado em ramos entrelaçados, estava desenhada uma rosa vermelha, cujo fuste, pontilhado de espinhos, se alongava até formar uma haste horizontal, sobre a qual se disseminavam aqui e ali pequenos botões verdes.

— É a inicial do seu nome. Espero que a aceite, é minha homenagem à senhorita...

A moça ergueu da flor os olhos e encontrou os de Simon.

— Obrigada — disse —, é o presente mais bonito que já recebi.

Não conseguiu acrescentar nada. Suas pernas estavam moles: pousada sobre o peito, a mão que segurava o papel tremia.

Simon esboçou uma inclinação, retornou sobre seus passos e desapareceu no interior da capela.

Alisa o seguiu com o olhar. Depois, guardou o desenho no bolso da veste e virou-se mais uma vez para o túmulo do pai. A brisa leve que vinha do rio fazia estremecerem as cabecinhas amarelas do malmequer-dos-brejos.

Ela as fitou, absorta: nunca se sentira tão feliz.

18

Giacoma dormia. Bernarda se levantou da cama e, na ponta dos pés, foi até a mesa. A chave estava ali: aquela estúpida a tinha esquecido! Satisfeita, pegou-a e, girando-a devagar na fechadura, abriu a porta. Agarrou o archote pousado sobre a mísula de tijolos do corredor e, em passos felpados, percorreu o pouco espaço que a separava da escada: desceu os degraus sem fazer ruído, chegou ao térreo e subiu a outra escada, aquela que levava à galeria acima do pórtico. Depois de conferir se não havia ninguém, seguiu até o fundo por aquela passagem coberta onde, no canto mais distante, estava apoiada uma escada portátil que conduzia aos adarves. Verificou se a escada estava bem firme e, segurando o lume em uma das mãos, agarrou-se à barra lateral com a outra e começou a subir.

Quando seus pés tocaram as pedras do adarve, apoiou-se à parede e soltou um longo suspiro. Tinha chegado, finalmente! Um pouco à frente, onde a construção se dobrava em ângulo, brilhava uma tocha: adiante devia estar o guarda.

Sorriu. Depositou a tocha no chão e, lentamente, começou a se desnudar. Tirou a sobreveste e a gamurra:* depois, sem dar importância aos arrepios que o ar fresco da noite provocava em sua pele, despiu a camisola e os calções.

Deslizou os pés para fora dos chinelos de seda e, em pequenos passos, encaminhou-se para o fundo do adarve.

*No guarda-roupa feminino medieval, espécie de casaco comprido até o chão e fechado na frente por uma fileira de botões. Também podia ser alargado mediante aberturas laterais. (*N. da T*)

O guarda, de pé em frente ao consolo de madeira que avançava da muralha, controlava o caminho que conduzia à ponte levadiça: pelo pouco que se podia ver no escuro, parecia que ninguém estava se aproximando do castelo.

De repente, ouviu um rumor abafado às suas costas. Virou-se de chofre: a velha castelã estava ali diante dele. Nua.

Com os olhos arregalados, observou aquele corpo engelhado sobre o qual a chama da tocha desenhava sombras fugazes: os seios murchos pendiam sobre o ventre, as pernas, esqueléticas como ramos secos, tremiam, as mãos se estendiam para ele, ávidas.

— Cheguei, estou aqui... Venha, me possua agora...

O homem estava paralisado: o espanto provocado por aquela visão repulsiva e incompreensível o impedia de mover um só músculo.

A mulher se aproximou. Com a ponta dos dedos aduncos, aflorou-lhe a cota de malhas de ferro.

O homem estremeceu.

— Vá embora daqui! — exclamou, furioso. — Volte para o seu quarto!

Bernarda lambeu os lábios: seu olhar denunciava a loucura.

Suas mãos subiram ao longo da armadura e pousaram sobre o rosto do guarda.

Exasperado, o homem afastou-a com um empurrão: a velha o fitou, surpresa, e depois, com um longo lamento animalesco, tombou no chão. Arranhando o próprio rosto com as unhas, começou a espernear, convulsa: seus berros encheram o ar.

O homem começou a correr para a escada: estava para alcançá-la quando ouviu outros gritos provenientes do pátio. Assomou a uma quina do parapeito e viu três mulheres que, nervosas, se agitavam abaixo dos muros internos. Debruçou-se.

— Está aqui! — gritou. — Está aqui no adarve, subam!

Tirou a tocha do interstício do muro e foi ao encontro delas.

Giacoma ofegava. O rosto, brilhante de suor, estava transtornado.

— Onde está ela? — perguntou, sem fôlego.

— Ali adiante — respondeu o guarda. — Está... está nua.

As duas copeiras que seguiam Giacoma soltavam risadinhas: a mulher as fulminou com o olhar.

— Posso saber de que vocês estão rindo? Não sabem que sua patroa está... está doente?

As moças se calaram. Depois que Giacoma se afastou alguns passos, entreolharam-se, piscando o olho.

— Doente, coisa nenhuma — sussurrou uma das duas —, ela é uma velha puta, estou lhe dizendo!

Bernarda chorava, agora. Encolhida sobre o pavimento, apertava os joelhos com os braços. Ajudada pelas criadas, Giacoma levantou-a e a vestiu. Depois, segurando-a pela cintura, levou-a de volta ao quarto.

O guarda retornou ao seu posto, balançando a cabeça. De longe, velada pela bruma noturna, entrevia-se a luz da tocha inserida no muro da granja.

Simon afastou o encerado da janelinha e espreitou a estrada: o cavalo de Gualdo se distanciava. Embora o legado não lhe tivesse dito diretamente, sabia por que ele estava indo a Lodi. Na cidade, era esperado por um mensageiro a quem entregaria uma carta para Ezzelino. Antes de partir, havia recomendado que Simon não aparecesse no castelo: "Não convém ir sozinho, o ar lá dentro está pesado..." Era verdade. No fim da inspeção da véspera, Bonizzo se mostrara contrariado e reprovara Gualdo por aqueles modos rudes que, em seu dizer, apavoravam todo mundo. O exame do quarto do negociante não teve êxito: Gualdo, que fechou a porta atrás de si ignorando os protestos de Guidotto, procurou por toda parte sem achar nada. O fato de a arca não estar trancada a chave o convenceu de que o negociante mantinha o manuscrito escondido sob os próprios trajes, e isso confirmava, sem a menor dúvida, que o homem nutria suspeitas sobre as intenções deles. "Esta história deve acabar o quanto antes!", havia exclamado Gualdo ao retornarem à granja. "Escreverei a Ezzelino e pedirei autorização para adotar uma ação de força. Enquanto isso, darei ordens precisas aos meus homens de escolta: Menego não deverá perder de vista o negociante, enquanto Bortolo ficará sempre com você durante minhas ausências do castelo."

Era a primeira vez que Gualdo o mantinha sob controle, e isso só podia significar uma coisa: que temia sua fuga.

De fato, Simon continuava a pensar nisso. Seu cavalo estava na estrebaria do castelo, cujo acesso era bem vigiado: seria difícil evitar a atenção dos guardas, e também, mesmo que conseguisse, para onde iria? Sim, havia o bosque onde se esconder, mas por quanto tempo? Os homens de Gualdo o encontrariam logo, inexperiente como ele era naqueles lugares.

Seu olhar correu para as muralhas do solar, que se destacavam contra o céu, a somente uma milha dali.

E Alisa? "Como posso fugir e abandonar você neste ninho de víboras? Não, meu amor, agora que a encontrei, não a deixarei mais: acharemos um modo de sair daqui, iremos juntos para a França, e lá..."

Deu-se conta de haver sussurrado, como se ela pudesse ouvi-lo.

Afastou-se da janelinha e saiu do quarto. Do térreo subia o pranto lamentoso do pequeno Germano: Savina devia estar nos campos.

Atravessou o terreiro e se dirigiu ao rio, seguido a pouca distância pelo homem de escolta.

19

Milão

As folhas da clematite envolviam quase por inteiro as pedras do poço. Observando-as, Matthew teve a sensação de nunca haver saído dali: o claustro, o jardinzinho, o perfume do pão recém-desenfornado, os confrades que deslizavam silenciosos rumo ao refeitório...

Os confrades.

Fechou os olhos. Que direito ainda tinha de considerá-los assim? Apesar dos trajes civis que usava, muitos o haviam reconhecido: alguns o saudaram calorosamente, enquanto outros, mais numerosos, esquadrinharam-no desconfiados.

Até o abade, que pouco antes o acolhera à porta da própria cela, mostrava uma atitude altiva. Matthew não o conhecia e não saberia dizer se aquela expressão desdenhosa que lhe percebia no rosto era destinada a ele ou se fazia parte do caráter do frade. Com desconforto, seguiu-o até a entrada do parlatório.

A sala continuava a mesma, mas a mobília havia mudado: não restara nada da austera sobriedade de três anos antes. Uma grande mesa de carvalho esculpido, sobre a qual estava pousado um par de castiçais duplos de prata maciça, dividia o ambiente ao meio. Dos lados dispunham-se dois bancos tão compridos quanto a mesa, e com espaldares tão altos que pareciam os dos assentos de um coro.

— E então? — disse Tazio Mandelli, fechando a porta atrás de si e convidando-o a sentar-se. — Imagino que o senhor está curioso por saber o motivo desta convocação.

A voz do abade era cortante. Matthew assentiu.

— Deve saber, creio — continuou o abade —, que o meu predecessor, Arnolfo de Sala, morreu em janeiro do ano passado, e que havia algum tempo já não exercia suas funções por causa da doença...

Matthew assentiu de novo.

Por um instante, Tazio se calou, fitando-o.

— Durante nove longos meses, fui substituto dele como reitor deste convento: apenas com o auxílio de outro monge, dei-lhe assistência nas últimas fases da enfermidade, sem temer a possibilidade de contágio. Mais de uma vez obedeci fielmente às suas diretrizes, embora me parecessem fruto do delírio da febre, e procurei levar ao capítulo as razões de um homem que eu sabia já acabado. Perorei junto ao arcebispo a causa de sua irmã Augusta, a fim de que lhe fosse conferido o magistério de abadessa junto ao mosteiro de Sant'Apollinare... Em suma, creio ter feito por ele muito mais do que nossa regra impõe quanto aos cuidados a prestar a um confrade moribundo...

Matthew ficou à espera: sufocando dentro de si a angústia sentida ao imaginar como tinham sido penosos os últimos dias de Arnolfo, dispôs-se a escutar a continuação daquele discurso que desde o início já se prenunciava inquietante.

Irritado pelo silêncio dele, Tazio decidiu concluir às pressas o que tinha a dizer: com aquele homem, os circunlóquios não serviriam de nada.

— Arnolfo — prosseguiu, desviando do visitante o olhar e baixando-o para os próprios dedos, que tamborilavam sobre a mesa — deixou um testamento que, por motivos pertinentes à administração do mosteiro, só foi divulgado um mês atrás. No documento, o abade deixa suas propriedades no condado como herança aos seus irmãos e aos filhos deles, privando-os, porém, da consistente soma em dinheiro que constituía seu capital pessoal. Essa soma é destinada ao senhor, Matthew de Willingtham.

A última frase saiu dos seus lábios como um sibilo.

Matthew o encarou, pasmado.

— A mim?! — exclamou, sem fôlego — ... a mim? Mas por quê? Eu não...

Fingindo ignorar a perturbação dele, Tazio prosseguiu com voz incolor.

— Arnolfo lhe faz doação do seu dinheiro, mas com uma cláusula precisa: o senhor deve abrir uma escola de gramática aqui em Milão. A escola será frequentada exclusivamente por jovens menos... — hesitou, enquanto uma careta de desprezo se desenhava em seu rosto — ... pelos filhos das classes mais humildes, aqueles, digamos, cujos pais jamais poderiam pagar um preceptor privado. A herança do abade servirá para a remuneração dos mestres: no testamento, Arnolfo se declara convencido de que, uma vez exaurida a soma inicial, a escola poderá continuar sua atividade graças às doações dos milaneses.

O monge ergueu os olhos para o visitante.

— Vejo — concluiu, áspero — que esta notícia o pegou de surpresa. E então? O que pensa fazer? Aceita este compromisso pesado, ou recusa-o, deixando esta incumbência para o mosteiro?

Embora com dificuldade, Matthew sustentou o olhar do outro. A sensação que experimentara desde o primeiro instante se demonstrava exata. Tazio Mandelli era um arrogante: não sabia nada dele, a não ser que sua família de origem era uma das mais ricas e poderosas de Milão. Provavelmente, a decisão de lhe conferir o cargo de abade de San Simpliciano era fruto de manobras políticas desenvolvidas nos vértices do poder citadino. Como Arnolfo devia ter sofrido, ao compreender que seu sucessor seria tão diferente dele! Quantas humilhações lhe teriam sido infligidas nos últimos meses de vida! Matthew ainda recordava, como se tivessem sido pronunciadas na véspera, as últimas palavras que ouvira de Arnolfo: "... Ao se despir da veste, não se desfaça também de tudo aquilo que ela conteve, mantenha sua lucidez, sua sabedoria e, sobretudo, sua caridade para com os outros..."

Não, não iria recusar a herança de Arnolfo, mas acolhê-la como uma dádiva irrenunciável.

— Aceito — disse. — Se a benevolência do abade para comigo foi tão grande a ponto de ele querer me confiar este encargo, não pretendo me subtrair à sua vontade.

Sem deixar transparecer nenhuma emoção, Tazio se levantou e se dirigiu para a porta.

— Como queira. Amanhã, o tabelião do mosteiro o fará assinar o compromisso escrito e lhe dará a bolsa com o dinheiro: em seguida, caberá ao senhor encontrar a sede para instalar a escola. Aviso, porém, que deve agir depressa: de fato, de acordo com o tabelião, estabelecemos redigir um segundo documento no qual se afirme que, em caso de descumprimento de sua parte, a herança passará ao San Simpliciano. O senhor tem apenas três meses de prazo. Não sei por quantos dias permanecerá na cidade — acrescentou, abrindo a pesada porta de carvalho. — Creio que seu trabalho de preceptor não pode ser interrompido de repente, e portanto suponho que retornará a Lodi o quanto antes: seja como for, se precisar de hospedagem aqui no alojamento de forasteiros, pode falar com o irmão Andrea, o novo camareiro.

O abade se encaminhou para a basílica.

O claustro estava deserto. Matthew o percorreu até o fundo e, sem olhar para trás, saiu do mosteiro.

20

As três janelinhas escavadas na parede do frontão cediam bem pouca luz à nave. Sob o arco-cruzeiro da capela do transepto, Matthew aguardava encontrar frei Attilio.

Naquela manhã, ao sair da hospedaria do Ganso Cinzento, onde havia alugado um quarto por dois dias, tinha perguntado ao estalajadeiro se na cidade existia uma escola pública. O homem respondeu que, embora não se tratasse de uma escola propriamente dita, pouco distante dali havia uns monges que ensinavam leitura e escrita a quem pedisse e se dispusesse a pagar uma contribuição mínima. Eram os Zanbonini, os penitentes seguidores da regra de santo Agostinho, cuja igreja ficava nas proximidades da Poterna de San Marco. E o aconselhou a procurar Attilio Gusberti, o reitor da Ordem, que seguramente saberia lhe fornecer mais informações a respeito.

Enquanto, com os olhos voltados para o alto, observava o amplo arco pleno que comunicava o braço meridional do transepto com a nave lateral, sentiu tocarem a manga do seu manto.

— Estava à minha procura? — perguntou um monge surgido de repente ao seu lado.

Matthew se virou. O homem à sua frente, tão alto e magro que parecia emaciado, fitava-o com benevolência.

— Sim — respondeu —, pedi para falar com frei Attilio, e...

— Sou eu. Diga-me — acrescentou o outro, captando na fala do visitante um sotaque levemente gutural —, por acaso o senhor é estrangeiro?

— Nasci na Inglaterra, mas há muitos anos vivo na Lombardia, onde trabalho como preceptor. O motivo pelo qual desejo lhe falar se refere justamente à minha profissão...

— Então será uma conversa um tanto longa — interrompeu o monge, com um sorriso. — Venha, vamos à minha cela: ali poderemos nos sentar e discutir mais à vontade.

Em longas passadas, que não condiziam muito com a aparência frágil de sua constituição, frei Attilio o precedeu fora do transepto, acompanhando-o até uma pequena construção nos fundos, onde, sentados um diante do outro, começaram a falar.

Era quase a hora nona quando Matthew se dispôs a voltar a San Simpliciano. Informaria o abade e no dia seguinte, ao amanhecer, retornaria a Lodi. Enquanto atravessava a Poterna de San Marco, relembrou o colóquio recém-concluído e cujo êxito se revelara superior a qualquer expectativa. Depois de escutá-lo com atenção, frei Attilio lhe explicara que sua proposta de abrir uma escola de gramática junto à igreja chegava no momento certo, estando prevista uma unificação da ordem de penitentes com aquela, mais vasta, dos Agostinianos. Disse que já tinham sido lançados os alicerces para o novo mosteiro que englobaria a igreja: com grande probabilidade, todo o complexo monástico seria regido por um novo prior da Ordem, o qual, com um poder bem maior que o concedido a ele, ampliaria na cidade a influência dos seguidores da regra de santo Agostinho. O que poderia desejar de melhor, então, do que uma escola pública onde os jovens mais pobres pudessem ser instruídos sem ter de pagar nenhuma mensalidade? Além de constituir uma meritória obra de caridade para os mais necessitados, acrescentou, aquela nova iniciativa também contribuiria para aumentar o prestígio da Ordem junto aos milaneses. Por enquanto, os estudantes se contentariam com um pequeno local de madeira e tijolos a ser edificado às pressas, junto à sua cela: mais tarde, depois que a construção do mosteiro se concluísse, uma das salas poderia ser destinada à sede definitiva da escola.

Afirmou que, se Matthew desse ordem para isso, os carpinteiros começariam de imediato a trabalhar, e que, segundo seus cálculos, a realização do edifício não exigiria mais que uns dois meses. Confortado por essas palavras, Matthew tirou da bolsa uma pequena soma e a entregou a ele: aquelas moedas serviriam para pagar as primeiras despesas. Depois, no final do verão, quando seu compromisso em Lodi estivesse concluído, viria se estabelecer ali em Milão, onde começaria a ensinar.

Após escrever umas linhas de recibo num pequeno pergaminho que lhe colocou nas mãos, frei Attilio concluiu dizendo-lhe que, para começar, informaria sobre o projeto todas as famílias dos bairros de Porta Comacina e Porta Orientale, as mais próximas à sede da futura escola. Também perguntou se, compativelmente com o tempo dedicado às aulas a ministrar à sua aluna, Matthew poderia voltar de vez em quando à cidade, para acompanhar o andamento das obras.

Separaram-se com um abraço e com a promessa de se reverem logo.

Agora, tendo chegado aos muros do perímetro de San Simpliciano, Matthew se deteve para dar passagem a uma carroça carregada de madeira que estava para entrar no mosteiro. Depois transpôs o portal de entrada e se dirigiu à cela do abade.

21

Granja de San Martino

— O que você está fazendo aqui no meu quarto? — vociferou Gualdo, escancarando a porta.

Benedetto se voltou de chofre: o encerado lhe fugiu da mão e caiu sobre o pavimento.

— Eu estava... — balbuciou, apavorado — estava procurando consertar o encerado. Ontem, um canto se soltou, e minha mãe me mandou...

— Ora, e o que me importa esse maldito encerado? Deixe aí e saia, resolva isso em outra hora. Aliás, onde está o miniaturista?

— Acho... acho que está no vinhedo. Eu o vi sair com um rolo embaixo do braço e, como ontem perguntou a Savina se podia passar umas horas lá, desenhando as folhas das parreiras...

Sem sequer esperar que o menino terminasse a frase, Gualdo se precipitou pela escada. Como aquele maldito idiota se permitia afastar-se do quarto sem sua permissão? E Bortolo, por onde andava também?

Esperando que este tivesse seguido o rapaz, como lhe fora ordenado, atravessou o terreiro e, em passos nervosos, alcançou os renques de videiras. Simon estava ali, sentado na mureta que rodeava a plantação, ocupado em traçar linhas sobre uma folha de papel de cânhamo: atrás de uma touceira pouco distante, o homem de escolta estava esvaziando a bexiga.

— Simon! — berrou. — Não lhe ordenei permanecer no quarto quando eu não estiver?

O miniaturista se sobressaltou e o toquinho de carvão lhe escorregou dos dedos, criando um rabisco preto sobre a folha. Voltou-se: sua expressão estava exasperada.

— Permanecer no quarto? Fazendo o quê, pelo amor de Deus? Olhando o colchão ou contando as rachaduras sobre as tábuas do piso? Ora, vamos, Gualdo, estou aqui, a um passo da casa, seu soldado me segue como uma sombra... Tem medo de que eu fuja? Por acaso o senhor tem algum motivo para pensar que eu vá fugir? — concluiu, provocador.

Gualdo não respondeu. Bortolo baixou às pressas a borda da túnica sobre os calções e se aproximou.

— Não o perdi de vista em nenhum momento, senhor. Quando ele saiu, me disse aonde estava indo e eu vim atrás. Jamais ousaria desobedecer às suas ordens, o senhor sabe.

Por um longo instante, Gualdo o esquadrinhou, ameaçador, e depois retornou sobre seus passos.

Benedetto, que de um canto do terreiro havia acompanhado toda a cena, viu-o entrar na casa. Amedrontado pela cólera que se lia no rosto dele, decidiu que, por aquele dia, deixaria o encerado como estava: não tinha a menor intenção de desencadear ainda mais a ira daquele homem.

Gualdo fechou atrás de si a porta do quarto e se deixou cair sobre o banquinho.

Mas o que está me acontecendo, por todos os demônios?, pensou, raivoso. Por que me enfureço por bobagens como essa? Para onde Simon poderia fugir, com Bortolo sempre nos calcanhares? Estou ficando velho... Mas não, é que estou cansado de toda esta história! Aquele bastardo do negociante farejou alguma coisa, tenho certeza: do contrário, por que, desde que comecei minhas inspeções no castelo, ele anda com o manuscrito, em vez de deixá-lo na arca? Acha que eu sou bobo, que não notei aquele inchaço por baixo de sua veste?

A carta já tinha partido, mas, mesmo que o mensageiro fosse veloz como o vento, a resposta de Ezzelino só chegaria dali a uns dez dias. O que devia fazer, até lá? Quanto mais pensava, mais se convencia de que a ideia de envolver Simon naquele empreendimento não havia sido das melhores.

Francamente, não compreendia toda aquela prudência por parte de Ezzelino: não seria melhor armar logo uma cilada para o negociante e matá-lo? A esta hora, o tratado já estaria em suas mãos e a coisa acabaria ali. Depois, quanto a verificar a autenticidade do documento, na corte de Ezzelino certamente não faltavam os profissionais capazes disso!

Se dependesse dele, não hesitaria nem por um instante: fosse como fosse, se a situação o exigisse, ainda haveria tempo para eliminar Guidotto. Não era a primeira vez em que se via obrigado a agir de modo autônomo, e até então suas decisões tinham se revelado acertadas.

Se ao menos se sentisse mais forte! Desde alguns dias antes, não sabia por quê, tremiam-lhe as mãos, suava e vivia com sede. Estava superexcitado, sua mente perseguia pensamentos completos que um instante depois se desfaziam como fumarolas levadas pelo vento... E também a perna tinha recomeçado a doer. Havia examinado a panturrilha, mas sem encontrar nada de novo: a cicatriz, comprida e irregular, ainda não embranquecera de todo, mas não transudava nenhuma secreção. Quando, seis meses antes, aquela maldita raposa que ele acreditava haver matado o mordera, o médico de Ezzelino tinha limpado e suturado o ferimento, afirmando que daquele acidente de caça só restaria uma feia marca. E assim foi: ele mancou por algum tempo e depois, aos poucos, o latejar doloroso da carne em torno da mordida se atenuou. Não pensou mais nisso e nem sequer conferiu a cicatriz. Tinha feito isso somente naquela manhã, quando a perna começou a latejar de novo: então, completamente despido, notou que seu peito e seus braços estavam avermelhados. Olhando melhor, viu que toda a pele estava coberta de manchinhas rosadas que, em alguns pontos, se agrupavam para formar placas mais escuras, quase violáceas. Espantado, tirou da bagagem a pequena placa de prata que lhe servia de espelho e examinou o rosto: também a testa e a parte glabra das faces estavam pontilhadas por pequenas petéquias avermelhadas. Aflorou-as com a ponta de um dedo, mas não eram salientes, e então, convencido de que se deviam à mesma sarna que já o acometera alguns anos antes, não se preocupou.

Agora, enquanto um espasmo aborrecido lhe fazia estremecer uma pálpebra, percebeu que aquela estranha excitação o atacava outra vez. Precisava se mover, cavalgar, deitar-se com uma mulher, e não ficar ali, prisioneiro daquele quarto apertado e sufocante!

De novo aquela sede... Foi até a mesa e bebeu água diretamente da jarra. Deglutiu com dificuldade e regurgitou parte do líquido: a garganta parecia fechada. Bebeu mais e a água entrou de través, provocando-lhe um acesso de tosse.

Sentou-se no colchão e, apertando o peito com as mãos, esperou que a crise passasse. Após alguns minutos a tosse cessou, substituída por soluços. Um depois do outro, dezenas de espasmos dolorosos lhe sacudiram as vísceras.

"Mas o que está me acontecendo ainda, meu Deus?!", perguntou-se, com raiva. Levantou-se: o peito continuava a saltar, incontrolável. Chegou à porta. Iria pedir pão a Savina. Talvez, enchendo o estômago, aqueles malditos soluços parassem de atormentá-lo.

Savina balançava o berço de Germano. Seus olhos fitavam a parede fronteira, sem vê-la.

Tinha medo.

Pouco antes, quando Gualdo a procurara abalado por insistentes soluços, oferecera-lhe vinho além do pão, mas ele o recusara com uma careta. Tinha o olhar febril: falava depressa demais, acavalando as frases uma sobre a outra, e seu rosto estava luzidio de suor. Ela não ousou perguntar nada: esperou que ele acabasse de consumir o pão e o seguiu até o terreiro, dirigindo-se ao estábulo. Quando erguia os olhos para saudá-lo, a luz crua da manhã iluminou o rosto dele. Aterrorizada pelo que via, durante um instante Savina prendeu a respiração.

Nas zonas livres de barba, o rosto do homem estava coberto de manchinhas rosadas.

Ela recuou de chofre e retornou à casa, batendo a porta. Correu até o berço e, afobada, afastou a coberta para examinar a face de Germano: o bebê dormia tranquilo, a pele das bochechas estava láctea. Reanimada, deixou-se cair sobre o banco e começou a refletir sobre a epidemia de varíola que, muitos anos antes, havia explodido nas terras além do Adda. E se de repente aquele mal tivesse voltado? Ela nunca havia visto nenhum daqueles doentes, mas os boatos diziam que os corpos deles ficavam devastados por pústulas e vesículas: as de Gualdo eram apenas manchas avermelhadas, mas... E se justamente aquelas manchas assinalassem o início da enfermidade? Então se levantou, voltou para junto do filho e começou a balançar o berço.

Agora, enquanto seus dedos apertavam a borda de madeira, decidiu que falaria de imediato com Marchisio. Assim que ele voltasse dos campos, contaria sobre Gualdo: seguramente, seu marido saberia o que fazer.

22

O arbusto de sabugueiro cobria quase totalmente a entrada da gruta: somente um descontínuo e evanescente raio de sol se filtrava para o interior. Do fundo escuro, Juditha avançou às apalpadelas rumo àquela promessa de luz e, apoiada à parede terrosa da embocadura, afastou cautelosamente algumas folhas. Ali, a partir da altura em que era escavada a caverna, entrevia-se uma pequena clareira. Não a tinha notado dois dias antes, quando, exausta pela longa caminhada, encontrara aquele abrigo providencial: a abertura da gruta era escondida pela vegetação, mas seus sentidos, exercitados por anos de vida nos bosques, sugeriram-lhe a existência do lugar. Naquele momento ela parou, fechou os olhos e, estendendo as mãos para a cavidade, procurou captar uma presença viva: ali poderia ser a toca de uma fera, e o estado de prostração em que se encontrava não lhe permitiria dominar o animal.

Havia deslocado os ramos do sabugueiro e entrado, arrastando-se pela terra úmida: a caverna parecia vazia. Acocorou-se e, tateando a sacola, extraiu a pederneira, o fuzil, peça de metal para produzir centelhas, e uma vela. Teve dificuldade para acendê-la, mas, quando finalmente conseguiu, olhou ao redor e descobriu estar num ambiente bem mais vasto do que o tinha imaginado. Logo adiante da embocadura coberta pela folhagem, a cavidade se abria num espaço quase tão alto quanto dois homens e prosseguia, aparentemente sem fim. Iluminando o local com a vela, percorreu o comprimento por alguns braços; depois, exausta, retornou sobre seus passos. Apagou o lume, envolveu-se no manto e estirou-se no chão.

Tinha dormido por um dia e uma noite. Quando finalmente acordou, tentou compreender onde se encontrava: levantou-se num salto e, batendo na parede com o corpo, assustou um morcego que se soltou de repente da abóbada da caverna, guinchou, esvoaçou confuso por alguns instantes e finalmente desapareceu lá no fundo. Tentando distender os membros entorpecidos, Juditha se levantou, pegou o cantil de água na sacola e bebeu demoradamente. Depois, atenta a não tropeçar nas asperezas do terreno, adentrou pela furna escura. Sem enxergar, apalpou a terra e as pedras que se projetavam da parede da direita: à sua passagem, outros morcegos se soltaram do alto e voaram na mesma direção do primeiro. Continuou caminhando e, inesperadamente, sentiu que lhe faltava apoio para os pés: caiu e viu-se numa espécie de desnível. A partir dali o terreno, que até então se mantinha horizontal, começava a descer. Apoiando-se nos cotovelos e nos calcanhares, deixou-se deslizar para baixo: alheia às pedras que lhe arranhavam as pernas nuas, prosseguiu agachada até quando o solo embaixo de si voltou a ser plano. Então se levantou, encostou-se a uma saliência de pedra que brotava da parede e começou a refletir. Havia avançado demais para que aquela fosse apenas uma cavidade criada pela natureza: em geral as cavernas eram côncavas e terminavam em intransponíveis camadas de rocha. Não; embora a galeria lhe parecesse muito alta para ter sido escavada por mãos humanas, ela não conseguia imaginar outra razão para o estranho comprimento daquela furna.

Tinha prosseguido ainda no escuro e, uns cinquenta passos adiante, suas pupilas dilatadas vislumbraram um levíssimo bruxuleio. Parou e olhou melhor: um reflexo de luz, delgado como a lâmina de uma faca, clareava o fundo do terreno diante dela. Espantada, seguiu aquele fulgor até que ele se alargou aos poucos, tornando-se uma poça luminosa encerrada entre folhas e piçarra. Deu mais alguns passos e de repente suas botinas afundaram numa matéria mais fofa: baixou o olhar e descobriu que a terra pedregosa percorrida até ali cedera lugar à areia.

Avançando com cautela, chegou a uma abertura sombreada por um grande arbusto de salgueiro: afastou os ramos com as mãos e meteu a cabeça para olhar. À sua frente, mais embaixo, apenas à distância de uma língua de areia, fluía a corrente de um rio. Excitada, quebrou ramos e arrancou folhas até conseguir abrir uma passagem para o exterior: sem atentar para mais nada, lançou-se à água e mergulhou, deixando-se levar pelas ondas mais próximas à margem. Em seguida, depois de inspirar demoradamente o perfume do limo e das ervas aquáticas, saiu gotejante e se escondeu entre as touceiras, espiando ao redor: a margem do rio estava deserta e ao longo da corrente não transitavam barcos. Esperando que ninguém tivesse notado sua presença, ficou ali por mais alguns instantes e depois entrou de volta na caverna. Pela abertura, apanhou os ramos quebrados do salgueiro e meteu-os de novo entre os outros, de tal modo que a entrada ficasse escondida. Retornou pelo mesmo caminho e contou os passos que a separavam do início do túnel: em caso de fuga, precisava saber o comprimento dele e quanto tempo levaria para percorrê-lo de novo.

Agora, enquanto um eco distante de mugidos fendia a barreira do bosque, observou com atenção a clareira para saber se ali encontraria bagas comestíveis e pequenos animais selvagens que pudesse caçar: ao menos por alguns dias, serviriam para lhe matar a fome. O que faria depois, não sabia ainda. Qualquer floresta era sua casa, e, ao menos por algum tempo, ela poderia se demorar ali: aquela caverna e a vegetação exuberante que a circundava lhe permitiriam sobreviver.

Com cuidado, insinuou-se entre os ramos do sabugueiro e, arrastandose silenciosa em meio ao mato espesso, dirigiu-se para a clareira.

Afastou-se por mais de uma milha: durante todo o tempo de sua busca, arrastou-se rente ao solo, e agora lhe doíam os músculos. Mas aquela posição incômoda lhe permitiu descobrir mais ervas do que esperava: colheu pequenas quantidades delas, guardando-as nos amplos bolsos da veste, com a intenção de examiná-las mais atentamente quando retornasse à gruta. Na margem de uma lagoa minúscula, contornada por uma cortina de caniços, capturou um pato: era gordo, e por uns dois dias bastaria para lhe matar a fome.

Deteve-se e se escondeu atrás do tronco de um grande salgueiro-negro que estendia seus ramos até o solo. Protegida pelas folhas acuminadas da árvore, espiou ao redor: para além dos arbustos, onde o bosque cedia espaço aos campos, via-se claramente um recinto de muralhas das quais sobressaíam quatro torres angulares. Era um castelo. Em frente, separados por uma extensão de plantações e por uma vasta porção de terreno deixado em pousio, surgiam uma casa de pedra, um estábulo e um palheiro: mais atrás, à distância de uns cinquenta passos, havia alguns barracões de madeira.

Juditha refletiu: seguramente as terras eram de propriedade do castelão, e a moradia devia ser a do rendeiro que cuidava da granja. Isso significava que a zona era habitada: ela deveria ficar muito atenta para não se deixar descobrir. Ainda que o bosque fosse grande e a caverna, quase totalmente invisível, seria melhor reunir mais galhos para disfarçar com eles as duas embocaduras.

Um tentilhão, escondido até aquele momento entre os ramos mais altos do salgueiro, voou aos seus pés e fitou-a curioso: enquanto, absorta, observava o minúsculo dorso marrom do passarinho, ela decidiu que no dia seguinte percorreria de novo o túnel. Não estava segura de tê-lo explorado por inteiro: de fato, quando retornava da extremidade que dava para o rio, experimentara uma sensação estranha. No ponto em que a parede de terra se dobrava em cotovelo, parecera-lhe ter sido aflorada por uma leve brisa, totalmente incongruente num espaço fechado: aquilo havia durado o tempo de dois passos e depois cessado. Naquele momento, pressionada pela urgência de voltar à entrada da galeria e circundada pela densa escuridão, não lhe restara senão prosseguir. Desta vez, levaria consigo uma vela e olharia melhor: havia a possibilidade, embora remota, de que o túnel se dividisse numa segunda direção, e, se assim fosse, seria útil saber disso o quanto antes.

Depois de uma última olhadela à vastidão dos campos, afastou-se do tronco do salgueiro. O tentilhão levantou voo e desapareceu no emaranhado dos ramos. Seguindo as marcas que suas pegadas haviam deixado na vegetação, Juditha retornou sobre seus passos, dirigindo-se à caverna.

Tinha quase chegado à metade da clareira quando seus ouvidos alertas captaram um tropel de cascos: agachou-se de chofre e, deixando à vista somente o topo da cabeça em meio à grama alta, viu um cavalo que avançava preguiçoso pela trilha. Pousou os olhos sobre o homem que o montava e, por um instante, sua respiração parou: foi como se dele proviesse uma vibração já experimentada. Um arrepio a percorreu. Apesar da distância, estava certa de não identificar naquele rosto nenhum traço conhecido. Mas então, por que seu corpo tremia? Quem era aquele homem, e por que ela tinha a sensação de já tê-lo encontrado?

Lamentando não ter junto de si seu animal servidor, que a ajudaria a abrir os olhos da mente, acachapou-se sobre o terreno e permaneceu imóvel.

Aos poucos, o som dos cascos diminuiu. Ela ainda esperou demoradamente. Depois, quando lhe pareceu que somente o chilrear insistente das aves enchia o bosque, ergueu-se cautelosa e observou o castelo: o cavalo estava prestes a transpor a ponte levadiça.

Então, sem olhar para trás, Juditha começou a correr para o seu refúgio.

Enquanto conduzia o baio ao estábulo, Matthew se perguntou, curioso, quem poderia ser aquela mulher que o espiara do meio da clareira: os dourados olhos dela tinham-no fitado, e depois desapareceram sob os bastos caules da grama. As miradas dos dois se cruzaram por um único e brevíssimo instante, mas foi como se uma onda invisível tivesse rolado entre eles: até agora ele ainda se sentia envolvido e não saberia dizer se aquela percepção incomum lhe infundia aflição ou serenidade. Quem era aquela mulher? O que fazia ali, escondida no bosque? Os pensamentos de Matthew voltaram a uma outra mulher que havia escolhido a floresta como sua morada e de quem ele ouvira falar muito: o que fora feito dela, onde estaria agora?

Respondeu à saudação do guarda e subiu a escada que conduzia à torre. A viagem de retorno de Milão o deixara cansado: ao menos por algumas horas, precisava repousar.

23

Castelo de San Martino

— Sim, claro, o senhor também pode examinar os subterrâneos, se quiser. Antigamente serviam para encerrar os prisioneiros capturados em batalha pelo meu irmão, mas agora creio que são povoados apenas por camundongos... Faz anos que não desço até lá — prosseguiu Bonizzo, com um arrepio de asco —, e não pretendo fazer isso logo agora. Mandarei um dos meus guardas acompanhá-lo.

— Não será preciso — respondeu Gualdo, brusco —, um dos meus homens de escolta irá comigo.

O castelão anuiu. Aliviado por não ter de dar suporte também àquela incumbência aborrecida, perguntou-se por quanto tempo conseguiria aguentar ainda a presença daquele homem de modos tão rudes. O que diabos ele viera fazer no castelo, ainda não tinha entendido: o que importava a Ezzelino como eram feitos os aposentos, e as cozinhas, e os subterrâneos? Podia compreender sua exigência de mandar conferir as defesas das muralhas, os adarves, o bom funcionamento da ponte levadiça, mas e o resto? Procurou não pensar nisso: a única coisa que desejava era que aquela inspeção terminasse logo, ele tinha outros assuntos bem diferentes a resolver...

Estava prestes a acompanhar seu hóspede até a porta quando da garganta deste saiu um soluço rouco, seguido por outros mais estrídulos. Gualdo se dobrou sobre si mesmo e, apertando o peito com a mão, tentou fazê-los cessar. Seu rosto, já avermelhado, tornou-se violáceo.

— Quer que eu mande trazer água? — perguntou Bonizzo, temendo vê-lo sufocar de um momento para outro.

Incapaz de falar, Gualdo balançou negativamente a cabeça. Momentos depois, assim como havia começado, a crise acabou.

— Mande... — disse, pigarreando rumorosamente — mande que o guardião me entregue a chave dos subterrâneos: tenho intenção de ir imediatamente até lá.

Bonizzo o encarou titubeante, e depois o seguiu até o aquartelamento dos soldados.

Gualdo estava mal. Não compreendia por quê, mas aquele estado de agitação que havia dias o atormentava não ia embora. Continuava a suar e, embora sua sede aumentasse, a simples visão da água lhe era repugnante. As manchas que lhe recobriam o corpo ainda estavam presentes, mas quase todas tinham se reunido entre si para formar uma única e grande placa avermelhada. Ele se dava conta de que deveria consultar um médico, mas não queria que soubessem da sua doença naquele lugar.

Ali embaixo, naqueles subterrâneos úmidos, sentia-se ainda pior. Segurando a tocha bem alta diante de si, Menego o precedeu ao longo de um corredor escuro, aos lados do qual se abriam as celas. O bafo de podridão e de mofo cortava a respiração.

Com uma das mãos, Menego experimentou a resistência de uma das grades de ferro que fechavam os cubículos: a grade rangeu nas dobradiças e se abriu um palmo. Com um pontapé bem assestado, o homem a escancarou inteiramente e a iluminou. Do meio da cela, não mais larga do que três braços, um enorme rato os fitava, imóvel. Seu lombo estava arqueado em posição de ataque e a cauda, coberta de escamas, se alongava sobre o pavimento. As orelhas, pequenas e glabras, vibravam.

Menego deu um passo à frente e o rato se lançou contra seu tornozelo, para mordê-lo. O homem foi mais veloz: brandindo a tocha como uma clava, golpeou-o três vezes. O animal caiu de costas e, depois de um guincho cavernoso que parecia um rosnado, jazeu inerte.

— Deus do céu! Eu nunca tinha visto um tão grande! — exclamou Menego, ofegante, enquanto apalpava o couro da bota para ver se o rato o tinha rasgado.

— Nem eu — disse Gualdo, baixinho, tentando reprimir a onda de náusea que acabava de invadi-lo. — Provavelmente era uma fêmea grávida que queria se defender: sabe lá quantos outros desses bichos nojentos estão escondidos nestes subterrâneos! De resto, aqui estamos numa planície e as margens do rio são muito próximas: é óbvio que existe uma abundância de camundongos e ratos, e...

Uma regurgitação de saliva lhe encheu a garganta, impedindo-o de continuar.

Espantado pelo silêncio repentino de Gualdo, Menego se voltou e, à luz da tocha ainda acesa, olhou-o: o rosto do seu companheiro estava contraído num ricto grotesco e do canto dos lábios escorria uma longa baba que ia se perder no meio da barba.

— Está se sentindo mal, senhor? — perguntou, desorientado.

Gualdo não disse nada. Agarrou a barra de ferro da grade e, curvando-se para diante, tentou acalmar o tremor que o assaltava. Menego o observou de novo.

— Senhor... creio que não há mais nada para ver. Se quiser voltar, eu mesmo posso continuar a...

Sem responder, Gualdo cuspiu no chão o grumo espumoso que lhe enchia a boca e se endireitou.

— Vamos — disse, imperioso —, quero percorrer agora todas estas malditas solitárias, ou precisarei vir outra vez.

Menego tinha certeza de que aquele homem estava doente. Havia alguns dias, não era mais o mesmo: seus olhos brilhavam, a pele do rosto estava vermelha como a de quem bebeu muito vinho, as mãos tremiam, e agora aquela baba na boca... Irritado, perguntou-se pela enésima vez que diabo estavam fazendo ali: três soldados e um miniaturista, obrigados a vagabundear numa granja enquanto, bem perto, estava para explodir outra guerra. Gostaria de saber, mas claro que não podia pedir explicações: sua única tarefa era obedecer às ordens.

Roçando-se contra a parede, saiu da cela e, com a tocha levantada diante de si, enveredou de novo pelo corredor. Gualdo o seguiu.

Depois de flanquearem outras grades, viram-se num espaço um pouco mais largo, delimitado por um muro de pedras empilhadas.

— O que é aquilo? — perguntou Gualdo, seguindo com os olhos o arco luminoso que a chama descrevia na parede.

Uma fenda, com cerca de um palmo de largura, abria-se entre as pedras e descia enviesada do teto até o pavimento.

Os dois homens se aproximaram: Menego entregou a tocha ao seu acompanhante e apalpou a rachadura.

— Nossa Senhora, elas se movem! — exclamou, incrédulo.

Deslocada pelo toque decidido de suas mãos, uma pedra se soltou da base e rolou para o chão, seguida por outra e mais outra. Gualdo agarrou Menego por um braço e puxou-o para trás.

Quando aquele pequeno desabamento acabou, adiantaram-se entre as pedras caídas e, iluminando com a tocha, examinaram a fenda: Gualdo deslocou a chama para mais perto e espiou o outro lado.

— Parece... — murmurou, estupefato, enquanto sua cabeça desaparecia dentro da cavidade. — Parece um túnel...

Sem acrescentar mais nada, dobrou o corpo de lado e, transpondo as últimas pedras tombadas no solo, entrou na escuridão, seguido por Menego.

A tocha iluminou uma galeria reta, cujas paredes de terra eram reforçadas por uma espécie de mureta a seco, com altura de quase dois braços. Espantados pela vastidão daquela cavidade, os dois homens avançaram, atentos a não tropeçar no solo irregular, semeado aqui e ali por pequenos acúmulos de terra caída do teto.

Gualdo se deteve e virou-se para Menego.

— Seguramente, isto é uma passagem secreta — disse, excitado —, e, se tivesse sido usada recentemente, esses montículos de terra estariam pisados. Mas estão intactos — acrescentou, espalhando um deles com a ponta da bota. — Aonde diabos levará esta galeria? Vamos em frente, Menego, temos de descobrir!

Alheios aos guinchos que acompanhavam seus passos, prosseguiram cautelosos até o fim da mureta: ali, sustentadas por placas de madeira podre, as paredes de terra do túnel formavam um ângulo e prosseguiam já sem proteção.

Gualdo hesitou. O mal-estar de pouco antes parecia ter passado, mas ele não estava certo de conseguir caminhar por muito mais ali embaixo: embora o teto da galeria fosse alto, sentia-se sufocado.

Enquanto ele estendia o archote diante de si para tentar distinguir a direção do túnel, uma leve lufada de ar fez oscilar a chama. O ar era fresco e trazia consigo um vago odor de madeira queimada.

— Também está sentindo este cheiro? — perguntou a Menego, sem se voltar.

— Sim, senhor, parece um fogo de lenha...

— Deve ser algum camponês queimando-a fora da galeria... Eu sabia que isto era uma passagem secreta, Deus do céu! Tenho de...

Um novo e violento espasmo fisgou de repente a base de sua nuca e desceu entre as omoplatas, como uma cutelada: a tocha lhe fugiu da mão e as pernas se dobraram. Ele caiu e, por um momento que lhe pareceu interminável, não conseguiu mover um só músculo. Em seguida, ajudado por Menego, reergueu-se e, com os braços fortes do outro segurando-o pela cintura, percorreu em sentido contrário toda a galeria. Seus pés se arrastavam sobre o terreno, sem senti-lo.

Depois de subir de volta, com dificuldade, a escada de pedra que conduzia à entrada dos subterrâneos, desabou no chão. O guardião do calabouço, que os aguardava, fitou Gualdo, aturdido: em silêncio, Menego lhe restituiu a chave e o dispensou. Em seguida, segurando o corpo do seu senhor contra o seu, ordenou a um doméstico que mandasse chamar o outro soldado de escolta: juntos, colocariam Gualdo no cavalo e o reconduziriam à granja.

Ela os ouvira falar. No início não passava de uma espécie de zumbido, abafado pelas paredes terrosas da galeria. Depois, porém, o som ficou mais distinto e ela compreendeu que se tratava de vozes humanas.

Apagou a vela e permaneceu imóvel, agachada no chão, como um animal selvagem surpreendido em sua toca. Dois ou três camundongos, provenientes da mesma direção das vozes, circularam entre suas pernas, roçando-lhe os pés. Cega no escuro, ela começou a rastejar contra a parede, recuando uns dez passos. A certa altura, quando já temia que sua presença fosse descoberta, o silêncio voltou, quebrado apenas por algum guincho distante. Continuou a recuar e seu olfato, agudizado pela escuridão que a circundava, captou um cheiro de madeira queimada. Embora não compreendesse como ele podia ter chegado até ali, deu-se conta de que aquele eflúvio acre provinha da lenha que acendera na entrada da gruta para assar o pato. Logo lhe ocorreu que, tanto quanto ela, qualquer um poderia captar aquele odor e, reprovando-se pela própria imprudência, decidiu que não faria nenhuma outra fogueira a não ser entre as moitas, onde a brisa do rio dissolveria rapidamente a fumaça.

Após um tempo que ela não saberia calcular, chegara ao ponto em que o segundo túnel partia do primeiro: já sentindo-se segura, parou de novo, reacendeu a vela e recuou até a embocadura da gruta. Ali, sentou-se e começou a refletir: embora não tivesse podido percorrer por inteiro o segundo tronco da galeria, estava certa de que aquele caminho levava a algum outro lugar. Com toda a probabilidade, tratava-se de uma passagem secreta que conduzia do castelo ao rio e à campina: talvez tivesse sido escavada muitos anos antes e, considerando que sua amplitude incomum permitia o trânsito de um homem a cavalo, podia ter sido providenciada pelo castelão, que, em caso de assalto, gozaria de uma segura via de fuga.

Ainda não sabia quando, mas pretendia voltar para completar sua inspeção: se ia adotar aquela caverna como sua morada, devia conhecer todos os perigos dela, e as duas saídas contrapostas da galeria constituíam por si sós um risco notável. Assim que descobrisse aonde levava o segundo trecho do túnel, barraria a entrada dele com um denso entrelaçado de ramos que impedisse a passagem. Ali, em meio ao escuro, ninguém ousaria transpor esse obstáculo, ao passo que ela, em caso de necessidade, sempre poderia removê-lo.

24

Granja de San Martino

Simon fechou devagarinho a porta do quarto. Gualdo dormia um sono leve: depois que os soldados de escolta o reconduziram à granja, havia passado uma hora gemendo e proferindo palavras sem sentido. Estava muito agitado e já não conseguia mover a cabeça: delirava, dizendo que a sentia destacada do tronco, e de fato, apesar dos seus esforços, não podia girar o pescoço, cujos músculos estavam visivelmente enrijecidos.

Tinha liberado Menego às pressas e se servira da água da jarra: bebeu um gole e, enquanto a deglutia, sua garganta produziu uma série de estalos secos, que culminaram num enésimo acesso de soluços. Furioso, jogou a caneca no chão e, sem sequer se despir, lançou-se sobre o colchão. Aos poucos os soluços foram cessando e finalmente ele adormeceu.

O odor adocicado da febre enchia o quarto. Na ponta dos pés, Simon se aproximou da janelinha e escancarou-a: uma lufada de ar fresco lhe acariciou o rosto. Mesmo de longe, conseguia distinguir os soldados de ronda que percorriam os espaldões do castelo: uma carroça carregada de mercadorias estava atravessando a ponte levadiça.

Voltou-se e observou a figura descompostamente abandonada sobre o colchão de palha: o suor que perolava o rosto de Gualdo ressaltava as petéquias das faces. O miniaturista relembrou a conversa que tivera com Marchisio justamente na véspera. O feitor se mostrara decidido: disse que não pretendia continuar a hospedá-los porque nutria a fundamentada suspeita de que Gualdo sofria de uma enfermidade contagiosa. Apesar dos temores de sua mulher, esclareceu, ele tinha certeza de que aquelas manchas no rosto não eram atribuíveis à varíola: explicou que certa vez havia visto um doente desse morbo, e que a pavorosa erupção na face e no corpo daquele pobre homem não tinha nada a ver com as lesões que deturpavam a pele de Gualdo. Fosse o que fosse, porém, seria melhor para todos se os dois hóspedes saíssem dali. Ele já tinha perdido filhos, acrescentou, e não queria comprometer a saúde dos dois únicos que lhe restavam. Simon tentou replicar, afirmando que, embora ocupassem o mesmo quarto, ele mesmo não experimentava nenhum sintoma da doença e que, por conseguinte, não havia motivo para pensar na possibilidade de um contágio: provavelmente, disse, tratava-se de uma rosácea febril que, com a administração de alguma poção, logo desapareceria. Marchisio não se deixou convencer: embora temesse que sua recusa a prosseguir a hospedagem pudesse provocar a cólera do castelão, declarou-se disposto a desafiar a ira de Bonizzo para salvaguardar sua família.

Quando Gualdo fora trazido de volta à granja pelos dois soldados, a casa estava deserta, exceto pelo pequeno Germano, adormecido no berço. O feitor e sua mulher estavam nos campos, enquanto Benedetto se ocupava em ordenhar as vacas no estábulo. Confortado pelo fato de Marchisio não ter visto Gualdo naquelas condições, que o induziriam a expulsá-los dali antes do previsto, Simon estava pensando em como usar toda aquela história em seu próprio proveito.

Talvez, confrontado à exigência de sair dali, o legado concordasse em retornar à Marca Trevigiana e ele, aproveitando-se das febres que de vez em quando embotavam a consciência de Gualdo, poderia tentar fugir. Se pelo menos não existissem aqueles dois malditos homens de escolta...

Mas que fuga, meu Deus? Como podia sequer imaginar afastar-se de Alisa, agora que a devoção que sentia por ela se transformara irremediavelmente em amor? Vinha se atormentando havia dias, perguntando-se o que era mais forte: o temor pela própria vida ou aquela perturbação nova que lhe enchia a mente e lhe torturava o corpo: o sorriso que ela lhe dirigira ao ganhar a folha com a rosa pintada continuava diante dos seus olhos, e o toque delicado dos dedos que o haviam aflorado ainda queimava sua mão.

Gualdo recomeçou a lamentar-se no sono. Simon fechou a janela e voltou para a enxerga.

Castelo de San Martino

Alguém lhe apunhalava o ventre.

A dor aguda o despertou: ensopado de suor, Guidotto sentou-se de chofre no colchão, com os braços estendidos à frente. Depois de um instante que lhe pareceu longuíssimo, deu-se conta de haver sonhado. Apoiou os pés sobre o pavimento e deu um suspiro profundo, mas a dor não passava. Uma série incessante de fisgadas lhe lacerava as vísceras, como se um animal mordesse o interior do seu corpo, lutando para sair.

De repente, sentiu uma umidade sob as nádegas: levantou-se, tateou os calções e cheirou os dedos. Estava todo cagado.

Aturdido, estendeu uma mão embaixo do estrado, em busca do penico. Não o encontrou. Aquela indolente da serva sequer o havia trocado! Furioso, deu alguns passos no escuro, em direção ao canto do quarto onde acreditava ter ficado o urinol na véspera. Tropeçou nas pernas do banquinho e por pouco não acabou estatelado no chão: outro espasmo feroz lhe percorreu o ventre. Ofegante, decidiu baixar os calções ali mesmo onde se encontrava, mas os cordões da escarcela que trazia atada à cintura estavam emaranhados no cinto. Com gestos frenéticos, tentou desemaranhá-los: puxou, levantou e desenrolou até que a sacolinha pendeu livre. Agarrou-a, jogou-a de lado e, tirando os calções, acocorou-se sobre as tábuas do pavimento, onde, já sem nenhum controle sobre os músculos do esfíncter, esvaziou os intestinos.

Aos poucos, as contrações no ventre se atenuaram. No fim, quando cessaram de todo, ele se reergueu, jogou os calções sobre a poça fedorenta que se formara sobre o assoalho e, às apalpadelas, retornou ao leito, onde se deitou, exausto. Assim que afundou a cabeça no travesseiro, virou-se de lado e imaginou confusamente que coisa poderia ter lhe causado aquele violento mal-estar. Talvez tivesse sido o prato de rãs servido no jantar, acompanhado por aquele ensopado de tripas com alho-poró: só de vê-lo, ele sentira um ataque de náusea.

Virou-se sobre o outro lado e, tentando ignorar o fedor que o circundava, cerrou as pálpebras, à espera do sono.

A porta se abriu sem ranger. Os dedos que até um instante antes apertavam a maçaneta agarraram a aresta de madeira e a empurraram: iluminada pela chama fraca de um coto de vela, a figura se insinuou entre a ombreira e o batente e entrou, cautelosa. O homem estava estendido no colchão e roncava sonoramente: o ar fedia, e o bafo que enchia o local provinha sem dúvida alguma de excrementos humanos.

Contornando o trecho de pavimento coberto por um amontoado de tecido imundo que mal recobria uma poça enegrecida, a figura deu alguns passos em direção ao fundo do aposento. Ao chegar diante da sacola de couro, inclinou-se e levantou-a diante dos olhos: iluminando-se com a vela, observou-a atentamente, sopesou-a e colocou-a no bolso da veste. Depois, em silêncio como havia entrado, saiu, fechando a porta atrás de si.

Granja de San Martino

As primeiras luzes do amanhecer clarearam o quarto. Gualdo lançou uma olhadela para a outra enxerga: Simon dormia. Como ele, estava completamente vestido, o que fazia supor que ficara acordado por muito tempo, antes de ceder ao sono. Apoiou-se num cotovelo para se levantar, mas o braço cedeu e seu corpo voltou a cair sobre o colchão. Tentou deslocar a mão mas percebeu, com horror, que não conseguia movê-la. Depois de quatro tentativas de se soerguer fazendo força com a coluna e as pernas, finalmente conseguiu se sentar: correu os dedos da mão direita sobre o braço esquerdo, mas não sentiu nada. Perplexo, premiu as unhas na carne da mão e arranhou-a profundamente: das estrias correu sangue, mas ele não experimentou nenhuma dor.

Mão e braço estavam insensíveis.

Um terror gélido lhe apertou a nuca. De repente, e sem nenhuma razão aparente, ecoaram em seu cérebro as palavras pronunciadas pelo médico de Ezzelino seis meses antes. "Foi muita sorte, Gualdo. Se a raposa estivesse infectada, a esta hora o senhor já estaria morto, depois de sofrimentos atrozes: febre, exantema, espasmos, hidrofobia e, por fim, paralisia..."

Começou a tremer. Como pudera não compreender logo? Por que não tinha pensado nisso quando descobrira as primeiras manchas na pele, ou quando havia começado a sentir a garganta fechada como se o estrangulassem?

Tinha contraído raiva, agora estava certo disso, e sabia que não existiam tratamentos: para aquele morbo não havia salvação.

Os calafrios, cada vez mais violentos, sacudiam-lhe o corpo. Afundou os dentes no lábio inferior e tentou controlar a respiração, que saía cada vez mais entrecortada das profundezas do seu peito. Quando achou que o último alento que havia tomado estava quase normal, ergueu-se.

Deixando pender ao longo do flanco o braço inerte, com a mão sã aflorou o cabo do punhal que trazia pendurado à cintura.

Ainda sentia sede, mas não ia beber: o soluço que se seguiria ao primeiro gole de água acordaria o miniaturista. Observou-o e, pela primeira vez, em seus olhos se acendeu um vislumbre de compaixão: também ele iria morrer, e em meio a grandes sofrimentos. Quando fosse informado da fuga do seu homem de mesnada, Ezzelino desafogaria a própria ira sobre Simon: antes de matá-lo, iria submetê-lo a torturas horrendas que o fariam desejar a morte como uma libertação.

Continuando a tremer violentamente, jogou o alforje sobre os ombros, abriu a porta e tomou a escada. Desceu com dificuldade, detendo-se a cada degrau para recuperar o fôlego. Alcançado o corredor adjacente ao grande aposento com a lareira, percebeu com alívio que a porta principal da casa já fora aberta: silencioso, avançou na penumbra e saiu. Mantendo-se rente à parede que dava para o terreiro, encaminhou-se para o estábulo e, depois de contorná-lo, serpenteou entre os renques de videiras e desapareceu pelas plantações.

25

Castelo de San Martino

A porta se escancarou de repente.

— Roubaram o manuscrito.

A voz de Guidotto ecoou no aposento. Em seu rosto lívido, os olhos pareciam duas fissuras talhadas em pedra.

Da mesa, à qual estava sentado redigindo alguns registros, Bonizzo o fitou, estupefato. Como aquele homem se permitia entrar no seu gabinete sem se fazer anunciar?

Levantou-se e, em passos nervosos, foi trancar a porta.

— O que diabos o senhor está dizendo? — perguntou, enfrentando encolerizado o negociante. — De que está falando, pelo amor de Deus?!

— O tratado desapareceu, foi roubado esta noite — disse Guidotto, em tom estranhamente incolor.

Bonizzo o encarou, incrédulo.

— Não é possível! O senhor não me disse que havia decidido levá-lo sempre consigo?

— Sim, mas o roubaram do mesmo modo.

Não podia sem dúvida explicar a Bonizzo o que acontecera na noite anterior, nem quais circunstâncias o tinham feito perder de vista a sacola de couro... Ao acordar do sono sem sonhos que se seguira àquele ataque de diarreia, percebera não estar usando os calções: antes mesmo de pegar um par limpo na arca, havia logo procurado o manuscrito, com ansiedade crescente e nu como estava, mas não o tinha achado. Tomado por uma suspeita inquietante, correra até a porta: a tranca, livre da trava, pendia ao longo do batente. Alguém se introduzira no quarto enquanto ele dormia.

— Tem certeza de não saber de nada, Bonizzo? — perguntou, enquanto uma expressão maligna lhe deformava os traços. — Não teria sido justamente o senhor a fazer desaparecer o tratado?

O castelão o fitava boquiaberto. Por um instante, pareceu oscilar para a frente: em seguida, endireitando-se de chofre, levantou-se. Seu cotovelo bateu no registro aberto, que caiu no chão: as folhas, privadas da amarração, espalharam-se pelo pavimento. Ele as saltou e, rubro, aproximou-se do negociante.

— Como se permite sequer pensar em semelhante coisa? — berrou, furibundo. — Eu, o senhor de San Martino!... Eu, suspeito de latrocínio por um negociante tão medíocre que precisa da hospitalidade alheia para defender a própria mercadoria!

Um esguicho de saliva respingou o rosto de Guidotto, que o enxugou, em silêncio, com a mão.

Bonizzo voltou a se sentar.

— Guidotto — perguntou, mais calmo —, o senhor se dá conta do que disse? Por que eu lhe subtrairia o manuscrito? O que faria com ele? Não sou negociante, não teria ninguém a quem vendê-lo! Deus do céu, começo a pensar que esse livro é amaldiçoado: primeiro o roubam do imperador, depois do senhor... Mas por que — continuou, repentinamente magoado — sou justamente eu a primeira pessoa de quem o senhor suspeitou? Compreendo que esta temporada forçada no meu castelo comece a lhe pesar, mas daí a pensar que eu possa ter roubado um objeto tão precioso...

— E quem poderia fazer isso, senão o senhor? Não vai querer me fazer crer que o castelão não tem a chave de todos os quartos, vai? Somente o senhor poderia entrar sem ser incomodado e...

— Sim, e também lhe tirar dos calções a sacola com o manuscrito, enquanto o senhor dormia! — explodiu Bonizzo, de novo enfurecido. — Ora, não diga idiotices! É melhor imaginarmos quem poderia ser o verdadeiro autor do furto!

O negociante estava para replicar, quando uma saraivada de golpes se abateu sobre a madeira da porta, acompanhada pela voz agitada de um homem que pedia para entrar.

— Mas o que diabos está acontecendo agora? — exclamou o castelão.

Levantou-se, empurrou Guidotto para o lado e escancarou a porta. Na soleira, nervoso e com a veste descomposta, Marchisio ainda tinha o punho erguido no ar no gesto de bater. Dois passos atrás, semiescondido pela figura maciça do feitor, um doméstico olhava apavorado na direção do seu senhor.

Depois de gelá-lo com o olhar, Bonizzo se dirigiu ao recém-chegado.

— Isto são modos de pedir audiência ao castelão? — vociferou.

Nem um pouco intimidado, Marchisio avançou um passo e entrou no gabinete, fechando a porta atrás de si.

— Mas como pode tomar tais liberdades?! — prorrompeu Bonizzo. — Como ousa se introduzir aqui e...

— O lugar-tenente de Ezzelino desapareceu.

Essas poucas palavras, pronunciadas com firmeza, detiveram na garganta a voz do castelão.

Ele encarou o rendeiro e, de volta à escrivaninha, deixou-se cair pela enésima vez na cadeira de carvalho.

— Conte tudo desde o início — disse, em tom apagado. — E o senhor, Guidotto, fique aí: esta nova confusão pode lhe interessar...

Marchisio enxugou a testa e começou a falar.

Bonizzo escancarou a janelinha: embora o rendeiro já tivesse ido embora, o odor acre do seu suor ainda impregnava o aposento.

Guidotto, que até então permanecera em silêncio junto à porta, aproximou-se do castelão, que ergueu o olhar para ele.

— E então — murmurou Bonizzo, cansadamente —, ainda acha que fui eu a roubar o manuscrito?

O negociante cruzou os braços sobre o peito, sem responder. Bonizzo fechou as mãos em punho e começou a fitar a parede fronteira.

— Bom — disse, abrindo os dedos e começando a enumerar —, vamos raciocinar com ordem. Um: Gualdo teria uma doença contagiosa Dois:

justamente por causa dela, Marchisio havia informado ao miniaturista que não queria continuar a hospedagem. Três: Gualdo desapareceu esta manhã, antes que o feitor lhe manifestasse suas intenções. Quatro: as bagagens e o cavalo de Gualdo ainda estão na granja. Cinco: um dos homens de escolta, interrogado por Marchisio, relatou um grave mal-estar ocorrido a Gualdo dois dias atrás. Seis: o miniaturista afirma que, sem um motivo grave, o lugar-tenente de Ezzelino jamais teria se afastado sem antes avisá-lo.

O castelão apoiou as palmas sobre o tampo da mesa.

— Agora me parece claro — continuou — que todas essas estranhas circunstâncias conduzem a uma só conclusão: foi Gualdo quem lhe subtraiu o tratado. Penetrou no seu quarto na noite passada e fugiu hoje de manhã. Talvez tivesse projetado o furto há tempos, e a doença que tanto preocupava o rendeiro não passasse de uma simulação destinada a desviar a atenção de todos nós quanto aos seus movimentos. Isso — acrescentou, meditabundo — se Simon não estiver mentindo também, na realidade mancomunado com Gualdo e cobrindo a fuga dele.

Calou-se e encarou o negociante, à espera.

— Sim, talvez o senhor tenha razão... — replicou Guidotto, não muito convencido. — Mas e então? O que faremos agora?

Como se só nesse momento tivesse percebido as folhas espalhadas sobre o assoalho, Bonizzo se inclinou para recolhê-las. Resfolegou.

— Preciso absolutamente reorganizar estes registros antes que Ruggino chegue ao castelo — murmurou para si mesmo —, ou não poderei decidir o valor do dote...

Por um instante, permaneceu absorto.

— Mandarei chamar imediatamente o miniaturista e o interrogarei: tenho certeza de que, se ele me esconder alguma coisa, a ameaça da reclusão nas minhas solitárias vai lhe soltar a língua! Em todo caso, de hoje em diante ficará aqui no castelo, onde me será mais fácil mantê-lo sob vigilância. Enquanto isso, mandarei dois soldados baterem a campina: com ou sem febre, Gualdo não pode ter ido muito longe, se se afastou a pé. Vou dar ordens aos guardas imediatamente.

26

Campina de San Martino

O cavalo avançava a passo pela trilha que margeava os campos. Do alto da sela, Ruggino deixou vagar o olhar pelos terrenos que circundavam as construções da granja: aquelas glebas ordenadas e bem mantidas só nominalmente viriam a ser de sua propriedade, mas ainda assim constituíam uma certeza tranquilizadora para o futuro. As culturas, já no vigor da primavera, testemunhavam o cuidado com que o rendeiro cumpria suas tarefas: as extensões de centeio e painço, separadas uma da outra por leves depressões do terreno, eram ladeadas por densas fileiras de vinhas cercadas por sebes, além de cujos limites se adivinhavam os cimos de jovens árvores frutíferas.

Considerando que seria mais agradável viver ali, em meio àqueles campos com cheirinho de mato, do que entre as muralhas sombrias do castelo, Ruggino sentiu de repente que precisava urinar.

— Espere, Dorando! — ordenou ao servo que o precedia em lombo de mula.

Sem sequer se voltar, o homem compreendeu o motivo daquela parada e obedeceu: era mais idoso do que seu patrão e conhecia bem as urgências que os deslocamentos a cavalo provocavam nos velhos. Também ele, sacudido por aquela mula birrenta que avançava aos pinotes pela trilha, já precisara deter-se duas vezes para esvaziar a bexiga: por sorte, estavam quase chegando ao castelo, onde ele poderia repousar seus membros doloridos. Não sabia por quantos dias seriam hóspedes de Bonizzo, mas esperava que a temporada não fosse breve demais: as cozinhas do San Martino eram sempre bem abastecidas, e ele tinha fome. Naquela ruína em que se transformara a residência de Ruggino, o pouco que havia para comer acabava na mesa do patrão: para ele só ficavam os restos, que não podiam ser considerados abundantes.

Enquanto baixava a orla da capa sobre os calções, Ruggino ouviu um estalido seco, como que de ramos quebrados. Espiou entre as moitas da charneca, mas não viu nada. Tão perto da granja seria improvável o ataque de um salteador, mas nunca se sabia...

Apressado, montou de volta o cavalo.

— Vamos — disse, virando-se para o servo. — Quanto mais cedo chegarmos, menos probabilidades temos de enfrentar maus encontros.

Dorando esporeou a mula e partiu.

Sabia haver cometido um erro. Se tivesse permanecido imóvel atrás do sabugueiro quando o homem desmontou, não teria pisado naquele maldito ramo. Por sorte, o rumor havia assustado o velho, induzindo-o a se afastar logo.

Tinha corrido um grande risco, e estava certo de que sua imprudência era atribuível ao atordoamento provocado pela febre: tremia, e o braço insensível estava pesado como uma tora de madeira.

Ergueu cautelosamente a cabeça e, quando se assegurou de que os dois homens já se encontravam bem longe, levantou-se. Cambaleando, olhou ao redor: pouco à frente, a uns cinquenta passos, a charneca penetrava numa baixada circundada por caniços. Talvez fosse uma lagoa, pensou, e, se conseguisse alcançá-la, a barreira da vegetação o esconderia. Arrastando dificultosamente os pés, começou a avançar, mas, depois de alguns passos, suas pernas cederam e ele caiu. Sufocando uma ânsia de vômito, postou-se de quatro e, deslizando sobre o terreno o braço paralisado, recomeçou a se mover. Estava prestes a chegar à margem do charco quando um espasmo demoradíssimo e violento lhe percorreu a espinha, cortando-lhe a respiração: com um gemido entrecortado, desabou sobre a grama e perdeu os sentidos.

Antes mesmo de vê-lo, ela o tinha pressentido. Seu olfato sensível captou no ar o cheiro adocicado da doença e sua pele foi percorrida por um arrepio bem conhecido. Apertando na mão os caules de rainha-dos-prados que havia colhido na margem da lagoa, Juditha se agachou e esperou. Deixou que o rumor dos cascos desaparecesse na distância e depois deslizou entre os caniços até que seus olhos perceberam a figura imóvel, caída no chão. Aproximou-se, ajoelhou-se e, com delicadeza, girou para si a cabeça do homem: as pupilas estavam reviradas e do canto da boca escorria um fio de baba. Pousou a palma da mão sobre o peito dele: a respiração era fraca, mas ainda existia. Aflorando-lhe a testa com a ponta dos dedos, fechou os olhos e deixou sua mente vaguear: diante de suas pálpebras cerradas formou-se a imagem de uma selva desconhecida, de cavalos, de cães... Depois, lentamente, a visão de uma raposa cancelou todas as outras: das fauces escancaradas do animal pingava sangue. Ela reabriu de chofre os olhos e examinou com atenção o corpo do desconhecido: a pele do rosto estava manchada, os tendões do pescoço se mostravam rígidos e o braço esquerdo estava dobrado sob o tronco, numa posição inatural.

Compreendeu de imediato que se tratava de raiva. Hesitou, mas só por pouco: embora soubesse bem o quanto era difícil sobreviver àquele terrível morbo, tentaria salvar o desconhecido. Nunca lhe acontecera tratar de um doente de raiva, mas conhecia o remédio que seria útil. Encerradas numa coroa de folhas semelhantes às do lírio-do-vale, as flores alvas do alho-de-urso eram abundantes na charneca: extirparia as raízes da planta e as esmagaria no seu almofariz para obter uma poção. Com as folhas e as flores, trituradas e misturadas com lama, faria um unguento a espalhar sobre a pele. Mais tarde, favorecida pela escuridão, iria até o rio e, entre os seixos da margem, capturaria uns camarões. Depois de torrá-los num fogo de ramos, iria reduzi-los a pó e acrescentá-los à infusão de alho.

Ficou de pé a fim de conferir se não vinha ninguém pela trilha, e considerou que o único modo de levar o homem até a caverna seria arrastando-o. Tirou-lhe as botas, atou-as pelos cadarços e carregou-as sobre os ombros: depois, agarrou firmemente os tornozelos dele e, movendo-se em meio ao mato alto, começou a recuar. O peso do homem lhe cortou a respiração, mas Juditha não se deteve.

27

Castelo de San Martino

"Amanhã, à hora nona, sob o pórtico..."

O fragmento de papel de cânhamo que ele lhe colocara discretamente na mão era menor que uma folha. Durante a função, Simon permanecera no fundo da capela e, quando ela e Delfina saíram, aproximou-se, aflorando-lhe a manga da veste: as mãos dos dois se encontraram por um instante e, depois de retirar a sua, Alisa sentiu algo entre os dedos. Delfina não tinha percebido nada. Simon saudou-as respeitosamente e dirigiu-se ao reduto.

Alisa dobrou o papel até deixá-lo do tamanho da unha do polegar. Ocupada em afofar o colchão de seu leito do outro lado do quarto, Delfina continuava a falar: as copeiras tinham lhe contado que devia ter ocorrido algo de grave, porque havia um grande vaivém de guardas em todo o castelo. "E também aquele pobre rapaz!", dizia. "Metido naquela cafua no alto da torre! O que ele fez de errado? Não podiam deixá-lo na granja, onde pelo menos havia mais conforto?"

Alisa sorriu. Fosse qual fosse o motivo pelo qual Simon tinha sido transferido para ali, ela só podia ficar feliz: teriam mais oportunidades de se encontrar, como no dia seguinte...

Virou-se contra a parede, levantou a veste e meteu o papelzinho no bolso dos calções. Cátula, sentada diante dela, inclinou a cabeça de lado e a fitou, curiosa: Alisa tomou-a nos braços e acariciou-a devagar. Seu coração batia forte contra o corpo da cachorrinha.

Caíam umas gotas de chuva fina, quase uma névoa. A terra batida do pátio pequeno, ao lado do pórtico, transudava umidade.

Escondida atrás de uma coluna, Alisa olhou ao redor: não havia ninguém. Avançou, mantendo-se rente à parede. Chegou ao fundo e viu que a porta da galeria estava encostada. Empurrou-a.

O fio de luz que entrou diluiu a escuridão: Simon estava ao pé da escada.

A moça fechou de novo a porta e baixou a trava. No escuro, sentiu que ele lhe aflorava as mãos.

— Alisa — sussurrou o jovem —, pedi que a senhorita viesse aqui porque preciso lhe falar. Eu... eu não posso mais esperar... Queria dizer que...

Por um longo instante, Simon não conseguiu respirar.

— Quando lhe presenteei a rosa e a senhorita a aceitou — recomeçou, com voz embargada —, eu me perguntei se poderia, se a senhorita...

Engoliu em seco.

— Eu... eu acho que amo a senhorita, Alisa — ofegou.

Foi como se a escuridão que a envolvia se abrisse: ela se sentiu como que invadida por um raio de luz, vívido a ponto de cegá-la.

Apertou com força aquelas mãos que circundavam as suas e aproximou-as do peito, sem conseguir responder.

Hesitante, o rapaz atraiu-a para si: a seda das vestes deles ciciou e seus rostos se aproximaram. Os lábios se tocaram de leve, e logo se afastaram.

— Quando poderei revê-la, e onde? — perguntou Simon.

Alisa se soltou dele. Em silêncio, estendeu o braço e levantou a trava da porta.

— Não sei — disse, no escuro, sem se voltar. — Acharemos um jeito. Agora vá, antes que apareça um guarda.

Simon saiu. Alisa esperou alguns instantes e em seguida, às apalpadelas, subiu a escada rumo à galeria.

28

A tampa do estojo estava escancarada e todo o conteúdo, espalhado sobre o pavimento: os estilos, os pincéis, os toquinhos de carvão, os rolos de papel de cânhamo, as duas folhas de pergaminho, os trapinhos de linho, as tigelas... Até os potes dos pigmentos tinham sido abertos e agora os pós coloridos manchavam o piso, misturando-se entre si. Sobre a manta feltrada que cobria o leito empilhavam-se as vestes, formando um acúmulo desordenado: a sacola de onde haviam sido tiradas jazia vazia num canto do aposento.

Imóvel na soleira, Simon observava aquele desastre. Incrédulo, perguntou-se que barbárie havia guiado a mão de quem realizara aquela inspeção: como podiam ignorar que os instrumentos de sua arte eram caros, e deviam ser manipulados com o máximo cuidado?

Fechou a porta atrás de si e se inclinou sobre o pavimento. Recolheu os estilos e girou-os entre os dedos: as pontas estavam encurvadas, como se tivessem batido com violência contra uma superfície dura demais. Com mãos trêmulas, abriu os dois rolos de papel de cânhamo e descobriu-os rasgados no sentido do comprimento: deixou-os cair de novo no chão e um nó lhe embargou a garganta. Ajoelhou-se e, com a ponta do indicador, começou a separar um do outro os pós das cores: em seguida, recolhendo-os com uma espátula, reacondicionou-os nos potinhos e fechou-os. Dobrou os trapos de linho e arrumou-os no fundo do estojo, cobrindo-os com os pigmentos, as tigelinhas de diluição e os pergaminhos. Procurou por toda parte os pedaços de couro de cervo nos quais embrulhava estilos e pincéis, mas não os encontrou: tinham sido roubados. Ajeitou os pincéis entre os trapos e jogou para um lado os estilos agora inutilizados. Por cima de tudo, colocou o papel de cânhamo: depois de recortado em pedaços ainda menores, este ainda poderia lhe ser útil.

Fechou o estojo e se deixou cair no canto do colchão: uma das vestes escorregou para o solo. Sem se preocupar com recolhê-la, baixou os olhos sobre as mãos lambuzadas de cores e examinou-as, atarantado, como se elas pertencessem a outra pessoa.

Encolheu-se na cama e afundou o rosto entre as vestes amontoadas: o tecido das roupas sufocou o som dos seus soluços.

— Mandei instalá-lo num cubículo. Fica na torre norte e não tem janelas, só uma seteira pela qual aquele imbecil não vai conseguir ver nem o céu...

Sentado na cadeira, Bonizzo fitava a lenha empilhada na lareira apagada: seus olhos estavam inexpressivos.

Guidotto o observava, à espera de que ele prosseguisse, mas o castelão nada dizia.

— O senhor o interrogou, não? — perguntou afinal o negociante, impaciente.

— Sim — respondeu Bonizzo. — Também mandei vistoriar o quarto na granja e a bagagem que ele trouxe para cá. Nada, não se encontrou nada. Aquele maldito miniaturista afirma não saber nada, nem do manuscrito nem de Gualdo. A esta altura, além de continuar a ameaçá-lo e a mantê-lo sob controle, não posso fazer mais nada...

— E a inspeção dos seus soldados nas campinas ao redor daqui?

Bonizzo ergueu os olhos para o céu.

— O senhor acha que, se tivéssemos desencavado aquele homem em algum lugar, eu não me apressaria a informá-lo, Guidotto?! — resmungou. — Não, as batidas no bosque e ao longo do rio se revelaram inúteis. Amanhã, enviarei alguém a Lodi para investigar: há sempre a possibilidade de Gualdo ter conseguido se refugiar na cidade e, como sabe, os estalajadeiros se tornam muito loquazes se colocarmos em suas mãos algumas moedas... Eu mesmo iria, mas não posso: Ruggino ficará aqui por alguns dias para definirmos os detalhes das núpcias. Este castelo está parecendo um porto de mar, gente que vai, gente que vem... Chega, pelo amor de Deus!

Levantou-se de chofre, encolerizado.

— Não sei como vai acabar toda esta história — disse o negociante, sombrio —, mas o fato é que eu não saio daqui enquanto o manuscrito não retornar às minhas mãos.

Virou-se e, sem esperar resposta, saiu da sala.

Cátula seguia uma pista odorosa que só ela podia sentir. Afastara-se de Alisa, que, junto com o mestre, caminhava ao longo do perímetro das plantações, rumo à trilha que levava ao norte. Seu olfato agudo já captara aquele cheiro entre as paredes do castelo, e ela estava curiosa para compreender por que agora ele pairava ali, entre os seixos e as touceiras do mato.

Chegou à lagoa: naquele ponto, o odor era ainda mais intenso. Com o focinho rente ao terreno, avançou entre os caniços, contornou-os, subiu de novo o aclive da borda e se deteve: o capim alto e os arbustos descaíam na direção das primeiras ramificações do bosque. Estava prestes a se aventurar por ali quando a voz longínqua de Alisa a chamou: depois de uma última farejada fremente, virou-se e retornou correndo à sua dona.

— Veja lá se vai fugir! — exclamou a moça, ignorando o festivo balançar de cauda. — E se você encontrasse um lobo? — continuou, como se o animal pudesse compreender o sentido de suas palavras. — Ele a despedaçaria na mesma hora, sua cadela bobalhona! Agora, fique aqui — acrescentou, extraindo uma tira de couro do bolso da veste e agitando-a ameaçadoramente —, ou eu lhe coloco rédeas, como se você fosse um cavalo.

A visão da trela foi mais do que eloquente: a cachorrinha meteu o rabo entre as pernas e se sentou.

Alisa voltou-se e se encaminhou pela trilha. Enquanto a seguia, Matthew continuava refletindo: depois daquela meia hora em que a escutara, as dúvidas que alimentava havia tempo tinham finalmente virado certezas.

Quando, naquela manhã, a jovem lhe pedira para substituir a aula cotidiana por um passeio, ele aceitara de bom grado. Afinal, Alisa era uma aluna diligente, e algumas horas passadas à margem do rio ou ao longo do caminho que margeava o bosque só poderiam lhe fazer bem. Matthew também pensava que a moça queria fugir um pouco da atmosfera do castelo, cada vez mais opressiva: Alisa lhe disse ter sabido por Delfina que o lugar-tenente de Ezzelino havia desaparecido, e que essa novidade tinha deixado Bonizzo enfurecido. Ela mesma o ouvira gritar durante a conversa com o negociante, e na véspera, à chegada de Ruggino, ele se mostrara tão aborrecido com a presença do velho que este decidiu ir embora: partiu ao amanhecer, afirmando ter assuntos urgentes a resolver em Lodi. Alisa, que o recebera junto com o tio, notou a expressão desconcertada de Ruggino diante dos modos descorteses de Bonizzo: estava certa de que a razão daquela partida apressada não devia em absoluto ser atribuída a compromissos na cidade, mas sim ao embaraço do seu futuro esposo diante da atitude do castelão.

E também havia a história do miniaturista. A moça contou a Matthew que o tio havia mandado transferir Simon para o castelo, instalando-o num quartinho apertado, numa das torres. Quando ela começou a falar do jovem, seu olhar se acendeu e a voz vibrava de excitação. Matthew a deixou terminar, e em seguida, girando entre os dedos a longa haste de bolsa-de-pastor que colhera pouco antes da beira do caminho, fitou-a intensamente e lhe perguntou se por acaso ela estava apaixonada por aquele rapaz.

Alisa baixou os olhos e, sem atentar para Cátula, que lhe arranhava a veste buscando sua atenção, calou-se por longo tempo. A cachorrinha, decepcionada, se afastou rumo à charneca.

Pouco depois, a jovem o fitou, respirando fundo. E em seguida contou tudo: os encontros furtivos, a dádiva da rosa pintada, aqueles beijos leves que afloravam sua pele... No fim, ruborizada, baixou o olhar para a grama.

Ele, calmamente, disse-lhe que aquele sentimento novo, experimentado pela primeira vez, era totalmente natural, e que ela não devia ter medo. "Seria maravilhoso", acrescentou Matthew, "que você e esse rapaz pudessem se amar à luz do sol, mas, Alisa, você está prometida a outro homem. O que aconteceria se alguém os descobrisse? O que acha que seu tutor faria, a não ser encerrá-la num convento?"

Os lábios da moça começaram a tremer.

Ele lhe pousou uma das mãos no ombro, mas não conseguiu dizer mais nada: havia muito tempo, já não reprovava ninguém, e não iria começar justamente com ela. Tinha passado demasiados anos censurando-se pelas próprias escolhas temerárias para poder erigir-se em juiz das dos outros, e a crescente aversão que sentia por Bonizzo não podia senão induzi-lo à benevolência em relação a Alisa.

A moça não disse mais nada. Chamou a cadela e se dirigiu para o castelo.

Agora, enquanto caminhava atrás dela, Matthew se perguntava se suas observações tinham bastado para torná-la mais consciente dos riscos que corria. Ele não sabia. Tinha certeza, porém, de que velaria atentamente sobre Alisa: aquele segredo que ela lhe comunicara devia permanecer como tal, ninguém podia conhecê-lo.

29

Milão

O óleo da lâmpada chiava baixinho. Naquela luz mortiça que pouco clareava o quarto, Ghiberto estava inclinado sobre a mesa: forçando os olhos, empanados pela catarata, contava as moedas recém-tiradas da bolsa. Naquele mês as vendas não tinham sido grande coisa, eram muitos os aristocratas expulsos da cidade, seria impensável querer fechar os mesmos negócios de sempre... As relíquias que ele havia conseguido colocar tinham sido apenas duas, e a um preço vergonhosamente baixo: por outro lado, não pudera evitar cedê-las àqueles dois cônegos de meia-tigela, porque já fazia algum tempo que não recebia encomendas para suas sedas orientais e, sem o dinheiro obtido com a venda desses tecidos, boa parte de sua atividade ficaria paralisada. Se pelo menos aqueles malditos dos seus concidadãos resolvessem de uma vez por todas quem devia governar Milão, as coisas se ajeitariam e todo negociante digno de tal nome poderia recomeçar a tratar dos próprios negócios com tranquilidade! Como se não bastasse a contínua disputa entre facções políticas, agora também aparecia aquela nova guerra contra Frederico que preocupava todo mundo: desde quando o imperador tinha reconquistado Parma, torturando e matando centenas de cidadãos de lá, não havia em Milão mais ninguém que considerasse próximo o fim do império. Frederico ainda era forte e, longe de se reduzirem, suas alianças se ampliavam, sustentadas por personagens temíveis como Ezzelino ou o Pallavicino. Ao mesmo tempo, enquanto o arcebispo trovejava do púlpito exortando os milaneses a se armarem contra o imperador, as pessoas se trancavam em casa, escondendo seus haveres em algum buraco escavado no pavimento, e não compravam nada que não fosse comida para fazer uma oportuna reserva. Até os aristocratas que desde sempre hostilizavam Frederico e que, por conseguinte, não tinham sido afastados da cidade já não compravam nem joias nem roupas preciosas: investiam suas posses em armas, armaduras e cavalos de guerra. Milão parecia ter se tornado um enorme acampamento onde os soldados não esperavam outra coisa senão o toque de clarim para assinalar o início da batalha.

Suspirou. Estava velho, não aguentava mais combater: fazia tempo que pensava em ceder sua atividade ao primo, quinze anos mais jovem, mas aquela história do manuscrito lhe provocara dúvidas sobre as capacidades dele. Mesmo tendo estado ausente de Milão por mais de um ano, como diabos Guidotto podia não se dar conta do perigo constituído por aqueles pergaminhos? Como podia pensar em vendê-los a quem quer que fosse, sem se arriscar a pender de uma forca? E ele? O que aconteceria a ele, se viessem a saber que havia ajudado o primo a procurar um cliente?

Não, por enquanto ninguém devia ter notícia do tratado: escreveria a Guidotto e lhe ordenaria ter paciência e esperar, aconselhando-o a transferir-se para uma localidade ainda mais distante de Milão.

Sim, faria isso, e o faria de imediato.

Já guardara quase todas as moedas na bolsa quando ouviu baterem à porta. Imperiosos demais para serem de um cliente, os golpes o preocuparam. Atou às pressas os cordões da escarcela e guardou-a de volta no cofre escondido numa cavidade da parede: trancou-o com chave e escondeu-o arrastando para a frente dele a pequena estante na qual conservava os registros.

Os golpes se tornavam cada vez mais violentos.

Apagou o lume, desceu a escada e, pegando na mísula do corredor a vela acesa, abriu a porta.

Iluminadas pela chama de uma tocha, as faces sinistras de dois soldados o fitaram.

— Ghiberto dal Canale, por determinação do podestade de Milão, Sopramonte de Lupi, ordenamos que o senhor nos acompanhe.

O negociante olhou embasbacado aquele que havia falado.

— O que... Mas eu não... — balbuciou, recuando um passo.

— É uma ordem, não ouviu?! — reiterou ameaçadoramente o homem, levando a mão ao punho da espada. — Apresse-se, já é tarde e não temos intenção de passar a noite aqui!

— Mas... O que eu fiz? Que motivo...

Em silêncio, o soldado desembainhou a espada.

Ghiberto começou a tremer. Já sem ousar abrir a boca, recolheu o manto do banco ao lado da porta, onde o jogara poucas horas antes, vestiu-o e, depois de apagar a vela, trancou a porta atrás de si e acompanhou os dois homens.

A saleta aonde o tinham conduzido, situada na ala do palácio comunal adjacente aos cárceres, não tinha janelas, mas só uma seteira pela qual entrava bem pouco ar: Ghiberto, mal instalado sobre um banquinho muito estreito, sentia-se sufocar.

Ainda estava sozinho. Antes de se plantar de vigia diante do aposento, o soldado lhe dissera que dali a pouco chegaria Rodolfo de Lurago, um dos jurisconsultos do podestade. Fazia mais de uma hora, desde quando havia começado a atravessar praças e vielas escoltado como um malfeitor vulgar por aqueles dois guardas, que Ghiberto se perguntava angustiado quais podiam ser as razões daquela convocação. Estava certo de não ter cometido nenhuma infração às regras severas que disciplinavam as atividades mercantis, e portanto não compreendia: afinal, o que podiam querer dele, assim de repente e em plena noite?

Ainda estava tentando recordar quem, entre seus últimos clientes, poderia ter tido motivo de apresentar denúncia contra ele quando a porta se abriu.

O homem que entrou era alto e magro: um par de sobrancelhas espessas e desgrenhadas ocupava boa metade de sua testa, recoberta quase totalmente por uma curiosa franja de cabelos negros que se alongavam pelo pescoço até tocar os ombros. As vestes que usava eram de boa feitura e sugeriam as disponibilidades financeiras típicas de uma família aristocrática.

Era mais jovem do que Ghiberto esperava, e isso o deixou ainda mais ansioso. Levantou-se.

— Continue sentado — ordenou o homem, despindo o manto. — Sabe quem eu sou, não?

— Sim — respondeu afobado o negociante —, os guardas me disseram que eu seria conduzido à presença de Rodolfo de Lurago, um jurisconsulto do podestade. Mas não entendo, não sei por que...

— Calma, Ghiberto, calma... Deixe que eu faça as perguntas e depois, no final, verá que tudo ficará claro. Bem — continuou o outro, entrelaçando as mãos sobre o tampo da pequena escrivaninha atrás da qual se sentara —, fui informado de que alguns meses atrás seu primo Guidotto veio visitá-lo...

Ghiberto compreendeu em segundos: uma onda de gelo lhe envolveu a nuca.

— Sim — disse, rouco —, tínhamos negócios a discutir e...

— Posso saber que negócios eram esses? — perguntou Rodolfo.

— Bem, pois é... Devíamos repartir mercadorias, escolher os clientes a quem oferecê-las, estabelecer os preços...

— Está me dizendo a verdade, Ghiberto?

— Eu... Que motivo eu teria de lhe contar uma coisa por outra?

Os olhos de Rodolfo o fitaram, penetrantes.

— Sei que, no exercício de sua atividade — disse, pacato —, o senhor nunca teve problemas com a justiça. Todos dizem que é um comerciante honesto e sempre honrou seus débitos: então, por que começar justamente agora, com uma mentira tão grave, a arruinar sua fama e a manchar a honorabilidade que demonstrou até hoje? Não está pensando que o podestade me encarregou de interrogá-lo se não tivesse certeza da razão pela qual seu primo veio a Milão, está?

Ghiberto não respondeu: sentia as faces em chamas.

— Quem nos contou foi aquele único cliente a quem Guidotto, incautamente, ofereceu sua mercadoria — prosseguiu Rodolfo. — É um aristocrata e sua família deve muito às hierarquias eclesiásticas milanesas: quando veio nos falar, estava apavorado. Talvez pensasse que o simples fato de ter visto o tratado o expunha ao risco de ser denunciado à autoridade civil e excomungado pela religiosa: infelizmente, a delação dele só chegou ao palácio após a fuga do seu primo da cidade. Como vê, Ghiberto, sabemos tudo de Guidotto: é inútil que o senhor continue a representar uma comédia que não lhe é adequada.

E mais não disse, limitando-se a observar o rosto do seu prisioneiro.

O negociante arfava: parecia-lhe ter uma bigorna pousada sobre o peito, e o ar chegava com dificuldade aos seus pulmões.

Passou a língua sobre os lábios áridos.

Rodolfo esperava, paciente.

— Não sei se aquele manuscrito é realmente do punho do imperador — disse afinal Ghiberto, torcendo nervosamente as mãos —, talvez nem Guidotto saiba: talvez o tenham enganado, talvez seja apenas uma cópia e...

— Chega! — exclamou o jurisconsulto, levantando-se de chofre. — Quer acabar nos cárceres da Malastalla, acusado de falso testemunho e de colaboração em subtração indébita? Deus do céu, por acaso não se dá conta do risco que está correndo ao proteger seu primo? Ele vai acabar na forca, quanto a isso não há dúvida: e o senhor, quer ter o mesmo fim?

Encolhido, o negociante tremia. Rodolfo se aproximou e, elevando-se ameaçador acima dele, continuou a falar.

— Acreditamos saber onde se refugia Guidotto, e o que exigimos do senhor é apenas uma confirmação: nos servirá para redigir o documento necessário a incriminá-lo e sua declaração valerá como testemunho. Mas preste atenção: ninguém deverá saber nada sobre esta história, fui claro? Então, Ghiberto, vai me dizer onde está seu primo?

Tomado por uma vertigem repentina, o negociante cambaleou para a frente: o jurisconsulto o reteve, agarrando-o rudemente pelo ombro.

— Está... — balbuciou Ghiberto, engolindo saliva — ...está em... em Lodi... no castelo dos San Martino...

Calou-se. Seus olhos vazios fitavam a fivela de prata que apertava a cintura do homem à sua frente.

No rosto de Rodolfo surgiu uma expressão satisfeita: havia sido mais fácil do que o previsto.

— Por enquanto, pode ir — disse, áspero, encaminhando-se para a porta —, mas eu o espero aqui à hora nona para assinar o documento. Não faça tolices, se quiser preservar sua vida.

Puxou o ferrolho e abriu a porta. Depois de murmurar alguma coisa ao guarda, desapareceu na penumbra do corredor. O soldado entrou, arrastou com violência o negociante, que jazia inerte sobre o banquinho, levantou-o e o conduziu para fora da saleta.

30

Milão
Palácio arquiepiscopal

— Finalmente, chegou de Arona a resposta: o arcebispo, que se encontra lá com nossas tropas, assediando o castelo de Guidone Cani, dá seu beneplácito para que eu leve a termo toda a operação. A esta altura, considerando que sabemos o lugar em que Guidotto dal Canale se esconde, o senhor entrará em ação. Irá o mais depressa possível para lá, acompanhado de um alentado pelotão de soldados, e fará seu dever de inquisidor.

Sentado, Ventura de Niguarda apoiava os cotovelos nos braços da cadeira. Sobre a escrivaninha, pela qual se espalhavam fragmentos de cera do sinete arquiepiscopal, jazia o pergaminho.

De pé no centro do aposento, Pietro de Vimercate estava imóvel. Somente seus olhos se moviam: excitados, saltavam da folha enrolada para o rosto do vicário.

Não respondeu.

Aborrecido pelo silêncio do outro, Ventura o encarou, de cenho fechado.

— Precisa de mais explicações, frei Pietro? — perguntou.

O sorriso que o franciscano lhe dirigiu lembrava o gargalhar de uma hiena.

— Não tenho dúvida nenhuma — respondeu — sobre o que deverei fazer. Confie em mim: se o negociante se mostrar relutante em entregar o manuscrito, saberei como obrigá-lo a...

— Sim, mas eu o exorto a ser cauteloso e a não se exceder — admoestou-o o vicário. — Embora Lodi esteja há seis anos sem arcebispo e tenha sido punida com interdição papal por causa do apoio dado ao imperador, sua igreja mantém uma fileira de cônegos determinados a defender a independência da cidade. O que o senhor acha que aconteceria, se viesse a tornar-se público que as hierarquias eclesiásticas milanesas enviaram um franciscano para inquirir um negociante indefeso, hospedado na residência de um aristocrata local? Provavelmente, teriam um motivo a mais para se opor à vontade do pontífice, apelariam para o imperador, e tudo isso desencadearia uma nova campanha contra Milão! De resto, na carta em que pedia seus serviços, o cardeal Hugues de Saint Cher deu ordens claras: a expedição a Lodi deverá parecer uma operação militar de pouca monta, como se nosso objetivo fosse o castelão, e não o negociante. No fundo, mesmo declarando-se gibelino, Bonizzo jamais combateu ao lado do imperador, e neste momento Frederico tem muito mais o que fazer do que empenhar forças militares na defesa de um aristocrata qualquer que se professe seu apoiador. A partida será a mais discreta possível: os senhores viajarão à noite e, uma vez chegados ao castelo, devem vigiá-lo, impedindo todo mundo de sair. Assim, ninguém poderá informar as autoridades de Lodi sobre sua presença ali. Tenho certeza de que bastará a visão dos soldados para apavorar os habitantes de San Martino, e não creio que o senhor terá dificuldade de convencer o negociante a lhe entregar o manuscrito. Seja prudente, Pietro.

A expressão de Ventura estava tensa. Ele conhecia bem a fama de Pietro de Vimercate e sabia que, em caso de necessidade, este não hesitaria em recorrer à tortura: na carta endereçada ao arcebispo, Inocêncio havia enfaticamente aconselhado evitar o uso dela, sustentando que isso levaria água envenenada ao moinho da Igreja. "Se o negociante se recusar a entregar o tratado", escrevera o papa, "prendam-no e tragam-no à minha presença aqui em Lyon, sem fazer mais nada."

Agora, enquanto sustentava o olhar glacial do inquisidor, Ventura se perguntou se a ideia do cardeal de Saint Cher no sentido de envolver Pietro de Vimercate naquela operação delicada teria sido a mais correta. Sabia que o franciscano se empenharia naquela tarefa com a mesma paixão cega que empregava no combate às heresias, e temia que, em circunstância tão sutil, ele não fosse capaz de empregar a necessária moderação.

Levantou-se.

— Darei ordem imediata para mandarem preparar os homens: serão uns cinquenta, bem treinados e comandados por um capitão. Os senhores partirão amanhã à noite, após as completas. Pode ir, agora.

Depois de esboçar uma bênção apressada, o vicário fez tilintar uma campainha sobre a mesa. A porta se abriu e surgiu um noviço: frei Pietro o seguiu lá para fora.

Ventura retornou à escrivaninha e, sem se sentar, lançou o olhar sobre o pergaminho. Não estava tranquilo: tinha certeza de que o inquisidor agiria por sua própria cabeça, e isso não o agradava nem um pouco. Se frei Pietro usasse métodos contrários às diretrizes do pontífice, isso se tornaria sabido, toda a operação fracassaria e, no fim, a culpa recairia sobre ele.

Balançou a cabeça, exasperado. Enrolou a carta e colocou-a de volta no armário, bem escondida atrás de uma pilha de registros. Fechou a porta do móvel com chave e guardou esta no bolso.

Devia se apressar, o podestade o esperava.

31

Castelo de San Martino

Bernarda estava sentada sobre a arca e balançava as pernas além da borda: os pés, que não chegavam a tocar o pavimento, estavam calçados nos chinelos de seda verde. Os calcanhares batiam ritmicamente contra a parede do baú e produziam um rumor surdo.

Da mesa abaixo da janela, sobre a qual estava inclinada remendando um par de calções, Giacoma a olhava de esguelha: por quanto tempo ainda deveria suportar as esquisitices daquela anciã maluca? Por que Bernarda não se decidia a morrer, em vez de ficar ali enchendo o castelo com seus urros e arruinando o pouco de vida que restava a ela, sua aia? Estava a serviço da velha havia mais de quarenta anos e não se lembrava de um dia sequer em que Bernarda não tivesse dito ou feito alguma tolice: não era verdade, como sustentava o castelão, que aquele frenesi, como o chamavam, fosse uma doença recente. Ela, que desde sempre cuidava da patroa, sabia que a loucura morava havia muito em sua mente. Quando, com pouco mais de 20 anos, começara a servi-la, compreendera de imediato que algo não ia bem: nos bizarros discursos de Bernarda com frequência apareciam clérigos ou soldados que, perdidamente enamorados, segundo dizia, se escondiam nos mais remotos recessos do castelo, à espera de um encontro com ela. No início, Giacoma acreditava e se preocupava com a honorabilidade da patroa e da família inteira: mais tarde, porém, compreendeu que se tratava das fantasias de uma mente enferma. Logo após o nascimento de Jacopo, o primogênito, no delírio das febres depois do parto, Bernarda lhe confessou ter se deitado poucas vezes com o marido, que preferia a companhia das meretrizes. Pelo que a patroa disse, ele as convocava frequentemente ao castelo, trancando-se com elas na saleta privativa: humilhada, Bernarda suportava em silêncio aquele vexame, até o dia em que, em companhia de uma daquelas putas, ele a obrigara a segui-lo até o espaço gramado atrás da capela, onde naquele tempo ainda não tinham sido escavados os túmulos. Ali, sob a muralha circundante, o marido a exortou a participar dos jogos carnais com a vadia e, diante de sua enojada recusa, começou a zombar dela: a meretriz se uniu aos insultos e às risadas. Depois disso, Bernarda não mais dirigiu a palavra a ele. Giacoma suspeitava que aquele episódio repugnante era o que havia desencadeado a loucura dela: de vez em quando, no sono, intercaladas com melancólicas invocações à Santa Virgem, a patroa murmurava obscenidades que fariam empalidecer um carroceiro.

Giacoma nunca falara disso com ninguém, porque estava convencida de que não lhe dariam crédito, nem mesmo os outros servos: aquele trabalho, embora não fosse dos mais fáceis, era o único de que dispunha e ela não queria perdê-lo. As coisas prosseguiram assim até a morte do senhor de San Martino: dois anos depois, com o segundo casamento, Bernarda parecia haver recuperado um discreto equilíbrio, que, no entanto, só durou até o nascimento de Bonizzo, por quem mostrou de imediato um apego doentio. Nunca o perdia de vista e o menino passava os dias agarrado às vestes da mãe, rejeitando até a companhia do irmão, dez anos mais velho. Quando adulto, nenhuma jovem obteve a aprovação da castelã como futura esposa do filho, e Bonizzo acabou por renunciar ao matrimônio. A contragosto, fez o treinamento militar e, apesar do desapontamento do pai, não conseguiu obter o título de cavaleiro: depois da morte do progenitor, por algum tempo compartilhou o quarto da mãe e em seguida, de um dia para outro, decidiu transferir-se para o palácio da família em Lodi, onde começou a tratar de negócios cuja natureza Giacoma não compreendia exatamente. A partida de Bonizzo lançou Bernarda num desespero sombrio, que nem mesmo a presença da pequena Alisa contribuiu para aliviar: assim como havia odiado a nora, ela detestava a menina. Até em relação a Jacopo demonstrava uma atitude intolerante, como se filho e neta fossem a causa do afastamento de Bonizzo do castelo.

Após a morte do primogênito, os delírios tinham recomeçado, mais frequentes e mais graves: embora o episódio ocorrido três semanas antes fosse totalmente novo, não era a primeira vez que Bernarda imaginava um amante misterioso que à noite a esperava no alto das muralhas. Naquelas ocasiões, levantava-se do leito e, depois de acordar Giacoma sacudindo-a pelo braço, ordenava-lhe que a vestisse com suas roupas mais preciosas e que a acompanhasse ao seu encontro secreto. A aia fazia de tudo para reconduzi-la à razão: quando nem as mansas admoestações conseguiam alcançar o objetivo, era obrigada a agarrá-la e trazê-la de volta à força para a cama. Contudo, aquela última saída noturna a deixara apavorada: conversou com a cozinheira e, juntas, decidiram misturar ao alimento da velha uma poção soporífera. Se, com isso, as noites transcorriam mais tranquilas, o mesmo não se podia dizer dos dias: a velha delirava continuamente e com frequência seus berros ultrapassavam as espessas muralhas do castelo. Talvez tivesse sido esse o motivo que, após a chegada do negociante, havia levado Bonizzo a ordenar que a mãe permanecesse sempre encerrada no seu quarto: as únicas saídas permitidas seriam as funções na capela e, com a chegada da boa estação, alguns passeios pelo pátio.

Agora, observando-a sentada sobre a arca, Giacoma se perguntou por que a patroa trazia aquela expressão abobalhada impressa no rosto: o que fazia ali, naquela posição incômoda, havia mais de uma hora? Por que não se sentava para conferir, como fazia frequentemente, o pequeno escrínio de prata onde conservava suas joias, desembrulhando-as uma a uma e espalhando-as sobre a mesa para verificar se não faltava nenhuma? Embora Bernarda a acusasse a cada vez de lhe ter subtraído um anel ou um colar, Giacoma preferia assistir àquela inspeção demente a vê-la ali, com os dedos ossudos agarrados aos ferros da arca, e os olhos fitando a parede diante de si.

Observou-a mais uma vez por um instante, depois deu de ombros e recomeçou a remendar os calções.

32

Bosque de San Martino

Os cílios remelentos formavam uma cortina diante dos olhos de Gualdo. Ele ergueu a mão, esfregou as pálpebras e piscou várias vezes: a sombra que o circundava era densa. Girou a cabeça para ver além daquele escuro, mas um doloroso espasmo na nuca lhe bloqueou os tendões do pescoço, fazendo-o gemer.

— Fique quieto, ainda não é hora de se mover.

A voz provinha de um ponto impreciso ao redor dele. Fechou os olhos, sem compreender: um profundo cansaço tornou a invadi-lo.

— Está com sede?

De novo aquela voz. Com dificuldade, abriu as pálpebras impregnadas de muco: iluminada pela chama débil da vela, surgiu uma mão segurando uma caneca.

— Beba — ordenou a voz.

Ele bebeu em pequenos goles: à medida que deglutia, o frescor do líquido lhe restaurou a garganta. Com cautela, inclinou a cabeça para trás: a matéria sobre a qual se apoiou era fria e tinha a consistência da pedra.

— Onde... onde estou? O que... Eu não... — gaguejou.

Dois dedos delicados afloraram sua testa, beliscando-a de leve e descrevendo espirais que de sua pele se perdiam no ar. Os mesmos lábios que o tinham exortado à vigília começaram a sussurrar palavras desconhecidas, moduladas em forma de melopeia. Aos poucos, embalado pelo som daquela cantilena incompreensível, Gualdo afundou num estranho torpor: os membros contraídos relaxaram, os olhos se fecharam e o corpo inteiro pareceu flutuar no vazio.

Enquanto sucessivas ondas de calor o invadiam, figuras espectrais deslizaram diante de suas pálpebras cerradas: vinham até ele e, fugazes como sombras, lambiam-no, dissolviam-se, reapareciam, iam embora de novo.

A voz se calou e no silêncio repentino cessaram também as visões. Gualdo reabriu de chofre os olhos: diante dele, mal iluminada pelo coto de vela, estava uma mulher. Os cabelos dela, longos até a cintura, caíam em torno da veste, e as íris douradas cintilavam aos reflexos da chama.

Gualdo entreabriu os lábios ressequidos.

— Quem... quem é a senhora?

— Agora, não — respondeu Juditha, debruçando-se sobre ele. Sua respiração aflorou as narinas do homem: era fresca, perfumada de ervas. — Agora o senhor deve apenas dormir — sussurrou, apoiando as mãos em concha sobre a cabeça dele.

Atordoado, Gualdo a fitou por um momento, mais breve do que ele gostaria. Em seguida suas pálpebras, de repente pesadas, abaixaram-se. Os músculos da coluna relaxaram e o corpo, abandonado contra a parede de rocha, escorregou para o chão. Juditha o cobriu com sua pele de carneiro, pegou a vela e aproximou-se da entrada da caverna. Experimentou a resistência da grade de ramos: estava sólida e bem encaixada entre as duas paredes laterais da abertura. Tranquilizada, voltou e, passando silenciosa junto ao corpo inerte de Gualdo, dirigiu-se à outra saída, aquela que dava para o rio.

Benedetto segurou os dois cantos do colchão e o cheirou: já não fedia. Começou a arrastá-lo. Sabia que, em contato com o solo poeirento do terreiro, o tecido se sujaria mais ainda, mas não conhecia outro modo de levá-lo de volta ao quarto: era muito pesado para ser carregado nas costas. Aquele trabalho ainda não tinha acabado, maldição! Uma vez recolocado em seu lugar, o colchão devia ser varrido cuidadosamente, e talvez até fosse preciso remover as manchas...

Suspirou. Estava cansado: tinha se levantado ao alvorecer e não conseguira parar de correr. Primeiro as vacas a ordenhar, depois as ervas daninhas a extirpar da horta, e agora aquela maldita enxerga! Sentia dor nas mãos e tinha certeza de que a pele das palmas estava descascada. Sem se deter para conferir, prosseguiu rumo à casa.

Já ia transpondo a soleira quando, proveniente da margem do rio, ouviu um latido agudo: alongou o pescoço e olhou.

Era a cachorrinha de Alisa, a sobrinha do castelão: saltitava festiva em meio à grama, precedendo sua dona pela trilha. A jovem caminhava absorta, escutando as palavras do mestre que seguia ao seu lado, com um livro aberto nas mãos. Aquele homem, a quem Benedetto já encontrara passeando solitário ao longo da margem do rio, era-lhe agradável: gentil, perguntava sobre seu trabalho na granja com o mesmo interesse que mostraria se estivesse falando com um adulto, e não com um menino. Uma vez até perguntou se ele não gostaria de aprender a ler e a escrever. Benedetto o fitou, surpreso, e depois, encabulado, respondeu que nem mesmo seu pai sabia ler e que, de qualquer modo, não era de uso que os filhos dos rendeiros recebessem instrução. O mestre lhe dirigiu um sorriso enigmático e não replicou.

Agora, enquanto seu olhar se demorava sobre a figura graciosa de Alisa, Benedetto sentiu um estremecimento bem conhecido lhe atravessar o corpo: enrubesceu, baixou os olhos para o colchão e, com gesto raivoso, puxou-o porta adentro através do corredor.

Lodi

Do peitoril de tijolos onde estava cravada, a tocha iluminava a entrada da hospedaria: uma brisa leve fazia ondular a chama, cujo reflexo bruxuleava além da janela aberta, clareando vez por outra o teto do aposento.

O olhar de Ruggino acompanhava distraído aqueles fachos de luz. Estava deitado no catre, mas não conseguia dormir. Do dormitório ali embaixo, onde seu servo estava alojado junto com outros clientes de passagem, provinha um burburinho incômodo que nem mesmo as tábuas robustas do pavimento conseguiam abafar: sobrepujados por roncos sonoros, lamentos sufocados se alternavam com palavrões, arrotos, peidos fragorosos.

Tinham decorrido três dias desde quando ele chegara à estalagem, e, embora esta fosse a melhor da cidade, não pretendia ficar mais uma noite: não tinha o hábito de desperdiçar seu tempo de maneira infrutífera, e além disso aquela temporada inesperada estava lhe custando caro. Por outro lado, a decisão de deixar o castelo tinha sido acertada: Bonizzo se mostrara intratável e ele não pretendia suportar seu mau humor, sobretudo considerando que não conhecia o motivo. Talvez o castelão já estivesse arrependido de tê-lo escolhido para marido de Alisa, ou talvez a moça tivesse manifestado uma recusa imprevista àquele casamento combinado sem seu consenso. Fosse como fosse, Ruggino decidira ficar longe de San Martino por alguns dias, até quando as águas se acalmassem: depois, voltaria e declararia não estar disposto a ser tratado como o último dos servos. Seria melhor esclarecer logo qual era a acolhida que lhe cabia de direito, ou, depois do casamento, ele já não poderia exigir o devido respeito.

Bocejou e virou-se de lado. Na manhã seguinte, encarregaria Dorando de preparar o cavalo e a mula. Depois, saldada a conta, os dois partiriam rumo ao castelo.

33

Castelo de San Martino

Os dois soldados de ronda pararam de chofre diante da abertura do avançamento: ao norte, pela estrada que flanqueava o bosque, erguia-se uma nuvem de poeira. Entreolharam-se, incrédulos: mesmo de longe, aquilo tinha toda a aparência de terra levantada pelos cascos de uma nutrida fileira de cavalos a galope.

Sem hesitar, um dos dois homens desceu rapidamente a escada de pedra e correu até o alojamento, onde informou Clemente, o chefe dos guardas, sobre um provável ataque armado. Em poucos instantes, o pátio do castelo ressoava de gritos nervosos e do entrechocar dos ferros das armaduras: as pesadas correntes da ponte levadiça foram recolhidas nos esteios pivotantes fixados às muralhas e o acesso pela poterna foi trancado. Já assegurado de que o castelo estava inacessível, o comandante dispôs um pelotão ao longo de todo o perímetro interno das muralhas: em seguida, após enviar um soldado para avisar o castelão, subiu apressado aos espaldões, onde seus homens já estavam prontos, com as flechas ajustadas nos arcos.

À medida que se aproximava, o pelotão reduziu a marcha, a fim de proceder a passo: diante da entrada barrada do solar, os cavalos se detiveram. De seu posto, o chefe dos guardas contou uns cinquenta homens: os cavaleiros montavam animais de guerra, arreados com proteções de malha de ferro, e estavam armados de balestras. Grandes escudos retangulares de couro cobriam quase inteiramente seus corpos, deixando entrever apenas o topo dos elmos. No meio daquele pequeno exército armado até os dentes destacava-se, em singular contraste, um homem vestido num hábito franciscano.

Murmurando de si para si uma série de palavrões, Clemente ficou à espera.

Depois de alguns momentos consultando-se com o frade, aquele que parecia o capitão adiantou seu cavalo até a ponte levadiça e o deteve à beira do fosso.

— Abram! — gritou, com voz potente. — Por ordem do podestade e do arcebispo de Milão, abram!

Clemente, que estava calculando quanto tempo levariam aqueles soldados para descer ao fosso seco e atravessá-lo para escalar as muralhas, sentiu tocarem no seu braço, coberto pela cota de malha.

Virou-se. Diante dele, ofegante pela subida daqueles degraus altos demais para suas pernas curtas, Bonizzo o fitava. Estava rubro.

— O que... Que diabo está acontecendo, pelo amor de Deus?! — murmurou, espiando aterrorizando por cima do ombro do outro.

— São uns cinquenta soldados comandados por um capitão, e pedem para entrar: com eles está um frade.

— Cristo! Mas o que eles querem? Por que justamente...

— Dizem ter ordem do podestade e do arcebispo de Milão — interrompeu Clemente, perscrutando, atento, os movimentos dos soldados, que começavam a dispor-se em formação de ataque.

Todo o sangue desapareceu do rosto de Bonizzo: pálido como um morto, ele fitou o guarda com olhos arregalados.

— Mas... Nunca aconteceu de... O que...?

— Senhor — disse Clemente, decidido —, não são muitos, mas estão armados como se tivessem de travar uma batalha: levariam apenas uma hora para atravessar o fosso e escalar as muralhas do castelo, e, uma vez entrados com intenções hostis, não sei o que poderia acontecer. Creio que seria melhor para todos se o senhor deixasse entrar pelo menos o chefe deles e escutasse suas exigências.

Os lábios de Bonizzo tremiam: de repente, ele parecia ter envelhecido vinte anos.

— Sim... Tem... tem razão... — balbuciou — vá... vá ouvir o que eles querem e depois... se for mesmo necessário... Em suma... traga-o aqui. Eu... eu o esperarei no salão nobre.

O castelão desceu pesadamente a escada, atravessou o pátio e entrou na própria residência. Clemente desceu por sua vez, ordenou a um soldado que o seguisse e dirigiu-se à poterna. Dois domésticos apavorados correram a maciça trava de ferro que barrava o portão e o abriram: o chefe dos guardas e seu homem de escolta desapareceram lá fora.

Com a mão apoiada no punho da espada, Fazio Cagapisto, o capitão do pelotão, observava a sala: sobre uma mesa de carvalho, ladeada por bancos sem espaldar, estavam dispostos dois castiçais duplos de prata, de feitura medíocre. Um armário, comprido e baixo, ocupava quase por inteiro um lado do local, ao passo que em frente, diante de uma lareira, dispunham-se duas cadeiras de braços. Espantado, o capitão notou que sobre o pavimento de pedra havia um enorme tapete de lã trançada em cores contrastantes, o único objeto requintado em todo o ambiente. As paredes eram desprovidas de tapeçarias e, na do lado sul, abriam-se duas maciças janelas esquadriadas.

A julgar pela imponente estrutura externa, aquele castelo lhe parecera a morada de um príncipe, mas agora, ao ver com quanta parcimônia era decorado o interior, convenceu-se de que a fortuna daquela família aristocrática devia ter se exaurido havia tempo. Ou então, refletiu, o castelão preferia destinar parte do seu patrimônio à manutenção do corpo de guarda, bem fornido de homens e, ao que ele pudera verificar, dotado de armas adequadas.

Atrás do capitão, Pietro de Vimercate, que havia solicitado e conseguido entrar com ele no castelo, estava imóvel: seus olhos fitavam Bonizzo, que, mudo, encostado à borda da mesa, alisava as dobras da veste, tentando esconder o tremor que lhe balançava as pernas.

— Pois bem — disse Fazio Cagapisto, encarando o castelão —, fui claro? Espero de fato que o senhor desista de prosseguir com esta mentira do furto do manuscrito, porque é intenção do podestade que esta nossa... — hesitou — ...visita não suscite muito clamor: o senhor bem sabe como são delicadas as relações entre nossas cidades e, embora Lodi não possua nenhuma autoridade sobre o seu castelo, afinal este se situa no mesmo condado. Então, por que se arriscar a desencadear uma estúpida guerrinha ulterior com Milão, com a certeza de ver suas terras devastadas por inevitáveis ações militares? Não lhe convém, Bonizzo, pode ter certeza. Portanto — concluiu —, espero que os pergaminhos apareçam o mais depressa possível. Dentro de uma hora, quero aqui nesta sala o negociante, sua sobrinha e qualquer outro componente da família que neste momento se encontre no castelo. Frei Pietro tem o dever de transmitir a todos os senhores a mensagem do arcebispo, e posso lhe assegurar que a argumentação dele a respeito saberá ser mais do que convincente. Estou avisando, Bonizzo: ninguém poderá sair do perímetro das muralhas enquanto toda esta história não se resolver. Meus homens permanecerão acampados lá fora e farão boa guarda.

O castelão assentiu. Engolindo repetidamente em seco, acompanhou os visitantes à porta e, sem uma palavra, esperou que se fossem.

Escondidos pelos ramos frondosos de um abrunheiro selvagem, Marchisio e seu filho observavam estupefatos os soldados que, desmontados, começavam a montar seu acampamento diante das muralhas.

— O que eles estão fazendo, pai? — perguntou Benedetto, com voz estridente.

Marchisio o calou com um gesto nervoso.

— Não sei. Não tenho ideia do que toda esta soldadesca armada veio fazer aqui: só espero que não esteja para explodir uma nova guerra...

Benedetto olhou para ele: nunca havia visto seu pai tão pálido. Marchisio se voltou e apertou-lhe o ombro.

— Vá para casa — ordenou — e diga a Savina que não saia para os campos enquanto eu não voltar: tranquem a casa toda e não abram para ninguém.

— Mas... e o senhor? O que pretende fazer?

— Vou me aproximar do acampamento e tentar espiar as insígnias, para descobrir de onde vêm todos aqueles homens. Irei a pé e ficarei bem escondido: não tenha medo — acrescentou, notando o olhar apavorado do filho —, eles não vão me perceber, com toda esta confusão...

O menino hesitou por um instante, depois virou-se e, mantendo-se abaixado entre os arbustos, correu para a granja.

O ar estava irrespirável. Assim como as pessoas que se encontravam à sua frente, Bonizzo transpirava. O odor áspero do medo pairava na sala.

Guidotto, lívido, torcia as mãos: o inquisidor, de pé no meio do aposento, continuava a fitá-lo. Simon olhou para Alisa: ela estava sentada no banco ao lado de Bernarda, que, indiferente, maltratava as películas das unhas.

Semiescondido na penumbra que velava o canto oposto, Matthew tentava dar um sentido à enormidade daquilo que acabava de escutar da boca do frade: como era possível que Bonizzo tivesse sido incauto a ponto de conceder hospitalidade a um negociante que escondia um manuscrito do imperador? Como podia o castelão não se dar conta de que, se simplesmente soubessem da existência do tratado, as hierarquias eclesiásticas fariam de tudo para tomar posse daquele tesouro pagão?

Observou o inquisidor. Do contorno da tonsura brotavam poucos cabelos cortados curtíssimos que mal sombreavam o crânio luzidio. O corpo magro, vestido num hábito largo demais, denunciava o costume da penitência, confirmada pela pele diáfana do rosto, no qual se destacavam dois olhos muito negros e penetrantes como agulhas.

Naquele momento, perscrutavam Bonizzo.

— Não quero ouvir mais nada — sibilou o frade, cortante —, o que o senhor me contou são apenas mentiras. Nenhum dos presentes — acrescentou, elevando a voz — compreendeu ainda qual é a minha função aqui: se o manuscrito daquele maldito herege que usa o título de imperador não aparecer rapidamente, os senhores não terão escapatória. Estas paredes — ameaçou, apontando o contorno da sala — serão derrubadas, como já aconteceu com outros aristocratas fiéis ao Hohenstaufen, e o senhor, Bonizzo, certamente não poderá lhe pedir socorro: por acaso acredita que ele o ajudaria, depois de saber que aqui se hospeda o ladrão do seu manuscrito? Não o fará, e a decisão de dar refúgio ao negociante será sua ruína. Quanto ao senhor — continuou, avançando ameaçador para Guidotto —, agora virá comigo: conversaremos sozinhos um pouco, e... — sorriu, zombeteiro — quem sabe não conseguirá confessar onde escondeu os pergaminhos?

Guidotto se retraiu contra a parede.

— O senhor... o senhor não pode... — balbuciou o castelão, juntando as mãos num patético gesto de prece.

O inquisidor o ignorou e, agarrando o braço do negociante, empurrou-o rudemente para a porta. Já sem conseguir controlar o terror, Guidotto começou a gritar: Pietro o arrastou para fora e os berros ressoaram ainda por alguns instantes. Depois, atenuados pela distância, extinguiram-se.

O soldado plantado do lado de fora da sala fechou a porta.

De pé diante da janela, Alisa apertava com força a borda do enxalço de pedra: seu olhar vagava sobre os espaldões dos muros. Atrás dela, Bonizzo estava abatido na cadeira e cobria o rosto com as mãos. Logo após a saída do inquisidor, havia começado a tremer com tanta violência que precisou se sentar: Bernarda se aproximou e apoiou a cabeça dele contra seu peito, acariciando-lhe os cabelos como faria com uma criança. Depois encolheu-se no banco do outro lado da sala, abandonou as mãos no regaço e fechou os olhos, sem se mover mais.

No silêncio, pesado como uma capa, só se ouvia o leve sibilar da respiração de Bonizzo: de vez em quando, vinham lá de fora o relincho de um cavalo e o grito vulgar de algum soldado.

Simon se aproximou do mestre.

— O que o senhor acha que ele fará a Guidotto? — perguntou baixinho.

— Vai submetê-lo a tortura — sussurrou Matthew, em tom incolor.

— Mas... mas o manuscrito foi realmente roubado, ele não poderá confessar uma falta que não cometeu!

Matthew o fitou, gélido.

— Certo. Se tiver forças para tal, inventará uma mentira, acusando outra pessoa, você, por exemplo...

O jovem arregalou os olhos.

— Mas eu... eu já expliquei por que me encontro aqui. Ele... — indicou Bonizzo — mandou investigar minha bagagem e um soldado até me fez tirar a roupa para ver se eu não escondia os pergaminhos entre as vestes!

— Você só contou uma parte da verdade, Simon — sibilou o mestre. — Talvez tenha conseguido enganar o inquisidor, mas não a mim. A história de sua viagem com o legado de Ezzelino não se sustenta, e estou convencido de que outros motivos o trouxeram aqui.

Simon baixou os olhos.

— Não sei o que você esconde — continuou Matthew, severo —, mas vou lhe dar um conselho: se tem amor à sua vida e... — acenou com a cabeça para a delicada figura recortada contra a luz da janela — ...à dela, convém que me explique tudo: se Gualdo tiver realmente fugido com o tratado, você está perdido, Simon.

O jovem o encarou, atordoado: aquele homem sabia sobre ele e Alisa.

A jovem se voltou. Depois de lançar uma olhadela a Bernarda e a Bonizzo, aproximou-se do mestre.

— E agora? O que faremos? — perguntou, apavorada.

Matthew não teve tempo de responder: a porta se abriu de novo e o soldado de guarda entrou.

— O capitão ordena que todos retornem aos seus aposentos.

Bernarda arregalou de repente os olhos. Levantou-se e foi ao encontro de Bonizzo: sem olhar para ninguém, os dois saíram da sala.

— Venha comigo — murmurou o mestre ao ouvido de Simon. — Nós dois precisamos conversar.

34

As paredes do local eram espessas e o teto abobadado encimava a boca da cisterna: a superfície da água, negra como piche, era sulcada pelos reflexos da tocha empunhada por um dos dois soldados. O outro, agachado no chão, mexia graxa numa tigela.

Presos em dois anéis de ferro, os pulsos de Guidotto estavam levantados acima da cabeça, esticados por uma corrente fixada a um gancho do muro. Do mesmo gancho pendia um cabo que lhe envolvia a cintura, forçando seu corpo contra a parede. As pernas, estendidas para a frente e abertas, eram atadas nos tornozelos por outras cordas, cujas pontas haviam sido enroladas em duas argolas que brotavam do pavimento. Tinham lhe tirado as roupas, deixando-o só com os calções; os pés estavam nus.

Por todo o trajeto até ali, ele tinha berrado, e quando, naquele subterrâneo escuro, compreendeu o que estavam prestes a lhe fazer, tentou se soltar dos soldados que o seguravam. Um dos dois lhe assestou um violento golpe na cabeça e ele perdeu os sentidos. Acordou quando o imobilizavam naquela posição e tentou gritar de novo, mas de sua garganta ressecada saiu apenas um estertor.

Agora, fitava o inquisidor, que, de costas diante da minúscula porta de acesso ao local, parecia recolhido numa prece. O frade se voltou e avançou para ele.

— *In nomine Domini, amen.* No ano do Senhor de 1249, eu, Pietro de Vimercate, da ordem dos Frades Menores e inquisidor, por vontade do arcebispo Leone de Perego e do podestade Sopramonte de Lupi, interrogo

Guidotto dal Canale, negociante milanês. Este homem é acusado de ter traficado um manuscrito redigido por um herege, cuja possessão diabólica é clara e manifesta.

A voz do frade ribombou: a água da cisterna pareceu restituir o eco.

— Ordeno que me diga onde escondeu o manuscrito. Se não o fizer, será submetido a tortura.

Guidotto balançou a cabeça, aterrorizado.

Pietro o observou por um momento e depois, em silêncio, acenou ao soldado acocorado. O homem se ergueu, aproximou-se e começou a untar os pés do negociante com a graxa contida na tigela.

Guidotto sabia o que o esperava: já ouvira falar daquela tortura e tinha certeza de que não resistiria à dor que ela lhe provocaria.

O frade murmurou alguma coisa ao segundo soldado e em seguida se afastou, encostando-se de braços cruzados à ombreira da porta.

O negociante fechou os olhos para não ver. A chama da tocha, firmemente mantida na mão do soldado, lambeu-lhe a planta dos pés: a graxa crepitou.

Guidotto arregalou os olhos e urrou. Estirou convulsamente todos os músculos do corpo na tentativa de puxar as pernas para trás, mas as cordas o impediram. Urrou de novo. O soldado retraiu a tocha e olhou o frade.

— Onde está o manuscrito? — perguntou Pietro, sem se mover da soleira.

— Não sei... — ofegou o negociante — ... foi roubado...

Começou a chorar.

O inquisidor fez um aceno ao soldado. O homem aproximou de novo a tocha dos pés de Guidotto: a chama os envolveu de todo e a graxa se derreteu, escorrendo sobre o pavimento.

O berro do negociante, apavorante como o uivo de um lobo, subiu das profundezas do seu peito e ressoou, sombrio, na abóbada de tijolos.

O soldado afastou a tocha.

— Onde está o manuscrito? — repetiu o frade.

Os gritos de Guidotto se despedaçaram em gemidos convulsos: ele parecia prestes a sufocar.

Pietro fez mais um aceno ao soldado, que voltou a encostar a chama nos pés do negociante. Desta vez o berro ultrapassou as paredes da cisterna e chegou, abafado, até o exterior: o homem de guarda no subterrâneo da cisterna o escutou e sentiu um calafrio.

A chama crepitou: Guidotto escancarou a boca e revirou os olhos. Um espasmo violento lhe sacudiu os membros, o queixo despencou sobre o peito e o corpo se afrouxou.

O inquisidor o observou, aborrecido.

— Desatem-no e levem-no ao seu quarto — ordenou.

Subiu de volta a escada do subterrâneo, atravessou o pátio do castelo e se encaminhou para o alojamento do padre Arnaldo.

No mesmo momento, entraram pela poterna dois homens: o primeiro estava a cavalo, o segundo montava uma mula.

O capitão se aproximou de uma das fogueiras acesas diante das tendas: na trempe estavam assando duas lebres, e um valete de armas girava o espeto. Em qualquer outra expedição, essa tarefa caberia a um servo, mas as ordens do podestade haviam sido claras: os motivos daquela missão deviam permanecer secretos, e isso impunha que todo civil fosse excluído dela.

Estavam ali havia dois dias inteiros e, por enquanto, não viera ninguém de Lodi para saber a razão da presença deles nos terrenos do senhor de San Martino. Ele esperava que aquela história terminasse logo, mas o fato de frei Pietro não ter descoberto nada com o negociante o preocupava. Assim que voltaram às suas tendas, os dois soldados que tinham acompanhado o frade aos subterrâneos relataram que Guidotto continuava afirmando que os pergaminhos lhe haviam sido roubados. Talvez tivesse dito a verdade: se aquela tortura horrenda não servira para fazê-lo falar, significava que de fato podia ter sido o legado de Ezzelino a se apoderar do manuscrito. Por outro lado, a batida feita no bosque pelos soldados não dera resultado. Ele mesmo, o capitão, tinha perdido uma manhã inteira procurando na granja, nos barracões, no estábulo, entre os renques de videiras e nos campos de centeio, mas a inspeção se revelara infrutífera. Ou aquele homem se refugiara em Lodi, onde Ezzelino contava mais de um partidário, ou então conseguira atravessar às escondidas a pequena ponte que, mais ao norte, ligava as duas margens do Adda. Nesse caso, provavelmente já estaria a caminho da Marca Trevigiana.

Fosse como fosse, não era tarefa sua, pensou: havia feito seu dever, obedecendo às ordens recebidas, e era o que bastava.

Uma repentina lufada de vento lhe soprou na cara a fumaça que subia do fogo de cavacos. Ele tossiu e, abanando-se com a mão diante do rosto, entrou de volta em sua tenda.

35

Matthew estava sentado na beira da enxerga: os dedos das mãos atormentavam mecanicamente a fivela da cintura.

Simon tinha acabado de responder às suas perguntas. Estava de pé diante da janelinha da saleta de estudos e a luz lhe iluminava o rosto.

— Se não tivesse certeza de que você não tem nada a ganhar com isso, eu não acreditaria numa só palavra dessa história — disse o mestre. — Afinal — continuou, após um momento de reflexão —, por que Ezzelino desencadearia todo este plano complicado, em vez de mandar logo seu legado assassinar o negociante? Dizem que aquele homem é um violento e não teme ninguém, nem mesmo o imperador: você acha mesmo que ele o envolveu nisso somente para verificar a autenticidade do tratado?

— Não sei. Pensei muito, mas não consegui chegar a uma conclusão.

— E se... E se o verdadeiro projeto dele fosse outro? Vamos pensar. Admitamos que o próprio Frederico lhe tenha ordenado recuperar o tratado: isso significaria que o imperador alimenta uma confiança absoluta no seu vicário. Ezzelino, que sabe disso, pode ter aceitado o encargo com um propósito diferente. Imaginemos que, longe de querer restituir o manuscrito a Frederico, pretendesse mandar você fazer uma cópia deste: provavelmente, sabe que sua habilidade de miniaturista não permitiria que ninguém a distinguisse do original. Com dois tratados idênticos à disposição, ele poderia decidir entregar ao imperador o falso, fazendo-o passar por verdadeiro. O outro, aquele escrito por Frederico, ficaria com ele, que o conservaria como arma de reserva contra o imperador, no caso de a aliança entre os dois se desfazer: quem nos garante, por exemplo, que dentro de alguns anos Ezzelino não decida passar para o lado do papa? Todos sabemos muito bem com quanta rapidez as coalizões mudam, e estou convencido de que, dando um presente como esse, Ezzelino seria acolhido com todas as honras entre as fileiras dos apoiadores do pontífice.

Simon o escutava, atento.

— Está claro — prosseguiu o mestre, pensativo — que, se tal hipótese fosse verdadeira, a conclusão de todo o caso só poderia ser uma...

Hesitou.

— Sua vida corre perigo, Simon. Ezzelino não pode se permitir lidar com uma testemunha tão incômoda: assim que seu encargo se concluir, você será morto por ordem dele.

O olhar do miniaturista correu para Alisa, que, encolhida no pavimento, no canto mais distante, fitava-o em silêncio.

— Sei disso, sempre soube — murmurou o jovem. Calou-se por um instante e depois, de repente, seu rosto se ruborizou. — Eu deveria fugir logo, ou melhor, não! — exclamou, furioso. — Nunca deveria ter partido de Aix! Como pude não compreender a quais perigos ia me expor, pelo amor de Deus? Como pude ser tão estúpido a ponto de acreditar que aquele maldito tirano precisava justamente dos meus serviços, quando todos sabem que sua corte pulula de mestres de todas as disciplinas? Por que eu não...?

Sua voz se quebrou.

— Mas... — retrucou Matthew, ignorando deliberadamente esse desafogo — como você explica a fuga de Gualdo? Por que ele sumiu, levando consigo o manuscrito? Por que roubá-lo antes de você poder examinar as iluminuras? Não faz sentido, Simon, deve haver alguma coisa por trás disso...

Alisa saltou de pé. Seus olhos brilhavam de excitação.

— Mas como o senhor pode ter certeza de que foi justamente ele quem subtraiu os pergaminhos? — disse, agitada. — E se tiver sido um outro, alguém que talvez ainda esteja aqui no castelo? Todos os senhores, menos aquele maldito inquisidor, pensam que Gualdo é o culpado: e se não for? Se aquele homem tiver ido embora por algum outro motivo?

— Sim, pode ser — replicou Matthew. — Mas, então, quem roubou o manuscrito?

Suspirou.

— Essas nossas suposições são totalmente inúteis: o fato é que Pietro de Vimercate não sairá daqui enquanto os pergaminhos não aparecerem.

Alisa o fitou.

— Seremos todos torturados — murmurou.

— Não — discordou Matthew —, tenho certeza de que ele não tem poder para isso.

Levantou-se.

— Agora, voltem aos seus aposentos — disse, severo —, ninguém deve saber que vocês estiveram juntos aqui.

Os dois jovens obedeceram e o mestre fechou a porta atrás deles.

Padre Arnaldo ainda estava rezando. Atenuada pela fina parede divisória, sua voz chegava até ali: o local reservado a frei Pietro era um cubículo contíguo ao quarto do padre, e o franciscano, habituado a uma cela mais espaçosa, sentia-se sufocado. Deitou-se na enxerga e recomeçou a pensar.

O pontífice havia ordenado que, em caso de fracasso da missão, o negociante fosse conduzido a Lyon: pois bem, ele não tinha a menor intenção de permitir isso, ao menos de imediato. Até aquele dia, sempre levara a termo com êxito todas as investigações das quais fora encarregado, e desejava que também esta última desse bons resultados. Continuaria a procurar. Se não tinha sido o lugar-tenente de Ezzelino a roubar o tratado, o verdadeiro ladrão ainda devia se encontrar entre as paredes do castelo: portanto, como ninguém podia sair dali a seu bel-prazer, ele estava certo de que, mais cedo ou mais tarde, o manuscrito apareceria.

Não se ouvia mais a voz do padre. Melhor assim, finalmente poderia dormir. Virou-se de lado e fechou os olhos.

— Mas como é que eu vou lhe explicar que não posso fazer nada, meu Deus? Acha que me agrada permanecer aqui, preso na armadilha como um camundongo, enquanto meus negócios na cidade estão indo por água abaixo?

Bonizzo agora berrava. Tinha os olhos injetados de sangue e a pele do rosto, habitualmente bem barbeada, estava sombreada de pelos híspidos; os cachos alourados, que ele usava compridos até o pescoço, mostravam-se sujos e desgrenhados.

Ruggino observou os soldados que, pouco adiante, montavam guarda: um deles tinha se voltado, surpreendido por aquela gritaria inesperada.

— Não me parece oportuno que seus homens assistam a esta cena — disse, áspero. — Se o senhor pretende continuar a berrar, será melhor sairmos daqui.

O castelão não se moveu.

— Como é que o senhor não compreende — continuou — que eu não podia em absoluto avisá-lo desta espécie de assédio? Não adianta reclamar comigo, não vê que aqueles bastardos montaram todas as suas tendas ao norte das muralhas, justamente para escondê-las de quem vem de Lodi? Não querem que se saiba que estão aqui, é claro, e, ao mesmo tempo, impedem todo mundo de deixar o castelo. Até a granja eles isolaram, meu Deus, até os trabalhadores do campo! Estão todos lá, vigiados pelos soldados, não podem se movimentar, somente a Marchisio e ao menino foi dada permissão para vir aqui a cada dois dias, a fim de trazer leite, ovos e hortaliças! Vai ficar tudo arruinado, ora se vai! A granja, as vacas, as plantações...

— E toda esta balbúrdia por causa de uma suspeita de heresia contra o negociante? Mas o senhor está em sua casa, o que tem a ver com ele? Não é nem seu irmão, nem seu filho, por todos os demônios!

Bonizzo não respondeu: limitou-se a balançar a cabeça e deu alguns passos através do pátio. Havia mentido a Ruggino: na véspera, quando o vira à sua frente, recém-chegado e ignaro do cerco militar, precisara decidir às pressas o que dizer. Então o conduziu ao adarve norte e lhe mostrou o acampamento: contou que o negociante era acusado de heresia e que, por esse motivo, as autoridades milanesas tinham enviado os soldados e um inquisidor. Achavam que ele, o castelão, havia deliberadamente dado asilo a um herege e o ameaçavam de despojá-lo de todas as propriedades, inclusive o castelo. Preferiu não dizer nada sobre o manuscrito a Ruggino, porque este certamente consideraria uma gravíssima imprudência a concessão de hospitalidade ao negociante, e talvez começasse a duvidar de sua perspicácia como regente. Talvez até viesse a desistir de desposar Alisa, e ele, Bonizzo, não podia se permitir isso, agora que todos já sabiam do matrimônio iminente. Isso comprometeria a dignidade e a honra dos San Martino.

Chegado diante da capela, o castelão parou.

— Creio que uma prece à Virgem, a fim de que ela estenda seu piedoso véu sobre todos nós, é mais do que oportuna — disse, empurrando o portãozinho. — Quer vir também, Ruggino?

Desorientado por aquela repentina mudança de modos, o velho o fitou. Depois assentiu e entrou com ele no oratório.

36

Granja de San Martino

Savina terminou de encher os dois cestos, cobriu-os com um pano e os estendeu a Benedetto.

— Pronto — disse —, está tudo aqui. Vá e volte logo. Seu pai o espera no palheiro: você deve ajudá-lo a consertar a relha do arado e a limpar as ferramentas para a capina.

O garoto obedeceu: a mula já estava no terreiro, atada ao mourão. Recolheu do solo o odre de leite e o prendeu à cangalha, na qual pendurou também as alças dos cestos, e depois montou. Para chegar ao castelo, devia passar ao lado do acampamento e, a cada vez, a visão de todos aqueles soldados lhe dava um medo infernal: as cotas de malha de ferro, as espadas, os escudos e aqueles cavalos imponentes que relinchavam inquietos o induziam a esporear a mula quando passava entre as tendas. Os homens já o conheciam e, quando o viam, soltavam risadinhas, dirigindo-lhe gracejos que ele jamais parava para escutar.

"Por quanto tempo ainda vão ficar aqui?", perguntou-se, transpondo a porta fortificada, sob o olhar vigilante dos guardas.

Entrou no pátio e se encaminhou para a residência do senhor.

— Afinal, quando é que eles se vão, minha Nossa Senhora?! Os trabalhadores braçais estão aterrorizados: imagine que dois deles tentaram fugir, e o resultado foi que acabaram agarrados pelos soldados! Estes os encheram de pancadas e os devolveram semimortos aos barracões...

Marchisio falava em voz baixa para não acordar Germano, que dormia na cesta no fundo do palheiro. Savina se apoiou no cabo do ancinho e parou diante do marido. A face de Marchisio estava marcada por profundas olheiras escuras, e o maxilar se contraía continuamente num movimento involuntário.

— Mas... — perguntou a mulher — é verdade aquilo que Benedetto disse, que no castelo se encontra um herege?

— Esse menino deveria tomar mais cuidado quando fala com as pessoas, por todos os demônios! Sim, é verdade, uma copeira contou a ele: parece que é aquele negociante que estava com Bonizzo quando eu fui relatar que Gualdo fugiu. Ora, mas ele tinha de vir justamente para cá?!

Savina empalideceu e fez o sinal da cruz.

— Parece que veio também um frade — continuou seu marido, sombrio —, um inquisidor de Milão. Já pensou? Um inquisidor aqui, a uma milha de nossa casa!

Os ombros maciços de Marchisio despencaram: ele deixou caírem os braços ao longo dos flancos e encostou a testa a uma das estacas do palheiro. Depois de fitá-lo por um momento, Savina voltou-se e, mais apressada do que deveria, recomeçou a rastelar o pavimento de terra batida.

— E agora, o que fazemos? — explodiu ela, com raiva. — Se pelo menos Jacopo não tivesse morrido! Ele, sim, era um castelão como convém, muito diferente daquele cretino do irmão! Devemos ir embora daqui, Marchisio: do outro lado do Adda existem outras terras a cultivar, e poderemos...

O rumor de passos precipitados a interrompeu. Benedetto surgiu à porta do palheiro.

— Cheguei — ofegou.

— Entregou tudo? — perguntou Marchisio.

— Sim, e me disseram que...

O rendeiro ergueu os olhos para o céu: alguém havia mexericado novamente com o garoto. Interrompeu-o.

— Quantas vezes preciso lhe dizer para não conversar com ninguém no castelo? Não entende que, se um guarda o descobrir fazendo perguntas, é capaz até de bater em você? Veja o que fizeram aos dois trabalhadores!

— Mas, pai... Desta vez eu não... Não fui eu que perguntei... Foi um dos estribeiros que me falou...

— Cada vez melhor, estou vendo! E o que ele queria, posso saber?

— Disse que o iniqui... enfim, aquele frade que veio com os soldados...

— O inquisidor, você quer dizer?

— Sim, esse aí. Parece que torturou o negociante...

— Minha santa Virgem! — exclamou Savina, deixando o ancinho lhe cair das mãos.

Marchisio fitava o filho com olhos arregalados.

— E... e depois?

— Depois, não sei. Ah, quando eu ia montando de volta na mula vi os dois homens de Gualdo sendo levados para o alojamento dos guardas. Tinham as mãos amarradas atrás das costas e caminhavam com dificuldade.

O rendeiro empalideceu.

— Você não vai mais ao castelo — intimou —, é perigoso demais. Quanto leite levou hoje de manhã? E os ovos?

— Uma quarta de leite e cinquenta ovos.

— Bom, é o suficiente. Durante algum tempo, não vai mais ninguém lá dentro: eles que usem as reservas armazenadas! Mesmo que, por alguns dias, comam alimentos secos, certamente não morrerão de fome... Eles que se arranjem, por esta vez!

Benedetto não ousou replicar. De olhos baixos, aproximou-se do canto do palheiro, onde estavam amontoadas as enxadas a limpar.

37

Bosque de San Martino

Ainda estava debilitado, mas finalmente conseguia se mover. O braço formigava e a mulher tinha dito que isso era bom sinal. Ignorava havia quanto tempo estava ali: nos raros momentos em que conseguira emergir daquele estranho torpor que lhe ofuscava a consciência, parecera-lhe captar em torno de si um espaço fechado, mas as sombras que o circundavam não lhe permitiram defini-lo. Na semivigília, havia visto o reflexo de uma vela, sentido odores incomuns, sorvido algo amargo de uma tigela de madeira.

Depois, de repente, todos os seus sentidos despertaram: deitado sobre a terra úmida, ele fitara a penumbra da abóbada acima de sua cabeça e compreendera encontrar-se numa caverna. Tentou se levantar, mas tombou de novo como uma trouxa de trapos. De algum ponto ali atrás, ergueu-se uma voz. "Espere!" Dois braços fortes o levantaram e, com cautela, acomodaram-no contra a parede: depois, clareado por um vislumbre de luz natural proveniente de sua direita, um rosto feminino se aproximou do seu. Ele sentiu de novo aquele perfume de ervas. E então recordou. A mulher, que no fluir confuso de suas sensações tinha a aparência de uma visão, estava ali ao seu lado. E era de verdade.

— Quem é você?

— Juditha.

E mais não disse. Lavou o rosto dele com um paninho úmido e friccionou o braço e a mão insensíveis com um emplastro.

— O que você sente? — perguntou.

— Está pinicando.

— Ótimo — foi a resposta —, sinal de que vai sarar.

Ele ainda havia dormido demoradamente, mas um sono mais calmo, e, aos poucos, foi aprendendo a distinguir a noite do dia, escandido pelo clarão que se filtrava pela embocadura da caverna. Depois de alguns daqueles intervalos temporais, finalmente conseguira se aguentar de pé: ajudado pela mulher, que o segurava pelo braço são, alcançara o sabugueiro na entrada do túnel e espiara entre os ramos, na direção do bosque e da clareira. Logo compreendeu estar ainda nas vizinhanças do castelo. "Não tema", sussurrou Juditha, "aqui ninguém o encontrará." Depois, recuou e o deixou ali, diante daquele emaranhado de folhas: ele se voltou e percebeu que podia girar o pescoço sem sentir dor.

Agora, sentado junto dela, apoiado contra a parede de terra e pedras, viu estremecer a luz da vela, cada vez mais fraca.

— Quem é você? — perguntou mais uma vez.

A mulher não respondeu. Levantou-se e se afastou alguns passos. Gualdo permaneceu imóvel, fitando-lhe a sombra que desaparecia no escuro.

Castelo de San Martino

Fazia uma hora que a procurava. Alisa havia saído do quarto dizendo que voltaria dali a pouco, mas não reaparecera. "O que aquela bendita garota estará inventando?", perguntou-se Delfina, inquieta. "Não quis nem levar Cátula consigo..." Ao compreender que não iria com a dona, a cadelinha se encolhera num canto, murcha, e não se movera dali. Convinha encontrar Alisa: do contrário, para ela, sua ama, haveria problemas. Mas, Santa Virgem, como aquela menina não percebia estar em perigo, com todos aqueles soldados forasteiros espalhados pelo castelo? Depois que o capitão havia ordenado que alguns deles montassem guarda do lado de dentro das muralhas, Delfina começara a se preocupar: seus temores aumentaram quando ela notou os olhares cobiçosos que seguiam Alisa durante seus deslocamentos de uma ala para outra da residência. Recomendou à jovem que ficasse atenta e nunca andasse sozinha, e até agora ela havia obedecido. O que lhe dera na cabeça, naquela manhã?

— Você viu a patroa? — perguntou, afobada, a uma copeira que subia as escadas da cozinha.

— Não — respondeu rudemente a outra, seguindo adiante sem sequer olhar para ela.

Delfina saiu do reduto e se encaminhou para o pórtico interno: Alisa estaria ali, estudando? Mas não, ela nem tinha levado o livro... Cada vez mais angustiada, acelerou o passo.

O odor de mofo era penetrante, e pela porta encostada se filtrava pouca luz. Os sacos amontoados ao longo das paredes do depósito ocupavam todo o espaço disponível, até o centro do local: escondidos no fundo, onde a penumbra se tornava mais compacta, os dois jovens estavam de pé, um diante do outro. Quando a boca de Simon pousou sobre a de Alisa, a moça abriu os olhos: um langor estranho, jamais sentido, subiu-lhe do ventre até a nuca, fazendo-a cambalear. O rapaz a segurou, abraçando-a.

Alisa baixou as pálpebras. Simon as aflorou com a ponta de um dedo.

— Devemos sair daqui antes que alguém nos descubra — balbuciou ela, soltando-se dele.

Em silêncio, espiaram cautelosos para além dos sacos e se encaminharam para a porta.

"Lá está! Que diabo foi fazer ali dentro? Pois agora vou dar uns gritos naquela estúpida e... Mas... oh, meu Deus! E aquele, quem é? Maria Santíssima, é aquele francês! E o que está fazendo ali, atrás da minha menina? Que diabo..."

Por fim, Delfina compreendeu. Um arrepio gelado lhe percorreu a espinha. Imóvel, escondida no retângulo de pedras sobre o qual se elevava a escada para os adarves, fitou Alisa, que se afastava às pressas, avançando rente à parede. Um guarda de Bonizzo, a caminho dos alojamentos militares, encontrou-a: a moça o saudou em voz muito alta. O francês, que ainda espiava da soleira, entrou precipitadamente de volta no depósito.

Delfina esperou que o soldado desaparecesse de sua vista. Depois, esgueirou-se para fora do esconderijo e correu atrás de Alisa.

— Ora, Delfina! Afinal, você é apenas minha serva, e não minha mãe!

Aturdida, a mulher perdeu o fôlego. Quis responder à altura, mas não conseguiu. Foi como se alguém a golpeasse no peito com uma pedra: movendo dificultosamente as pernas inchadas, foi se sentar na enxerga e segurou a cabeça entre as mãos. Humilhada como jamais se sentira, explodiu em pranto.

Alisa a olhou, já arrependida. Gostaria de se lançar nos braços dela, como quando, na infância, implorava sua indulgência por alguma travessura cometida. Mas não podia. Não tinha motivo algum para pedir perdão: desta vez, era sua vida que estava em jogo, e ela pretendia defendê-la a qualquer custo. Tinha refletido bastante, antes de se entregar àqueles colóquios clandestinos com Simon, e agora que havia experimentado o que significava o amor, por nada no mundo renunciaria a ele.

Aproximou-se da cama.

— Delfina — disse, resoluta —, não vou me casar com Ruggino, fique sabendo desde já: vou embora daqui e você vai me ajudar a fugir.

A mulher levantou a cabeça e a fitou.

— Mas como? — perguntou, ofendida, enxugando as lágrimas. — Como pensa poder escapar do castelo, com todos esses guardas por aí? E seu tio? O que acha que Bonizzo fará, quando descobrir sua fuga? Em primeiro lugar, vai mandar procurá-la, depois me espancará e, se eu não tiver morrido, me expulsará do castelo a pontapés! Meu Deus, Alisa, por que não pensa melhor? Você é a sobrinha do castelão, não pode se comportar como uma criada, como uma...

Hesitou, mordendo a língua.

— Como uma puta, você quer dizer? — completou Alisa, mordaz. — Não tem sequer a coragem de pronunciar essa palavra? É justamente porque não quero me transformar na puta dele que não desposarei aquele velho: não tenho intenção de passar as noites titilando uma verga até que ela endureça!

Delfina arregalou os olhos.

— Não sou mais uma menina, lembre-se — continuou a jovem, agitada. — Acha que eu nunca escutei as conversas das servas sobre o que os guardas e os valetes fazem com elas nos estábulos e nos sótãos? Que eu não sei as depravações que elas têm de aguentar por um pedaço de pão a mais, ou por uma camisola nova? Não, Ruggino não me terá nunca. E também...

Cobriu o rosto com as mãos e sua voz saiu como um sopro entre os dedos.

— Eu amo Simon, Delfina, você não compreende?

A ama não falou. Compreendia, compreendia até muito bem: o que mais, a não ser o amor, podia ter modificado em tão pouco tempo o caráter de Alisa? Da menina dócil e submissa que ela sempre havia sido, tornara-se uma mulher decidida, determinada a ser dona de si mesma. Quantas dificuldades precisaria enfrentar, seguindo o próprio impulso?

Levantou a cabeça e olhou-a. Não podia deixá-la sozinha, Alisa era tudo o que lhe restava: sim, não era ela que a tinha gerado, mas haviam sido seu leite a nutri-la, suas carícias a acalmá-la, suas cantigas a fazê-la rir pela primeira vez... Alisa era como uma filha, e a ideia de que acabasse nas garras rapaces daquele velho a enchia de horror. Não permitiria isso.

Enxugou as faces molhadas, ergueu-se e se aproximou.

— Vou ajudá-la, minha menina, vou ajudá-la...

Alisa a fitou por um instante, espantada. Depois, dando finalmente curso livre às lágrimas que havia contido até aquele momento, deixou-se acolher no abraço forte de Delfina. A mulher a conduziu até o leito e, sentada com ela no colchão de plumas, manteve-a abraçada, ninando-a baixinho.

38

Campina de San Martino

A poterna estava aberta. Os soldados que montavam guarda do lado de fora olhavam o céu, preocupados.

— Pelo amor de Deus, não vai começar a chover logo agora! — exclamou um dos dois, observando a cortina de nuvens escuras que parecia tocar a copa das árvores.

— Esperemos que não — respondeu o companheiro. — Mas também, o que você quer? Faz tempo que não cai um aguaceiro, e mais cedo ou mais tarde ele deve começar... Eu me pergunto é que diabo estamos fazendo aqui nesta campina de merda, neste castelo de merda, com esta gente de merda!

O homem baixou os olhos para o chão, bem a tempo de ver um longo filete de urina que, escorrendo ao longo do leve declive, estava prestes a alcançar seus pés. Atrás dele, encostada à parede, Cátula o fitava, imóvel.

— E também cães de merda, é o que há neste lugar! — resmungou, avançando ameaçador para a cachorrinha.

Cátula saltou para a frente e, evitando por um triz as perneiras de ferro do guarda, ultrapassou a poterna e correu para fora.

— Pode ir, pode ir, seu monte de pulgas, vá e não volte mais!

Os homens riram.

A cadela continuava a correr. Sem parar, ladeou a série de tendas do acampamento e prosseguiu rumo ao bosque. Alcançou a clareira e se deteve na lagoa. Trotou até a margem e, depois de farejar fremente, inclinou a cabeça sobre a água e bebeu demoradamente. Depois, acalmada a sede, olhou ao redor: os caniços que circundavam a lagoa ondulavam, dobrados por um início de vento.

Cheirou o ar.

De novo aquele odor.

Baixou o focinho sobre o terreno e, seguindo aquela pista já sentida, afastou-se do charco. Atravessou a clareira e adentrou o bosque: à sua passagem, os pequenos animais terrestres se recolheram às suas tocas, e as aves, protegidas pela folhagem, calaram-se. Somente umas gralhas continuaram a grasnar espalhafatosas, esvoaçando de uma árvore para outra.

À medida que a cachorrinha prosseguia, as moitas se adensavam. Mais de uma vez, seu pelo ondulado se prendeu nos ramos mais baixos, deixando flocos brancos pendentes dos galhos espinhosos. Havia começado a chover, mas pelo emaranhado das árvores só se infiltravam raras gotas d'água.

Cátula sentiu necessidade de defecar. Deu voltas sob um arbusto, farejou o mato baixo e se agachou sobre as patas traseiras, liberando o intestino. Depois continuou a avançar.

Do terreno, que se erguia numa leve subida, ainda emanava aquele odor, cada vez mais penetrante. Ela o seguiu.

A penumbra do bosque se transformara quase em escuridão: a luz daquela manhã pálida penetrava com dificuldade entre as folhas, e só no último momento Cátula se deu conta da parede de rocha. Era revestida de folhas que a recobriam até o topo.

Aproximou-se e farejou. O cheiro vinha dali.

Com uma pata, ela raspou um ramo. Este não se moveu. Raspou mais uma, duas, três vezes, até que o ramo se deslocou, criando uma espécie de fissura. Curiosa, meteu ali o focinho, os flancos e em seguida, abrindo espaço a golpes de traseira, entrou.

O odor que a tinha guiado até ali era fortíssimo, agora. Seguindo um vislumbre de luz fraca que vinha do fundo, Cátula avançou alguns passos.

De repente, surgida do escuro, uma figura apareceu à sua frente. Ela se imobilizou, assustada.

— E você, o que está fazendo aqui? — disse a mulher, agarrando-a pelo cangote.

Cátula ganiu.

Segurando-a firmemente nos braços, Juditha recuou.

De pé, com a mão direita apoiada à bainha do punhal, Gualdo esperava por ela.

— Claro que a vi passar! Por pouco aquela maldita cachorra não mijou nos meus pés!

O soldado acompanhou suas palavras com uma gargalhada que se concluiu numa cusparada de catarro.

Delfina apertou em torno do rosto o xale que a protegia da chuva.

— E para onde foi? — perguntou, aflita.

— Ora, para onde poderia ir? Fugiu campina afora.

O homem se voltou e retomou sua posição, ao lado do outro guarda.

Delfina retornou sobre seus passos. Era culpa sua. Naquela manhã, depois que Alisa fora para a aula cotidiana na saleta de estudos, ela havia descido ao encontro das servas com a trouxa para lavar: tinha os braços carregados de roupa branca e deixou o aposento sem trancar a porta, limitando-se a encostá-la. Provavelmente Cátula escapulira sorrateiramente e saíra para investigar o pátio grande.

— E agora, o que eu digo a Alisa? Ela não me perdoará nunca! Oh, minha santa Virgem, era só o que faltava...

Amargurada, subiu de volta a escada e se dirigiu aos aposentos da patroa.

No escuro, a lâmina de luz que se filtrava pela seteira desenhava uma faixa delgada sobre as tábuas do pavimento.

Simon passou a ponta dos dedos sobre a face de Alisa e as lágrimas dela lhe escorreram pela palma.

— Não chore — sussurrou, acariciando-lhe os cabelos —, você vai ver que ela volta.

A moça gemeu ainda mais e sua voz se confundiu com o arrulho dos pombos que circulavam pelo beiral.

Tinha sido ela a explicar a Simon como chegar ali em cima: no pombal, dissera na véspera, nunca aparece ninguém, e portanto é um lugar seguro para nossos encontros. Quando ele entrou, Alisa já se encontrava, com os olhos inchados de pranto. Balbuciando, contou sobre a cadelinha e começou a soluçar. O rapaz trancou a portinhola por dentro e tomou-a nos braços, procurando acalmá-la.

Agora, enquanto os últimos soluços se extinguiam no peito de Alisa, o contato com seu corpo transmitiu a ele um estremecimento incontrolável: aquele seio macio que lhe pressionava a túnica e aqueles quadris delicados, abandonados contra seu ventre, tiraram-lhe o fôlego.

Segurou-a pelos ombros e afastou-a um pouquinho.

— Alisa... — balbuciou — nós não podemos... Eu...

A moça ergueu as mãos, procurando às apalpadelas o rosto dele: quando o encontrou, atraiu-o para si. Os lábios, salgados de lágrimas, pousaram de leve sobre a boca de Simon.

O jovem correspondeu ao beijo, saboreando aquele gosto sobre sua pele. Depois, incerto, abriu-lhe os lábios: Alisa estremeceu, mas foi só por um instante. Abandonando-se contra o corpo do namorado, deixou que a língua de Simon a explorasse.

Ele ofegava. Tirou as mãos dos ombros dela e deslizou-as ao longo da veste, em busca dos laços que a fechavam. Desatou-os e insinuou os dedos sob o tecido fino da camisola: àquele toque delicado, os mamilos da moça se intumesceram. O gemido sufocado que lhe saiu da garganta deixou-o transtornado: febril, ele se inclinou sobre ela e, afundando o rosto em seu seio, baixou-lhe a camisola até os flancos.

Caíram no chão.

Arquejante, o jovem livrou-se das longas meias soladas, ajoelhou-se ao lado dela e passou a mão sob sua veste: a mão, úmida de suor, subiu até a virilha e se deteve, hesitante. Depois, frenética, agarrou os calções e os desceu.

Repentinamente amedrontada, Alisa recolheu as pernas sobre o ventre.

— Eu... — gemeu Simon, retraindo-se.

Trêmula, a moça estendeu os braços e o atraiu ainda mais para si.

Já sem conseguir se conter, Simon se abaixou e, ofegando mais forte, entrou nela.

A dor foi intensa, mas passou quase de imediato. Enquanto sentia o membro de seu amante agitar-se dentro de seu corpo, Alisa se surpreendeu pensando na enormidade daquilo que estava fazendo. O que seria dela agora?

Um último espasmo arqueou o corpo de Simon: com o lamento de um animal ferido, ele se deixou cair sobre Alisa. Seus cachos roçaram o rosto dela e seus lábios a procuraram de novo.

— Eu amo você — murmurou, com a boca afundada entre os cabelos da jovem.

Um nó de pranto lhe apertou a garganta, mas, no escuro, Alisa conseguiu sorrir.

O que faziam ali aqueles dois? Escondido na reentrância de um lado do pórtico, Ruggino observou sua noiva: a moça tinha o rosto ruborizado e a trança, semidesfeita, espalhava-se sobre a frente da veste. Atrás dela, o miniaturista avançava cauteloso, olhando ao redor: as meias soladas pendiam enroladas ao longo das panturrilhas e o passo era hesitante. Mas onde diabos estava aquela mulher, aquela Delfina? Seria possível que a jovem tivesse começado a perambular pelo castelo, sem ser acompanhada pela doméstica ou pelo preceptor? E que estranho acaso a fizera encontrar aquele francês justamente ali, tão longe do quartinho onde ele devia estar confinado?

Observou-os de novo, até desaparecerem além da porta de acesso aos adarves. Depois, inquieto, dirigiu-se à saída do pórtico.

Cátula dormia no colo de Juditha. A mulher a acariciava devagarinho, com cuidado para não acordá-la.

— Por que você não me deixou eliminar esta cachorra? É perigoso mantê-la aqui: alguém pode tê-la seguido.

A voz de Gualdo estava firme agora. Ninguém que o visse pela primeira vez poderia imaginar que, somente duas semanas antes, ele estivera à beira da morte.

— Ninguém a seguiu — respondeu Juditha, calma. — Eu não mato animais — continuou —, a não ser aqueles que me servem de alimento, e você tampouco fará isso, enquanto estiver aqui comigo.

Estavam no meio da gruta, num ponto equidistante das duas saídas, o único onde se podia acender um fogo de galhos secos: ali, a fumaça subia até a abóbada da caverna e se desfazia contra a rocha, sem revelar-se lá fora. Era difícil manter viva a chama sobre aquele terreno úmido, mas de vez em quando Juditha acrescentava à lenha um ramo embebido em resina. Tinha recolhido a substância no bosque, fazendo-a escoar das fissuras dos troncos, e a cada dia espalhava um pouco sobre os pequenos ramos descascados: algum tempo antes, quando percebera que as únicas duas velas à sua disposição estavam reduzidas a cotos, decidira confeccionar umas tochas que as substituíssem.

Sentado diante dela do outro lado da fogueira, Gualdo se perguntou mais uma vez quem seria aquela mulher e por que ela lhe salvara a vida. Com a mão direita, tocou o ombro esquerdo e, num gesto agora habitual, deslizou os dedos ao longo do antebraço, pressionando de leve os músculos. Já não estavam insensíveis; pelo contrário, doíam, e, embora seus movimentos não fossem totalmente desenvoltos, ele conseguia mover o braço.

— Chegou a hora — disse Juditha. — Sabe disso, não?

Gualdo anuiu.

— Conheço seu nome — continuou a mulher, com um sorriso enigmático —, mas não sei mais nada sobre você. Quer me contar sua história, antes de ir?

Gualdo a observou: as mãos dela descreviam espirais no pelo da cadela, e ele teve a impressão de sentir o calor daqueles dedos sobre a própria pele. Ergueu os olhos e começou a falar.

Agachado entre os arbustos, Benedetto observava aquele estranho paredão recoberto por um enorme arbusto de sabugueiro. Embora suas roupas estivessem úmidas a ponto de gelá-lo até os ossos, estava curioso demais para retornar logo à granja e se trocar. O aguaceiro o surpreendera à margem do bosque, aonde ele tinha ido procurar uns pés de confrei para sua mãe: um dos trabalhadores havia quebrado um pulso, ao cair de mau jeito num fosso, e Savina sabia que aquela planta medicinal curava as fraturas.

Pouco antes, enquanto colocava no cesto já cheio as últimas plantas recolhidas, com o rabo do olho vira alguma coisa passar correndo entre as moitas. Pensou numa raposa, mas a cor era muito clara: olhou melhor e ficou embasbacado. Quem disparava rumo à espessura das árvores era a cachorrinha da castelã. Que diabo estaria fazendo no bosque? Ignorando a chuva que começava a se intensificar, ele a seguiu: os flocos de pelo branco que pendiam dos ramos mais baixos o guiaram até ali, e agora, diante do paredão, Benedetto se perguntou onde ela fora parar.

Não havia rastro do animal, mas, observando mais atentamente, ele percebeu que também entre as bagas do sabugueiro se entrevia alguma coisa branca. Aproximou-se: não havia dúvida, era um tufo de pelos. Cauteloso, meteu uma das mãos na folhagem: seus dedos encontraram o vazio. Colocou o cesto no chão e, fazendo força com os braços, tentou desenredar os ramos: conseguiu o suficiente para enfiar a cabeça. Debruçou-se para o interior e olhou: só havia escuridão.

Retraiu-se e, por um longo momento, ficou imóvel, pensando. Ninguém jamais lhe havia dito que ali existia uma caverna. Talvez nem mesmo seu pai o soubesse, pois aquele sabugueiro escondia totalmente a embocadura. Talvez fosse a toca de um animal feroz: mas então, por que a cadelinha havia entrado? Se houvesse um bicho ali dentro, ela não seria tão estúpida a ponto de não sentir o cheiro dele!

Gostaria de descobrir o que aquele antro sombrio escondia, mas teve medo: e se lhe acontecesse alguma coisa ruim? Se se perdesse? Não, não podia entrar. O problema era que não podia sequer contar sobre aquela gruta a Marchisio, porque este, se soubesse que ele tinha ido tão longe sozinho, certamente iria castigá-lo.

Hesitou, incerto. Depois, dando de ombros, apanhou o cesto e retornou.

A chuva havia parado. Benedetto ultrapassou a lagoa, chegou à clareira e começou a correr.

39

Castelo de San Martino

Mantendo a caneca de estanho suspensa sobre o braseiro, Matthew acabou de mexer o emplastro. A cera havia englobado o óleo de rosas e a gema de ovo, e agora o líquido tinha uma consistência de leite coalhado. Derramou-o num prato de madeira e esperou que esfriasse.

Guidotto, deitado na enxerga e coberto até o queixo por uma espessa manta de lã, sentia calafrios: os pés nus despontavam do fundo do colchão.

— O senhor verá — disse o mestre —, até amanhã a febre terá passado e, dentro de alguns dias, poderá voltar a caminhar.

O negociante lançou uma olhadela desconsolada para as muletas apoiadas no pavimento e assentiu. Fora uma sorte que o preceptor tivesse encontrado aqueles dois grossos ramos em forquilha no depósito de lenha: sem aqueles suportes, não conseguiria sequer se levantar para urinar. Seus pés eram uma chaga só, e a pele das bolhas despencava esfarrapada.

Matthew tirou do bolso a pena de ganso obtida com o mordomo, embebeu-a com a pasta e depois, muito delicadamente, começou a espalhá-la sobre as bolhas.

Guidotto apertou os dentes: a dor ainda era forte, mas menor do que nas primeiras vezes. Passara-se uma semana desde quando o mestre havia começado a tratá-lo, e parecia que o unguento fazia efeito: aos poucos, a carne viva ia sendo recoberta por uma camada de pele nova, fina como um véu, mas suficiente para não o fazer gritar de dor a cada vez que seus pés eram cobertos pelas ataduras. Por sorte, estava no castelo aquele mestre que, além de saber gramática, conhecia o uso das ervas. O próprio Matthew se oferecera para medicá-lo e, junto com o emplastro de óleo de rosas, havia prescrito também uma poção cotidiana para baixar a febre.

— Pronto — disse Matthew, pousando o prato e a pena de ganso. — Agora, vamos enfaixar.

Pegou em cima da mesa as ataduras limpas de linho, desenrolou-as e enrolou-as com perícia sobre os pés do negociante, indo até as panturrilhas, onde as prendeu com um nó.

— Agora, procure dormir um pouco — concluiu, encaminhando-se para a porta. — Mais tarde, um servo lhe trará algo para comer.

Guidotto observou Matthew sair, fechou os olhos e começou a pensar. Àquela altura, estava certo de que havia sido Gualdo a lhe roubar o manuscrito para entregá-lo a Ezzelino, e temia que, tendo-o recuperado, o vicário imperial não hesitasse em mandar um dos seus mesnadeiros procurá-lo: seria capturado e morto.

Percebeu que não conseguia respirar. Jogou longe a coberta e, apoiando-se nos cotovelos, soergueu-se: as plantas dos pés deram fisgadas ardentes. Deixou caírem as pernas ao lado da cama e, inclinando-se para diante, tateou embaixo do estrado em busca do penico.

O mensageiro se deteve, incerto. Que diabo era aquele acampamento diante do castelo? Quando lhe confiara o despacho, Ezzelino não havia mencionado um assédio...

Um homem, que pelo aspecto dos trajes militares podia facilmente ser identificado como um capitão, destacou-se de um grupo de soldados e avançou em direção a ele.

— Quem é você? — perguntou. — Se quiser entrar, tem de me mostrar seu passe.

Sem descer do cavalo, o mensageiro puxou do bolso do saio uma folha amarfanhada e mostrou-a.

O capitão examinou o salvo-conduto, espantado.

— Vem da parte do vicário imperial, Ezzelino de Romano? — perguntou.

— Sim, e estou encarregado de entregar uma mensagem ao lugar-tenente dele, Gualdo de Margnano, hospedado neste castelo.

O capitão refletiu às pressas: evidentemente, o portador não sabia da fuga de Gualdo, e ele, no momento, não via razão para contar.

— O castelo está sob vigilância e quem entra não pode sair, até nova ordem. Deixe seu despacho comigo, eu mesmo cuido de entregá-lo ao destinatário.

O tom não admitia réplicas. Titubeante, o cavaleiro procurou na sacola e tirou um pergaminho enrolado. O capitão o pegou.

— Agora, pode ir — disse. Sem sequer lhe dirigir um olhar, encaminhou-se para a ponte levadiça.

O homem virou o cavalo e retomou a estrada para Lodi. Só então, passando ao lado das tendas, percebeu o estandarte desfraldado no meio do campo: trazia as insígnias da comuna de Milão.

Alarmado, esporeou o cavalo. Devia retornar imediatamente à Marca: a presença de soldados em torno do castelo não prometia nada de bom. Se uma nova escaramuça com os milaneses estivesse para explodir, Ezzelino devia ser informado o mais depressa possível.

Partiu a galope.

"... e assim, quanto ao encargo que lhe conferi, leve-o a termo segundo as ordens recebidas: seja qual for o método que resolver usar, terá minha aprovação.

Ezzelino de Romano, vicário do imperador Frederico II, escreveu."

Pietro de Vimercate acabou de percorrer o pergaminho e o devolveu ao capitão.

— Sabe ler?

Fazio anuiu.

— Então, leia.

O capitão obedeceu e depois, confuso, ergueu o olhar para o inquisidor.

— Não compreendo. De que tipo de encargo Ezzelino fala nesta carta? Do reconhecimento ou de outra coisa?

O frade o fitou: seus olhos brilhavam de raiva reprimida.

— Aquele homem é uma raposa! — exclamou. — Aqui não há sequer uma palavra que aluda ao motivo da missão confiada ao seu lugar-tenente. Evidentemente, o temor de que o mensageiro caísse vítima de uma emboscada e de que o despacho fosse lido por outras pessoas induziu Ezzelino a se expressar de maneira tão genérica a ponto de confundir as ideias de quem não for o legítimo destinatário. A única coisa clara é que esta é a resposta a um pedido de instruções: senão, por que ele teria dito a Gualdo para "usar qualquer método"? Talvez o lugar-tenente nutrisse alguma incerteza sobre como proceder e...

— Mas proceder em relação a quê? — explodiu o capitão. — Que diabo Ezzelino o mandou fazer neste lugar, meu Deus?!

O inquisidor o olhou, absorto.

— Não sei, Fazio. Mas duas coisas são certas: se seu senhor lhe enviou uma mensagem até aqui, Gualdo não retornou à Marca e Ezzelino não está sabendo da sua fuga. Tudo leva a pensar que de fato foi ele quem roubou o manuscrito: sua chegada, quase simultânea à do negociante, a inspeção no castelo, seu desaparecimento inexplicável... Talvez alguma coisa o tenha induzido a ir embora antes de receber resposta de Ezzelino, ainda que, francamente, essa decisão autônoma me pareça uma grande temeridade da parte dele: todos sabemos o quanto o vicário imperial pode se mostrar feroz com os que ousam desobedecer às suas ordens.

O frade se calou, baixou as pálpebras e cruzou os braços sobre o peito, meditabundo. Após alguns instantes de reflexão, abriu os olhos de repente.

— Escolha um dos seus homens mais confiáveis — ordenou. — Amanhã, ele receberá das minhas mãos uma carta endereçada a Ventura de Niguarda: deverá entregá-la no tempo mais breve possível.

Sem ousar perguntar qual era o objeto da mensagem a enviar para o vicário do arcebispo, Fazio anuiu de novo e se retirou.

Frei Pietro esperou que a porta se fechasse atrás dele e depois saiu do aposento, dirigindo-se ao cubículo onde estava encerrado o miniaturista.

— Como você pode ser tão estúpido de achar que eu vou engolir essas patranhas?

A voz do inquisidor atroou no quartinho. Crispado de raiva, o frade fitou Simon: o jovem, encostado à parede, sustentou o olhar dele.

— Não são patranhas, é a verdade! — mentiu. — Por que o senhor não acredita em mim?

— Porque essa história toda não faz sentido, eis o porquê! Você sustenta que veio à Itália com um passe válido somente até Cremona. Ora, não me faça rir! O território da Lombardia também compreende Veneza, para onde você se dirigia: quem foi o idiota que lhe forneceu somente a metade do salvo-conduto necessário? E também, como se não bastasse, encontrou em Cremona um homem de Ezzelino, tão magnânimo que lhe permitiu beneficiar-se de sua autoridade de legado! Esse homem aparece aqui para executar uma suposta vistoria e o traz consigo, como se a amizade que os liga fosse de longa data. Mas não é só isso: que coincidência, vocês chegam a San Martino justamente durante a estada do negociante, que, por um fortuito acidente, tem consigo o manuscrito de Frederico. Não lhe parece curiosa, essa concomitância de eventos? Quem você acha que pode...

— Eu não sabia nada do manuscrito, como posso lhe dizer? — interrompeu Simon, com veemência. — Até prova em contrário, foi o senhor quem nos informou a todos sobre isso, antes de torturar aquele pobre negociante!

— E agora — continuou o inquisidor, ignorando-o —, como por feitiço, perdem-se os rastros daquele homem, aquele Gualdo, e ao mesmo tempo o manuscrito também desaparece... Tenho certeza de que você está metido nesta história até o pescoço, Simon, embora eu não compreenda qual é o seu papel. Seja como for, saiba que hoje mesmo enviarei um despacho a Milão, no qual explicarei tudo, inclusive a sua... — o frade crispou os lábios, buscando a expressão mais apropriada — inesperada visita ao castelo. Fique sabendo que, depois de serem informadas, as autoridades civis e religiosas vão querer saber mais a seu respeito: será muito difícil que você consiga retornar à França sem arriscar a vida, Simon de Aix.

E mais não disse: depois de lançar ao miniaturista uma última olhadela, frei Pietro saiu do cubículo.

Já sem forças, Simon se deixou deslizar até o chão e permaneceu imóvel, fitando a porta. Depois, com um sorriso inconsciente, surpreendeu-se ao constatar com quanta facilidade havia mentido ao inquisidor.

Se aquele homem, armado apenas de suspeitas, tinha ido até ali com a intenção de apavorá-lo, não tinha conseguido; não agora, que sua nova razão de viver era Alisa. Negaria sempre, a quem quer que fosse, e, apesar das ameaças expressadas pelo frade, conseguiria voltar à França. E não iria sozinho.

Granja de San Martino

Benedetto remexeu-se pela enésima vez no colchão e a palha estalou. Reteve o fôlego: a respiração de Savina e Marchisio era profunda e regular, sinal de que não o tinham escutado. Da cesta onde Germano dormia, pousada sobre o pavimento, provinha o odor adocicado de fezes: o bebê devia ter se sujado de novo.

Virou-se para a parede e, com os olhos arregalados no escuro, começou a pensar em como poderia voltar à caverna sem dizer a ninguém: não seria fácil porque seus dias eram cheios de tarefas a cumprir, e seu pai não tolerava que se perdesse tempo precioso. Talvez, porém, houvesse um modo. No dia seguinte, os trabalhadores deveriam começar a cortar o capim para reuni-lo em feixes: se pedisse a Marchisio que o deixasse ajudá-los, conseguiria fugir ao controle dele. Os campos a ceifar se estendiam quase até o bosque e, se ele se afastasse aos poucos dos outros do grupo, ninguém perceberia sua ausência: bastava-lhe meia hora para chegar à caverna e entrar. Depois retornaria e, se lhe perguntassem alguma coisa, poderia responder que fora se refrescar na lagoa. Sim, faria isso, desde que aqueles malditos soldados que mantinham o castelo sob assédio tivessem dado ao seu pai a permissão para prosseguir com os trabalhos nos campos... Não sabia o resultado da conversa dele com o capitão, dois dias antes; mas como, ao retornar do acampamento, Marchisio não fizera cenas furibundas, Benedetto supunha que o pai havia obtido a autorização necessária.

Sim, faria isso. Satisfeito com a decisão tomada, fechou os olhos e tentou dormir: se quisesse que seu plano funcionasse, no dia seguinte deveria estar bem desperto.

40

Castelo de San Martino

— E quem você quer que eu mande procurar a cadela, se estamos todos trancados aqui dentro, pelo amor de Deus? Se era tão afeiçoada àquele bicho inútil, devia prestar mais atenção, você e aquela idiota da sua ama!

Os olhos de Bonizzo se projetavam das órbitas. Tinha mais em que pensar, em vez das obsessões de Alisa! Convencido de ter dedicado tempo demais à sobrinha, sentou-se e recomeçou a remexer em seus registros.

A moça esperou um instante e depois falou de novo.

— Eu pensava — disse com voz firme, dando um passo em direção a ele — que o senhor poderia encarregar o filho do rendeiro: ele e o pai são as únicas pessoas a quem foi permitido entrar e sair daqui, e talvez, enquanto ajuda Marchisio nos trabalhos no campo, Benedetto pudesse dar uma olhada por aí, entre as plantações, no bosque...

O castelão a encarou, embasbacado. Mas como aquela garota se permitia insistir naquela história? E, também, o que eram aquela expressão obstinada, aquele ar de desafio? Era só o que lhe faltava agora, ter nos calcanhares uma rebeldezinha bobalhona!

— Ora, faça o que achar melhor e arranje-se! — exclamou, impaciente. — Com tudo o que está acontecendo aqui, não sou eu que vou me preocupar com um cão!

Alisa não respondeu. Em silêncio, transpôs a soleira da sala e se dirigiu aos alojamentos militares.

Chovia forte, e o pátio estava um pântano. Levantando esguichos de lama do terreno, o chefe dos soldados o atravessou e se aproximou de um dos estribeiros.

— Vá buscar o filho do feitor lá na granja — ordenou —, a patroa quer falar com ele.

Seu tom denotava urgência. Surpreso por aquela ordem insólita, o rapaz o encarou boquiaberto.

— Pretende deixar as moscas entrarem nessa bocarra? — perguntou Clemente, ameaçador.

O jovem se sobressaltou, virou-se e correu ao estábulo para selar o cavalo. Clemente esperou vê-lo partir e dirigiu-se ao depósito de armas. Antes de entrar, ergueu os olhos para o céu. "É um ano bem estranho", pensou: "primeiro não chove durante meses; depois, de uma hora para outra, começa a cair água aos baldes, e nesta estação..."

Balançou a cabeça e desapareceu no interior do arsenal.

As roupas de Benedetto estavam encharcadas. Da orla da túnica curta, grossas gotas escorriam ao longo dos calções e acabavam na cavidade de madeira dos tamancos.

O cheiro de lã molhada impregnava o aposento.

— Nossa Senhora, você vai ficar doente, menino! — exclamou Delfina. — Enxugue pelo menos os cabelos — acrescentou, estendendo a ele um pano de linho —, ou amanhã vai estar com febre!

Benedetto enrubesceu. A vergonha de se mostrar naquele estado anulava qualquer outro pensamento: fazia tempo que esperava ser apresentado oficialmente à castelã, mas nunca imaginaria que seu primeiro encontro com ela se daria em condições tão deploráveis. Encabulado, esfregou às pressas a cabeça e restituiu o pano a Delfina.

Alisa, que estava de pé do outro lado do aposento, aproximou-se dele.

— Preciso de um serviço seu — disse. — Minha cadelinha fugiu do castelo e talvez tenha se perdido na campina: temo que seja atacada por um lobo ou que um daqueles malditos soldados a capture e a maltrate. Você conhece bem todos os recantos do bosque e poderia procurá-la. Fará isso por mim, Benedetto?

O garoto a fitou, desconcertado: então, era só essa a razão pela qual ela o tinha convocado ao castelo? Para achar sua cachorrinha? Mas, Deus do céu, ele sabia onde o animal tinha ido parar!

— Eu...

Mordeu a língua. Não, não contaria, não assim de imediato: se deixasse passar alguns dias antes de revelar onde Cátula se escondia, o mérito que obteria disso seria maior. Além do mais, agora que havia recebido aquele encargo, não precisaria inventar pretextos estranhos para retornar à gruta: seu pai aceitaria de bom grado as ordens da castelã, e ele finalmente satisfaria a própria curiosidade.

— Farei como a senhora manda, patroa — respondeu, resoluto. — Vou procurá-la por toda parte e, se achar, trago-a sã e salva.

Alisa lhe sorriu. Adiantou-se um passo, segurou o rosto dele entre as mãos e o beijou na testa.

Benedetto cambaleou. Mesmo sabendo haver recebido somente o beijo que se reserva a uma criança, aquele gesto o transtornou. Baixou os olhos e ficou em silêncio.

— Agora, pode ir — liberou-o Alisa —, os guardas receberam ordem para deixar você entrar no castelo a qualquer momento. Espero suas notícias.

Benedetto se voltou e saiu do aposento. Atravessou correndo o pátio e foi retomar sua mula.

A chuva continuava.

Granja de San Martino

— Com que então, você deve procurar a cadela. Coisa de loucos! Com toda essa confusão por aí, e ela agora o manda ir em busca de um cão!

Benedetto sustentou o olhar zombeteiro de seu pai.

— Ela disse que... ninguém poderia fazer isso melhor do que eu — respondeu altivo, empinando o nariz —, e, antes que eu saísse, até me apertou a mão para agradecer.

Era mentira, mas aquele beijo inesperado ainda lhe queimava a testa: embora só tivesse 13 anos, ele preferia que os outros pensassem que a castelã o tratara com a mesma reserva que dedicaria a um adulto.

Marchisio o encarou, duvidoso.

— Está bem — suspirou —, amanhã você começa a bater o bosque: mas preste atenção, fique longe do acampamento. E também esperemos que a chuva pare: ainda temos um monte de trabalho a fazer!

Com um ruidoso sorvo dos lábios, o rendeiro acabou de tomar a sopa. Depois deixou a tigela sobre a mesa, levantou-se, lançou o manto sobre os ombros e saiu para o terreiro. Germano dormia, ainda agarrado ao seio de Savina: a mulher o afastou delicadamente, envolveu-o no xale e o deitou no berço.

Benedetto abocanhou o pedaço de pão preto que até então havia só mordiscado: de repente, sentia uma fome enorme.

41

Castelo de San Martino

— Eu disse que quero sair, não entendeu?

A voz de Bernarda ecoou estrídula pelo quarto. Por um longo momento, Giacoma a fitou, refletindo: sim, talvez dois passos até a capela, depois daqueles três dias de reclusão... A chuva tinha parado finalmente, e algumas lufadas de ar fresco fariam bem às duas. Meditou se pediria permissão a Bonizzo para aquela saída fora do programa, mas decidiu que não seria necessário: nos últimos tempos o castelão se tornara intratável até com a própria mãe, e Giacoma estava certa de que ele não lhe daria ouvidos, independentemente do que ela dissesse em relação a Bernarda.

— Está bem, patroa — respondeu —, mas troque de roupa: a senhora não pode se apresentar em público com a veste de uma semana! Está cheia de manchas e tem a orla rasgada...

"E fede!", gostaria de acrescentar, mas se conteve. Aquela velha não se banhava nunca e, ainda que de vez em quando a aia conseguisse obrigá-la a lavar o rosto e as mãos, aquelas abluções apressadas resolviam bem pouco. Era um odor rançoso aquele que emanava do seu corpo, um bafo de carne deteriorada e de cabelos untuosos que nem mesmo as gotas de água de rosas com que ela se aspergia diariamente conseguiam disfarçar.

Escolheu uma gamurra limpa na trave onde se penduravam as roupas e a ajudou a vesti-la. Depois, pegou no armário os chinelos bordados com fios de prata e calçou-os nela. Enquanto Giacoma se inclinava sobre aqueles pés magros, observando as veias azuladas cada vez mais infladas sob a pele, as mãos de Bernarda agarraram sua touca.

— Onde foi parar meu pai? — resmungou a velha, puxando a cabeça da outra para cima.

Giacoma recuou de repente e se levantou.

— Seu pai morreu há anos — irritou-se, atando de novo sob o queixo os laços da touca.

— Mas se eu o vi dias atrás! O que você está dizendo, sua serva estúpida, por acaso enlouqueceu?

A aia não respondeu. A doença estava piorando, disso tinha certeza: se Bernarda recomeçava com aquela história, como já fizera por longos períodos, era sinal de que sua consciência começava a se obscurecer de novo. Era inútil explicar-lhe que Bonizzo era seu filho e não seu pai: para ela, não fazia diferença. Sim, talvez aquele passeio pelo pátio lhe desanuviasse a mente.

Estavam prestes a sair do quarto quando Bernarda se soltou do braço da doméstica e retornou: com gestos nervosos, trancou a arca e meteu a chave no bolso. Depois, satisfeita, fitou Giacoma.

— Vamos, então — disse, alegre —, o que estamos esperando?

Matthew saiu da capela. Embora não chovesse mais, o ar estava pesado. Olhou o céu: aqui e ali, surgiam uns rasgos de azul, mas as nuvens ainda eram compactas. Enquanto o vento não se levantasse, pensou, o lodo que recobria o pátio não iria secar.

Ergueu os olhos para o alto das muralhas. Aquele castelo, que meses antes lhe parecera um lugar tranquilo onde pudesse ficar um pouco, para dar paz à sua vida atribulada, tinha se transformado numa prisão.

A bota afundou no barro. Com dificuldade, ele retirou o pé daquela massa viscosa: o calçado gotejava lama e estava sujo em todo o comprimento, até a borda. Irritado, Matthew percorreu a fachada do oratório até a esquina e ali, protegido pela reentrância que separava a construção da residência do castelão, virou-se e apoiou a perna contra uma protuberância da parede, remexendo no bolso à procura do lenço: se não limpasse logo o calçado, a lama se encrostaria e provocaria rachaduras no couro, arruinando irremediavelmente o único par de botas que ele possuía.

Já tinha começado a esfregar quando, atrás de si, ouviu a voz de Bernarda.

— O senhor também aqui, mestre? — gorjeou ela, dengosa.

Matthew baixou a perna de repente e repôs o lenço no bolso. Era a primeira vez que aquela mulher lhe dirigia a palavra: os dois haviam se encontrado com frequência nos aposentos do castelo, mas ela nunca o tinha interpelado.

— Sim, eu... — respondeu, cauteloso — estive rezando na capela e...

— Ah, a capela! Sabia que foi um dos meus antepassados quem a construiu? Imagine — continuou ela, empolgada — que já existia quando eu nasci! É magnífica, não acha? Com todos aqueles túmulos sob o pavimento e o altar de pedra... Mas diga, já viu o cemitério?

— Não, eu...

— Ah, mas então venha, quero mostrá-lo! Venha, mestre, venha comigo.

Matthew olhou para a doméstica, que, atrás da patroa, balançava a cabeça, desconsolada. Certa de ser obedecida, Bernarda transpôs a soleira da igreja.

— Por caridade, dê-lhe ouvidos — sussurrou Giacoma —, ou ela vai fazer um escarcéu!

Entraram. A velha já estava abrindo a portinha que, da abside, dava acesso à área do cemitério. Seguiram-na.

Indiferente à lama que lhe encharcava os chinelos e a orla da gamurra, Bernarda avançou até a sepultura do seu filho Jacopo e se apoiou à cruz. As flores colocadas por Alisa estavam murchas e formavam uma mancha violácea sobre o terreno.

A mulher observou-as distraidamente.

— Veja — suspirou —, não é maravilhoso isto aqui? O perfume da grama, a brisa do rio, as pedras antigas... Sabe? — disse, deslocando-se e sentando-se sobre uma grande pedra de cantaria rolada aos pés do muro circundante. — Quando eu era jovem e este campo ainda não tinha sido consagrado, meu marido me trazia sempre aqui atrás da capela. Vínhamos à noite, à luz de velas, e havia sempre uma mulher conosco, não recordo quem era, mas sei que ria forte e meu marido a mandava parar, mas ela continuava a rir, a rir...

De repente a boca de Bernarda se escancarou e a mandíbula despencou, inerte: seu olhar se enevoou e o busto oscilou para a frente. Giacoma, que estava ao seu lado, estendeu o braço para segurá-la.

Por um longuíssimo instante, as pálpebras da velha se abaixaram. Preocupado, o mestre deu um passo em direção a ela. Giacoma o olhou, balançando de novo a cabeça. Bernarda reabriu os olhos. Estavam límpidos, agora.

— E o senhor? — perguntou, endireitando-se. — Por que está aqui? É verdade que é inglês? O que está fazendo tão longe de sua terra?

A voz se tornara vibrante.

Matthew hesitou. O que Alisa lhe contara sobre a doença de Bernarda não era nem um pouco tranquilizador, mas, considerando o amargurado conselho que a doméstica lhe cochichara havia pouco, sem dúvida seria melhor não contrariar a velha castelã.

— Eu sou um mestre de gramática — explicou —, e viajei por muito tempo, detendo-me de vez em quando onde precisavam de mim: há anos vivo na Lombardia, e seu filho Bonizzo é só o último dos aristocratas que solicitaram meus serviços de preceptor.

Embora ele já estivesse habituado a calar sobre seu passado de monge beneditino, a cada nova ocasião de reticência suas vísceras se rebelavam: um espasmo lhe fez roncar o ventre.

— Então, entende de latim e de grego — respondeu a velha, meditativa. Sorriu. — Oh, mestre, o senhor nunca imaginaria... — continuou, em tom cúmplice. — Quando eu era pouco mais que uma menina, meu pai quis que eu aprendesse o latim: dizia que, se meu destino viesse a ser o de me tornar abadessa de um mosteiro, eu deveria conhecer essa língua à perfeição. Ele mesmo me ensinou e, embora hoje eu não me lembre de muita coisa, ainda sou capaz de reconhecer as palavras latinas quando as vejo escritas.

Enquanto falava, Bernarda o fitava intensamente. Seus olhos eram penetrantes e o esquadrinhavam, como à espera de alguma coisa.

Embaraçado, Matthew desviou a mirada, tentando ver se lhe ocorria um comentário adequado, mas não o encontrou.

— Sabia que eu ainda conservo os livros que meu pai ganhou de um mestre da corte do velho imperador? — continuou a castelã. — Estão na minha arca, e um dia destes eu poderia lhe mostrar todos. Tenho certeza de que o senhor seria a pessoa mais adequada para apreciar o conteúdo deles...

Giacoma a encarou, boquiaberta: o que eram aquela voz aflautada, que ela nunca ouvira, e aquela fala esmerada, totalmente incomum? De que diabos a patroa estava falando agora, e por quê?

Igualmente desconcertado, Matthew observou a velha com atenção: antigamente, aquela mulher devia ter sido muito bonita, pensou. Agora a pele de sua face tinha a consistência de um pergaminho surrado e as rugas escavavam longos sulcos ao redor da boca, mas no fundo daqueles olhos escuros ainda se adivinhava o vislumbre da razão. Em que momento da vida ela a perdera? E, também, aquilo era verdadeiramente loucura, ou o que ofuscava seu intelecto era somente um véu que ainda poderia se rasgar?

Tomou uma decisão.

— Se a senhora quiser, eu irei — respondeu.

Os olhos de Bernarda se iluminaram com uma felicidade infantil.

— Então, fico à sua espera — disse, excitada. — Quando chegar o momento, mandarei Giacoma chamá-lo.

Não acrescentou nada. Levantou-se e, apoiando-se no braço da doméstica, retornou à entrada posterior da capela.

Imóvel no meio do cemitério, Matthew deixou correr o olhar sobre o muro circundante: que horrores aquelas pedras tinham visto, muitos anos antes? Por que ele tinha a sensação de que aquele era um lugar amaldiçoado?

Um calafrio o percorreu. Os dedos dos seus pés se contraíram e as botas estalaram. Ele se inclinou para olhá-las: a lama espessada recobria todo o couro. Às pressas, dirigiu-se para a abside, atravessou a capela e se encaminhou para a torre.

— A tina?!

Giacoma não acreditava nos próprios ouvidos. Sentada, Bernarda espalhava lentamente suas joias sobre a mesa, escolhendo algumas e descartando outras.

— Sim, por quê? — disse, tocando com delicadeza as pedras de um colar de corais. — Faz tempo que não tomo um banho... Mande as ajudantes trazerem um caldeirão de água quente, e logo.

A mulher a encarava, estupefata. Um banho? O que havia acontecido com a patroa naquelas últimas horas, a ponto de fazê-la querer lavar o corpo todo? Tinha finalmente percebido que fedia? E agora, o que fazia ali toda deslumbrada, a manejar aqueles fios de pérolas como uma adolescente às voltas com seus primeiros adereços?

— Ah, e também — acrescentou a velha, virando a cabeça para ela — quero que todas as minhas vestes sejam lavadas, estendidas ao sol e alisadas sob os pesos.

Giacoma não se mexeu.

— E então?! — vociferou Bernarda, ameaçadora, levantando-se do banquinho. — Não me ouviu, ficou surda? O que está esperando para obedecer?

Embasbacada a ponto de não conseguir falar, a doméstica saiu do quarto e se dirigiu aos subterrâneos.

Bernarda foi até a cômoda e observou o próprio rosto refletido no grande espelho de prata que reinava sobre o tampo. Desenrolou da nuca as tranças e lentamente começou a desfazê-las: os cabelos, longos e grisalhos, caíram sobre as pregas da gamurra, ralos como um véu.

42

Milão
Palácio arquiepiscopal

O podestade mordia o nó do polegar. Com os cotovelos apoiados aos braços de uma cadeira que havia visto melhores tempos, fitava o pavimento.

Frei Ventura o olhava, impaciente.

— E então — prorrompeu afinal o vicário do arcebispo —, o que o senhor pensa disso?

Sopramonte de Lupi, que havia menos de meio ano regia o destino da comuna de Milão, era um homem prudente. Aquela história do manuscrito do imperador lhe caíra em cima sem aviso prévio, e ele de bom grado a dispensaria: além de todos os outros problemas relativos ao governo da cidade, até o fim do mês faltava convocar o conselho para verificar se fora totalmente sanada a oitava parte do débito da comuna, conforme o estipulado pelo decreto do ano precedente. Além disso, a movimentação das tropas imperiais contra Bolonha o preocupava: se quisessem, os soldados de Frederico só precisariam de alguns dias de marcha para alcançar os campos ao redor de Milão, e, embora no momento não existisse nenhum motivo para um novo assalto à cidade, o constante temor quanto às intenções belicosas do imperador permanecia alto. Portanto, ele preferiria não ter de se ocupar também daquele maldito tratado; mas, como a ordem de recuperá-lo provinha até do pontífice, sem dúvida não podia se esquivar.

Já cedera o suficiente, pondo à disposição do vicário do arcebispo aquele pelotão de soldados; agora, porém, não podia fazer mais nada.

— Creio que o papa Inocêncio — disse, levantando o olhar para o frade — havia ordenado deter o negociante e conduzi-lo a Lyon, se os pergaminhos não fossem recuperados.

Ventura assentiu.

— Pois bem, então obedeceremos ao seu desejo. Se é verdade que, como lhe escreveu Pietro de Vimercate, o manuscrito não se encontra lá, ordenarei ao capitão que prenda o negociante e o traga para cá. Em seguida, uma legação o transportará acorrentado até a França. E, com isso, teremos acabado de cumprir nosso dever.

O vicário o encarou, incerto.

— Sim, mas... E se de fato tiver sido aquele lugar-tenente de Ezzelino, aquele Gualdo, a surripiar os pergaminhos? Se mais tarde, de uma hora para outra, eles aparecerem num outro lugar? Como o senhor acha que o pontífice reagiria? Ele cairia em cima de nós, acusando-nos de inépcia, e talvez suas relações com Milão se deteriorassem...

— Oh, chega, Ventura! — exclamou o podestade, levantando-se num salto. — Não podemos nos comportar como se fôssemos os valetes do papa, e ainda por cima por uma coisa dessas! O senhor não vai querer que também despertemos Ezzelino, aquela fera, contra nós, vai? Se Inocêncio faz tanta questão de se apoderar de um manuscrito que lhe parece tão perigoso, ele que mande seus espiões procurá-lo! Quanto a nós, fizemos o nosso dever, e bem demais!

Ventura não replicou. Para o podestade era fácil liquidar daquele modo toda a coisa, já que não devia prestar contas em primeira pessoa ao arcebispo nem ao cardeal de Saint Cher... Estava claro que Sopramonte não moveria mais um só dedo e, como para confirmar essa convicção, o podestade acrescentou poucas e conclusivas palavras.

— Responda logo a frei Pietro e diga-lhe que suspenda toda ação de busca. De minha parte, enviarei um despacho ao capitão, ordenando-lhe que detenha o negociante e dissolva o cerco ao castelo no prazo de uma semana.

Despedindo-se com um aceno de cabeça, Sopramonte de Lupi saiu da saleta. O vicário abriu a gaveta da mesa, tirou uma folha de pergaminho e pôs-se a escrever.

43

Marca Trevigiana
Bassano

A execução do mensageiro estava prevista para o dia seguinte. Do fundo da cela onde havia sido encerrado pouco após sua chegada, o homem havia gritado por um dia inteiro. Agora, só se escutavam, provenientes dos subterrâneos do cárcere, gemidos despedaçados. O senhor havia decidido logo: depois de saber com quanta ingenuidade ele se comportara em Lodi, não tinha hesitado nem um instante em condená-lo à morte.

Enquanto, do alto do adarve, observava os preparativos de suas tropas de partida para Bolonha, Ezzelino procurava refletir com calma. Se era verdade o que aquele idiota havia dito, os homens que vigiavam a residência dos San Martino não passavam de uns sessenta, muito poucos para se pensar numa ação de guerra por parte dos milaneses. Não sabia desde quando eles estavam acampados ali, mas supunha que o início do assédio era posterior à remessa da segunda carta de Gualdo: de outro modo, por que este não o teria informado daquela novidade? Na missiva que lhe enviara, o lugar-tenente só falava do desaparecimento do tratado e pedia orientação sobre como proceder com o negociante, nada mais. Se tivesse tido a mínima percepção de um ataque externo, Gualdo seguramente teria decidido retornar: não o fizera, e portanto a chegada dos soldados devia ter sido totalmente inesperada. Agora que o incauto comportamento do mensageiro levara pessoas estranhas a descobrir a presença de um legado de Ezzelino no castelo, toda a missão confiada a este último estava em perigo. O senhor jamais poderia permitir isso, ou sua credibilidade aos olhos do imperador ficaria prejudicada.

Em longas passadas, desceu até a esplanada, onde os soldados estavam se reunindo em posição de marcha.

— Convoque uns cinquenta quadrilheiros, os homens que seguem minhas batalhas para deter os ataques-surpresa e recuperar o butim. Que eles levem suas armas, mas só as de lâmina curta: não quero nem espadas nem balestras, muito ruidosas para uma ação desse tipo. Os punhais são muito mais silenciosos, e não duvido de que os quadrilheiros sabem manejá-los como convém. O comando está em suas mãos: aconselho você a se mostrar firme e a manter uma disciplina férrea. Nunca esqueça que, embora estejam regularmente enquadrados no meu exército, esses homens foram escolhidos entre grupos de ladrões e mesnadeiros. Não os informe sobre sua destinação: somente quando avistarem o acampamento dos milaneses é que você lhes explicará o objetivo da ação que lhe ordenei. O castelo é circundado por uma vegetação densa, e não lhes será difícil manter-se escondidos à espera do melhor momento para o ataque: será desencadeado de surpresa, e não deverá restar nenhum sobrevivente. Uma vez desbaratados os milaneses, vocês entrarão no castelo e deterão o negociante e Gualdo de Margnano. Há também um francês, um miniaturista: prendam-no igualmente, e tragam todos para cá, acorrentados. Cuidado para não cometer erros, ou sua cabeça estará a prêmio. Fui claro?

Raneri, o mais jovem dos comandantes em chefe das tropas de Ezzelino, assentiu. Aquele encargo inesperado o enchia de orgulho: se o senhor de Bassano lhe confiava aquela expedição imprevista contra os milaneses, significava que a consideração deste por ele estava aumentando. Seu pai, um pequeno aristocrata de Campese, ficaria orgulhoso: os sacrifícios feitos para elevá-lo à dignidade de cavaleiro e fazê-lo ser admitido nos mais altos graus do exército de Ezzelino estavam dando seus frutos.

— Vocês partirão amanhã, ao alvorecer — continuou o senhor —, e reduzirão os descansos ao mínimo necessário para não esgotar os cavalos. Normalmente, a distância que nos separa de Lodi requereria duas semanas: exijo que cheguem lá no prazo de dez dias, ou até menos.

Sem acrescentar mais nada, Ezzelino se encaminhou para o palácio.

Reprimindo um tremor de excitação, Raneri se voltou e seguiu às pressas para os alojamentos militares.

Lodi

O podestade fitava, pensativo, a parede de tijolos à sua frente. Os cabelos lhe caíam untuosos em torno do rosto, luzidio de suor. De pé diante dele, o secretário aguardava ordens.

— Não é certamente uma bela situação! — exclamou o podestade, metendo o mindinho no ouvido e sacudindo-o vigorosamente. — Nem mesmo a convocação do conselho resolveu grande coisa: ninguém se dispõe a proceder com ações arriscadas. Quanto a mim, estou de acordo: me parece melhor aguardar os acontecimentos. Na verdade, pelo que referem nossos informantes, o pelotão dos milaneses está ali há quinze dias e não se moveu em nenhum momento. Se tivessem intenções hostis contra Lodi, teriam mandado um número mais consistente de soldados e as tropas já teriam chegado às nossas muralhas. Não, não somos nós o objetivo deles; é o castelo dos San Martino, embora eu não compreenda por quê. Será que Bonizzo deu refúgio a um gibelino fugido de Milão? Essa me parece a única explicação: não seria a primeira vez que os milaneses assediam e depois derrubam a residência de um partidário de Frederico. Sim, deve ter sido isso e, portanto, quanto menos entrarmos nessa história, melhor será. Ao menos por enquanto. Nós os vigiaremos, e do modo mais discreto possível. A campina que nos separa do castelo é um emaranhado de árvores, de canais, de paludes: não deve ser difícil montar turnos de guarda, com poucos homens de confiança que se escondam na vegetação e nos mantenham informados sobre o movimento dos assediantes, não é?

— Claro, não é difícil, senhor podestade. Se essas são as suas ordens, darei disposições a respeito.

— Bem, então vá, e faça isso logo.

O homem acenou com a cabeça e saiu.

O podestade sentou-se no banco. Resfolegou. Por que diabos havia aceitado exercer o cargo justamente naquele ano, quando os confrontos entre os Overgnaghi e os Sommariva estavam se tornando cada vez mais ásperos?

E agora, ainda vinha esse caso dos San Martino!, pensou, irritado.

Resfolegou de novo. Por sorte, faltavam apenas seis meses para o término do seu mandato ali em Lodi: já bastava, não exerceria outros, e de nenhum tipo. Sua atividade de jurisconsulto já era mais do que suficiente para lhe garantir dores de cabeça e preocupações...

O interior do ouvido recomeçou a coçar: ele meteu de novo o mindinho, agitou-o, retirou-o e observou a ponta. Uma crosta sanguinolenta ficara grudada à pele. Enojado, removeu-a do dedo e saiu da sala.

Bosque de San Martino

Jamais tinha visto uma raposa tão grande. Com os lábios retraídos sobre os dentes descobertos, o animal avançava para ele. A cauda, espessa e ereta, fustigava o mato e as orelhas vibravam.

Devia fugir. Tentou recuar, mas seus pés não queriam se mover. Aterrorizado, puxou o punhal e o brandiu diante de si. A raposa se imobilizou por um instante, e depois lhe pulou em cima. O peso do animal o derrubou: sua mão armada tateou um pelame quente, sem encontrar a garganta que ele queria rasgar.

Gritou.

Como se aquele grito tivesse bastado para matá-la, a raposa afrouxou a preensão e caiu de lado. Ofegante, ele ficou de gatinhas e observou-a melhor: ela era enorme, parecia um lobo. Cauteloso, e ainda mantendo o punhal bem firme na mão, virou o animal com um pontapé. O focinho estava agora bem visível, e os olhos ferozes que o fitavam eram os de Ezzelino. Sem fôlego, deu um salto para trás: a forma monstruosa que jazia no chão se levantou. Com horror, deu-se conta de que as patas do bicho haviam se reduzido a duas e eram revestidas por um par de botas. O pelo ruivo se transformara num suntuoso manto de petigris e as orelhas pontudas não eram senão dois cotos que brotavam dos ossos de um crânio luzidio e calvo. Da manga do manto despontava uma mão que empunhava a espada: estava voltada contra seu peito.

O berro que lhe saiu da boca foi só um estertor. Desesperado, virou-se e, sem olhar para trás, começou a correr para a entrada da caverna: havia quase chegado quando uma cutelada lhe lacerou a carne entre as costelas. Gritou de novo e sua voz se confundiu com a do seu senhor: era uma risada, e ecoava demoniacamente pela clareira...

— Acorde, Gualdo, acorde!

Abriu os olhos de repente. A mão direita de Juditha estava pousada sobre sua testa, e a esquerda lhe apertava o ombro.

— Foi um sonho — disse ela —, agora acalme-se. Beba — ordenou, estendendo-lhe a caneca.

Por um instante interminável, o homem a fitou, aturdido: depois, pegou a caneca e olhou a superfície do líquido.

Juditha sorriu.

— É só água, e o ajudará a voltar a si.

O homem esvaziou o recipiente e o restituiu.

— O que você viu no sonho? — perguntou a mulher, agachando-se ao lado dele.

Gualdo deu um longo suspiro.

— Havia uma raposa gigantesca — respondeu —, e ia me abocanhar: das fauces lhe escorria baba, e eu já sentia seu hálito fétido no meu rosto. Depois, de repente, caiu no chão. Quando me aproximei para verificar se estava morta, levantou-se, mas já não era uma raposa: era um homem, e desembainhava uma espada...

Os olhos de Juditha o esquadrinharam, penetrantes.

— Quem era esse homem?

— Ezzelino. — A voz lhe faltou. — Queria me matar — concluiu, rouco.

Apertou os lábios, e duas rugas profundas lhe franziram a pele da testa. A expressão era a de um homem derrotado.

Juditha lhe tomou as mãos. Suas íris refletiam a chama da tocha, amarelas como as de um lobo.

Gualdo sentiu um calafrio.

— Ele vai me condenar à morte. Quando souber que eu falhei na missão, mandará cortar minha cabeça.

Levantou-se num salto e o braço esquerdo bateu contra a parede de rocha, arrancando-lhe um gemido. Segurando o pulso com a mão sã, Gualdo se afastou para o fundo da caverna.

Juditha se voltou para observá-lo: mesmo naquele espaço restrito, era evidente o quanto aquele homem havia recuperado um caminhar vigoroso, e o fato de seus músculos estarem de novo sensíveis à dor significava que a doença fora embora.

Levantou-se por sua vez e o seguiu. A cadelinha, que até então permanecia enrodilhada sobre a velha pele de cordeiro estendida no solo, sacudiu-se, espreguiçou as pernas e trotou atrás dela.

Gualdo havia desaparecido atrás da curva do túnel, dirigindo-se à saída que dava para o rio. Quando o alcançou, Juditha o viu imóvel, espiando para além do salgueiro.

— O Adda está cheio — observou ele, sem se voltar —, a água já recobre os primeiros arbustos da margem: se subir até aqui, inundará a caverna.

A mulher se aproximou para olhar. O rio estava cinzento: vez por outra, da corrente afloravam ramos quebrados e tábuas apodrecidas que redemoinhavam à superfície por alguns instantes e depois afundavam, formando turbilhões escuros. Não chovia, mas o céu estava plúmbeo e parecia tão baixo a ponto de aflorar a margem oposta.

De repente, e sem razão, Juditha foi tomada por vertigens. Cambaleou e, para não cair, apoiou as mãos contra as pedras da embocadura: parecia-lhe que a caverna girava. Um pouco de terra se soltou da parede e caiu aos seus pés.

Ela baixou as pálpebras. Ignorando a mão de Gualdo, que tentava segurá-la, procurou compreender o motivo daquela angústia que sentia crescer dentro de si. Esperou que a visão se manifestasse, mas diante dos seus olhos semicerrados somente a escuridão se alargava. Reabriu-os: o rosto de Gualdo estava muito próximo ao seu.

— O que você tem? O que aconteceu? — perguntou ele, alarmado.

Juditha não respondeu. Com delicadeza, afastou-o de si e, atenta a não tropeçar naquele terreno desigual, retrocedeu.

Gualdo observou-a se afastar na penumbra. "Por que diabos tive de encontrar essa mulher?", perguntou-se pela enésima vez. "Cristo! Se ela tivesse me deixado morrer, estaria tudo acabado! Agora, porém, se eu tentar fugir, Ezzelino vai mandar alguém me perseguir até o fim do mundo, me achar e me matar..."

Sua cabeça latejava e um nervo vibrava na base do pescoço. Ele apoiou a mão sobre a nuca e massageou-a devagar. Não, decidiu, as coisas não ficariam assim. Aquele maldito tratado não podia ter se dissolvido no ar, devia estar em algum lugar, meu Deus! Voltaria ao castelo e o procuraria de novo.

Animado por uma nova firmeza, fechou a mão em punho e deixou-a cair ao longo do flanco; depois, em longas passadas, caminhou para a entrada da galeria. Absorto em seus pensamentos, não deu atenção a Cátula, que, agachada contra a parede de rocha, observava-o avançar. A cachorrinha esperou que o odor do homem se enfraquecesse na distância: depois se levantou e, farejando a terra úmida, enveredou pelo segundo braço do túnel.

44

— Onde foi parar a cachorra, aquela bastarda? Eu disse que seria melhor matá-la!

Gualdo tinha a respiração entrecortada: acabava de retornar da segunda busca pela galeria para procurar Cátula, que havia desaparecido. Sua procura não tivera êxito: ele conferiu até os arbustos que fechavam as duas entradas para ver se a cadela se metera entre os ramos para sair, mas o emaranhado de folhas não revelava indícios de nenhuma passagem.

Acomodada sobre a pele de cordeiro, Juditha ainda tentava se acalmar. Nunca lhe acontecera não poder evocar a visão, e isso a perturbava: sentia confusamente que algo muito grave pairava sobre eles, mas não conseguia compreender de que se tratava. Era como se a segunda vista que sempre a acompanhara a tivesse abandonado de repente.

— Talvez eu saiba aonde ela foi. Venha comigo — disse, levantando-se com dificuldade.

Pegou a tocha na protuberância da pedra e adentrou pelo túnel. Gualdo hesitou, aborrecido: onde diabos aquela mulher queria olhar ainda, se ele já procurara em todos os cantos, sem achar o mínimo rastro daquela cachorra danada? Seguiu-a de má vontade.

A chama da tocha, mantida alta pela mão de Juditha, iluminava o teto da galeria: os morcegos tinham desaparecido. Gualdo imaginava que a presença deles dois na caverna tinha perturbado esses bichos, induzindo-os a se deslocar, mas perguntou-se como poderiam ter saído dali, considerando que os dois acessos do túnel estavam fechados. Teriam recolhido as asas e deslizado entre os ramos, fugindo para o ar livre? Ou talvez. . Uma lembrança ainda confusa lhe atravessou a mente. Acelerou o passo atrás da mulher, alcançou-a e agarrou-a pelo ombro, detendo-a.

— Juditha — disse, nervoso —, será que não existe outra passagem? Será que...

Juditha o encarou: seus olhos sorriam à luz do lume.

— Psiiiu... — respondeu baixinho, levando o indicador aos lábios —, ninguém deve nos ouvir.

Gualdo se calou e continuou a segui-la. Pareceu-lhe que a galeria se curvava num ângulo que ele não havia percebido, mas não teve certeza, porque a luz era muito fraca. Juditha avançava segura, tateando com a mão livre a parede de terra à sua direita. Às vezes, a tocha iluminava pequenas sombras escuras no teto: os morcegos tinham se deslocado para ali e, estranhamente, permaneciam imóveis.

Em certo ponto, Juditha parou.

— Pronto — sussurrou —, veja por onde a cadela passou.

Diante deles se erguia uma densa barreira de juncos sabiamente entrelaçados: logo abaixo, sobre o pavimento, um montículo de terra removida precedia uma pequena cavidade que desaparecia no escuro, do outro lado da barreira. Do ramo mais baixo pendia um tufo de pelo branco.

Aturdido, Gualdo o viu e, de repente, recordou tudo: o rato, a fenda na rocha, o cheiro de lenha queimada, os braços de Menego que o levantavam enquanto ele desmaiava...

— Por todos os demônios! Aí está aonde os subterrâneos levavam! — exclamou, em voz muito alta.

Juditha se voltou de repente e lhe cobriu a boca com a mão.

— Eu disse para ficar calado! — sibilou, furibunda. — Que raça de soldado é você, se não sabe que o castelo está cheio de guardas?

Gualdo agarrou o pulso fino de Juditha e o baixou, com raiva. Estava irritado consigo mesmo, mais do que com ela: como pudera não imaginar que aquele túnel adjacente às celas podia ser uma passagem secreta para o exterior do castelo? Agora, relembrando tudo após algum tempo, concluiu que a doença lhe toldara a mente: se, depois daquela vistoria nos subterrâneos, suas condições não tivessem piorado tão depressa, seguramente ele teria voltado ali para explorar a galeria.

Com a ponta do pé, Juditha empurrou o montículo de terra para a cavidade. Quando lhe pareceu que esta estava preenchida, deu a tocha a Gualdo e, deslizando as mãos sob os ramos mais baixos, nivelou-a. Depois, segurou com força os talos de junco e testou-lhes a resistência: estavam bem firmes.

— Foi você quem fez esta barreira, não foi? — perguntou Gualdo. Sua voz, quase inaudível, estava cansada. — Há quanto tempo você sabe que existe este segundo trecho da galeria, e por que não me contou antes?

Juditha não respondeu. Retomou o archote das mãos do companheiro e, acenando para trás com a cabeça, caminhou de volta para o esconderijo deles. Resignado, Gualdo a seguiu mais uma vez.

Tinha feito muito bem ao levar a vela. Depois de desenredar os ramos do sabugueiro e de conseguir entrar, acendeu-a: demorou um pouco, porque a umidade impregnava a pederneira e o fuzil, mas no final o pavio pegou fogo.

Estava muito escuro lá dentro. Benedetto levantou a chama diante de si e olhou ao redor: a largura da caverna não passava de três braços e o teto parecia muito alto. Cauteloso, avançou dois passos, baixou a mão que segurava a vela e se deteve: duas sacolas e uma pele de cordeiro estavam encostadas à parede de rocha. Sem fôlego, de tanto medo, arregalou os olhos para ver melhor: pouco adiante, espalhados em meio à terra e aos seixos, havia uma caneca e três tigelas.

Eram objetos de uso corriqueiro, e sua presença naquele local tinha uma única explicação: a caverna era habitada. Mas quem vivia ali, por todos os demônios? E se aquilo fosse o refúgio de um bandido?

Começou a tremer. Onde estaria o homem? De tocaia, na escuridão, ou longe, roubando alguém? Fosse como fosse, se o descobrisse bisbilhotando por ali, seguramente o mataria...

Devia ir embora, e logo.

Recuou um passo rumo à entrada da caverna, mas depois parou.

E Alisa? O que diria, se ele voltasse de mãos abanando? A castelã demonstrara grande confiança ao lhe atribuir aquela tarefa e, ainda por cima, ele era o único a saber onde a cadela se escondera. Não, não podia decepcioná-la, e não podia sequer sujar os calções, de tanto medo! Afinal, já não era uma criança...

Fechou os olhos e, escandindo em silêncio uma prece à Virgem, tentou acalmar a ansiedade que lhe cortava a respiração. Depois, sempre segurando a vela, seguiu galeria adentro.

— Pare!

A voz de Juditha era um sussurro estrangulado: a palma aberta de sua mão caiu rudemente sobre o peito de Gualdo, que vinha atrás.

O homem inclinou a cabeça em sua direção.

— O que houve? — perguntou, aproximando os lábios do ouvido dela.

— Alguém está aí...

Gualdo prestou atenção, mas não ouviu nenhum rumor. Estava prestes a dar um passo quando seus olhos captaram um lampejo fugidio, proveniente do fundo do túnel. Imobilizou-se. O lampejo desapareceu por um instante, mas logo recomeçou.

Em silêncio, Juditha se inclinou, pousou a tocha no solo e pisou na extremidade acesa: a chama se extinguiu. Às apalpadelas, segurou Gualdo e o empurrou contra a parede. Prenderam a respiração e escutaram.

Ouvia-se alguma coisa: eram como que umas pisadas de tamanco, mas incertas, cautelosas.

No escuro, Gualdo desembainhou o punhal e aguardou.

Benedetto avançava devagar. Estava tão surpreso pela sua descoberta que quase havia esquecido a cachorrinha. Jamais imaginaria que aquela caverna escondia um túnel tão comprido: percorrera-o todo e, sem se dar conta, vira-se na margem do rio, separado da água apenas por aquela segunda vedação de ramos. Ao voltar, percebeu que, de um nicho que não tinha notado antes, partia outra galeria. Hesitou, mas depois enveredou por ela. Devia estar cheia de camundongos, a julgar pelos guinchos que a enchiam, e talvez também houvesse ninhos de morcegos. Sufocando o asco, prosseguiu caminhando. A chama da vela, que não chegava a iluminar o teto, desenhava sombras inquietantes nas paredes. Ofegando por causa da inesperada mas leve subida que o solo sofria naquele ponto, parou e observou melhor as laterais do túnel: pranchas de madeira, pregadas uma à outra, criavam uma espécie de parapeito horizontal, que chegava mais ou menos à altura dos seus ombros. Seguramente, tratava-se de uma contenção para evitar que a terra desmoronasse, como aquela que se usava nas minas: um dos trabalhadores de seu pai lhe explicara isso. O homem, que antes de chegar à granja tinha sido mineiro, dissera o quanto era perigoso movimentar-se pelas galerias: havia sempre o risco de que desabassem, afirmava, e justamente por isso, antes de começar a procurar a prata, cuidava-se de reforçar as paredes com robustas estruturas de madeira.

Prosseguiu. Tinha dado apenas poucos passos quando teve a impressão de ouvir uma espécie de atrito. Deteve-se, alerta. Ouviu outro.

Sem dúvida não era o ruído produzido por um camundongo: era antes um som semelhante à repentina fricção de uma arma extraída da bainha!

Seus cabelos se eriçaram e um arrepio gelado lhe percorreu a espinha. Ali, com aquele coto de vela na mão, ele era visível, ao passo que o outro, fosse quem fosse, mantinha-se bem escondido pela escuridão. Eis onde fora parar o bandido que vivia na gruta! Como podia ter sido tão estúpido, a ponto de não fugir imediatamente ao ver aquelas sacolas e a pele de cordeiro?

O homem o mataria, sem dúvida: não podia permitir que alguém descobrisse seu esconderijo...

Sentiu as pernas cederem e caiu de bruços no chão.

A vela se soltou da mão do garoto e rolou para longe, ainda acesa. Juditha se afastou da parede e, em passos abafados, aproximou-se. Gualdo a seguiu.

No escuro, rompido apenas pelas cintilações descontínuas da chama, Benedetto viu uma sombra erguer-se acima dele.

Gritou e desmaiou.

A mulher recolheu a vela e soprou delicadamente sobre o pavio, para reavivá-lo.

Gualdo se agachou e ergueu o tronco do garoto, virando-lhe a cabeça.

— Por todos os demônios, mas é o filho do rendeiro! — exclamou, aturdido.

— Vamos embora daqui — ordenou Juditha, áspera —, ou alguém acabará nos ouvindo.

Ajudou Gualdo a acomodar sobre os ombros o corpo inerte de Benedetto e, à luz cada vez mais fraca da vela, precedeu-o ao longo da galeria. Tinham percorrido apenas poucos braços de caminho quando um novo som, atenuado mas claro, chegou-lhes aos ouvidos.

— Oh, Cristo! E agora, o que será? — perguntou o homem, exasperado.

Juditha não perdeu tempo em responder: virou-se e, em longas passadas, retornou até a barreira de juncos. Eram ganidos, não havia dúvida, e se alternavam com um ofegar convulso. Com o que restava da vela, iluminou a base da barreira: semivisível através das frestas, adivinhava-se um par de patas que se agitavam e raspavam furiosamente. A mulher depositou o coto de vela no chão, ajoelhou-se e, cavando com ambas as mãos, removeu a terra, liberando a pequena cavidade que ela mesma preenchera havia pouco. Um hálito quente lhe impregnou os dedos. Retomou a vela e baixou-a até o nível do solo. Metade do focinho de Cátula surgia pela abertura, mas o animal não conseguia ultrapassá-la: o vão era muito estreito.

Juditha se reergueu, apoiou as nádegas à parede, segurou com força o ramo mais baixo e puxou-o: o ramo se curvou e depois, com um estalido seco, partiu-se.

Apavorada, Cátula recuou por um instante. Circunspecta, esticou a cabeça, farejou, experimentou o terreno com as patinhas e finalmente saiu.

Sem lhe dar tempo de avançar, Juditha agarrou-a pelo cangote e, apertando-lhe as mandíbulas para não a deixar emitir outros sons, retornou.

Quando ela desembocou do escuro com a cachorrinha, que se agitava ganindo contra sua veste, Gualdo ficou boquiaberto.

— Mas veja só onde este maldito bicho foi se esconder! — vociferou, furibundo. Juditha o ignorou e prosseguiu depressa rumo à embocadura da caverna. Gualdo a seguia com dificuldade: o peso do garoto começava a lhe fazer doer o ombro, e o braço em recuperação formigava. Fitando o vislumbre de luz da vela, que ondulava cada vez mais distante à sua frente, procurou acelerar o passo.

45

Castelo de San Martino

Simon uniu as mãos em concha diante do rosto, aspirando o perfume. Alisa se retirara havia meia hora, mas o cheiro do corpo dela ainda pairava entre seus dedos. Ali, em pé diante da seteira, o jovem observava o espaço apertado do cubículo onde havia sido confinado: quem diria que, atrás daquela parede de tábuas desconexas, os colóquios de amor entre os dois encontrariam refúgio? Ainda excitado, relembrou como tinha descoberto a existência daquele esconderijo.

Uma semana antes, ao achar excrementos de camundongo no pé da cama, decidira arrastar o estrado de madeira para conferir se havia uma toca na parede. Notando uma larga fissura entre esta última e o pavimento, inseriu a lâmina do punhal ali e, usando-a como alavanca, arrancou uma tábua: o estalido da madeira provocou guinchos assustados, que cessaram quase de imediato. Curioso, deslocou outras tábuas e, para seu grande espanto, viu-se fitando um vão da altura de um homem e um pouco mais estreito. Segurando a vela, entrou e chegou a um tablado do qual partia uma escada em caracol que se aprofundava na escuridão. Desceu-a toda: era longuíssima e terminava em frente a uma parede barrada, a cerca de dois pés de altura, por uma portinhola não maior que uma janela. A trava de madeira que a fechava estava apodrecida e, sob a pressão de suas mãos, logo se despedaçou. Ele deslocou a folha o mínimo suficiente e, iluminando o vão com a vela, espiou o outro lado: abaixo dele se abria um espaço sombrio. Ajoelhou-se junto da ombreira e meteu a cabeça: pelo pouco que conseguia ver, pareceu-lhe distinguir um corredor comprido, ao lado do qual se alinhavam quatro celas protegidas por grades de ferro. Daquele espaço cavernoso subia um terrível fedor de mofo e podridão, além de uns atritos sinistros talvez provocados pelos ratos, mas nenhum rumor atribuível a presenças humanas: intuindo que se encontrava diante das prisões do castelo, não utilizadas havia tempo, fechou a portinhola e subiu de volta às pressas. Depois de repor cuidadosamente as tábuas na parede, procurou afastar a decepção: quando começara a percorrer a escada, tinha esperado que esta fosse uma espécie de passagem secreta que, em caso de necessidade, iria lhe permitir a fuga para o exterior do castelo. Falou disso com Alisa, que, passada a surpresa, quis ver com seus próprios olhos: depois de distrair a atenção de Delfina, ela foi ao encontro dele e, juntos, desceram de novo até os subterrâneos. Somente depois de voltarem ao cubículo foi que pensaram no uso que poderiam fazer da plataforma acima da escada: desconhecido de todos e muito mais seguro do que o pombal, aquele lugar se tornaria o esconderijo ideal para seus encontros secretos.

De repente, ouviu um tropel de cascos proveniente do exterior. Aproximou a mesinha da seteira e subiu nela, erguendo-se na ponta dos pés para espiar lá fora. Dois cavalos acabavam de transpor o portão de entrada: um dos cavaleiros, ainda montado, estava estendendo um despacho ao capitão dos milaneses.

Um músculo saltava incontrolável abaixo do olho de frei Pietro. Com um gesto raivoso, o inquisidor esfregou a face com a mão aberta; a outra, fechada em punho, apertava o pergaminho enrolado.

Estava furioso. A carta do vicário do arcebispo lhe comunicava que sua missão estava concluída e o exortava a retornar a Milão, assim como deveriam fazer o capitão e seus homens. O negociante, preso, seria conduzido com eles para em seguida ser levado à presença do pontífice. O despacho não pedia resposta e tampouco admitia réplica.

— Mas por que, por todos os demônios do inferno? — explodiu, exasperado, esmagando com força o pergaminho. A folha estalou, rompendo o silêncio do aposento vazio.

"Será que não entendem que o manuscrito ainda pode estar aqui dentro?", continuou, para si mesmo. "Por que, meu Deus, não me dão mais tempo para procurá-lo? Que diabo pensam obter do negociante, se ele não confessou nada, nem mesmo sob tortura?! Se não é ele o ladrão, quem mais poderia ser? O miniaturista, não creio: virei-o pelo avesso como uma luva e não saiu nada. E se fosse Bonizzo? Mas qual poderia ser seu interesse? O dinheiro, certo, mas pago por quem? Esse maldito manuscrito já se tornou um objeto capaz de queimar vivo quem o possuir... Por mais estúpido que seja, o castelão não pode ter pensado em arriscar a própria vida em troca de um saquinho de moedas sonantes!"

Sentou-se na beira do leito e inclinou o queixo sobre o peito. De início desfocado, e em seguida cada vez mais nítido, um novo pensamento lhe atravessou o cérebro.

Levantou a cabeça de repente.

E se fosse aquele inglês?, refletiu, juntando as mãos diante da boca. E se na verdade aquele homem não fosse um mestre, mas um emissário do imperador, enviado aqui sob falsa identidade, com a intenção precisa de apoderar-se do manuscrito? Ele disse que chegou ao castelo no início do inverno, portanto bem antes de o pontífice tomar conhecimento de toda a história, mas isso podia não significar nada. Talvez, seis meses atrás, Frederico já estivesse no encalço do negociante e pretendesse recuperar o tratado sem que soubessem disso por aí...

A porta do quarto se abriu, interrompendo o curso dos seus pensamentos. A voz hesitante do padre Arnaldo chegou enfadonha aos seus ouvidos.

— O senhor está aí, frei Pietro? — perguntou o padre, metendo a cabeça na abertura. — Não o vi na função, e achei que...

— Tive um mal-estar de estômago — respondeu o inquisidor, brusco, levantando-se. — Irei para as vésperas.

Sem conceder sequer um olhar ao velho sacerdote, passou ao lado dele e saiu. Padre Arnaldo baixou os olhos e suspirou. Depois, em passos curtos e vagarosos, aproximou-se do genuflexório, dobrou as pernas doloridas e começou a rezar.

O vento se levantara e as rajadas, cada vez mais fortes, faziam oscilar perigosamente as paredes da tenda. De pé no centro do pavilhão, o capitão fitava o rosto do inquisidor, alterado pela raiva.

Embora sua experiência militar o tivesse habituado a enfrentar todo tipo de violência, aquele homem conseguia apavorá-lo. Da expressão do frade transparecia uma crueldade reprimida, e o olhar desdenhoso com que ele tentava mascará-la não fazia senão aumentar-lhe a intensidade.

— O senhor não tem nenhum direito de discutir minhas decisões — disse frei Pietro, gélido. — Se decidi ficar, é porque tenho bons motivos para isso. Estou certo de que o tratado ainda está escondido aqui no castelo e quero encontrá-lo: transmita estas minhas palavras ao podestade e ao vicário e diga-lhes que, com minha atitude, não estou desafiando as disposições deles, mas assumindo plena e conscientemente minhas responsabilidades. Se eu falhar, estou pronto para sofrer qualquer castigo com que pretendam punir minha insubordinação. Se, ao contrário, conseguir recuperar o manuscrito, saberei fazer com que me recompensem pela minha audácia. E isto é tudo, capitão. Mais alguma coisa a me perguntar?

— Não. Espero que lhe esteja claro, porém, que a partir de hoje todos os habitantes de San Martino estarão livres para se movimentar como quiserem: ninguém deverá mais ser confinado ao interior das muralhas, porque, na ausência do cerco militar, esse fato constituiria uma arbitrariedade capaz de desencadear outros desentendimentos com Lodi, em cujo território fica o castelo. Esta é uma ordem, frei Pietro, e, se o senhor permanecer aqui contra a vontade dos nossos superiores, espero que faça tudo para não a transgredir.

O inquisidor o esquadrinhou por um longo momento; depois voltou-se e saiu da tenda. O capitão permaneceu imóvel, fitando-o: o hábito preto, colado ao corpo pelas pancadas do vento, fazia o religioso parecer um corvo.

Com uma sacudidela, Fazio se recobrou. Embora temesse que aquela inesperada tomada de posição do frade viesse a lhe causar problemas, no momento tinha coisas mais urgentes em que pensar. Saiu do pavilhão e dirigiu-se ao centro do campo, para reunir os homens e dar a ordem de desmobilização.

Frei Pietro anuiu para si mesmo: iria inspecionar mais, só que desta vez o faria pessoalmente, em vez de confiar a tarefa a um soldado. Sob o pretexto de, antes da partida, fazer prestar os últimos cuidados a Guidotto, pediria a Matthew que fosse ver o negociante e, durante a ausência do mestre, examinaria novamente cada canto do aposento que este ocupava. Os esconderijos podiam ser muitos, desde o colchão até a sacola de viagem, o armário, e mesmo alguma cavidade entre as tábuas da parede ou do pavimento. Se aquele homem, como suspeitava, fosse um impostor, devia também ser esperto e possuir a experiência necessária para não se deixar descobrir. Não seria fácil desmascará-lo, tinha certeza.

Um pé de vento mais forte que os outros o fez cambalear. Olhou o céu: estava livre de nuvens. Interpretando aquela limpidez reencontrada como um sinal enviado pelo Onipotente, sorriu e encaminhou-se para a residência do castelão.

46

Campina de San Martino

Benedetto abriu os olhos. Estava deitado no escuro e seu corpo afundava em algo macio. Experimentou-o com a mão: parecia uma pele de cordeiro. Aquele contato o fez sobressaltar-se. A caverna! De repente recordou tudo, o túnel, os morcegos, aquela sombra gigantesca acima dele...

Trêmulo, sentou-se e pestanejou várias vezes para tentar enxergar melhor: pouco adiante, a escuridão que o circundava se desfazia na penumbra criada pela luz mortiça de uma tocha que ardia sobre uma protuberância da rocha.

Apavorado, tentou se levantar, mas uma mão forte o segurou pelo ombro.

— Fique aí, Benedetto.

Essa voz... Onde já escutara essa voz? Girou a cabeça rapidamente, mas o escuro o impediu de ver. A mão continuava a retê-lo.

— Pode soltá-lo.

Esta era uma voz de mulher. Surgida sabe-se lá de onde, uma figura feminina avançava em direção a ele, empunhando um pequeno archote. Alcançou-o e se agachou diante dos seus pés. Benedetto a fitou: a chama iluminava os olhos dela, de uma estranha cor dourada. Era muito bonita, mas ele sentia medo.

— Não tema, não estamos aqui para lhe fazer mal — sussurrou a mulher.

O garoto engoliu em seco e anuiu.

Juditha afastou o braço e o archote iluminou uma silhueta que emergia do escuro. O desconhecido se aproximou de Benedetto e lhe agarrou os pulsos, para ajudá-lo a se levantar.

— Mas o senhor... — balbuciou o garoto, aturdido, dilatando os olhos na penumbra — o senhor é... o senhor é Gualdo! Por isso é que sabe o meu nome!

— Sim, Benedetto, sou eu.

— Mas como... O que está fazendo aqui? Todos estão dizendo que o senhor desapareceu, e além disso seu companheiro, aquele minaturista... não, minitorista... enfim, aquele Simon diz que não sabe onde o senhor foi parar e no castelo estão todos furiosos, e também depois que o senhor foi embora chegaram os soldados e mantêm todo mundo trancado lá dentro e ninguém pode mais sair e...

Benedetto escancarou a boca para tomar fôlego, mas, antes que ele pudesse continuar a falar, Gualdo o deteve com um gesto da mão.

— O que foi que você disse? — perguntou, olhando-o fixamente. — Repita a última coisa que disse.

Amedrontado pelo tom alarmado que impregnava a voz dele, o garoto respondeu às pressas.

— Eu disse que o castelo está assediado pelos soldados de Milão, que não deixam ninguém sair, e com eles veio também um frade, um... — esforçou-se por recordar o termo correto — um inquisidor.

— E por que estão lá?

— Não se sabe. Uns dizem que Bonizzo esconde um herege, ou então um amigo do imperador, e talvez os soldados tenham vindo procurá-lo: fizeram um acampamento diante do castelo e ficam ali controlando para ninguém escapar. Só a cachorrinha da castelã conseguiu sair, e justamente por isso é que eu...

Os lábios de Benedetto tremeram: sem parar de fitar o homem à sua frente, ele começou a chorar em silêncio.

Juditha se ergueu.

— Está com fome? — perguntou.

O garoto anuiu.

— Gosta de amoras?

— Sim — respondeu Benedetto. Sentou-se de novo e apertou em torno do peito as faldas do gibão molhado. Gualdo o observou, virou-se, procurou na sacola o seu manto e envolveu o garoto com ele.

Benedetto lambeu os lábios: o suco azedo das amoras-pretas ainda lhe beliscava a língua. Não tremia mais: embora a lã endurecida e fria da túnica se colasse às suas nádegas, o calor fornecido pela garnacha de Gualdo continuava a aquecê-lo.

Tinha acabado de contar tudo pela segunda vez, sobre os soldados, sobre o inquisidor e sobre Alisa, que o encarregara de achar a cadela. Gualdo, que até então o escutava sem interromper, ergueu das mãos o olhar e começou a falar.

— Você viu certo, Benedetto, de fato a cachorra está aqui na caverna. Nem mesmo nós sabíamos, descobrimos por acaso. Antes de trazer você para cá, nós a amarramos numa estaca da galeria, e daqui a pouco ela — disse, apontando Juditha — irá buscá-la para que você possa devolvê-la à castelã. Mas veja bem: não conte que a encontrou aqui dentro. Minta, explique que a procurou por toda parte e finalmente a descobriu retida embaixo de uma touceira da qual não conseguia se desenredar.

Gualdo se calou. Benedetto o perscrutava, atento.

— E também — continuou o homem —, depois de falar com Alisa, dê um jeito de ver Simon: tenho um recado para ele, e você é o único que pode levá-lo sem despertar suspeitas. O que lhe dirá deve permanecer secreto. Posso confiar em você?

O garoto anuiu.

— Isto aqui, na verdade, não é uma caverna, sabe? É uma passagem secreta, escavada sabe-se lá por quem.

Benedetto arregalou os olhos.

— Não se espante, os castelães são muito hábeis em se garantir um caminho de fuga, em caso de ataque armado: em Bassano, na residência do meu senhor, também existe uma passagem semelhante, e muito mais comprida do que esta... Então, como eu dizia, a galeria parte dos subterrâneos do castelo e forma uma espécie de cruz, cujos braços laterais conduzem ao bosque e ao rio. Creio que ninguém, nem mesmo Bonizzo, tem conhecimento da existência deste lugar: foi ela — disse, indicando novamente Juditha — quem descobriu a passagem. Agora, escute bem: você contará a Simon sobre esta galeria e lhe dirá que eu estou escondido aqui. Se ele perguntar por que eu fui embora sem avisá-lo, responda que não sabe, limite-se a transmitir que ele deve comparecer aos subterrâneos dentro de três dias, contados a partir de hoje. Deverá descer aos cárceres e me esperar no fundo do corredor das celas: eu irei encontrá-lo lá. Entendeu bem, garoto?

Benedetto apertou os lábios. Não podia se recusar a obedecer, sabia disso: aquela era uma ordem, e vinda de um soldado habituado a batalhas e carnificinas. Tinha certeza de que, se opusesse resistência, Gualdo não hesitaria nem um instante em matá-lo. Amedrontado, olhou a mulher sentada diante dele: Juditha o observava, à espera de sua resposta.

— Faça como Gualdo disse — recomendou ela —, e não tenha medo: verá que tudo vai correr bem.

O garoto a fitou.

— Quem é a senhora?

— Não seja curioso demais — respondeu a mulher, severa. — Meu nome é Juditha, mas não pergunte mais nada: se você contar a alguém que me encontrou, saberei como punir sua língua comprida.

Uma feiticeira! Aquela mulher era uma feiticeira! De repente, essa certeza o golpeou como um soco: quem mais, senão uma bruxa, poderia fitar alguém com aqueles olhos que pareciam escavar uma pessoa por dentro? Que mulher temente a Deus viveria sozinha numa gruta no meio do bosque, senão uma serva do demônio? Ele tinha escutado um monte de histórias sobre bruxas, que eram capazes de fazer filtros de amor, de lançar malefícios, que devoravam os recém-nascidos... Oh, minha Nossa Senhora, e Germano? Com o coração batendo enlouquecido, Benedetto pensou no irmãozinho: aquela mulher o comeria numa só dentada, se ele não obedecesse às ordens de Gualdo!

Tremia como uma folha, agora, e parecia-lhe que as paredes da caverna iam se fechar sobre ele. Desenrolou-se do manto e, com dificuldade, levantou-se. Juntando o pouco de coragem que lhe restava, virou-se para Gualdo.

— Estou pronto.

Enquanto Juditha se afastava rumo ao fundo do túnel para ir soltar a cadela, Gualdo observou o garoto: era esperto, não havia dúvida, compreendera logo com quem estava lidando. Embora seu terror fosse evidente, Benedetto estava enfrentando com grande dignidade uma situação difícil: provavelmente, iria ser um homem valoroso.

Juditha retornou, trazendo Cátula nos braços. Entregou-a ao garoto e seguiu para a entrada da gruta: depois de controlar o exterior, começou a abrir um vão entre os ramos do sabugueiro. Benedetto saiu. Começara a ventar, e as nuvens estavam rareando. Ele desceu o leve declive e, segurando Cátula pela trela improvisada, começou a correr.

47

Castelo de San Martino

Com um puxão repentino, Cátula arrancou a trela das mãos de Benedetto e meteu-se pelo corredor. O garoto correu atrás, afobado, e, passada a esquina, chocou-se contra uma figura que vinha em sentido oposto. Caiu no chão.

— Ora, preste atenção onde põe os pés, seu camponês estúpido!

A voz do inquisidor ressoou colérica. Benedetto se reergueu, fitou por um instante os olhos demoníacos do frade e, murmurando uma desculpa, continuou a seguir a cadela, que, balançando freneticamente a cauda, já começava a subir a escada.

Frei Pietro massageou a coxa que havia sofrido o golpe e, resmungando um impropério dirigido ao garoto, percorreu o longo corredor rumo à torre norte, onde ficava o quarto do mestre.

Chegou diante da porta e bateu.

Matthew, que estava folheando o *De oratore* a fim de escolher o trecho mais adequado para explicar a Alisa, ergueu a cabeça do livro, espantado. Não esperava visitas, quem poderia ser? Levantou-se e abriu.

— Preciso lhe falar — disse o inquisidor.

Sem esperar ser convidado a entrar, transpôs decidido a soleira e fechou a porta atrás de si. O mestre observou-o avançar pelo aposento. Com uma carranca que não prometia nada de bom, o frade olhava ao redor, estudando cada canto. Chegado à mesa, pegou o texto de Cícero e revirou-o rudemente entre as mãos: algumas páginas se soltaram. Preocupado, Matthew se aproximou, tomou-lhe o volume e voltou a fechá-lo com cuidado.

— É um livro muito caro — disse, irritado —, e eu nunca poderei me permitir adquirir outra cópia.

— Como se atreve? — sibilou Pietro, fitando-o ameaçador. — O senhor, humilde preceptor, acha que pode ensinar a mim o quanto são preciosos os textos dos antigos mestres?! Aliás — continuou, zombeteiro, apontando o livro —, muito me espanta que ensine à sua aluna este tipo de dissertação, em vez da doutrina dos padres da Igreja.

Matthew não disse nada: se esperava dele uma réplica, o frade não a teria. Interpretando esse silêncio como um desafio, o inquisidor sentou-se no banquinho, com movimentos estudados. O olhar que lançou ao mestre era o de uma serpente recém-saída da toca.

— Vim lhe dizer que, dentro de dois dias, os soldados abandonarão o cerco ao castelo e, em obediência às ordens recebidas, levarão consigo o negociante. Uma legação da comuna o conduzirá até Lyon, à presença do pontífice: este decidirá sobre a sorte dele. Consequentemente, como Guidotto está sob os cuidados do senhor para se recuperar do ... — sorriu, zombeteiro — acidente que lhe aconteceu, peço-lhe que prepare as poções e os unguentos necessários à viagem até Milão e providencie as ataduras adequadas.

O mestre assentiu.

— Ainda assim — prosseguiu frei Pietro, perscrutando-o com ar indagador —, não me está totalmente claro como o senhor pôde desenvolver toda essa prática da medicina. Quase parece que teve experiência num mosteiro ou na corte de algum poderoso que gostava de rodear-se de físicos e cirurgiões...

Matthew se esforçou por continuar impassível: ainda não sabia por quê, mas experimentava a nítida sensação de que aquelas palavras tinham o sabor de uma acusação.

— Pertenço à ordem dos Humilhados, o senhor sabe — disse, calmo —, e, embora seja terciário leigo, com funções de preceptor, muitas vezes frequentei conventos e hospitais onde tive oportunidade de assistir alguns enfermos: os monges me ensinaram a distinguir um remédio de outro e, em caso de necessidade, a prestar os primeiros cuidados.

— E nunca deu aulas ao pimpolho de algum príncipe, talvez lá em sua terra natal? — continuou o inquisidor. — Sei que na Inglaterra, na França e na Germânia os serviços dos professores de gramática são muito mais requisitados do que aqui...

Matthew o fitou. Onde diabos pretendia chegar aquele frade? Por que lhe fazia aquelas perguntas insensatas?

— Os príncipes confiam a instrução de seus filhos a mestres de alto nível de sapiência, frei Pietro — respondeu, tentando com dificuldade conter a exasperação. — O senhor não está achando que minhas modestas competências me permitem conviver em ambientes de corte, está?

O inquisidor o encarou demoradamente.

— E estes livros preciosos? — disse, apontando com um dedo adunco o tomo fechado sobre a mesa. — Porque creio, e diga-me se eu estiver errado, que o senhor possui outros, não? Onde obteve estes livros? Não creio que uma remuneração normal de preceptor permita adquiri-los: foi algum notável que o presenteou com eles, em sinal de gratidão?

Por um instante, a surpresa provocada por esta última frase deixou Matthew sem palavras. Depois, uma suspeita começou a insinuar-se em sua mente: o inquisidor duvidava de sua identidade. Que outro objetivo podiam ter aquelas perguntas molestas? Alguém teria contado a ele sobre seu passado de monge? Avaliando o quanto aquele homem poderia se revelar perigoso, decidiu usar a arma da indiferença.

— Não, ninguém me presenteou nada — respondeu. — Alguns desses tomos me foram emprestados pelos prebostes da minha Ordem, e outros eu mesmo os adquiri. Os aristocratas para quem trabalhei até agora sempre se mostraram satisfeitos com meus serviços e me retribuíram com salários generosos: com o dinheiro que ganhei, pude comprar alguns volumes, o suficiente para poder desempenhar de maneira digna a atividade de mestre de gramática.

Frei Pietro não replicou; sua expressão era impenetrável. Apertando com força a cruz que lhe pendia sobre o hábito, levantou-se do banco e saiu.

Lentamente, Matthew se aproximou da porta e fechou-a.

Com a mão ainda apoiada à trava, esforçou-se por raciocinar lucidamente, mas não conseguiu. Os milaneses iam embora de mãos vazias mas levavam o negociante; Gualdo tinha desaparecido, abandonando Simon, que, como se não bastassem os outros problemas, estava envolvido numa história de amor com Alisa; o inquisidor suspeitava dele, imaginando sabe-se lá que intrigas; Bonizzo era um inepto...

Levantou o ferrolho que acabava de baixar. Não convinha protelar mais: se o negociante já tivesse sido informado de sua detenção iminente, quase certamente ele o encontraria tomado por uma crise de frenesi, e as medicações exigiriam mais tempo e paciência do que o habitual.

Abriu de novo a porta e tomou a escada, dirigindo-se ao quarto de Guidotto.

Campina de Lodi

O espião desceu às pressas da árvore sobre a qual estivera vigiando. As folhas que o escondiam farfalharam à sua passagem.

— Estão levantando acampamento! — disse, ofegante, mantendo-se abaixado atrás de uma moita. Seu companheiro, agachado numa depressão do terreno, olhou para ele, incrédulo.

— Levantando acampamento, como? — sussurrou. — O que você viu?

— Estão desmontando as tendas, e os valetes, reunindo os cavalos e os equipamentos. Duas carroças já estão carregadas e o capitão circula gritando ordens à direita e à esquerda: é o fim do cerco, tenho certeza. Vamos avisar logo aos outros e voltar a Lodi, para dizer ao podestade.

— Sim, mas afinal deve ficar alguém aqui, para manter a situação sob controle...

— Tem razão: vamos pedir que alguém nos renda. Ande, saia daí!

Escondendo-se em meio à vegetação, os dois homens chegaram ao palude, falaram às pressas com os soldados da retaguarda, montaram a cavalo e partiram a galope rumo à cidade.

Castelo de San Martino

— Senhor... Preciso lhe falar...

Espantado, Simon observou o garoto: ele tinha o rosto congestionado e tremia.

Abriu inteiramente a porta e Benedetto entrou, detendo-se intimidado no meio do cubículo.

— E então, o que você quer me dizer?

— Pois é, eu... eu tenho um recado para lhe dar...

— Um recado? De quem?

O garoto abriu a boca, fechou-a e engoliu em seco.

— Gualdo — disse finalmente, num sussurro.

— Gualdo?! — exclamou Simon. — Mas que história é essa? Não é possível, Gualdo fugiu! Que diabo você está inventando?

Benedetto o fitou, ofendido. Mas como? Ele corria um risco enorme, trazendo aquela mensagem, e o miniaturista não acreditava? Empinou o nariz, pigarreou e, com toda a dignidade que conseguiu reunir, disse:

— Não estou inventando nada, senhor. Gualdo me mandou lhe dizer umas coisas e eu prometi a ele que o faria, só isso. Mas, se o senhor não quiser, posso voltar lá e relatar que...

— Não, espere, vamos pela ordem: antes de qualquer coisa, onde está Gualdo?

— Numa caverna, e essa caverna, que fica no bosque, tem ligação com o castelo: passa-se por um túnel, depois por outro, e chega-se aos subterrâneos dos cárceres.

— E o que ele foi fazer lá?

— Não sei. Só sei que me ordenou dizer que o senhor deverá estar nos subterrâneos daqui a três dias, a partir de hoje, e ele irá ao seu encontro.

— Como você o encontrou?

Um brilho de orgulho atravessou os olhos de Benedetto.

— Eu tinha ido procurar a cachorrinha da castelã, a pedido dela. Bati o bosque mas não achei, então entrei nessa gruta, pensando que talvez Cátula pudesse estar perdida lá dentro. E de fato ela estava lá, e também Gualdo, e... — Mordeu a língua: não devia falar com ninguém sobre a mulher, ou esta lhe lançaria um malefício. — E... — continuou — ele me confiou esta mensagem e me mandou vir procurar o senhor logo depois de devolver Cátula à sua dona, e assim o fiz.

Simon refletiu: se o garoto estivesse falando a verdade, Gualdo não se afastara do castelo em momento algum. Teria sido realmente ele a roubar o manuscrito e levá-lo consigo para a caverna? Mas por quê? Quando havia desaparecido, nem os soldados nem o inquisidor tinham chegado ainda: como poderia saber de antemão o que ia acontecer? Quem o teria informado? E também, se os pergaminhos estavam em seu poder, por que não voltara logo a Bassano, em vez de se esconder? E, sobretudo, por que não lhe comunicara suas intenções, visto que as ordens de Ezzelino abrangiam os dois?

Benedetto espirrou. Simon o observou mais atentamente: os olhos dele brilhavam de febre.

— Agora, volte para a granja. Você cumpriu bem seu encargo, e eu lhe sou grato.

O garoto anuiu e foi embora.

Por alguns instantes, Simon se perguntou se devia informar Alisa sobre aquela notícia espantosa, mas depois decidiu que, por enquanto, ninguém deveria saber que Gualdo ainda estava nas vizinhanças. Qualquer risco que houvesse, ele deveria corrê-lo sozinho.

48

Campina de Lodi, margem direita do Adda

Raneri desceu do cavalo e entregou as rédeas ao escudeiro. Atrás dele, os homens se dispunham em ordem esparsa: a escuridão estava densa, e os únicos sons eram o farfalhar das folhas e o rumorejar do rio.

Quatro horas antes, na outra margem, a chegada deles tinha sido ouvida pelos soldados de guarda na ponte; depois que os quadrilheiros os mataram, Raneri deu ordem de enfaixar com trapos os cascos dos cavalos, de livrá-los dos arreios e de cuidar para que os elmos de ferro que os homens levavam pendurados à cintura não batessem contra as selas: o tilintar do metal poderia revelar de novo sua presença. Obedecendo às disposições comunicadas antes de deixarem Bassano, nenhum deles usava armadura: a proteção do tronco se limitava a um corpete de couro, mais discreto e menos ruidoso. Até Raneri havia precisado se adequar às exigências de discrição feitas por Ezzelino: em vez do peitoral de malhas metálicas, trazia uma simples subtúnica acolchoada, e a única indumentária que assinalava seu grau de cavaleiro era uma sobreveste na qual estava bordado o brasão de sua família, um escudo amarelo atravessado por uma faixa serrilhada verde.

Agora, enquanto avançava entre os arbustos, ele se espantou com a estreiteza da faixa de terreno que separava o rio do bosque. Provavelmente, pensou, ali também chovera muito nos últimos dias e o nível da água tinha subido, transbordando e arrastando boa parte da areia. Ergueu os olhos para o céu: a lua minguante emitia uma luz débil que, às vezes, clareava a vanguarda de uma frente de nuvens proveniente do norte. Raneri preferiria chegar numa noite sem lua, mas a urgência imposta por Ezzelino o obrigara a acelerar a marcha e, a contragosto, ele alcançara a meta antes que o astro concluísse sua quarta fase.

Seguiu em frente, insinuando-se entre as primeiras árvores. Caminhava às apalpadelas, esperando que ramos e galhos estivessem úmidos demais para estalar sob seus passos. Percorrido um bom trecho de bosque, vislumbrou um clarão: agachou-se no solo e deixou-se deslizar para uma vala, onde se deteve, alerta. O silêncio era quebrado apenas pelo eco longínquo de algum relincho. Cauteloso, subiu de volta o aclive e projetou a cabeça além da borda. O acampamento não distava mais de duzentas toesas. De seu ponto de observação, Raneri não podia ver que superfície ele ocupava, mas, a julgar pelo escasso número de tochas que o rodeavam, não devia ser muito grande: com toda a probabilidade, a presença de sentinelas seria exígua, e isso facilitaria o ataque.

Desceu de novo ao fosso e percorreu um bom trecho, verificando a estabilidade do fundo. Era lamacento, mas sob a camada de lodo percebia-se uma base mais sólida: pelo que ele conseguia intuir tateando as paredes de terriço, parecia que a trajetória da vala não era reta, mas curvilínea, ideal para uma manobra de aproximação.

Subiu de volta e retornou. Bastiàn, o chefe dos quadrilheiros, esperava-o diante dos seus homens, que, silenciosos, estavam cercando uma área com cordas fixadas aos troncos das árvores: serviria para prender os cavalos a serem deixados perto do rio, prontos para a fuga. Desde quando tinham iniciado a viagem, Raneri não parava de se espantar com a capacidade que aqueles homens demonstravam para agir sem fazer barulho. O incidente na ponte havia sido uma exceção: em geral, os quadrilheiros conseguiam silenciar até mesmo seus animais. Evidentemente, os anos passados entre as fileiras de bandidos e assassinos lhes haviam fornecido a experiência necessária.

— O acampamento fica a pouco menos de uma milha daqui — disse ele a Bastiàn, limpando com a mão a sobreveste enlameada. — Adiante das árvores há um fosso ao qual vamos descer: à primeira claridade, sairemos e nos esconderemos entre os arbustos, que me parecem suficientemente altos para encobrir nossos movimentos. Avançaremos rastejando até as bordas do campo, e depois atacaremos. Quando aquele bando de soldados adormecidos nos perceber, nossos punhais já os terão atravessado como lebres no espeto. Se alguém tentar fugir, será perseguido e morto. As ordens de Ezzelino nesse sentido foram claras: não deverá sobreviver um homem sequer.

— Mas — murmurou Bastiàn, duvidoso — o senhor tem certeza de que calculou bem as distâncias? Certamente não pôde contar os passos que o separavam do perímetro do acampamento, e o escuro não lhe permitiu verificar a eventual presença de vigias instalados sobre as árvores. Se houver algum, vai nos descobrir antes mesmo de conseguirmos nos ocultar na vala.

A escuridão escondeu a expressão atônita de Raneri: era verdade, não tinha pensado em espiões sobre as árvores. Como podia ter sido tão estúpido? Quem lhe assegurava que eles não estariam ali, inclusive à noite, e já não tivessem escutado suas botas a tropeçarem na lama? A irritação por ter sido apanhado em erro por aquele bandido imundo que se acreditava um valoroso militar conferiu à sua voz um tom autoritário.

— Não — sibilou, cortante —, é impossível. Os milaneses não têm soldados suficientes: não podem espalhar sentinelas por todo o campo. Estão aqui para manter sob cerco o castelo, que, segundo os mapas, fica uma milha mais ao sul: é essa a área que eles vigiam, e não a margem do rio.

Bastiàn não se convenceu, mas não replicou. Virou-se, reuniu seus homens numa roda e, em voz baixa, deu suas determinações. Deveriam proceder em ordem esparsa porque a vegetação era densa demais para permitir que se dispusessem em fileiras compactas.

Raneri se aproximou, abriu espaço entre os quadrilheiros e advertiu:

— Que ninguém pense em agir por conta própria: esta é uma operação militar, e não uma simples emboscada como aquelas às quais vocês estão acostumados. Temos por diante soldados bem adestrados, que não hesitam em decepar cabeças e destripar barrigas: só dispomos de uma arma vencedora, que é a surpresa. Portanto, se apenas um de vocês desobedecer às ordens, vai cagar toda a operação. Fui claro?

Ninguém piou. Raneri sorriu satisfeito: essa linguagem plebeia não lhe pertencia, mas, com aqueles facínoras, era a única eficaz. Observou a lua:

estava quase totalmente coberta pelas nuvens, e do céu começavam a cair umas gotas d'água. Melhor assim, pensou: a chuva cobriria o rumor dos passos e se, além disso, subisse do rio uma névoa, eles ficariam quase invisíveis.

— Vamos — ordenou, imperioso. Com a mão apoiada ao punho da espada, seguiu bosque adentro.

Fazio sentiu que sacudiam seu ombro. Abriu os olhos de repente: a chama da tocha o ofuscou.

— Mas que diabo... — vociferou.

Uma figura indistinta estava inclinada sobre ele. Da precária cobertura de couro que, naquela última noite, constituía sua tenda, gotejava água. O capitão se soergueu, apoiado no cotovelo, e reconheceu o jovem vigia que cumpria a tarefa de espiar o rio.

— O que houve? — perguntou alarmado, levantando-se.

— Inimigos, capitão.

— Como, inimigos? Os habitantes de Lodi não...

— Não vêm de Lodi, vêm do leste. Estão na margem do Adda e chegaram pouco depois que a capela do castelo soou o noturno.

— Oh, Cristo, só nos faltava esta! Quantos são?

— Não sei com precisão. Divisei-os antes que começasse a chover, e a luz da lua era muito fraca para distinguir bem: chegaram a cavalo e pararam os animais ao longo da margem. Eu vim contar logo ao senhor porque vi um homem entrar pelo bosque: passou exatamente embaixo da minha árvore e depois desceu à vala que fica a meia milha daqui. Olhou ao redor por um tempo e depois voltou. Acho que era um espião.

— Conseguiu ver como estava vestido?

— Não, estava muito escuro, mas, enquanto ele caminhava, me pareceu ouvir um rumor surdo de alguma coisa batendo contra seu corpo...

— A bainha da espada! — exclamou Fazio. — Não é um espião, rapaz, é um cavaleiro! E se um cavaleiro avança sozinho por estes bosques em ação de reconhecimento, ou é um idiota muito seguro de si ou não dispõe de homens adequados para isso. Depressa — acrescentou —, vá dizer aos sentinelas que apaguem todas as tochas que circundam o campo e que acordem os soldados.

Se alguém se atrever a falar alto ou fazer barulho, terá de se entender comigo. Quanto a você, volte à sua árvore e fique alerta. Vá logo, corra!

O rapaz saiu acelerado. Em longas passadas, o capitão foi até a carroça na qual o negociante fora instalado e afastou a lona: Guidotto dormia com um pulso acorrentado à barra lateral. Evidentemente, a poção soporífera que o mestre o fizera beber estava fazendo efeito. Tranquilizado, Fazio baixou de novo a cobertura e se encaminhou para o centro do acampamento a fim de reunir os homens.

Lodi

O podestade se remexeu pela enésima vez na cama: continuava a transpirar e não sabia se isso resultava do calor das penas do colchão ou da agitação que o atormentava.

"Oh, por que me preocupo, afinal?", murmurou de si para si, afastando a coberta. "Finalmente aqueles malditos milaneses vão embora, eu devia estar satisfeito, não? E no entanto continuo aqui, pensando e repensando no que eles podem ter ido fazer no castelo!"

Estendeu a mão e pegou no pavimento a caneca cheia d'água. Tomou alguns goles, deitou-se de novo e virou-se para a parede, tentando adormecer.

Castelo de San Martino

Giacoma roncava alto no outro lado do quarto, mas Bernarda nem a ouvia, empenhada como estava em imaginar o que aconteceria no dia seguinte. De olhos arregalados, já se via, ataviada e perfumada como uma princesa, recebendo a visita do mestre. Mostraria a ele todos os seus volumes, e estava certa de que o inglês não poderia resistir à leitura daquelas páginas traçadas com cuidado: seguramente os manuscritos o fascinariam, induzindo-o a transcorrer muitas horas naquele quarto. E ela nunca mais se sentiria sozinha, poderia propor que ele permanecesse para sempre no castelo, mesmo depois de ter concluído a instrução de Alisa: seria ela, Bernarda, sua próxima aluna, e não aquela desmilinguida da sua neta!

Sorriu no escuro. Sim, amanhã seria um grande dia: logo após a chegada do mestre, dispensaria Giacoma, com ordem de não reaparecer enquanto ela não mandasse chamá-la. Não tinha a menor intenção de compartilhar com outrem a descoberta dos tesouros que pretendia mostrar a ele.

"Frei Attilio Gusberti. Igreja dos Zambonini, junto à Poterna de San Marco. Milão."

À chama da vela, Matthew conferiu o nome do destinatário no verso do pergaminho: estava escrito bem claramente e, mesmo que o mensageiro não soubesse ler, na cidade sempre poderia encontrar alguém que o fizesse em seu lugar. Na manhã daquele mesmo dia, logo após a partida dos milaneses, iria a Lodi e confiaria a carta ao primeiro estafeta que se dirigisse a Milão. Era necessário que frei Attilio recebesse o quanto antes as suas notícias: passara-se tempo demais desde o dia da conversa deles junto à capela de San Marco, e os subsequentes acontecimentos dramáticos no castelo haviam-no impedido de retornar à cidade, como gostaria. O projeto da escola ainda precisava ser definido em detalhes, e o mestre temia que o longo silêncio ao qual fora obrigado pudesse induzir frei Attilio a imaginar que ele já não pretendesse manter a promessa.

Enquanto dobrava em quatro a folha de pergaminho, Matthew ouviu soar o sino da capela: eram as matinas e, embora estivesse exausto, as horas que faltavam para o alvorecer eram poucas demais para tentar dormir. Mais valia renunciar ao sono e rearrumar o quarto: quando voltara, depois de prestar os últimos cuidados ao negociante, encontrara o aposento de pernas para o ar, e logo compreendera que alguém havia mexido em suas coisas. Os objetos contidos na sacola tinham sido tirados e repostos de qualquer jeito, trajes e roupa-branca estendidos e dobrados de volta sem cuidado, até o colchão de palha havia sido virado e jazia torto sobre o estrado. Ele estava certo de que aquela inspeção apressada era obra de frei Pietro. Se, poucas horas antes, as perguntas suspeitosas deste o tinham desconcertado, agora se dava conta de que o inquisidor desconfiava também dele como possível ladrão do manuscrito.

Levantou-se, endireitou o colchão e, antes de começar a reorganizar tudo, aproximou-se da janelinha. Afastou a cortina de cânhamo e observou o céu: já não se via a lua, as nuvens deviam tê-la escondido. Baixou os olhos para a campina e, por um instante, estranhou. Onde estavam as luzes do acampamento? Até a noite anterior, os reflexos das tochas eram bem visíveis da torre e faziam intuir o perímetro do campo: agora, tudo lá fora estava negro como tinta. Soergueu-se na ponta dos pés e apoiou os cotovelos no peitoril da chanfradura para ver melhor: não se enganara, o acampamento estava todo apagado.

Teriam decidido antecipar a partida?

Perplexo, retraiu-se da janelinha e voltou à mesa: o sebo da vela se consumira quase inteiramente. Pegou o castiçal e, à luz fraca da chama, saiu do quarto, rumo aos adarves. Talvez os guardas soubessem de alguma coisa.

49

Campina de San Martino

Ainda estava escuro, mas a oriente despontava um clarão incerto que começava a delinear os cimos das árvores. Os homens estavam postados atrás das carroças: cada um empunhava uma balestra já com a flecha. Embora existisse o risco de a chuva arruinar o mecanismo delicado daquelas armas de precisão, o capitão havia ordenado que as mantivessem preparadas desde logo: não se sabia de que tipo seria o ataque nem de que lado viria, e portanto cada minuto desperdiçado em tirar as armas de sua capa de proteção seria inutilmente perigoso.

Fazio estava satisfeito: haviam feito tudo em pouco menos de uma hora. Tinham espalhado as cobertas sobre o terreno, amontoando-as de maneira desordenada, como se cada uma protegesse o corpo de um soldado: daquele jeito, vistas de longe, dariam a impressão de que todos dormiam. Os valetes haviam selado os cavalos às pressas, desatrelado os bois das carroças e afastado do acampamento todos esses animais, levando-os para os lados da granja.

No silêncio da alvorada incipiente, o único ruído era o das gotas de chuva que se chocavam, cada vez mais grossas, contra os toldos das carroças.

— Estão todos dormindo ainda, aqueles paspalhões! — cochichou Raneri a Bastiàn, dando-lhe uma cotovelada.

Não convencido, o homem pestanejou para ver melhor, mas não conseguiu: a escuridão ainda era grande. De fato, do acampamento não vinha nenhum rumor.

Silêncio demais, pensou Bastiàn, será possível que não haja um cavalo bufando, um soldado que se levante para mijar ou outro que, dormindo, solte grunhidos como um porco? Sua experiência de bandido o ensinara a desconfiar de situações assim. Já ia alertar Raneri para o que lhe parecia uma calma inatural, quando o jovem capitão emitiu um assovio breve, semelhante ao pio do maçarico-real. Era o sinal combinado: àquele som, os quadrilheiros deveriam sair da vala e começar a rastejar entre as moitas, aproximando-se do campo.

Inquieto, Bastiàn galgou o aclive do fosso e, um após outro, seus homens o seguiram. Raneri subiu por último.

— O que foi aquele assovio? — deixou escapar o soldado, com voz estrangulada.

Fazio se voltou para ele, levando os dedos aos lábios para ordenar silêncio.

Era um sinal, não havia dúvida. O capitão enfiou o pé no estribo da balestra, pronto para esticar a corda. Não se enxergava além de uns trinta pés, e o leve nevoeiro que estava se formando não melhorava a situação. Atento a captar qualquer rumor que não fosse o da chuva, Fazio se perguntou quem poderiam ser os homens que estavam prestes a atacá-los e, sobretudo, de que armas dispunham. Refletiu às pressas. Para chegarem até o acampamento, os inimigos deveriam se mover furtivos em meio à vegetação, dobrando-se ou até rastejando entre os arbustos: impossível, portanto, que tivessem espadas ou balestras, incômodas demais para garantir agilidade de movimentos. Era muito mais provável que estivessem armados de facões, punhais e algumas achas, um equipamento mais de salteadores do que de soldados. E se aquilo fosse apenas a emboscada de um bando de marginais interessados em despojá-los de armas e equipamentos? Mas não, que ideia era essa? Com eles havia um cavaleiro, não podiam ser ladrões! Inútil ficar pensando: seus homens estavam prontos, e quem quer que desembocasse das moitas receberia o troco.

De negro que estava, o céu começava a ficar cinzento e transmitia à campina uma claridade pálida. Colocando a cabeça um pouquinho para fora da roda da carroça atrás da qual se escondia, Fazio observou o terreno na direção do rio, retraiu-se e reduziu levemente a tensão sobre o estribo da balestra.

Bastiàn afastou os ramos da sarça atrás da qual estava agachado: a luminosidade proveniente do leste, às suas costas, começava a fazê-lo distinguir melhor o acampamento. Não se viam tendas: espalhados pelo solo, havia apenas leitos improvisados. Perguntando-se que tipo de capitão era aquele, que não concedia um abrigo aos próprios soldados, observou as carroças: estavam cobertas por encerados e, a julgar pelo afundamento das rodas no terreno lamacento, pareciam já carregadas. Talvez fosse esse o motivo da noite passada ao relento, talvez os milaneses estivessem para se retirar. Sim, sem dúvida era isso. No entanto... No entanto, alguma coisa não o convencia. Onde estavam os cavalos? Por que, diante de uma partida iminente, não haviam sido deixados ali? E os animais de tração, por que não estavam atrelados às carroças? Para onde os tinham levado?

De repente foi invadido por uma suspeita terrível, que em poucos segundos se transformou em certeza. Sob aquelas cobertas não havia ninguém, os soldados os tinham ouvido chegar e estavam escondidos atrás dos equipamentos, prontos a se defender. Olhou ao redor: as frondes mais altas dos arbustos ondulavam, sinal de que os quadrilheiros já se encontravam perto do campo. Não havia mais tempo de detê-los. Onde estava Raneri? Desde quando haviam saído da vala, não o tinha visto mais, onde diabos ele fora parar? Maldizendo-o por sua arrogante imperícia, Bastiàn apertou o cabo do punhal e deslizou para fora do sarçal.

Com o canto do olho, Fazio percebeu um movimento. Virou-se de chofre e divisou uma sombra se esgueirando não longe de sua carroça, seguida de outra e em seguida mais outra. Eram uns dez homens, e avançavam de gatinhas. Poucos instantes depois, outros desembocaram dos arbustos e os seguiram. Fazio não conseguiu contá-los todos, mas deviam ser muitos. Entocando-se no espaço entre a lateral da carroça e a roda, pisou fundo no estribo e esticou a corda da balestra, certo de que seus soldados também tinham notado os atacantes: havia ordenado que se mantivessem prontos para atirar, assim que a balestra dele tivesse lançado a primeira flecha.

Ficou à espera.

As primeiras punhaladas desfechadas sobre as cobertas amontoadas no centro do campo foram seguidas por um momento de silêncio atônito: assim que os atacantes se deram conta da cilada em que haviam caído, de suas bocas se elevou uma saraivada de palavrões. Antes mesmo que parassem de xingar, Fazio disparou a flecha. O dardo sibilou no ar e se espetou no peito de um quadrilheiro, derrubando-o no chão. Com um berro apavorante, um dos seus companheiros deu um salto para a carroça mais próxima, empunhando a acha. A flecha de um soldado o trespassou antes que os pés dele tocassem o solo. Os demais se espalharam pelo campo, em busca de um abrigo, mas não o encontraram: um após outro, os robustos dardos de ferro golpearam muitos alvos, penetrando sem dificuldade nos corpetes de couro acolchoado.

Bastiàn, que ficara lá atrás, deslizou silencioso para a traseira da carroça de onde partira a primeira flecha e, com um único golpe, degolou um soldado que, de costas diante dele, estava ajustando a mira. Da garganta do jovem saiu apenas um gorgolejo. Bastiàn deu dois passos ao longo da lateral da carroça e estava prestes a contorná-la inteiramente quando, de sob o encerado que naquele ponto chegava até o chão, brotou um homem armado de punhal.

À luz tênue do amanhecer, os olhos de Fazio se fixaram nos de Bastiàn: os dois homens permaneceram imóveis. Depois, com um salto à frente, o chefe dos quadrilheiros se jogou sobre o capitão, lançando-o ao solo. Atracados, rolaram na lama. O punhal de Bastiàn fulgurou diante do peito de Fazio, que, esquivando-se com os quadris, conseguiu evitar o golpe fatal. A lâmina penetrou profundamente no ombro esquerdo: gritando de dor, Fazio deixou seu próprio punhal escapulir da mão. Bastiàn, de bruços em cima dele, bloqueava-lhe o ventre com os joelhos: já ia erguendo a arma, pronto para golpear de novo, quando seu corpo se afrouxou, tombando sobre o do capitão. A flecha de balestra, atirada de pouca distância, trespassara-o de lado a lado, e a ponta se projetava do peito.

Com um empurrão decidido, Fazio jogou de lado o corpo inerte de Bastiàn e, arrastando-se na lama, levantou-se.

O soldado que lhe salvara a vida estava de pé diante dele.

— Volte à posição de tiro — ordenou o capitão, ofegante —, ainda não acabamos.

O jovem obedeceu. Fazio pensou em retomar a balestra do assoalho da carroça onde a tinha deixado, mas logo descartou a ideia: com aquele ombro ferido, nunca poderia suspendê-la. Os músculos do braço esquerdo latejavam e a mão estava quase totalmente insensível: ele recolheu do chão o punhal que lhe fugira pouco antes e, apertando-o firmemente com a direita, deslocou-se diante da carroça. Através da chuva fustigante, pareceu-lhe distinguir sombras desfocadas que rastejavam pelo terreno, entre os cadáveres. Temendo que com aquela névoa os soldados não conseguissem mais alvejar ninguém, decidiu dar novas ordens.

— Corpo a corpo! — gritou, com todo o fôlego de que dispunha.

Abandonadas as balestras, os homens saíram de seus esconderijos, empunharam os alfanjes leves que traziam pendurados à cintura e se espalharam pelo campo. Em poucos instantes, o terreno se transformou numa montoeira de corpos, enquanto se escutavam berros desumanos: não longe de seu posto, Fazio ouviu o estalo de uma maça que golpeava um crânio, logo seguido pelo rumor de um facão dilacerando carne. Virou-se de chofre, pronto a atacar, mas uma fisgada terrível no ombro o bloqueou: cambaleou, apoiou-se ao meão da roda e escorregou. Quando seu corpo tocou o solo, ele já perdera a consciência.

Guidotto sentiu a carroça balançar. Aterrorizado, tentou arrastar-se sobre as nádegas para se abrigar atrás do grande saco de provisões que havia ao lado, mas a corrente que o prendia não lhe permitiu deslocar-se sequer por um braço.

Começou a tremer: ali no escuro, sob a lona, não sabia o que estava acontecendo. Fora acordado por um grito longínquo e de início, com a mente ainda entorpecida, tivera dificuldade para entender onde se encontrava. Tinha estendido as mãos diante de si e o inesperado puxão no pulso o trouxera de volta à consciência. Os gritos aumentaram e lhe pareceu até escutar, muito próxima, a vibração da corda de uma balestra, seguida pouco depois por um gemido e um baque.

Passaram-se poucos instantes após aquele rumor, e agora, enquanto o carro continuava a oscilar, o assoalho se inclinou e duas mãos enormes levantaram a lona. O negociante arregalou os olhos na penumbra, mas não teve tempo de ver nada: a acha desceu com força sobre sua cabeça e se espetou no meio do crânio. O quadrilheiro a removeu às pressas, limpou-a no manto de Guidotto e desceu da carroça.

Ajoelhado no fundo da vala, Raneri limpou a bile dos lábios. Tinha vomitado muito, e agora sua garganta ardia terrivelmente. Reergueu-se e quase caiu de volta na lama, desequilibrado pela espada. Enquanto a ajeitava contra o flanco, ocorreu-lhe que poderia abandoná-la ali: sem aquele peso, sua corrida rumo ao rio seria mais veloz. Mesmo consciente de que seu pai o repreenderia, decidiu que sua vida era mais preciosa do que o dinheiro gasto para comprar aquela arma estorvante. Dispunha do punhal, muito mais manejável, e, se fosse necessário, iria defender-se com ele.

Abriu o cinturão e jogou-o no solo. Depois puxou o punhal da bainha e adiantou a cabeça além da borda do fosso: dali, o acampamento não era visível, mas, a julgar pelos gritos cujos ecos se ouviam, o confronto ainda devia estar em curso.

Cauteloso, subiu o aclive e tomou a direção do rio. Se conseguisse mover-se depressa, alcançaria os cavalos antes que alguém o descobrisse, mas, naquele terreno lamacento e cheio de estrepes, era difícil correr. Bendizendo a própria hesitação, que o induzira a permanecer na retaguarda para ver com que tática os quadrilheiros pretendiam desencadear o ataque, convenceu-se de que ninguém podia ter notado a presença de um cavaleiro no meio daquele bando de maltrapilhos. Escondido sob um abrunheiro, assistira com horror à imediata resposta armada dos milaneses e logo compreendera ter subavaliado a situação: Bastiàn estava certo, alguém devia tê-los visto chegar do rio e dera o alarme.

Ofegante, percorreu uns cinquenta passos, olhou para trás e agachou-se de novo entre as sarças. Diante dele, no máximo a 20 toesas de distância, estendia-se o renque de árvores que o separavam do Adda. Iria alcançá-las em poucos minutos e, uma vez ultrapassadas, montaria a cavalo e fugiria: contaria a Ezzelino ser o único sobrevivente daquela carnificina. Tinha toda a certeza de que qualquer um dos quadrilheiros, se conseguisse escapar, fugiria, em vez de retornar a Bassano para sofrer a vingança do príncipe: ele, não, ele era um cavaleiro e Ezzelino jamais se permitiria desafogar sobre suas costas a própria ira por aquela derrota.

Continuou a avançar: pouco adiante, as touceiras rareavam e o terreno era recoberto somente pela grama. Com a mão esquerda apertando o cabo do punhal, começou a correr.

O rapaz conferiu a tensão da corda: estava perfcita. Agora, tratava-se apenas de esperar. Encarapitou-se na árvore e sentou-se escarranchado num ramo. Estava bem satisfeito consigo mesmo: embora ninguém lhe tivesse dado ordens nesse sentido, pensava que uma cilada daquelas poderia trazer seus frutos. Quando, antes que os atacantes penetrassem no acampamento, conseguira retornar ao seu posto perto do rio, decidira fazer o máximo para dificultar uma eventual fuga deles. Tinha desdobrado a corda que trazia enrolada na sacola e atado as extremidades dela aos troncos de dois choupos, baixando-a até a dois palmos do terreno, a fim de que a grama espessa a escondesse. Não que aquilo fosse grande coisa como esparrela, mas era sempre melhor do que nada para interromper uma corrida agitada.

“Afinal, será que alguém vai conseguir escapar? Os balestreiros milaneses são famosos por sua mira”, disse a si mesmo, arrancando preguiçosamente umas folhas, “e não creio que deixem muitos atacantes vivos.” “Claro”, concluiu, enquanto um sorriso orgulhoso lhe iluminava os olhos: “se com esta armadilha eu conseguisse deter alguém, o capitão me ficaria agradecido e, quem sabe, talvez me propusesse como escudeiro ou como...”

Um barulho repentino de passos o arrancou de seus pensamentos. Agarrou-se firmemente ao ramo e olhou. Um homem corria na direção do rio: ainda estava longe, mas chegaria depressa. Quase sem respirar, ficou à espera.

O homem se deteve para tomar fôlego e depois se voltou. Deu uma rápida olhadela para trás e recomeçou a correr.

A uns vinte passos de onde começara, sua corrida terminou. Seu pé direito tropeçou na corda e o esquerdo se projetou para a frente, em busca de um ponto de apoio. Ele tentou se equilibrar e abriu os braços. Por um instante, ficou suspenso no ar, depois dobrou-se sobre si mesmo e, com um gemido, caiu desengonçadamente na grama.

O rapaz desceu da árvore às pressas: sem fazer ruído, pegou no chão um grosso galho caído e, segurando-o como uma clava, aproximou-se.

O homem o viu e tentou se reerguer, mas a corda, ainda enrolada em seu pé, desequilibrou-o. O rapaz levantou o galho e, com toda a força que conseguiu reunir, desceu-o sobre a cabeça do desconhecido. Sob o golpe, o sangue esguichou violento da têmpora e escorreu pelo rosto. Por um longuíssimo momento, os olhos incrédulos do homem fitaram o rapaz, e depois se reviraram. A boca se escancarou num grito mudo. Com o galho ainda bem seguro entre as mãos, o rapaz recuou e esperou. Depois de um tempo que lhe pareceu razoável, aproximou-se e pressionou a ponta de sua arma improvisada contra o flanco do homem, que não se mexeu. O sangue continuava a jorrar aos borbotões e já impregnara a parte superior da veste, tingindo de vermelho o precioso bordado de um escudo.

"Bom, parece bem morto...", pensou o rapaz.

Furtivo, olhou ao redor; em seguida, passou a mão por baixo da sobreveste do cadáver, em busca do cinto. Encontrou-o e soltou a escarcela de dinheiro: abriu-a, contou as moedas, tirou duas e deslizou-as para o bolso dos próprios calções. Depois fechou-a e prendeu-a de novo ao cinto do morto. Gostaria de roubar todas, mas não seria prudente: uma vez levado o cadáver para o acampamento, o capitão ficaria desconfiado ao encontrar a escarcela vazia.

Levantou-se, limpou a mão suja de sangue na grama molhada e encaminhou-se desenvolto para o campo dos milaneses.

50

Castelo de San Martino

Matthew derramou o vinho quente sobre o ferimento. Fazio berrou.

— Tenha paciência, capitão, em poucos instantes a ardência vai passar. O vinho evitará a supuração, mas, assim que chegar a Milão, o senhor deve recorrer aos cuidados de um cirurgião, que vai limpar o ferimento e suturá-lo.

Fazio apertou os dentes, sem responder. A punhalada do quadrilheiro lhe dilacerara a carne, deixando o osso a nu. O mestre cobriu o ombro com um pedaço de estopa embebida no vinho e depois procedeu ao enfaixamento. O braço pendia inerte e a pele estava violácea, sinal de que provavelmente os tendões tinham sido cortados rente. Atento a não apertar demais, Matthew enrolou as tiras de linho até o cotovelo.

— Talvez seja melhor viajar numa carroça, e não a cavalo — aconselhou —, e é conveniente pendurar o braço ao pescoço com uma tipoia: quanto menos solavancos o senhor sofrer, melhor chegará às mãos do cirurgião.

O capitão anuiu. Não era tão estúpido a ponto de não suspeitar que poderia perder o uso do braço: tinha visto muitos ferimentos como aquele, e com frequência quem os sofrera era até amputado.

Levantou-se mas logo voltou a se sentar, tomado de vertigens.

— Vá chamar meu escudeiro — ofegou, virando-se para o mestre —, diga-lhe que comunique a frei Pietro que preciso falar com ele.

Matthew obedeceu e saiu para o pórtico. O pequeno local que usara como enfermaria não era distante do pátio grande: o valete e os dois soldados que haviam acompanhado Fazio ao castelo esperavam ali.

O mestre recapitulou a noite recém-transcorrida. Quando fora até o adarve, logo compreendera que algo não ia bem no acampamento: como já lhe parecera notar da torre, toda a área estava no escuro. Não teve tempo de se perguntar o que estava acontecendo quando, abafados pelo ruído da chuva, gritos selvagens começaram a ressoar pelo ar. Em poucos instantes, os soldados de Bonizzo se enfileiraram sobre os espaldões e, empunhando os arcos, permaneceram aguardando ordens: Clemente, o chefe dos guardas, expulsou-o dali com maus modos, intimando-o a voltar ao seu quarto. Dali, ele podia ver bem pouco, mas os gritos continuaram por muito tempo, tirando o sono dos habitantes do castelo. Em meia hora, as escadas e os corredores foram invadidos pelo barulho de passos nervosos, vozes assustadas, portas batidas.

Não tinham sabido nada até duas horas antes, quando o capitão se apresentara diante da ponte levadiça. Muito pálido, Fazio mal se aguentava na sela: desmontou e, ajudado por um valete, arrastou-se até a residência do castelão. Ali, explicou que uns quarenta malfeitores tinham armado uma emboscada contra o acampamento, mas que seus homens se defenderam com coragem, matando-os todos. Não disse se os milaneses também haviam sofrido perdas: limitou-se a pedir que alguém lhe medicasse o ferimento, e Bonizzo mandou chamar o mestre.

Agora, enquanto se afastava do escudeiro, Matthew se arrependeu de não ter pedido notícias do negociante: sabia que, na noite anterior, este havia sido instalado numa carroça, já atordoado pela poção soporífera que ele mesmo lhe administrara. O que teria acontecido com Guidotto? Fazio não o mencionara, e isso o fazia temer o pior. Se por acaso o negociante tivesse sido morto, quais seriam as próximas decisões das autoridades milanesas em relação ao manuscrito e, sobretudo, como reagiria o pontífice?

De repente, lembrou-se de que deveria comparecer aos aposentos de Bernarda para examinar os livros antigos dela: na tarde da véspera, a castelã enviara a doméstica para avisá-lo de que o esperava à hora sexta. Embora de má vontade, ele aceitara; mas os fatos daquela noite e a hora passada medicando o capitão fizeram-no esquecer o compromisso. Será que a velha sabia do acontecido? Ele não a vira circulando pelo castelo: talvez nem tivesse acordado, ou talvez Giacoma estivesse prudentemente retendo-a no quarto.

Olhou o céu: havia parado de chover e, a julgar pela luz do dia já feito, deviam ter-se passado umas duas horas após a terça. Atravessou o pátio grande, transpôs o portão do palácio senhorial e tomou a escada rumo ao quarto de Bernarda.

O pórtico estava deserto, o lugar ideal para que ninguém escutasse o que ele tinha a dizer. Apoiado contra a parede de tijolos, Fazio suava: a dor no ombro ficava cada vez mais violenta. Diante dele, frei Pietro o fitava, à espera.

— O senhor foi informado do que aconteceu esta noite? — perguntou o capitão.

O inquisidor assentiu.

— O que ninguém sabe, porém — disse o capitão —, é que a irrupção no acampamento foi obra de homens de Ezzelino de Romano.

No rosto do frade pintou-se uma careta zombeteira.

— E quem lhe disse isso, os mortos? — perguntou. — Seus soldados afirmaram que não há sobreviventes entre os atacantes...

Fazio ignorou seu tom de mofa.

— Um dos nossos sentinelas — continuou, olhando-o severamente — matou um homem perto do rio: é um cavaleiro, e seu alforje continha um passe assinado por Ezzelino, válido para ele e para um esquadrão de quatro dezenas de homens. Creio que um salvo-conduto desses oferece uma indicação mais do que evidente sobre o local de origem deles, não acha?

— E o que fazia ali, longe do acampamento, um cavaleiro que deveria conduzir seu pelotão?

— Não sabemos: talvez, quando viu o rumo que a situação estava tomando, tenha decidido retornar para avisar seu senhor. Fosse como fosse, um dos nossos sentinelas o descobriu e o matou.

— Pena que não tenha conseguido capturá-lo vivo — replicou o frade, pensativo —, o senhor poderia lhe perguntar o motivo da incursão. Já fez alguma ideia a respeito?

— Não sei o motivo, mas esta história toda não me agrada, e eu não gostaria que, ainda por cima, tivesse a ver com o manuscrito. Talvez... — uma fisgada profunda como um golpe de estilete lhe fez morrer a voz na garganta: ele levou a mão ao ombro e apertou a atadura com força.

— O senhor está mal — afirmou o inquisidor.

Fazio arquejava.

— Estou pensando há horas — disse afinal, recuperando o fôlego com dificuldade —, e cheguei a uma conclusão: Ezzelino também sabe que o manuscrito está aqui e mandou seu lugar-tenente para recuperá-lo, sob o pretexto do reconhecimento nas terras dos San Martino. Não sei por qual razão, talvez para restituí-lo ao imperador. Seja como for, o mensageiro que trouxe o despacho endereçado a Gualdo deve ter retornado à Marca para alertar seu senhor sobre o cerco: a essa altura Ezzelino, sem saber da fuga do seu lugar-tenente, pode ter decidido mandar nos atacar, para dissolver o assédio à força. Se aqueles miseráveis que nos atacaram tivessem conseguido seu intento, agora estariam revirando os aposentos do castelo para procurar Gualdo e, não o encontrando, levariam o negociante.

— Por falar nisso...

— Morreu. Estava na carroça e seu crânio foi partido ao meio por um golpe de acha.

Frei Pietro empalideceu.

— Isso complica as coisas...

— Não só as complica — continuou Fazio, com voz desanimada —, mas também as dificulta muitíssimo, sobretudo para mim. Tenho certeza de que o podestade não hesitará em me acusar de negligência, nem que seja para justificar aos olhos do vicário do arcebispo o insucesso de toda a operação. Então, pensei numa coisa...

Abalado por nova fisgada, contraiu o rosto numa careta. Um fio de saliva lhe escorreu da boca. Cambaleando, afastou-se da parede, avançou dois passos e sentou-se na mureta que ligava as colunas do pórtico.

— Precisamos de um refém — disse, enxugando os lábios com a manga.

— Um refém? — perguntou o inquisidor, surpreso.

— Sim. Embora eu esteja cada vez mais convencido de que o manuscrito foi roubado por aquele Gualdo, quero explorar todas as possibilidades. Raptaremos a sobrinha de Bonizzo e a esconderemos num local secreto, até que o manuscrito apareça.

Frei Pietro o encarava, embasbacado.

— Todos vão se apavorar — prosseguiu Fazio — e, se aqueles malditos pergaminhos ainda estiverem aqui dentro, o tumulto que se seguirá ao rapto deixará em pânico o ladrão, que finalmente dará um passo em falso. E, aqui, entra em cena o senhor: se tiver a habilidade de flagrá-lo no erro, terá o mérito de haver recuperado o tratado, enquanto eu não terei mais de prestar contas a ninguém da morte do negociante, a qual passará sob oportuno silêncio.

O inquisidor exibia uma expressão dubitativa: embora admirado pela audácia do plano, perguntava-se a que consequências este levaria.

— E Ezzelino? — perguntou. — O que acontecerá, quando souber que nenhum dos seus homens sobreviveu? Não existe o risco de ele informar o imperador, com imprevisíveis consequências para Milão?

— Não creio. No momento, estão ambos empenhados na campanha contra Bolonha e, de qualquer modo, até que Ezzelino saiba da derrota dos seus, vão se passar semanas, tempo suficiente para recuperarmos o manuscrito. Dei ordem de enterrar todos os cadáveres, inclusive o do cavaleiro, e de cavar as sepulturas longe da granja: por sorte, a floresta aqui ao redor é grande e, nesta estação, grama e moitas recobrirão rapidamente o terreno.

Fazio se levantou.

— À hora nona, dois dos meus soldados estarão nas proximidades da poterna: invente um pretexto para fazer a sobrinha de Bonizzo sair do castelo e leve-a com o senhor. Meus homens vão conduzi-la para fora das muralhas e colocá-la numa carroça: no intervalo de tempo entre os guardas do castelo darem o alarme e se movimentarem para nos alcançar, já estaremos longe e, se alguém tentar um ataque-surpresa, encontrará um osso duro de roer.

Frei Pietro anuiu sem replicar, e o capitão se afastou.

Transpondo o arco que conduzia para fora do pórtico, o inquisidor viu o castelão que, precedido por um homem de escolta, seguia a cavalo para a ponte levadiça. Depois que ele a transpôs, do fundo do pátio grande surgiu Ruggino Cataneo: olhando em torno com ar furtivo, o velho alcançou seu próprio doméstico, que, diante das estrebarias, acabava de selar duas montarias.

Segurando a tocha com uma das mãos, Simon se esgueirou pelo vão da portinhola que conduzia aos subterrâneos. A umidade que transudava das paredes lhe cortava a respiração. Estendendo o archote diante de si, espiou entre as grades de ferro, mas só viu pavimentos vazios, cobertos de palha apodrecida. Por duas vezes, pareceu-lhe divisar sombras escuras, agachadas contra as paredes das celas. Sentiu um calafrio: havia poucos animais que lhe provocavam uma repulsa incontrolável, e os ratos estavam entre eles. Esperando que o fogo da tocha os dissuadisse de aventurar-se longe de suas tocas, prosseguiu pelo corredor.

"Mas onde diabos se escondeu aquele maldito?", perguntou-se. E se ele tivesse mudado de ideia? Se tivesse decidido não vir ao encontro?

Olhou para o interior da última cela. Vazia.

Exasperado, estava para retornar quando ouviu chamarem-no. Era pouco mais que um sussurro.

Voltou-se.

A voz parecia provir do fundo do corredor. Aproximou-se com cautela e a luz do archote iluminou a parede: do outro lado de uma larga fissura que ele não tinha notado, pareceu-lhe discernir a face de Gualdo.

— Venha cá, depressa, abra este buraco!

Perplexo, Simon pousou a tocha no solo: tateou as pedras e percebeu que eram sobrepostas, sem nenhuma camada de argamassa para mantê-las unidas. Começando pela mais alta, removeu-as e colocou-as no chão. À medida que procedia, a abertura se alargava: quando o vão estava suficientemente amplo para deixar passar o corpo de um homem, Gualdo ordenou a Simon que recolhesse a tocha e o seguisse.

O jovem obedeceu. Depois de uns cinquenta passos, seu companheiro se deteve e se apoiou à parede daquela que tinha toda a aparência de ser uma galeria muito longa. À luz tremulante do archote, o rosto de Gualdo parecia pálido, mas sua expressão era determinada.

— Diga — prorrompeu ele, áspero —, é verdade que o castelo está sob cerco armado e que há também um inquisidor?

Simon o fitou: a perplexidade foi sendo substituída pela raiva. "Mas como?", pensou, "você vai embora às escondidas, sem dar explicações, me deixa aqui inerme nas mãos de soldados e inquisidores que poderiam me matar, e de repente reaparece e recomeça a me dar ordens, como se nada tivesse acontecido?"

Estava para dar voz à própria cólera quando Gualdo continuou.

— Preciso saber — disse, num tom cansado que Simon não conhecia —, ou não conseguiremos nos salvar, nem você nem eu.

O significado dessa frase inesperada fez morrer na garganta do miniaturista as palavras rancorosas que ele se dispunha a pronunciar. Em vez disso, perguntou:

— Por que o senhor fugiu?

Gualdo suspirou.

— Um mês atrás, percebi estar atacado por um mal que não deixa escapatória e decidi ir embora. Atravessei o bosque à procura de um lugar onde pudesse esperar a morte sozinho, mas depois... — Calou-se. — Depois, ainda não sei como, aos poucos fui readquirindo as forças e me curei.

— E por todo esse tempo viveu sozinho na floresta?

Gualdo balançou a cabeça.

— Encontrei uma caverna e ali permaneci.

O jovem o encarou, suspeitoso: disso, o filho do rendeiro já o informara, mas devia ser somente uma parte da verdade. Gostaria de continuar perguntando, mas, convencido de que seria inútil, começou a falar.

— Pouco depois que o senhor desapareceu, chegaram os soldados milaneses, em companhia de um inquisidor: procuravam os pergaminhos, e inspecionaram o castelo de ponta a ponta, sem achar nada. O inquisidor até torturou o negociante para fazê-lo confessar o furto, mas não obteve resultados. Investigaram inclusive meu quarto, esvaziaram o estojo onde conservo estilos e pincéis e espalharam tudo. O frade me submeteu a um interrogatório odioso, na intenção de descobrir se eu era cúmplice do senhor e se havíamos vindo juntos para o castelo com a intenção de roubar o tratado. Obviamente, eu menti, afirmando que minha viagem até aqui era motivada por razões profissionais e que o encontro com o senhor aconteceu de maneira totalmente fortuita. Duvido que ele tenha acreditado, mas alguns dias atrás ocorreu um fato novo: o capitão dos milaneses anunciou que o cerco seria suspenso e que deteria Guidotto para levá-lo a Milão. Dizem que, de lá, pretendem conduzi-lo a Lyon, à presença do papa: parece que foi o próprio pontífice a ordenar toda a operação, e dizem também que por enquanto o inquisidor permanecerá no castelo. Seja como for, o acampamento já foi desmontado e o pelotão deveria partir hoje, mas, a esta altura, pode haver um adiamento: esta noite os milaneses foram atacados por um grupo de salteadores, e, pela carnificina que se seguiu...

— Um ataque de salteadores? — interrompeu Gualdo, alarmado.

— Sim, dizem que eram uns quarenta, e que todos foram mortos. Parece que também houve baixas entre os milaneses e que o capitão deles foi ferido.

— Um bando de quarenta homens... Parecem-me demais: em geral, os salteadores se reúnem em grupos de quinze, vinte, no máximo.

Uma ruga de preocupação atravessou a fronte de Gualdo. Era justamente esse o número a que chegavam os esquadrões de quadrilheiros utilizados habitualmente na Marca para efetuar as incursões durante as batalhas, e as roupas deles poderiam ser facilmente confundidas com as de um bando de malfeitores...

Uma suspeita inquietante lhe cruzou a mente, mas ele a descartou: não era aquele o momento, havia coisas mais urgentes a resolver.

— Onde diabos terá ido parar aquele maldito manuscrito? — exclamou, furioso.

— Onde poderia estar, se não foi o senhor quem o roubou? Desde quando os milaneses chegaram, mais ninguém teve permissão para deixar o castelo, e portanto ele ainda está aqui. O problema é que não consigo imaginar quem foi o temerário que o escondeu tão bem e por tanto tempo, apesar de todo o alvoroço feito por aquele maldito frade...

— Nós é que devemos encontrá-lo, Simon, e de imediato, ou Ezzelino vai mandar nos matar. Diga — continuou Gualdo, apontando para o trecho de galeria que acabavam de percorrer —, daqui se pode subir até os aposentos do castelo? Sei que os subterrâneos são trancados por uma chave custodiada pelo chefe dos guardas... A propósito, como você conseguiu chegar aqui sem ser descoberto?

Simon sorriu.

— Foi um golpe de sorte. O cubículo no alto da torre onde me confinaram três semanas atrás é ligado a estas prisões por uma escada em caracol escavada nas paredes. Eu a descobri por acaso, e creio que é tão velha e não utilizada que não deve ser conhecida por ninguém, nem mesmo por Bonizzo. Se não existisse essa passagem, eu jamais teria conseguido descer até aqui: há uma portinhola, uma espécie de janela na parede do corredor, e...

— Então — disse Gualdo —, ninguém me veria se, de lá, eu subisse com você até a torre. E, uma vez dentro do castelo, poderia...

— Um momento! — exclamou o jovem. — O senhor pretende vir até o meu quarto? E se o descobrirem? Se alguém..

— Sim — concluiu Gualdo, tranquilo —, é o único jeito. Vamos, Simon, voltemos logo à torre.

Sem dar ao outro o tempo de replicar, tomou-lhe da mão a tocha e se encaminhou em longos passos para a entrada da galeria. Circundado pela escuridão, Simon foi obrigado a segui-lo. Transpuseram o vão que levava aos cárceres e, depois de recolocarem as pedras em seus lugares, um após o outro içaram-se sobre o pé-direito da portinhola e subiram a escada.

51

Pairava no quarto um intenso perfume de água de rosas. Vestida numa gamurra de seda verde, Bernarda estava sentada no banquinho: enquanto uma das mãos alisava as pedras do colar de corais, a outra atormentava as fitas da touca que pendiam do queixo até o corpete da veste. Enquanto se aproximava, Matthew notou que o rosto da castelã fora pintado com cosméticos, as faces de um vermelho aceso e os lábios recobertos por uma pasta escarlate.

Parecia uma prostituta velha.

Aturdido, ele fitou a doméstica: Giacoma respondeu com um olhar eloquente. Consternado, deu-se conta de que Bernarda se arrumara daquele jeito para ele.

— Cheguei — disse, tentando mascarar o próprio desconforto diante daquele espetáculo grotesco. — Conforme o prometido, vim ver os livros da senhora.

A velha assentiu. Levantou-se, tirou do bolso da veste uma chave de ferro e foi até a arca. Abriu-a e, depois de pedir ajuda a Giacoma para levantar a tampa, apontou-lhe a porta.

— Agora, saia — ordenou.

Giacoma lançou uma olhadela ao mestre e se foi, deixando a porta semicerrada. A velha, já inclinada sobre a arca, não percebeu. Suas mãos procuravam, nervosas, afastando garnachas e gamurras e jogando camisolas, cintilhos e chinelos em desalinho sobre o pavimento.

— Aqui estão! — exclamou triunfante, no fim daquela busca frenética. — Achei!

Levantou-se, segurando dois pequenos volumes: colocou-os um ao lado do outro sobre a mesa e olhou o mestre, em expectativa.

Matthew os examinou. A primeira capa era de madeira clara, marchetada ao longo das bordas com uma grega mais escura; a segunda, de couro lavrado, representava animais fantásticos inseridos numa moldura de folhas. Fascinado pela elegância daquelas encadernações, Matthew começou a folhear os livros: exceto por minúsculos rasgões nos cantos de algumas páginas, os pergaminhos estavam íntegros e a língua latina em que tinham sido escritos ainda era perfeitamente legível.

— Pois é, viu? — disse Bernarda, apontando com o indicador ossudo a iluminura que ornava o primeiro dos dois frontispícios. — Esta é Medeia matando os próprios filhos, e este é o palácio de Jasão pegando fogo: conhece a tragédia de Sêneca?

— Sim.

— Quando me fez ler estes versos, meu velho mestre disse que Sêneca reescreveu em latim a obra de um grego, um certo... — Franziu a testa, no esforço de lembrar.

— Eurípides — concluiu Matthew por ela.

— Sim, isto, ele mesmo. Mas — continuou Bernarda, abrindo duas páginas contrapostas do outro volume —, veja aqui: estas iluminuras não são uma maravilha? Recordo que, depois que meu preceptor me explicou que se tratava de uma suma geográfica, passei horas observando-as. Está vendo? Estão representados rios e montanhas e ilhas e até populações semi-humanas e animais monstruosos...

— Chamam-se corografias — disse o mestre —, e esta deve ser muito antiga: não sei quem pode tê-la compilado, mas é seguramente um livro precioso.

Bernarda ergueu da página a cabeça. Seus olhos brilhavam de excitação: parecia que a pátina esbranquiçada que os velava se dissolvera.

Levantou-se e voltou à arca. Cada vez mais espantado pela imprevisível comédia da qual, a contragosto, estava participando, Matthew se perguntou como era possível que aquela velha ainda conservasse tão viva a memória de uma juventude que devia ter sido vivaz e curiosa. Pela segunda vez, interrogou-se sobre quem ou o que havia apagado para sempre a mente daquela mulher.

Bernarda se voltou, estreitando ao peito um outro livro. Pousou-o sobre a mesa: a capa, quase totalmente solta da lombada, estava em farrapos e, através das largas fissuras do couro, entreviam-se folhas amareladas e gastas. Ela o abriu com delicadeza.

— Mas este é o *Fisiólogo*! — exclamou Matthew, embasbacado, inclinando-se para observar os pergaminhos.

— Sim — sussurrou Bernarda. — Sabe? Eu nunca consegui aprender grego e portanto não sei o que significam as palavras escritas, mas, a julgar pelas ilustrações, creio que este é também um tratado sobre a natureza. Está vendo? Aqui temos o caçador com sua presa, e aqui o leão, a serpente, a águia, o cervo... Quando me deu este livro, o preceptor me explicou que o texto remonta aos primeiros séculos da era cristã.

Era um volume raríssimo. Matthew se perguntou quem poderia ter sido o mestre em condições de ter acesso àquelas obras de valor inestimável: seguramente, Bernarda não mentia quando afirmava que seu preceptor provinha da corte de Frederico Barba-Roxa. O que não estava claro era por que aquele homem havia confiado semelhante tesouro justamente a ela: o conteúdo pagão daquelas páginas teria se tornado um perigo para ele? Talvez, à espera de recuperá-lo, esse preceptor tivesse decidido escondê-lo e por fim, quem sabe, não pudera mais voltar para buscá-lo.

Ergueu os olhos para a velha.

A esperança que leu em sua expressão provocou-lhe uma grande pena e o impeliu a pronunciar as palavras que ela esperava ouvir.

— Se a senhora me permitir — disse —, voltarei para examinar estes volumes.

O rosto de Bernarda se abriu num sorriso e, por um instante, em seus olhos surgiu o mesmo brilho que iluminava os de Alisa.

— Quando quiser, mestre — respondeu ela, baixinho.

Fechou os três livros, empilhou-os e esperou que Matthew se despedisse. Depois que ele saiu, apoiou as palmas das mãos sobre o tampo da mesa e começou a rir: aos poucos, os sons sufocados que saíam de sua garganta se tornaram estrídulos e se transformaram em soluços.

— Mas não há ninguém aqui! — exclamou Delfina, adentrando perplexa o quarto do padre Arnaldo. Frei Pietro não esperou mais: em passos ágeis, saiu do aposento e trancou a porta por fora.

— Ei, por que fechou? Abra, abra!

Apavorada, a mulher começou a socar a madeira. O inquisidor a ignorou: ali por perto não havia vivalma e ninguém a escutaria. O padre Arnaldo não conseguiria entrar quando voltasse da função na capela e, no espaço de tempo que ele gastaria para descobrir onde havia ido parar a chave, frei Pietro poderia executar com calma a tarefa que lhe fora confiada.

Encaminhou-se para o quarto de Alisa. Já estivera lá pouco antes, esperando encontrá-la sozinha, mas a jovem estava em companhia da doméstica: a incômoda presença desta o impediria de levar Alisa consigo. Levara só um momento para inventar um pretexto que afastasse Delfina dali: disse que o padre Arnaldo lhe pedira para perguntar se ela podia ir procurá-lo para pegar uma batina necessitada de remendos. Delfina o encarara, perplexa, sem entender por que aquele pedido era feito justamente a ela, mas depois o seguira sem protestar.

Claro, mais tarde alguém poderia suspeitar que havia sido ele a entregar a jovem castelã nas mãos dos milaneses, mas àquela altura Alisa já estaria longe. Estava muito contente consigo mesmo: a inspiração que tivera ao assistir à partida circunspecta de Ruggino também seria profícua. Finalmente, todos compreenderiam do que ele era capaz, e o medo que sentiriam se transformaria em terror, favorecendo o bom êxito dos seus planos.

Bateu à porta e a cadelinha latiu.

Alisa abriu. Sua expressão era de surpresa.

— Mas o senhor... O que foi, agora? Eu não...

— Venha comigo. Quando eu levava sua ama até o padre Arnaldo, encontrei seu noivo, que me perguntou pela senhorita. Parece que Ruggino está para ir embora do castelo e que, antes de partir, quer lhe prestar suas homenagens: disse que a espera na poterna, e me ordenou que a acompanhe.

Alisa o encarou, incerta. Que história era aquela? Toda a balbúrdia do último mês e a carnificina da noite recém-passada teriam induzido Ruggino a desistir dos seus propósitos nupciais? Mas, se assim fosse, por que Bonizzo ainda não a informara? "Talvez espere convencê-lo ainda", pensou, "ou talvez esteja tão encolerizado que nem quer falar disso..."

O rosto do frade estava impassível. Alisa hesitou um instante, mas depois colocou a touca e o seguiu para fora do quarto, fechando a porta atrás de si.

Cátula ganiu e raspou a madeira duas ou três vezes. Tinha o pelo eriçado e tremia.

— Lá estão, chegaram!

Do alto da carroça, o homem deu uma cotovelada no companheiro. Ao vê-los vestidos daquele jeito, ninguém diria que se tratava de dois soldados: de fato, o capitão os fizera envergar os esfarrapados trajes subtraídos aos cadáveres de dois quadrilheiros e ordenara que se detivessem diante das muralhas, fingindo-se de trabalhadores à espera de descarregar gêneros provenientes da granja.

Com ar indiferente, os dois homens desceram da carroça e se aproximaram da poterna. Seguida a distância pelo inquisidor, Alisa se deteve diante da pequena ponte de madeira que atravessava o fosso e olhou ao redor.

— Mas onde está Ruggino? — perguntou, voltando-se para o frade. — Aqui só vejo uma carroça e...

Não teve tempo de acabar a frase: num salto, os homens a alcançaram e lhe jogaram um saco sobre a cabeça. Alisa gritou, mas sua voz foi sufocada pelo tecido pesado: agitou os braços e esperneou com fúria, até que, irritado por aquela reação inesperada, um dos dois lhe desfechou um soco no ventre. A moça amoleceu sem um gemido: enquanto um estupefato soldado da guarda corria pela ponte e começava a gritar, o homem a levantou e colocou-a na carroça. O outro subiu à boleia e chicoteou o cavalo, que partiu acelerado rumo ao acampamento.

Chegaram outros guardas. Enquanto passavam por ele correndo, frei Pietro, imóvel sob o intradorso da poterna, acompanhou com os olhos a carroça que se afastava. Quando lhe pareceu que ela já estava fora do alcance de qualquer perseguidor a pé, voltou-se e entrou no castelo.

Gualdo arquejava. Embora lhe parecesse ter recuperado as forças, a subida daquela escada íngreme o deixara exausto. Enquanto Simon recolocava as tábuas contra a parede, deixou-se cair sobre o banquinho, tentando devolver à respiração um ritmo regular.

— E agora? — perguntou o miniaturista, depois de repor o estrado no lugar.

— Agora, vamos procurar o tratado.

— Mas se eu lhe disse que o inquisidor já virou pelo avesso meio castelo para procurá-lo!

— Pois é, justamente, disse bem: meio castelo, não todo. Experimentemos pensar quais poderiam ser os locais ainda não vistoriados: por exemplo, você acha que também foram passados pelo crivo os alojamentos militares, ou os depósitos de cereais, ou as cozinhas?

— Não sei, não creio que...

— Isso — prosseguiu Gualdo —, para não falar dos aposentos do castelão e dos seus familiares: sabe dizer se o frade também mandou inspecionar o quarto da sobrinha?

Simon enrubesceu.

— A sobrinha de Bonizzo não tem nada a ver com esta história! — prorrompeu, ressentido.

Gualdo o fitou, curioso. O que era aquela indignação toda? O que aquele jovem escondia? Seu coração e seus sentidos teriam se perdido atrás da beleza de Alisa de San Martino?

Reprimiu um sorriso.

— O dela será o primeiro que eu vou conferir — disse, grave. — Quanto dista daqui?

— Fica... fica na outra ala do castelo, perto do quarto da velha castelã, mas...

— Bem, vamos logo. Você vai na frente e verifica se não há ninguém por perto: depois, quando chegarmos lá, me ajuda a controlar a moça até que eu termine a inspeção.

O jovem sabia que não podia opor uma recusa. Dirigiu-se para a porta, saiu e deixou-a encostada.

Gualdo se aproximou e ficou à escuta. As tábuas do corredor rangeram sob os passos de Simon, depois silenciaram. Com a mão apoiada no cabo do punhal, saiu por sua vez e enveredou pela escada.

Simon bateu de leve. A única resposta foi o ganido de Cátula. Espantado, ele experimentou girar a maçaneta: a porta se abriu.

— Não entendo... Alisa costuma fechar com a trava de madeira...

Gualdo afastou o rapaz com um empurrão e entrou. Imóvel no meio do aposento, a cadela rosnou.

— Calma, Cátula — sussurrou Simon, inclinando-se para acariciá-la. — Calma...

— Aqui não há ninguém — disse Gualdo —, nem a castelã nem sua ama. Estranho. E veja — acrescentou —, a tampa da arca ficou aberta, como se as duas tivessem interrompido alguma coisa de repente... Bem, você procura ali dentro, enquanto eu esvazio o armário.

Simon hesitou.

— E então, o que está esperando? — sibilou Gualdo, esquadrinhando-o com um olhar feroz. — Que Alisa volte e lhe dê permissão para rebuscar suas coisas? Mexa-se, pelo amor de Deus!

O jovem obedeceu.

Delfina subiu correndo: naquele vão estreito demais para sua figura corpulenta, a cada degrau seus ombros e quadris batiam contra a parede de pedra da escada. Ofegando, alcançou o patamar e chegou ao quarto de Alisa.

Deteve-se diante da porta e se encostou nela, para recuperar o fôlego: sob a pressão de seus ombros, o batente se abriu. Por um instante, ela cambaleou para trás. Virou-se, incrédula. À sua frente, no meio do quarto, Simon segurava nos braços uma pilha de roupas da patroa, enquanto, pouco adiante, outro homem revistava o armário.

A surpresa foi tão forte que lhe bloqueou de novo a respiração. Ela arregalou os olhos e, antes que pudesse tentar qualquer movimento, foi agarrada pelo desconhecido, que lhe cobriu a boca com uma das mãos.

— Calada, ou morre! — intimou o homem. Sua outra mão segurava um punhal.

Delfina gemeu, desesperada.

— Solte-a! — explodiu Simon, raivoso, avançando para Gualdo. — Não vê que é a doméstica da castelã?

Como única resposta, o homem deu um pontapé na porta, que se fechou com um golpe seco. Depois soltou a mulher: mal se aguentando nas pernas, Delfina atravessou o quarto e se deixou cair sobre a cama de Alisa.

— Minha santa Virgem! — choramingou, olhando aterrorizada os dois homens. — Oh, minha Nossa Senhora, o que o senhor está fazendo aqui? E ele... ele... — balbuciou, apontando Gualdo — quem é, e o que...

De repente, recordou aquele rosto. Escancarou os lábios e a mandíbula se afrouxou: de sua garganta saiu um ruído seco.

— Mas o senhor é... é... — gaguejou, rouca — é o...

— Tem boa memória, mulher — respondeu Gualdo, aproximando-se —, só me viu uma vez, e no entanto recorda que já estive aqui...

— Mas então... então não foi o senhor que raptou Alisa...

— O quê?! — berrou Simon, deixando cair a pilha de roupas. — Que diabo você está dizendo, Delfina?

A mulher começou a chorar.

— O frade veio aqui — soluçou — e me disse que padre Arnaldo precisava de um serviço e que eu devia ir logo até lá: me acompanhou ao quarto do padre e, quando entrei, aquele bastardo me trancou lá dentro e foi embora. Bati na porta como uma louca, mas ninguém abriu. A certa altura chegou o padre, que, por sorte, tinha outra chave e me soltou. Lá fora havia um monte de guardas correndo esbaforidos pelo pátio, para lá e para cá: perguntei a um estribeiro o que estava acontecendo e ele me disse que Alisa... — sua voz se despedaçou — que ela foi raptada. Dois trabalhadores estavam numa carroça e, assim que minha menina chegou à ponte da poterna, jogaram um saco em cima dela e a levaram. Não sei por que Alisa foi até lá, não tinha me dito nada, não entendo...

Simon a fitava, pálido, incapaz de articular uma palavra. Gualdo fechou as portas do armário.

— Creio que o frade está metido nesta história até o pescoço — disse, apertando com a mão o braço machucado, que havia começado a latejar de novo. — Senão, por que trancar você no quarto do padre? Provavelmente, queria afastá-la daqui para poder agir com a castelã sem ser incomodado: sou capaz de apostar que foi ele quem a entregou aos raptores, assim como tenho certeza de que esses dois não eram trabalhadores, mas soldados disfarçados. Quanto tempo se passou desde que a moça foi sequestrada?

— Como o senhor quer que eu saiba?! Talvez meia hora, talvez mais... Não entende que eu estava trancada lá dentro, enquanto minha menina...?

Da garganta de Delfina brotou um lamento semelhante a um ganido.

— A esta altura, já devem estar longe — replicou Gualdo, calmo. — Creio que este rapto é obra dos milaneses: não vejo outra razão que explique o envolvimento do inquisidor.

Simon recuperou a voz.

— Mas, pelo amor de Deus, por quê?! — gritou.

Gualdo deu um passo em direção a ele e, a um palmo do seu rosto, fitou-o furibundo.

— Cale a boca, raça de idiota! Quer que nos escutem e nos descubram? Que acabemos os dois na forca?

O jovem baixou os olhos, em silêncio.

De repente Cátula, que até aquele momento permanecera encolhida aos pés de Delfina, eriçou as orelhas e se levantou num salto.

Na ponta dos pés, Gualdo foi até a porta e a descerrou só um pouco: espiando pela fresta, entreviu uma figura que acreditou reconhecer. Fechou devagarinho e voltou à mulher.

— O preceptor — disse, baixinho. — Esse inglês sabe do rapto de Alisa?

— Não... não creio. Não o vi lá embaixo, no pátio... Se os guardas não tiverem lhe contado...

— Convém informá-lo: esse homem pode nos ser útil. Vá logo falar com ele, Simon. Aqui dentro, já acabamos.

— E o senhor? O que pretende fazer agora?

— Vou explicar umas coisas a esta mulher — disse, agitando o punhal diante do rosto de Delfina. — Já que ela sabe que estamos aqui, é melhor lhe dar instruções sobre como se comportar: a esta altura, a última coisa que eu quero é que os mexericos espalhados por uma doméstica arruínem os meus planos. Quando eu terminar com ela, voltarei ao... — hesitou, dando uma olhadela para a ama — esconderijo que você conhece e ficarei à sua espera.

Simon observou Delfina: ela fitava Gualdo com olhos arregalados, e sua boca tremia.

— Ele não fará mal a você — disse —, não lhe convém: por enquanto, ainda precisa de nós. Escute o que ele tem a dizer e obedeça às suas ordens.

A mulher anuiu. O jovem encostou o ouvido à porta e ficou à escuta: depois, abriu-a um pouco e esgueirou-se, dirigindo-se ao quarto do mestre.

52

Com um balde de cinzas, a copeira cobriu as últimas brasas que ardiam no fogão. Depois, lançando um olhar entediado às duas mulheres sentadas à mesa, saiu da cozinha.

Iluminada pela chama trêmula de uma vela, Delfina fitava a sopa na tigela: a gordura aflorada à superfície do líquido já frio formava círculos translúcidos.

— Tem certeza de que Bernarda não sabe de nada? — perguntou a Giacoma.

— Claro que tenho! Eu é que não ia dizer, por acaso vou contar que raptaram a castelã? Não que ela se importe muito com Alisa, mas, você sabe como é, não quero que uma notícia dessas a faça perder completamente o juízo! Aliás, quando voltei ao quarto, depois da visita do mestre, ela já me pareceu bastante estranha: estava toda excitada, girando pelo quarto, e nem quis comer. Achei-a tão agitada que lhe dei dose dupla da poção costumeira: pois é, minha cara, esta noite eu quero dormir! Quando vim para a cozinha, ela já roncava. Mesmo assim, tranquei a porta, nunca se sabe... Mas, afinal, por que você se preocupa com a danada daquela velha? Que vá para o inferno! E o filho também! Como é possível que, com toda a confusão que aconteceu ontem no acampamento, ele ainda não tenha voltado de Lodi?

— Mas como? Não o avisaram?

— Claro que avisaram! Hoje, logo depois que aqueles bastardos levaram Alisa, o chefe dos guardas mandou um soldado ao palácio de Bonizzo na cidade para contar, mas até agora, nada, ele não apareceu. Esta é uma família de desgraçados, estou lhe dizendo! A mãe é doida como um cavalo, e o filho é um monte de merda! Ah, se não fosse você para apoiar aquela moça, não sei de que jeito a pobrezinha ia acabar! E agora, até ela...

Giacoma olhou Delfina de esguelha: sabia o quanto esta era afeiçoada a Alisa e tinha certeza de que aquelas suas últimas palavras iriam comovê-la, mas percebeu que o rosto da outra era uma máscara de pedra.

Disfarçando o estupor, começou a mexer preguiçosamente a sopa com a colher: encheu-a e a levou aos lábios.

— Que nojo! — exclamou, com repulsa. — Mas o que a cozinheira colocou nesta porcaria, patas de camundongo? Já não se consegue nem comer como cristãos neste castelo! E pensar que, até dois meses atrás, corria tudo bem, falava-se de festejos para o casamento e de trajes preciosos e de novos móveis...

— Que fim levou Ruggino Cataneo? — interrompeu Delfina. — Não o vejo há dois dias.

— Parece que também foi embora ontem de manhã. Quem percebeu foi uma serva que transportava a lenha: me disse que, quando atravessava o pátio, viu que ele saía a cavalo, ele e aquele imbecil do seu doméstico.

Delfina se levantou de repente.

— E agora, aonde você vai? — perguntou Giacoma.

— Vou voltar ao quarto de Alisa. Tenho um monte de coisas para arrumar lá dentro.

Decidida, abriu a porta e tomou a escada.

Giacoma ficou olhando-a, boquiaberta. Depois, balançando a cabeça, levantou-se por sua vez, jogou no balde o que restava da sopa e foi remexer na despensa em busca de um pedaço de carne-seca.

A mosca entrou pela janelinha aberta e pousou na borda do colchão. Matthew observou-a por um instante, distraído, e depois a enxotou com a mão.

O miniaturista saíra dali havia pouco e ele, sentado contra a parede, com as pernas esticadas sobre a cama, continuava refletindo, mas não conseguia achar uma solução.

A notícia do rapto de Alisa o deixara transtornado, e ele demorou para se recuperar. Só quando Simon lhe disse que Gualdo tinha voltado é que recomeçara a raciocinar: aquele fato confirmava suas suspeitas iniciais, ou seja, de que o manuscrito jamais saíra do castelo. Evidentemente, não era o único a pensar assim: na véspera, o inquisidor havia lhe revistado o quarto e o próprio Gualdo, pelo que Simon contava, tinha remexido as coisas de Alisa. Afinal, onde podia estar aquele maldito tratado? Quem mais, ali dentro, podia ter tido oportunidade de roubá-lo? Fosse quem fosse, por que diabos ainda não o restituíra, depois de tudo o que havia acontecido?

Simon havia afirmado ter a intenção de procurar Alisa. Matthew não ousou dissuadi-lo, mas o exortou à prudência: se de fato ele queria ir, explicou, deveria dispor de uma escolta, e o único a poder fornecê-la era Gualdo, cujos dois homens, Menego e Bortolo, acabavam de ser soltos da longa detenção sofrida nos alojamentos militares. Aconselhou-o a falar sobre isso com o outro, mas Simon o interrompeu. "O senhor não está achando que Gualdo vai me deixar partir, está? Por acaso esqueceu que foi justamente ele a me arrastar até aqui, sob ordem do vicário imperial? Embora sustente que fugiu porque estava doente, que motivos nós temos para acreditar? E se ele tiver decidido trapacear Ezzelino? E se tiver projetado apoderar-se do manuscrito para vendê-lo ou para entregá-lo ele mesmo ao pontífice? E se o medo de uma vingança por parte do seu senhor lhe tiver dado vontade de deixar sua terra para ir bem longe, até mesmo a Roma, e engrossar as fileiras dos mesnadeiros na corte papal? O Gualdo rígido e impiedoso que me trouxe aqui não pode ter mudado de caráter em tão pouco tempo: não consigo acreditar que bastou o medo da morte para transformá-lo num homem brando..." Matthew esteve prestes a responder, mas se conteve a tempo. O que poderia dizer? Que muitas vezes lhe acontecera ver lobos se transformarem em cordeiros ante a perspectiva de uma morte iminente? Desde quando as afirmações reconfortantes de monges e padres sobre a existência da vida eterna haviam bastado para afastar o terror dos olhos de um moribundo? Refletindo de si para si o quanto ainda era grande a marca que haviam deixado em seu espírito os anos passados vestindo o hábito de beneditino, preferiu se calar.

Simon tinha concluído dizendo que estava ali para transmitir uma mensagem de Gualdo: este queria falar com ele o mais depressa possível, e o esperava nos subterrâneos do castelo ao amanhecer do dia seguinte. Depois, sem acrescentar nada, tinha saído.

Agora, enquanto tentava organizar seus pensamentos, viu que a mosca voltava a pousar no colchão, esfregando freneticamente as antenas. Desta vez, Matthew não a enxotou.

53

Campina de San Martino

Juditha fitava a caneca. As gotas de óleo de noz que havia jogado na água se perseguiam na superfície: encontravam-se, uniam-se, destacavam-se, corriam para as bordas e retornavam ao centro, desenhando outras formas.

Quase sem respirar, a mulher agitou mais uma vez o recipiente. Uma nova silhueta ganhou vida sobre a água, estremeceu por um instante e depois ficou parada.

Juditha fechou os olhos.

Acomodado no chão, Gualdo a observava em silêncio. Poucas horas antes, quando voltara à caverna, encontrara-a à sua espera: sem falar, ela o segurou pelo cotovelo e o conduziu ao longo do túnel. Sentou-o na pele de cordeiro e lhe ofereceu comida: uma coxa de lebre, agrião e um punhado de amoras. Enquanto ele comia, ficou ali quieta, à espera: Gualdo lhe falou longamente sobre o sequestro da jovem castelã e sobre suas suspeitas quanto ao inquisidor. Juditha escutou sem interromper e somente no fim perguntou o que ele pretendia fazer. Foi então que Gualdo decidiu repentinamente que necessitava dos conselhos dela. Já intuíra havia tempo que aquela mulher era uma feiticeira: como poderia tê-lo salvo, se não tivesse poderes mágicos? Sem sortilégios, suas poções certamente não bastariam para curá-lo... Mas, afinal, o que importava? Quem mais, senão uma bruxa, poderia salvar da morte um mesnadeiro? As relíquias de um santo, talvez? Não, sem dúvida ele não era homem para confiar na benevolência de um mártir. Mais de uma vez, havia perguntado quem era ela na realidade, mas nunca recebera resposta. Aquele silêncio o fizera compreender. Sabendo como podiam revelar-se intensos os malefícios lançados pelas bruxas, deveria temê-la, mas, estranhamente, isso não tinha acontecido. Talvez os dois fossem feitos do mesmo estofo ruim, e esse fosse o motivo pelo qual ela lhe devolvera a saúde.

Nessa longa conversa, Gualdo havia dito estar experimentando uma incerteza estranha, nova para ele: se, por um lado, dava-se conta de dever recuperar o manuscrito para entregá-lo ao seu senhor, por outro não tinha certeza de que essa era a coisa certa a fazer. E se aqueles pergaminhos que de repente haviam gerado uma série de violências fossem de fato amaldiçoados? Se os que o definiam como obra do demônio tivessem razão? Se o imperador que os escrevera fosse o anticristo? No fim, sem sequer perceber, confessou que sentia medo.

Ela o escutou e depois, calma, respondeu. Explicou que, mesmo sem saber, ele já tomara sua decisão. "O feroz homem de mesnada", afirmou, "não existe mais. Junto com a raiva do corpo, você também está curado da raiva da mente, Gualdo". Levantou-se e serviu na caneca um pouco da água que mantinha no cântaro: depois de pingar nela umas gotas de óleo, deslocou-se para a embocadura da caverna, por onde se filtrava a luz. Ali, iniciou o sortilégio.

Agora, sob a pele sutil das pálpebras abaixadas, seus olhos se moviam rápidos, como se seguissem imagens que só ela podia enxergar. De repente, reabriu-os e entornou a caneca.

— O manuscrito jamais chegará às mãos do imperador — disse lentamente, fitando a pequena poça d'água aos seus pés —, e tampouco nas do seu senhor. Você não deve voltar a encontrá-lo, ele o mataria. Vá embora daqui, Gualdo. Dentro de pouco tempo, a catástrofe se abaterá sobre este lugar.

Virou-se e, sem dizer mais nada, dirigiu-se para o fundo do túnel.

Gualdo acompanhou-a com o olhar até que o ágil corpo dela desapareceu no escuro da caverna. Tinha certeza de que nunca mais a veria. Levantou-se, recolheu do solo a caneca e guardou-a na sacola: iria conservá-la como lembrança. Apertou as tiras do alforje, jogou-o no ombro e se encaminhou para a galeria que levava aos subterrâneos do castelo.

Agachada entre as sarças, Juditha observava o nível do rio. Estava muito alto e a água chegava quase a lamber o terreno embaixo dela.

Era hora de partir.

Rastejou para trás e voltou ao túnel. Chegou à outra extremidade da caverna: o alforje de Gualdo já não estava ali, e tampouco a caneca do sortilégio.

Sorriu.

Deixou no chão a pele de cordeiro, juntou suas poucas coisas e colocou-as na sacola. Segurando-a bem firme com uma das mãos, com a outra desenredou as folhas do sabugueiro o suficiente para espiar lá fora: a clareira parecia deserta. Com um solavanco decidido, abriu um vão no emaranhado de ramos e deslizou entre as touceiras. De gatinhas, protegida pela folhagem, avançou por uma centena de pés, até a lagoa. Depois se ergueu e, serpenteando cautelosa em meio aos caniços, alcançou a trilha.

54

Bonizzo parou o cavalo sobre a pequena elevação que precedia a planície. Mal se distinguia o castelo, engolido como estava pela bruma cinzenta que pairava sobre a campina.

Precisava se apressar, já perdera muito tempo. Quando, na véspera, dois dos seus soldados haviam corrido a Lodi para lhe contar que sua sobrinha fora raptada, deveria ter retornado de imediato a San Martino, mas não tinha podido porque ainda não conseguira esconder adequadamente aquilo que trouxera consigo do castelo. A fechadura do cofre, em desuso havia muito tempo, estava enferrujada e não queria se abrir. Assim, com o saquinho que lhe queimava o bolso, liberou os dois homens e, trancado sozinho na saleta do palácio, trabalhou com lima por mais de uma hora. Finalmente, conseguiu abrir: escondeu seu tesouro no fundo e experimentou virar a chave várias vezes. Quando teve certeza de que ela funcionava, trancou o cofre: satisfeito, jogou o manto sobre os ombros e já se preparava para sair quando uma série de golpes na porta o sobressaltou. Abriu: Ruggino Cataneo entrou como uma fúria na saleta e, sem sequer lhe dar tempo de abrir a boca, enfrentou-o, irado. Em tom alterado, disse estar sabendo do sequestro de Alisa e afirmou que esse fato novo não lhe permitiria respeitar o contrato matrimonial. "O senhor não está achando que eu ainda posso tomar sua sobrinha por esposa, depois deste escândalo do rapto, está?", berrou. "E se os raptores a estuprarem? Isso, se ela ainda for virgem... Por acaso", continuou, nervoso, "o senhor já a viu em companhia daquele francês?" Bonizzo o encarou, desconcertado. "Não, eu...", murmurou. "Pois bem, eu vi", resmungou

Ruggino, erguendo a voz antes que o outro pudesse continuar, "e lhe garanto que a expressão dos dois não era a de quem se encontra por acaso. E então? Quem me assegura que aquela putinha da sua sobrinha não chegará grávida ao casamento? Porque isso é o que vai acontecer, Bonizzo: quer tenha sido o francês a desfrutar dela, quer venham a ser os raptores, certamente quem aquecerá meu leito não será uma mocinha inviolada, e isso, como o senhor bem sabe, não se encaixa nos pactos que estabelecemos. Ah, não", prosseguiu, "prefiro morrer na ruína a perder o pouco de honra que me restou, fingindo-me pai de um bastardo! E também, Deus do céu, o que são todas aquelas coisas rocambolescas que estão acontecendo em San Martino? E o inquisidor, e os milaneses que o assediam, e aquele negociante herético a quem o senhor deu refúgio? Não, meu caro Bonizzo, não me interessa fazer parte de uma família como a sua! Encontre outro pretendente, e acabemos com isso! Assim que sair daqui, irei ao tabelião e darei início aos procedimentos para a rescisão do contrato de matrimônio. Tenho certeza de que, depois de ouvir os motivos da minha renúncia, ele não me imporá nenhuma multa. Pode ficar com sua sobrinha, por mim podem ir todos para o inferno, o senhor, ela e aquele seu castelo diabólico!" Saiu batendo a porta. Bonizzo não esperou mais: mandou selar o cavalo e partiu em seguida.

Agora, enquanto apertava os joelhos contra os flancos do animal, relembrava tudo o que aquele velhote infame lhe dissera: não havia dúvida, àquela altura a situação tinha mudado. Embora as suspeitas de Ruggino quanto a Alisa e ao miniaturista provavelmente não tivessem fundamento, não podia arriscar. Restava apenas uma saída, o convento. Se Alisa se tornasse monja, ninguém teria o que reclamar: castelo e terras permaneceriam de propriedade da sobrinha e ele poderia continuar a geri-los na qualidade de tutor, como fizera até aquele momento. Quanto mais pensava, mais lhe parecia essa a única solução praticável: sem dúvida não lhe faltavam as relações que o ajudassem a encontrar um mosteiro adequado a Alisa. A jovem, que por sorte havia recebido uma instrução adequada, em poucos anos poderia até aspirar à condição de abadessa. E se o convento fosse distante dali, tanto melhor: para ela, as ocasiões de visita ao castelo seriam esporádicas, e ele ficaria livre para governá-lo ao seu bel-prazer. O importante era que, fosse quem fosse, o raptor de Alisa a devolvesse logo.

Tinha chegado junto às muralhas. Desviou o cavalo para a esquerda, a fim de entrar pela porta principal, e não pela poterna: todos deviam ver que o castelão estava de volta.

Da soleira da capela, frei Pietro viu Bonizzo desmontar da cavalgadura, confiar o animal a um estribeiro e encaminhar-se para os alojamentos militares. Aproximou-se.

— Já lhe contaram sobre sua sobrinha? — perguntou, sem preâmbulos.

— Sim — respondeu Bonizzo, frio —, e francamente não compreendo como pode ter acontecido uma coisa dessas, levando em conta o grande número de guardas que mantenho no castelo! Estou justamente indo falar com o chefe deles para pedir uma explicação. Portanto, se me der licença...

Ignorando o que era uma dispensa evidente, o inquisidor o seguiu.

— Mas... — continuou, caminhando ao lado de Bonizzo — o senhor faz ideia de quem pode ter cometido um crime tão odioso?

— E que diabo o senhor quer que eu saiba? Devem ter sido uns delinquentes, uns bandidos! Eu soube que a levaram numa carroça puxada por um velho rocim: não creio que tenham ido muito longe em tão pouco tempo. Tenho certeza de que meus homens a encontrarão — concluiu o castelão, desaparecendo além da porta do quartel.

O inquisidor se voltou e seguiu para a casa do padre Arnaldo. Não sabia se este alimentava suspeitas em relação a ele, mas estava bem seguro de que não tinha nada a temer: na véspera, depois de saber o que acontecera à jovem castelã, o velho sacerdote tivera um desmaio, ao qual se seguira uma paralisia que lhe suprimira a palavra. Estava deitado no colchão de palha havia horas, assistido por uma serva, e não se sabia se iria sobreviver. Quanto à ama, não tinha por que se preocupar: ninguém havia percebido que ele a deixara trancada, e qualquer depoimento dela a respeito do episódio seria interpretado como o delírio de uma exaltada.

Agora, devia apenas esperar que o ladrão do manuscrito se traísse. Empurrou a porta e entrou no quarto.

55

Planície lombarda, acampamento imperial

A chuva continuava a bater, violenta, contra as paredes do pavilhão.

Sentado no trono e envolto no manto curto, escarlate como impunha a dignidade régia, Frederico alisava as dobras da túnica azul que lhe recobria os joelhos. Circundavam-no quatro dignitários: de pé, mantinham os olhos fixos diante de si, atentos a não encarar o imperador. Atrás deles, reclinadas num precioso tapete oriental estendido no fundo da tenda, duas sarracenas beliscavam, entediadas, de um cesto cheio de cerejas. A seda de suas vestes farfalhava a cada movimento.

— Chamem aqui o mensageiro — ordenou Frederico.

Um dos dignitários se moveu. Alcançou rapidamente a entrada do pavilhão, afastou a pesada cortina de couro e falou com o soldado de guarda.

Alguns instantes depois, o mensageiro entrou. Escoltado por dois homens armados, o jovem se deteve a uns dez passos do trono. Sua roupa de batalha estava em condições miseráveis: da capelina a água lhe escorria pelo colarinho e descia em filetes até a sobreveste. Muitas das placas de metal que a revestiam haviam se soltado dos rebites e deixavam entrever o couro por baixo. A malha de ferro de um dos coxotes estofados se enrolava sobre o tornozelo, retida sobre o pé unicamente pelo gancho da espora. O arco da balestra, que o jovem trazia ao longo do flanco, estava quebrado, e uma extremidade da corda pendia até o chão.

Sem ousar erguer os olhos para o imperador, o mensageiro permaneceu imóvel. Tinha medo: o que estava prestes a dizer podia lhe custar a vida.

— Como se chama? — perguntou Frederico, acenando-lhe para se aproximar.

— Meu nome é Riccardo de Cremona — respondeu o rapaz.

— Bem, Riccardo, conte o que viu, e com ordem. E olhe o rosto do imperador quando fala com ele.

O mensageiro deu um suspiro profundo.

— Venho de Módena, Majestade — começou, tentando manter firme a voz —, e trago notícias do campo de batalha. Anteontem vosso exército se organizou em cabeça de ponte junto ao rio Panaro, na intenção de atravessá-lo para chegar a Bolonha. O rei Enzo, o comandante vosso filho, notou que os sapadores bolonheses estavam tirando madeira do bosque para armar uma ponte móvel: se conseguissem construí-la, em menos de um dia se lançariam contra nós. O rei Enzo mandou imediatamente um pelotão de cremonenses para atacar os sapadores, mas, antes que eles pudessem alcançá-los, a cavalaria inimiga encontrou um vau e atravessou em massa o rio, cercando-nos pelos flancos. Eram muitíssimos e não nos deixavam escapatória: então o rei deu ordem de recuar, mas a retirada foi impedida pela cheia da torrente Tiepido, atrás de nós. Perseguidos pelo inimigo, infantes e cavaleiros afundaram na água, onde foram exterminados a golpes de espada e de lança. A corrente estava tão impetuosa que os cadáveres deles foram arrastados até o vale. O rei Enzo não se deu por vencido e, combatendo com valor, tentou proteger a retaguarda, até que em Fossalta, às portas de Módena, uma flecha de balestra golpeou seu cavalo: ele caiu e, uma vez no solo, foi logo capturado.

Frederico permaneceu impassível.

— E o resto do exército? — perguntou.

— Todos feitos prisioneiros, Majestade, mil e duzentos infantes e quatrocentos cavaleiros. Também foram capturados Buoso de Dovara, Marino de Eboli e Corrado de Solimburgo, os comandantes de vossas tropas aliadas.

O jovem se calou. Baixou o olhar e esperou.

Frederico o fitou, absorto.

— E você, como conseguiu escapar de semelhante carnificina? — perguntou.

— Eu me fingi de morto, Majestade. Meu cavalo também foi atingido e eu caí, rolando para baixo das rodas de uma carroça. Fiquei imóvel e ninguém veio conferir se eu ainda respirava. Quando me senti bem certo de que até o último dos bolonheses tinha atravessado de volta o rio, segui a pé até uma granja e ali, sob a ameaça das armas, exigi do feitor um cavalo, no qual cheguei ao vosso acampamento. Cavalguei o mais depressa que pude, porque imaginei que Vossa Majestade ainda não tinha recebido notícias da batalha.

O imperador não replicou. Depois, acenou ao dignitário mais velho, chamou-o para perto e lhe murmurou umas palavras ao ouvido. O homem se afastou rumo ao fundo do pavilhão.

O jovem começou a tremer. Devia ter previsto que seu ato de coragem o levaria diretamente à morte! Por que não fugira, como vira outros sobreviventes fazerem, em vez de correr até ali para informar Frederico daquela derrota?

Apertou os maxilares, para não deixar os dentes baterem.

O dignitário retornou, trazendo nas mãos uma pequena almofada de seda sobre a qual estava pousada uma luva: iluminados pelas chamas das tochas, lampejos incongruentes subiam do tecido.

— Aproxime-se e ajoelhe-se — ordenou Frederico.

O jovem obedeceu. O imperador se levantou, pegou a luva e apoiou-a no ombro dele.

— Riccardo de Cremona, pelo desprezo ao perigo que demonstrou com sua ação audaciosa, o imperador Frederico II de Hohenstaufen o nomeia cavaleiro. De hoje em diante, você o seguirá e fará parte do grupo exíguo dos seus fidelíssimos: que esta luva, a qual traz as insígnias imperiais, seja o pacto que o une a ele.

Esquecendo a prudência por um instante, o mensageiro girou a cabeça para o próprio ombro. Aturdido, observou duas fileiras de pequeníssimos rubis que, encastoados na seda, se entrelaçavam para formar o desenho do sinete imperial. As pedras preciosas brilhavam como gotas de sangue fresco.

Sem fôlego, o rapaz baixou de novo os olhos até o chão.

— Agora vá — disse Frederico, em tom cansado — e tome um banho: meus cavaleiros costumam se apresentar sob outro aspecto ao seu rei.

O jovem pegou a luva, beijou-a, encostou-a ao peito e, forçando as pernas vacilantes numa inclinação, recuou até a entrada da tenda.

Depois que ele desapareceu atrás da cortina de couro, Frederico se sentou de volta no trono, acenando aos dignitários para se retirarem. Os homens saíram em silêncio. Uma das sarracenas levantou-se do tapete e, desatando os laços da veste, aproximou-se: o olhar ausente do imperador percorreu-lhe os seios nus e o ventre ambarino, com o tufo escuro que lhe definia o limite. Após um instante de hesitação, Frederico exibiu no rosto um olhar feroz.

— Vão embora! — rugiu, agitando os braços. — Saiam daqui!

As duas mulheres correram para fora, apavoradas. O véu que a mais jovem usava na cabeça ficou preso ao braço marchetado do trono.

O imperador o aflorou com os dedos, levantou-se e, mais devagar do que gostaria, foi até a soleira do pavilhão e olhou para o exterior: ainda chovia abundantemente e o acampamento estava reduzido a um pântano.

Entrou de volta, prostrou-se no assento diante da escrivaninha, massageou a nuca dolorida e começou a refletir. A captura do rei Enzo se revelaria um dano, tinha certeza: não que lhe importasse muito aquele filho débil, inadequado para as funções de *condottiero*, como demonstravam os eventos de dois dias antes. O fato era que os bolonheses nunca o libertariam, iriam mantê-lo durante anos como um refém insubstituível. Enganavam-se, pois ele não moveria sequer um dedo para resgatá-lo. Furioso, deu um soco no tampo da escrivaninha. O que podia fazer agora? Estava fracassada a campanha contra Bolonha, sem falar daquele papa infame que se obstinava em instigar contra ele os reinantes de meia Europa, além de pequenos e ignóbeis regentes italianos! O fato de dispor de confederados seguros não era suficiente para tranquilizá-lo: mais de uma vez, já acontecera que alguns dos seus apoiadores passassem à parte oposta, assim como já acontecera que conspirações contra ele fossem urdidas justamente entre os mais insuspeitáveis dos seus acólitos. Devia manter-se em guarda contra tudo e contra todos, ou seu poder se enfraqueceria aos poucos.

Uma fisgada dolorosa lhe atravessou a nuca, percorreu o crânio e se deteve na têmpora, que começou a latejar. Firmou os cotovelos sobre o tampo e apoiou o queixo nas mãos.

Estava cansado. Cansado daqueles deslocamentos contínuos, cansado de preparar estratégias, cansado de combater. Se pelo menos pudesse voltar para a Capitanata! Ali o esperavam seu castelo e seus falcões... Fazia quanto tempo que não ia à caça? Lembrou-se do tratado: como era possível que, depois de seis meses, ele ainda não tivesse sido recuperado? Quem seria o bastardo que o possuía agora? Recordou os detalhes do texto, as cores brilhantes da iluminura que ornava o frontispício e todos os assuntos que ainda restavam a explicar, bem mais longos e articulados do que aqueles que expusera nos poucos capítulos roubados.

E de repente decidiu.

Iria reescrevê-lo. Dominava a matéria como ninguém, e não teria nenhuma dificuldade em recomeçar tudo desde o início. Desta vez, porém, iria levá-lo sempre consigo, sem jamais separar-se dele.

Apoiou as palmas das mãos na escrivaninha e se levantou. A dor na têmpora se atenuara. Olhou ao redor. Retornaria de imediato à Apúlia, só ali conseguiria encontrar a paz necessária para recomeçar a escrever. Agora que aquela última expedição militar não resultara em nada, já não havia motivo para o imperador se demorar na Lombardia: para defender os limites, bastaria o exército.

Satisfeito pela decisão recém-tomada, saiu da tenda a fim de ordenar aos seus lugares-tenentes que preparassem o necessário para a viagem.

56

Milão

O podestade bebeu o último gole de vinho e pousou a caneca sobre a mesa.

— Finalmente, uma boa notícia — disse ele ao vicário do arcebispo. — Os bolonheses arrasaram o exército de Frederico e até aprisionaram seu filho: creio que, por algum tempo, o imperador não nos incomodará, o senhor não acha?

— Foi a mão de Deus que desencadeou aquela água toda e aquela tempestade! — exclamou Ventura de Niguarda, juntando as mãos diante do peito. — Se o Onipotente não tivesse feito a torrente transbordar, aqueles malditos ainda atacariam!

Mesmo sem querer subestimar a contribuição da potência divina, o podestade não estava convencido de que ela tivesse sido tão determinante assim. As violentas chuvas do último mês haviam engrossado quase todos os rios da Lombardia, e portanto parecia-lhe que a sorte da batalha fora decidida pela imprevidência das tropas imperiais, mais que pela providência celeste. Se Frederico e seus aliados tivessem adiado a campanha contra Bolonha, esperando que as condições do tempo se tornassem mais clementes, talvez não tivessem sofrido uma derrota tão grave.

Sem manifestar esse pensamento, que com certeza irritaria o vicário, limitou-se a examinar a questão para a qual fora convocado ao palácio arquiepiscopal.

— Foi uma sorte — disse, aproveitando o assunto do qual estavam falando — que nosso pelotão tenha retornado a tempo: parece que, em alguns pontos, o Brembo já transbordou, e é possível que, ao se lançar no Adda, também o faça ultrapassar as margens. Portanto, como o primeiro trecho da estrada de Lodi para Milão corre muito próximo ao rio, haveria o risco de nossos homens ficarem bloqueados: mas — concluiu, com uma careta complacente —, graças a Deus, isso não aconteceu...

Ventura, que não era ingênuo, interpretou da maneira certa a expressão vagamente zombeteira com que o podestade havia acompanhado as últimas palavras.

— O que foi feito da jovem castelã? — perguntou, despeitado.

O podestade sorriu.

— O capitão mandou levá-la para Fizzolo, onde é dono de uma propriedade. Como o senhor sabe, Fizzolo é o último posto avançado milanês antes do território de Lodi: um lugar seguro, portanto, onde nenhum soldado de lá ousará jamais pôr os pés. Ela está escondida num palheiro e bem vigiada. Agora, só nos resta esperar. Francamente, não creio que o castelão de San Martino possa sofrer em silêncio uma afronta como o sequestro da sobrinha. O senhor verá que, dentro de umas duas semanas, o tratado vai aparecer: a propósito, o inquisidor ainda se encontra no castelo?

— Sim, estou esperando notícias dele.

— Bem — concluiu o podestade, levantando-se —, eu diria que, por enquanto, isto é tudo. Mantenhamo-nos reciprocamente informados, e esperemos que esta história acabe logo.

O vicário o acompanhou até a porta, fechou-a e se aproximou do armário: abriu-o e remexeu atrás de uma pilha de registros, em busca da carta que acabara de receber. Releu-a pela segunda vez: Hugues de Saint Cher escrevia que o pontífice se mostrava a cada dia mais contrariado pela falta de notícias sobre o manuscrito e exigia a imediata transferência do negociante a Lyon.

Deveria responder logo à carta, pensou, ou as relações do pontífice com a igreja metropolita milanesa poderiam deteriorar-se.

Abriu a gaveta e tirou um pergaminho virgem, a pena de ganso e o potinho de tinta. Sentou-se e permaneceu imóvel, fitando a folha: devia pensar bem, antes de escrever, porque aquela missiva seria cheia de mentiras.

57

Castelo de San Martino

Matthew levantou a tocha para o teto em abóbada cilíndrica. A chama iluminava as junturas dos tijolos: eram percorridas por informes concreções acinzentadas que em alguns pontos se alongavam em pedúnculos, tão compridos que lhe afloravam a cabeça. O pavimento emanava um bafio repulsivo de velhos excrementos e de palha apodrecida havia tempo.

— Finalmente, o senhor chegou!

O som inesperado de uma voz humana lhe provocou um sobressalto: do fundo do subterrâneo, Gualdo avançava em longos passos para ele. Alcançou-o, abriu a grade de uma cela e acenou para que Matthew o seguisse.

— Daqui, ninguém nos ouvirá — disse, indicando com um gesto do braço o espaço estreito que os circundava. — Como vê, o teto é baixíssimo, e a forragem sobre a qual apoiamos os pés é suficientemente espessa para abafar qualquer palavra.

O mestre baixou a tocha para o solo. Num canto, estavam os restos de um rato: o pelo, híspido e negro, alongava-se sobre a palha podre. O corpo não tinha mais carne.

Matthew sentiu um arrepio.

Gualdo o fitou por um momento.

— Vamos deixar bem clara uma coisa — começou. — Não fui eu que roubei o manuscrito, não sei quem pode ter sido, e quero encontrá-lo rapidamente.

— Mas por quê? — retrucou o mestre, desviando o olhar do cadáver do animal. — Simon me disse que o senhor não voltará às terras de Ezzelino: então, o que lhe importa o tratado? Não seria melhor ir embora de mãos vazias, deixando que o inquisidor tente recuperá-lo? Além dos seus homens de escolta, somos apenas três a saber que o senhor está aqui, e nenhum de nós o trairá: seja qual for sua meta, poderá alcançá-la sem o risco de ter perseguidores nos seus calcanhares. Francamente, não compreendo o que o induz a querer ficar.

Gualdo se esforçou por decidir às pressas. Não tinha escolha: se quisesse a colaboração daquele homem, devia informá-lo sobre as próprias intenções.

— Quero o manuscrito — disse — para entregá-lo pessoalmente ao imperador.

Matthew o encarou, aturdido.

— Para Ezzelino, eu já sou um homem morto — explicou Gualdo. — O assédio ao castelo demonstrou que as autoridades milanesas sabem da existência do tratado, e a presença de frei Pietro me faz supor um fato ainda mais grave, ou seja, que foi o próprio pontífice a querer desencadear essa ação de força. Senão, por que envolver um inquisidor? Quem, a não ser o papa, tem autoridade para impor investigações desse tipo? Por outro lado, conhecendo Ezzelino muito bem, creio que ele também fez a mesma suposição, e tenho certeza de que não pretende se meter em semelhante vespeiro. Isso significa apenas uma coisa: a esta altura, tornei-me a única testemunha de toda essa história, e portanto, mesmo que eu retornasse a Bassano com o manuscrito, ele mandaria me matar.

O mestre silenciou.

— Já perdi tudo: minha função, as terras, o pequeno capital que havia conseguido acumular. Se não quiser perder também a vida, só tenho uma saída, a de recomeçar do princípio. Para isso, preciso de dinheiro, e tenho certeza de que Frederico pagará bem para ter de volta seu manuscrito.

— Mas e se tiver sido justamente o imperador a encarregar Ezzelino de recuperar o tratado? Como o senhor justificaria o fato de ter agido por conta própria, passando por cima do seu patrão? Não acha que Frederico poderia lhe reservar o mesmo fim que Ezzelino lhe daria?

Admirado pela perspicácia de Matthew, Gualdo meditou se devia ou não desmentir as suspeitas dele quanto ao efetivo mandante de toda aquela operação. Resolveu ignorá-las.

— Pode ser, mas não tenho escolha.

— E o miniaturista? A julgar pelo que me contou, também é uma testemunha incômoda: o que será dele?

— Deve fugir, deve retornar logo à França, enquanto há tempo: cada dia perdido é um risco a mais. Assim como mandou para cá os seus quadrilheiros, Ezzelino poderia voltar com um exército bem mais consistente, e a essa altura...

— Como assim? De que o senhor está falando? Quem são os... os quadrilheiros? — perguntou Matthew, confuso.

— Aqui, ninguém percebeu — respondeu Gualdo com uma careta amargurada —, mas aqueles quarenta homens que atacaram os milaneses eram os quadrilheiros do tirano da Marca: ele os emprega habitualmente para fazer razias durante as batalhas. São ferozes, bem armados, e podem ser confundidos com salteadores. Quando Simon me descreveu como foi conduzido o ataque, logo imaginei que pudesse tratar-se deles: e, ontem, eu quis verificar. Fui até o descampado onde estavam instalados os milaneses e... não, não tema — acrescentou, ante a expressão alarmada do mestre —, ninguém me viu: foi antes do alvorecer e, a essa hora, dos adarves não se vê quase nada da campina, só uma extensão confusa de estrepes e muitos arbustos sob os quais é fácil se esconder. Ao percorrer o descampado, como eu dizia, sob os ramos mais baixos de uma amoreira-silvestre encontrei um alfanje abandonado: no cabo de madeira, coberto de sangue seco, estava gravado o emblema de Ezzelino.

Matthew o escutava boquiaberto e não percebeu uma gota de resina que, da empunhadura da tocha, escorria para sua mão: quando ela chegou à palma, o mestre se sobressaltou. Deslocou o archote.

— Mas... — disse, soprando a pele queimada — se isso que o senhor diz for verdade, então estamos todos numa armadilha: de um lado Ezzelino, de outro os milaneses, o tratado que não aparece, a castelã sequestrada...

— É justamente esse o motivo pelo qual eu queria lhe falar. O senhor é o único que pode me ajudar a recuperar o manuscrito e, para isso, não deve perder de vista o inquisidor, nem por um instante. Se não me engano, ele também já vistoriou seu quarto, não?

— Sim.

— Pois é, justamente. Portanto, o senhor está fora do círculo de suspeitos. Fale com ele, finja compartilhar suas razões, diga que esses pergaminhos são obra do demônio, comporte-se como se também vestisse o hábito...

Matthew estremeceu. Fitou Gualdo e, antes que este pudesse continuar, interrompeu-o.

— Está bem, mas e o senhor? O que fará, enquanto eu tento cair nas graças do inquisidor?

— Continuarei procurando o manuscrito: se ele estiver aqui, serei eu a encontrá-lo, e não aquele maldito franciscano! Se o senhor tiver a mínima suspeita de que o frade está prestes a descobrir alguma coisa, avise-me imediatamente. Quanto a mim, este castelo é cheio de ambientes secretos onde é possível se esconder, ninguém perceberá minha presença. E agora vá, mestre, eu o procurarei de novo.

Em três passos, Gualdo estava fora da cela. Chegou ao fundo do subterrâneo, pegou a tocha na pedra sobre a qual a tinha apoiado e desapareceu no escuro. Matthew se içou sobre o pé-direito da portinhola, fechou-a atrás de si e subiu a escada em caracol.

58

Campina milanesa

Alisa soergueu-se no cotovelo. Não sabia por quanto tempo havia dormido: agora, sentia frio e dores no corpo. O pulso direito estava atado por uma corda a um gancho grosso, plantado no chão sob a camada de palha, e o saco em que ela fora escondida jazia embolado um pouco adiante, junto do urinol. Na realidade, mais que um urinol, tratava-se de um balde que, a julgar pelo fedor, já devia ter sido usado para tal fim. Para lhe permitir usá-lo sempre que precisasse, tinham deixado a corda longa.

Levantou-se da forragem úmida e malcheirosa sobre a qual a tinham jogado e deu os poucos passos permitidos pelo comprimento da corda. Dobrou o busto para diante e tentou aproximar-se da parede até onde fosse possível: se conseguisse espiar entre as fissuras que permeavam as tábuas apodrecidas, compreenderia onde se encontrava. Deu mais meio passo, esticando a corda ao máximo, e apertou os olhos para ver melhor. Lá fora, ofuscado pela chuva que batia, estendia-se um terreno inculto, coberto de sarças. Seria um palheiro, aquele lugar onde a tinham escondido? Se assim era, devia estar abandonado havia tempo: toda aquela madeira apodrecida jamais poderia conservar o feno seco. Ergueu o olhar para o teto: também este era desconexo, e por um buraco maior que os outros escorria água.

Abafado pelo rumor da chuva, ouviu-se o zurro de um jumento. Talvez fosse a cavalgadura de seu vigia, e isso significava que o homem não estava longe. Ela não conseguia imaginar quem fosse. Quando ele a arrastara para ali e a libertara do saco, tinha-o espiado, mas só viu dois olhos que a fitavam através das fissuras de um capuz de bandido. Pareceram-lhe os olhos de um jovem. Ele saiu logo: apoiou no chão um pequeno odre e foi embora, atravessando a trave na porta.

Pelo que conseguia enxergar na penumbra, achou que esta última era robusta: por ela não se filtrava luz, sinal de que a madeira não tinha rachaduras.

Sentiu um nó lhe apertar a garganta. Deglutiu e se impôs não chorar, já que isto não serviria de nada. Deixou-se cair sobre a palha e pegou o odre de pele: abriu-o e o cheirou. Era água. Experimentou-a só um pouquinho, temendo perceber na boca algum sabor nauseabundo: mas estava fresca, e parecia recém-tirada do poço. Bebeu mais, ávida, até ficar sem fôlego. Depois fechou o odre, pousou-o ao seu lado e começou a refletir.

Quem eram aqueles que a tinham raptado, e por quê? Embrulhada no escuro do saco, não lhes havia visto o rosto e sequer os escutara falar. Somente quando a desceram da carroça e a empurraram rudemente pelo terreno baldio para conduzi-la ao palheiro foi que escutou uma voz dando ordens, de longe. Pareceu-lhe já tê-la ouvido em algum lugar, mas não saberia dizer onde.

Durante toda a viagem, sacudida pela trepidação das rodas, só conseguira pensar no momento em que lhe cortariam a garganta. Quando a trancaram ali dentro, ainda estava aterrorizada: mal percebeu o gancho e a corda que lhe apertava o pulso. Desabou sobre a palha e, pouco depois, adormeceu.

Só agora, relembrando como haviam sido os fatos, perguntou-se se os homens que a tinham sequestrado eram realmente bandidos: como podiam não saber que as castelãs nunca trazem dinheiro consigo? Na verdade, nem sequer o tinham procurado nela. Então, por que raptá-la? Queriam um resgate? Devia ser isso: mas o que aconteceria se Bonizzo se recusasse a pagar? Iriam matá-la. De repente se deu conta de que, livre de sua presença, o tio se tornaria o único e legítimo herdeiro do castelo e das propriedades. Para ele, essa seria uma excelente alternativa, muito menos dispendiosa, ao casamento dela com Ruggino. E se tivesse sido o próprio Bonizzo a organizar o rapto?

A respiração lhe faltou. Ela se encolheu no chão e finalmente começou a chorar.

O vigia, sentado no banquinho capenga do barracão de ferramentas, estendeu a mão para a sacola e achou o pacote que buscava: continha pão e queijo duro. Pegou-o, colocou-o sob o manto úmido e saiu. Deu uma olhadela para o bosque: não se via ninguém. Tropeçando na lama do terreno, chegou à porta do palheiro. Baixou o capuz sobre o rosto, inseriu a chave na fechadura e fez correr o ferrolho. Talvez, se ele lhe desse alguma coisa para comer, a moça parasse de chorar: não aguentava mais ouvir aqueles soluços. Abriu e, sem falar, jogou o pacote junto à figura encolhida sobre a palha. Depois fechou de novo a porta e voltou para o barracão.

59

Castelo de San Martino

— O senhor deve ter enviado soldados para procurarem sua sobrinha, espero... — disse frei Pietro, fitando o castelão.

Bonizzo, envolto numa preciosa veste de seda amarela, encarou-o com desprezo.

— Ora, não preciso de suas exortações para mandar achar Alisa! — exclamou. — Faz dois dias que os guardas batem a campina aqui ao redor, mas até agora não encontraram nada. Conferiram os paludes, o bosque, a estrada ao sul de Lodi e ao norte, até o limite com o território milanês. Aqueles dois malditos bandidos não podem ter seguido para oeste, porque há dias o canal do Muzza transbordou, enquanto a ponte de madeira que nos liga à estrada para Crema está traiçoeira e não aguentaria o peso de nenhuma carroça. Clemente, o chefe dos guardas, me disse que amanhã organizará novas buscas.

Bonizzo se calou. O inquisidor o perscrutou, pensativo.

— Levou em consideração — perguntou — a hipótese de que sua sobrinha tenha sido tomada como refém?

— Refém? Que diabo o senhor está dizendo?

— Mas é claro, procure raciocinar. Alisa foi levada pouco antes de os milaneses partirem: essa concomitância não lhe sugere nada? E se o capitão tiver decidido o sequestro? Se a intenção dele for convencê-lo a restituir o manuscrito? Porque o manuscrito está em suas mãos, não é, Bonizzo?

Não era uma pergunta, era uma afirmação.

— Por que o senhor teria corrido a Lodi assim que Fazio dissolveu o cerco — prosseguiu o frade —, a não ser para deixar o tratado em segurança no seu palácio, sabendo que, numa cidade sob jurisdição imperial, eu não tenho nenhuma possibilidade de exercer minha função de inquisidor? O que não consigo compreender é onde o senhor conseguiu escondê-lo por todo esse tempo, mas, como sabemos, este castelo é cheio de aposentos, de lugares secretos, de torres. Quem, melhor do que o senhor, conhece todos os cantos e frestas dele? — concluiu, zombeteiro.

Bonizzo o fitava, boquiaberto.

— Fui um tolo — continuou o inquisidor —, pensando que ainda devia procurar aqui dentro: só depois que o vi retornar com aquela expressão confiante no rosto foi que compreendi. Refleti bastante, e cheguei à conclusão de que o capitão dos milaneses foi mais perspicaz do que eu: provavelmente, Fazio suspeitava há tempos que o ladrão era o senhor, e levou Alisa para obrigá-lo a devolver o manuscrito. É totalmente inútil que eu investigue outros ambientes do castelo, já sei muito bem onde ele está. O problema é que não tenho autoridade para entrar no seu palácio de Lodi: o único modo de fazer isso seria uma ordem de sequestro de bens por parte do arcebispo de Milão, que não hesitaria em emiti-la, se tivesse certeza de que essa é a medida necessária para resolver definitivamente a questão. O senhor se dá conta, espero, de que semelhante passo significaria o início de novas hostilidades com Milão, certo? Seja franco, Bonizzo: quer ser considerado a causa de um conflito de tais proporções? Não acha que, de sua parte, seria mais sensato renunciar ao tratado? Estou razoavelmente certo de que, se o senhor o fizer, sua sobrinha lhe será devolvida o mais depressa possível, e toda esta história se encerrará. Em caso contrário, eu o arrastarei à presença do pontífice, como íamos fazer com o negociante, e o senhor é quem deverá sofrer o julgamento do tribunal eclesiástico.

A respiração de Bonizzo se deteve por um instante; depois recomeçou com um sibilo, como se, para sair do peito, precisasse superar um obstáculo. A pele de seu rosto, já avermelhada, tornou-se violácea.

— Eu não roubei o manuscrito! — berrou ele, cuspindo saliva ao redor. — O senhor é louco, ou então finge ser, para proteger o cu!

— Cuidado com o que diz! Está falando com um inquisidor, e não com um dos seus servos! — gritou por sua vez frei Pietro.

— Mas que inquisidor, que nada! O senhor está aqui há um mês, e o que fez até agora? Nada, além de comer de graça à minha mesa e de dormir sob meu teto! Torturou um inocente, enviando-o diretamente para uma morte atroz, aterrorizou com seus modos todo mundo aqui dentro, desde a pobre da minha velha mãe até o último dos domésticos, e tudo para obter o quê? Nada, não tirou sequer uma aranha do buraco, porque os pergaminhos foram roubados por aquele Gualdo, bem antes de o senhor chegar: não entendeu que a inspeção nas minhas propriedades era só uma cobertura, e que aquele homem veio até aqui especialmente para roubar o manuscrito? Eu fui um idiota por não perceber isso logo, mas o senhor é um inquisidor de meia-tigela, se pretende impingir a mim a acusação de furto, só para não retornar a Milão de mãos vazias. Quanto à minha sobrinha — continuou Bonizzo, ofegante, espetando o indicador no peito do frade —, espero que suas suspeitas sobre quem a raptou estejam totalmente erradas, porque, se assim não for, saberei onde ir denunciar os autores do sequestro: veremos então quem declarará guerra a quem! Talvez o senhor tenha esquecido onde se encontra: o pavimento sobre o qual apoia a sola das sandálias, as muralhas que o circundam, o ar que respira pertencem a mim, ao castelão de San Martino, fiel súdito do imperador Frederico, o qual, pelo que sei, neste momento ainda está na Lombardia. Quanto tempo o senhor acha que um dos meus soldados levaria para chegar ao acampamento dele e explicar que a soberania do castelo de San Martino está ameaçada por um emissário dos milaneses? Por acaso acredita que Frederico ficaria insensível a semelhante afronta? É o senhor quem deve reconsiderar todo o caso, frei Pietro, e não eu. Repito pela última vez: não escondi o manuscrito, e ninguém aqui dentro pode ter feito isso. E agora saia desta sala, quero ficar sozinho.

Sem esperar vê-lo sair, Bonizzo se voltou e se aproximou da janela escancarada, em busca de ar.

Às suas costas, o inquisidor sorriu: se aquele homem pensava ser esperto, não o era o bastante para ele. Sua ameaça de informar o imperador era uma solene bobagem: o que lhe diria? Que havia incautamente dado refúgio ao negociante que roubara de Frederico o manuscrito? E essa ação celerada poderia provocar um novo confronto com Milão? Nem pensar! Aquela invectiva delirante que acabava de ouvir era apenas a extrema defesa de um homem desesperado: sem dúvida, não era a primeira vez que alguém respondia às suas acusações com um ataque, e a experiência amadurecida até ali lhe ensinara que a virtude da paciência era a arma mais eficaz para abater qualquer baluarte. Esperaria ainda, continuaria a espicaçar Bonizzo até exasperá-lo: enquanto isso, precisava encontrar um cúmplice, alguém que, tendo livre acesso à residência citadina do castelão, conseguisse verificar se o manuscrito estava realmente lá e, nesse caso, recuperá-lo.

Só havia uma pessoa em condições de fazer isso. Com uma careta satisfeita, frei Pietro saiu da sala e enveredou pelo corredor que conduzia à torre.

60

Alguém bateu. Matthew ergueu os olhos da manga da camisa que estava tentando consertar: ele a rasgara na véspera, lá embaixo nos subterrâneos. O movimento dos braços sobre os quais fizera força para transpor o pé-direito da portinhola tinha sido muito brusco e a costura se desmanchara.

Levantou-se e foi abrir.

— Salve, mestre, posso lhe falar?

Frei Pietro estava imóvel diante dele: uma das mãos pendia ao longo do flanco, a outra estava afundada no bolso do hábito.

— Espero não estar incomodando, não sei se neste momento...

O tom untuoso do inquisidor irritou Matthew.

— Entre — disse ele, brusco.

Enquanto o frade se aproximava da mesa, Matthew recolheu a camisa, dobrou-a e pousou-a sobre o colchão. Depois, de pé, enfrentou seu visitante.

— Vim aqui porque preciso de sua ajuda — começou o inquisidor —, e espero ardentemente que o senhor não se recuse.

Olhou-o, à espera de um aceno afirmativo. O mestre permaneceu impassível. Frei Pietro se esforçou por mascarar o desapontamento.

— Há pouco — prosseguiu —, tive uma conversa com o castelão e expliquei a ele as suspeitas que alimento quanto ao rapto da sobrinha. Não sei se o senhor pensa o mesmo, mas desconfio que a moça foi levada como refém pelos milaneses e não por bandidos, como todos acreditam.

Matthew empalideceu. Qual era o jogo daquele bastardo? Que conversa era aquela, já que, com toda a probabilidade, tinha sido ele mesmo a organizar o sequestro de Alisa? Por acaso queria confessar sua ação celerada? Não, não era possível, o frade devia ter em mente outra coisa. Não replicou.

Cada vez mais aborrecido, o inquisidor limpou a garganta e continuou.

— Mestre — disse, apressado —, eu e o capitão suspeitamos que o manuscrito foi roubado por Bonizzo, e embora Fazio, antes de partir, não tenha me falado dos seus projetos, afirmo que, para obrigar o castelão a restituir o tratado, ele pegou a sobrinha deste como refém. O fato de Bonizzo ter se precipitado para Lodi assim que o assédio ao castelo foi suspenso confirma nossa teoria, ou seja, a de que o castelão foi escondê-lo em seu palácio. Pois bem, já que eu não tenho autoridade para me dirigir até lá, estando a cidade sob domínio imperial, quero que o senhor faça isso em meu lugar. Sei que é um terciário dos Humilhados e que a sede destes em Lodi é adjacente à residência do castelão: com um pretexto qualquer, o senhor pedirá para ser recebido pelo seu preboste e, uma vez terminado o encontro, procurará introduzir-se nos aposentos do palácio. Ninguém barrará o preceptor de Alisa de San Martino, os guardas e os domésticos o conhecem e pensarão que o senhor tem alguma incumbência a realizar por conta de Bonizzo. Não sei quantos cofres ele tem lá dentro, mas, com isto — prosseguiu, puxando do bolso um robusto mandril de ferro —, o senhor conseguirá forçá-los todos.

— Não está realmente achando que eu vá fazer semelhante coisa, está? — exclamou Matthew. — E também, se desconfiar que o senhor acredita ser ele o ladrão do manuscrito, Bonizzo vai...

— Ele já sabe — interrompeu frei Pietro, melífluo —, acabo de acusá-lo do furto e o ameacei de levá-lo a julgamento perante o papa. Dei-lhe tempo para refletir, mas não será muito: se dentro de dois dias o tratado não chegar às minhas mãos, o senhor irá procurá-lo em Lodi.

Matthew fitou o inquisidor. E se o frade estivesse com a razão? E se de fato tivesse sido Bonizzo a roubar o manuscrito? No fundo, aquela hipótese tinha lá sua lógica: quem, senão o castelão, poderia entrar sorrateiramente no quarto do negociante, enquanto este dormia? Bonizzo era um ambicioso, e talvez a perspectiva de enriquecer-se o tivesse induzido a ocupar o lugar do negociante na venda do tratado. Talvez o tivesse subestimado, pensou, talvez aquele ar de indeterminação desavisada que ele mostrava fosse só uma atitude destinada a mascarar seu verdadeiro caráter.

Em silêncio, frei Pietro perscrutou o mestre: ainda lhe restava uma coisa a dizer, e ele tinha certeza de que esta serviria para convencê-lo totalmente.

Aproximou-se.

— Há quantos anos o senhor abandonou o hábito, mestre? Ou, quem sabe, eu deveria chamá-lo "irmão"?

Matthew parou de respirar.

— Sei tudo a seu respeito — continuou o frade. — O que acha, que antes de vir eu não tomei informações sobre quem se encontrava no castelo? Sei que o senhor era um beneditino, que foi expulso do seu mosteiro, que perambulou por meia Europa e que, alguns anos depois, perdeu a cabeça por uma mulher e, por ela, renunciou aos votos e à Ordem. Sei também que poucos conhecem seu passado, talvez nem mesmo o preboste de Lodi esteja a par: diga, o que aconteceria se eu o informasse? Acredita realmente que um simulador da sua laia ainda seria tão bem aceito nas fileiras dos Humilhados? Oh, certamente disse a Bonizzo que já foi um monge, mas nem ele nem os superiores do senhor sabem que jamais pediu a dispensa eclesiástica para seguir seus impulsos mundanos!

Por um momento, perscrutou-o, e depois se afastou dele.

— Como vê — disse, pousando o mandril sobre a escrivaninha —, o senhor não tem escolha. Executará minhas ordens, ou acabará mal. Agora que esclareci tudo, espero obediência: dentro de dois dias nos encontraremos de novo e se até lá Bonizzo não me tiver restituído o manuscrito, o senhor partirá para Lodi. Saudações... "irmão" — concluiu, esboçando uma bênção zombeteira e encaminhando-se para a porta.

Esta bateu atrás dele.

Matthew se deixou cair no banquinho e juntou diante do rosto as mãos trêmulas.

Sob o olhar zombeteiro dos guardas, Delfina segurava Cátula pela trela e a conduzia ao longo das muralhas para permitir-lhe fazer suas necessidades: desde quando a cadela fugira, Alisa lhe havia imposto esse hábito ridículo. Mesmo sabendo que todos iriam começar a rir dela, tinha preferido obedecer: se Cátula fugisse de novo, a patroa jamais a perdoaria.

— Veja só, veja só, a grande dama com seu lebréu! — soltou um soldado, explodindo numa risada grosseira à qual se uniu a do seu companheiro.

— Ora, vão para o inferno, seus merdas! — murmurou baixinho a mulher, acelerando o passo. Os dois homens não a ouviram.

Cátula se endireitou de sua posição agachada e começou a balançar a cauda: seguindo a direção do olhar dela, Delfina viu o filho do rendeiro que se aproximava, vindo do fundo do pátio.

— Eu queria falar com a senhora — disse ele, tímido, acariciando o cão, que havia pousado as patas dianteiras sobre seus calções.

A mulher o encarou.

— Comigo? — perguntou, incrédula.

— Sim, e... Onde podemos ficar sem que ninguém nos ouça?

— Venha — respondeu Delfina, decidida, dirigindo-se para a capela.

Entraram e, transposta a portinha da abside, desembocaram no cemitério. A ama soltou Cátula da trela e a cachorrinha, surpreendida por aquela liberdade inesperada, fitou-a por um momento e depois começou a percorrer o perímetro do local, farejando curiosa as trepadeiras que subiam pela base do muro do recinto.

— E então? — perguntou Delfina, apoiando a palma da mão contra a parede posterior do oratório. — O que você queria me dizer de tão importante?

— Vim aqui para lhe dizer que... Talvez eu saiba para onde levaram a castelã.

— O quê?! Mas você... mas como pode saber que...

— Eu os vi, vi os bandidos, quero dizer, só que não eram bandidos, eram soldados milaneses disfarçados: pela cara eu os reconheci, porque sempre que passava junto do acampamento eles estavam ali, rindo de mim. E também escutei a conversa do capitão, que...

Delfina o interrompeu.

— Não, espere, comece do começo. Antes de tudo, como é que você sabe do rapto da castelã? Ninguém de fora do castelo soube, e você estava na granja.

— Não, estava aqui. Eu tinha vindo trazer mais uma quarta de leite, e depois voltei para pegar a mula, que ficou do lado de fora da poterna, e ir embora. Mas aquela estúpida não queria sair do lugar. Então, desmontei para ver se ela não tinha pisado em algum espinho da amoreira-silvestre onde ficou amarrada. Enquanto eu estava ali, acocorado atrás do traseiro do animal, vi a carroça chegando e, um instante depois, aqueles dois levando a castelã.

— Perceberam sua presença?

— Acho que não, porque a amoreira ficava bem junto da muralha, e na frente havia uma daquelas árvores baixas e largas, a senhora sabe, aquelas com tantas folhas que...

— Sim, entendi, continue — continuou Delfina, impaciente.

— Então, quando vi o que estava acontecendo, olhei a cara dos dois e os reconheci: eram os dois escudeiros instalados na tenda mais próxima do caminho por onde eu sempre passava e que, como eu disse à senhora, sempre que me viam ficavam gracejando...

— E depois?

— Depois, nada. Voltei à granja, contei ao meu pai o que tinha visto e ele se apavorou: disse que eu não falasse com ninguém, que os outros que se arranjassem, que Bonizzo merece isso e mais aquilo, que essas coisas acontecem aos senhores, e não aos pobrezinhos como nós...

Parou para tomar fôlego e prosseguiu:

— Mas, mesmo que Marchisio tenha razão, eu não podia... Em resumo, vim dizer à senhora e a mais ninguém, porque sei que a senhora também é uma pobrezinha como nós, e como me tratou tão bem quando a castelã mandou me chamar para procurar a cadela, achei que se dissesse pelo menos à senhora...

O garoto esfregou os olhos com a mão.

— E também — continuou, empinando o nariz — me lembrei de uma conversa que ouvi dois dias antes de acontecer isso tudo. Eu tinha ido arrastar uns feixes de feno que os trabalhadores tinham enfileirado muito perto do acampamento: a senhora sabe, com todas aquelas fogueiras que eles acendiam havia o perigo de o feno se incendiar... Então, como eu ia dizendo, fui até lá e, quando metia o forcado no primeiro feixe, escutei um soldado que, de dentro de uma tenda, dizia o nome da castelã. Aquilo me pareceu estranho e fiquei curioso: larguei o feixe para lá e, sem deixar que me vissem, fui me aproximando dos fundos da tenda e fiquei escutando. Eram dois, e discutiam sobre o melhor caminho para chegar a Fizzolo e falavam de Alisa, chamando-a de... — o garoto enrubesceu e baixou os olhos — de putinha... Na hora, não entendi, só achei que queriam insultá-la porque não tinham nada melhor a fazer. Só depois de ver o que aconteceu foi que juntei as coisas. Ah, e também, a certa altura, chegou o capitão, e parecia muito agitado: gritou com eles, disse que estavam falando muito alto... Então, tive medo e escapuli...

— Foi levada para Fizzolo? — arquejou Delfina, arregalando os olhos. — Oh, Virgem Santa! Se ela está realmente lá, temos de ir buscá-la!

Cátula, que àquela altura havia inspecionado todos os cantos do cemitério, voltou e se deteve, à espera. Delfina, absorta nos seus pensamentos, sequer a viu. Foi Benedetto quem lhe tirou a trela das mãos, prendeu-a em torno do pescoço da cachorrinha e a repassou à ama, que se sobressaltou.

— Seu pai sabe que você escutou isso sobre Fizzolo?

— Sim, e disse que, se não fossem todos esses rios e torrentes inundando a campina, poderíamos chegar lá em um dia, mas desse jeito...

— Não, não, temos de ir de qualquer maneira. Diga a Marchisio que amanhã eu vou à granja: preciso falar com ele.

— Como a senhora quiser.

Em passos pesados, Delfina retornou à capela arrastando Cátula, que se demorava farejando entre as lápides do pavimento.

— Você não vai querer mijar em cima dos mortos, vai?! — explodiu, em voz muito alta, puxando com mais força a trela. — Vamos, cachorra estúpida, vamos!

Benedetto a seguiu e, após sair da capela, fechou a porta.

61

Granja de San Martino

Delfina estava sentada diante de Marchisio: de vez em quando, seus olhos se deslocavam para Savina, que, de pé junto ao berço do pequeno Germano, escutava atenta.

— Devemos partir amanhã — dizia o rendeiro. — Despedi os trabalhadores e deixei o gado solto: mantive para mim apenas duas vacas, os gansos e umas galinhas. Já carreguei a carroça, e as mulas estão prontas para ser arreadas: transportarão tudo o que conseguirmos levar, e depois... — engoliu em seco — depois nos entregaremos à Virgem e...

— Tem mesmo certeza de que deseja fazer isso? — interrompeu a mulher. — Se abandonar isto aqui, as vacas vão se afogar e vocês vão perder tudo, a casa, a colheita, o contrato com o castelão...

— Por quê? — explodiu Marchisio, furioso. — Acha que eu tenho outra escolha? Sabia que Bonizzo estava para me dispensar, me impor um contrato anual, aquele porco? Tenho certeza de que, se os milaneses não tivessem acampado aqui durante todo esse tempo, aquele infame já teria me expulsado: ora, pelo amor de Deus, que vão para o inferno, ele, suas vacas e suas terras!

Delfina anuiu.

— Tem razão, Bonizzo é um filho da puta. Se você soubesse o que esse homem já fez todos nós passarmos... eu, os servos, Alisa, até aquela maluca da mãe dele! Mas — continuou, agitando a mão diante do rosto, como se espantasse uma mosca incômoda — vamos falar de coisas práticas: a que horas você pretende partir amanhã?

— Ao amanhecer.

— Bom, então agora eu volto ao castelo, aviso Simon e, depois das vésperas, estaremos os dois aqui: vocês podem nos hospedar por uma noite?

— Sim, claro, se vocês se contentarem com dormir em cima da forragem, no palheiro: Benedetto já enrolou os colchões, e...

— Não importa onde vamos dormir! O principal é: será que conseguiremos chegar à estrada para Milão antes que o Adda alague a campina inteira?

— Se nos movimentarmos depressa, acho que sim: ontem, fui conferir o rio e vi que ele já engoliu boa parte da margem, mas ainda não chegou às árvores. A ponte de madeira está periclitante e balança a cada onda, mas os esteios ainda estão presos ao fundo: acho que o verdadeiro desastre acontecerá daqui a um ou dois dias, quando a água alcançar as ilhotas mais a montante. Estas vão bloquear a corrente e então, sim, o rio vai encher de verdade e descer como uma avalanche! Como eu já disse, temos de agir depressa.

— Então, não percamos mais tempo. Vou logo para o castelo, preciso dizer a Simon que se prepare.

Delfina acenou uma saudação, levantou-se e saiu.

Savina tirou do gancho da lareira o caldeirão de ferro e, segurando-o, aproximou-se de Marchisio.

— Escute — disse —, mas você sabe exatamente o que encontraremos em Fizzolo? O que é esse lugar, um burgo, um castelo?

— Não, castelos não creio que existam lá. Um dos trabalhadores me disse que antigamente havia uma granja grande, mas parece que, depois do terremoto de seis anos atrás, foi abandonada. Se for verdade que esse é o esconderijo onde puseram Alisa de San Martino, foi bem escolhido, porque ao redor só há campos e bosque, mais nada: a quem ocorreria ir procurar a castelã num lugar desses?

A mulher depositou o caldeirão no solo.

— Você se dá conta de que vai haver alguém de guarda, não? — disse, apavorada. — Quantos serão? Virgem Santa, eles podem nos matar a todos... É mesmo necessário nós irmos até lá? Que obrigação temos de procurar a castelã? Não podemos deixar que a ama e aquele francês se arranjem sozinhos?

Marchisio a encarou, carrancudo.

— Às vezes é preciso fazer as coisas que na hora não parecem convenientes, porque, no fim, elas se revelam úteis. Quem pode saber? Talvez, se a libertarmos, Alisa fique agradecida e possa nos ajudar de algum modo. E também... imagine a pobrezinha, trancada em algum lugar, no escuro, amarrada... Nós vimos aquela moça crescer, esqueceu? Quando ela era criança, a ama a trazia aqui para ver como se ordenham as vacas, lembra? Lembra como riu daquela vez em que estava tão perto da traseira da vaca que o leite lhe esguichou no rosto e ela esticava a língua para lambê-lo?

Savina chorava, agora. Marchisio puxou-a para si.

— Estaremos atentos — disse, cingindo-lhe a cintura com o braço. — Você, Germano e a ama ficarão escondidos no bosque, com a carroça e as mulas, e nós três, homens, iremos na frente: tudo vai correr bem, você verá. Agora, vá terminar de colocar as coisas na carroça — concluiu, dando-lhe uma leve palmada nas nádegas —, já não temos muito tempo.

A mulher baixou a cabeça, pegou o caldeirão e saiu para o terreiro.

Curso do Adda

O texugo saiu da toca. Plantando os longos artelhos na grama úmida, serpenteou cauteloso entre os pés de cavalinha-dos-campos e se escondeu sob um tamarisco. Por um instante, manteve-se imóvel. Depois, avançando a cabeça por entre os ramos mais baixos, endireitou as orelhas: abafado pelo costumeiro rumorejar da corrente, ouvia-se um outro som, uma espécie de bramido incessante. Ainda estava longínquo. Rápido, o animal se esgueirou de sob a árvore, alcançou a pequena elevação que se erguia no centro da ilhota e começou a escavar freneticamente.

Castelo de San Martino

— Não posso mais permanecer aqui embaixo — disse Gualdo, apoiado à grade da cela. — A entrada da galeria que dá para o rio já está alagada e, assim que a água ultrapassar o desnível do terreno, encherá todo o túnel e invadirá também estes calabouços.

— E para onde o senhor pretende ir, então? — perguntou Matthew, espiando preocupado o fundo do subterrâneo.

— Vou me esconder no vão da escada — respondeu o outro, apontando a portinhola atrás deles. — Vi que lá em cima, antes de chegar ao cubículo de Simon, há uma espécie de plataforma suficientemente larga para me permitir ficar agachado. Por falar em Simon, ele já foi?

— Sim.

— Bem. Dei permissão a ele para ir, mas sem escolta: o inquisidor ficaria desconfiado, se viesse a saber que Menego e Bortolo partiram sem motivo plausível. No fundo, contando o rendeiro e seu filho, são três homens, e não vejo por que não consigam se defender sozinhos.

Matthew assentiu.

— Também acho — disse —, Simon não é aquele paspalhão que parece. Ele e Delfina selaram os cavalos às escondidas, esperaram que escurecesse e depois, antes que a ponte levadiça fosse fechada para a noite, deixaram o castelo: Simon me disse que daria uma boa gorjeta ao chefe dos guardas, a fim de comprar seu silêncio. Evidentemente, o dinheiro foi bem aceito, porque tanto o cubículo dele quanto o quarto de Alisa, onde também dorme a ama, estão vazios. A cadela também desapareceu: não sei, talvez a tenham levado.

— Então, frei Pietro não sabe que eles foram embora...

— Não, não creio.

— Melhor assim. E o senhor? Quando é que aquele bastardo pretende mandá-lo a Lodi para vistoriar o palácio de Bonizzo?

— Amanhã, se o castelão não me preceder: à hora de vésperas, eu o vi falando com o estribeiro, talvez pretenda partir justamente amanhã de manhã. Nesse caso, deverei esperar que ele volte.

— Se é que voltará... Mas, diga, o senhor está mesmo decidido a obedecer às ordens do frade? Não pode se recusar? Afinal, o senhor é um forasteiro e ele não tem nenhuma autoridade sobre sua pessoa: não pode mandá-lo para o inferno?

— Pensei nisso — mentiu o mestre —, mas concluí que, se não fizesse o que ele me pede, eu só provocaria danos: ele continuaria a esgaravatar todos os ambientes do castelo e o senhor correria o risco de ser descoberto.

Gualdo não fez comentários. Sem dizer mais nada, abriu a portinhola e precedeu o mestre ao longo da escada.

Matthew adormecera havia pouco mais de duas horas, quando golpes na porta o sobressaltaram, acordando-o. Sentou-se de um salto no colchão e olhou para a janelinha aberta: o escuro começava a se romper, nos primeiros clarões do dia. Levantou-se com dificuldade e, esfregando os olhos com as costas da mão, foi abrir.

O inquisidor, espumando de raiva, fitava-o da soleira.

— Bonizzo desapareceu! — rosnou. — Partiu antes do alvorecer, aquele demônio!

O mestre permaneceu calado.

— O que o senhor está fazendo aí, imóvel como uma estátua?! Mexa-se, tem de segui-lo, rápido!

— Não conseguirei chegar a Lodi antes dele — respondeu Matthew, calmo. — O trajeto é muito curto, a esta altura ele já está na segurança do seu palácio. O senhor não está achando que...

Uma gritaria repentina, entremeada de berros apavorados, assustou-os: provinha de dois andares abaixo e ficava cada vez mais forte. O frade recuou e alongou a cabeça para os degraus que acabava de subir: o estrépito continuava, mas a torre era muito alta para que se pudesse distinguir as palavras.

O mestre deu dois passos fora do quarto e olhou para baixo: não se via nada, só o fraco tremeluzir de uma pequena tocha pousada sobre uma mísula de pedra na parede. Estava prestes a descer a escada, mas foi retido pelo braço estendido do inquisidor.

— Não saia daqui — ordenou o frade, segurando-o —, vou ver o que está acontecendo.

Virou-se e, mantendo levantada a orla do hábito para não tropeçar, desapareceu na escuridão da escada.

Curso do Adda

A onda partiu de longe. Acolhida pelo leito largo do rio, rolou pelo vale, lenta, até a primeira enseada. Ali, impedida, deteve-se: rugiu, inflou-se, despencou sobre a margem, chocou-se contra os arbustos, arrancou-os pela raiz e precipitou-se violenta sobre o terreno, levando consigo ramos, folhas, torrões e seixos. Rolou ávida sobre toda a língua de terra, superou-a e, com um estrondo infernal, misturou-se à corrente que a precedia.

O nível do rio se alteou.

62

A pista se transformara numa torrente: a água se espalhara também sobre a estrada e já impedia o trajeto. Tinham girado a carroça e tomado uma trilha que adentrava pelo bosque à sua esquerda, onde o terreno era em aclive. Ali, a vegetação era densa e a carroça passava com dificuldade entre os arbustos: já uma vez os meões das rodas haviam se prendido entre os ramos salientes e Marchisio perdera um tempo precioso para desenredá-los. O rendeiro bem sabia que aquele desvio retardaria a marcha deles, mas àquela altura não tinha escolha: se suas lembranças não o traíam, a trilha na floresta continuaria subindo até alcançar uma pequena colina onde, esperava, a água nunca chegaria. Se fosse necessário, fariam uma parada ali, para aguardar que a enchente baixasse, e depois prosseguiriam rumo ao seu destino: não sabia quanto faltava para chegar a Fizzolo, e esperava que não fosse muito.

Virou-se para controlar as duas vacas: estavam bem atadas e avançavam calmas atrás da carroça.

Continuava a chover.

Uns cinquenta pés adiante dele, Benedetto e Simon cavalgavam a passo, seguidos por Delfina. Marchisio lhe propusera instalar-se na carroça junto com Savina e o pequeno Germano, mas a ama havia recusado. Agora, enquanto a via oscilar desajeitadamente sobre o dorso do cavalo, ele se perguntou o quanto ela devia amar Alisa, para arriscar a vida na tentativa de salvá-la. Tinha levado consigo também a cadela, explicando sua decisão bizarra com o fato de que, onde quer que estivesse a castelã, o animal lhe farejaria a presença bem antes de todos. Ele, por seu lado, não estava muito seguro de que aquele ridículo montinho de pelo branco seria capaz de tanto, mas não teve coragem de contradizê-la e lhe permitiu ajeitar Cátula numa cesta, que agora sacolejava contra a sela.

De repente, Benedetto parou o cavalo e, sem proferir palavra, ergueu um braço para deter a caravana.

Marchisio desceu da carroça e aproximou-se.

— O que é? — perguntou baixinho. — O que você viu?

— Não vi nada, mas ouvi — respondeu o garoto, desmontando por sua vez. — Ouvi o zurro de um jumento, pai. Tome — acrescentou, estendendo-lhe as rédeas —, eu vou olhar.

— Vou com você — disse Simon.

Benedetto avançou dois passos, depois pensou melhor e voltou, deixando atrás de si o miniaturista.

— Quero levar a cadela — disse a Delfina.

A mulher abriu a cesta e Cátula se ergueu nas patas traseiras, pronta para saltar. O garoto a pegou e, segurando-a pela trela, continuou bosque adentro, seguido por Simon.

Instantes depois, os dois jovens desapareceram entre as árvores.

A granja parecia destruída e os campos ao redor estavam cobertos de sarças e escombros. Daquela distância, parecia tudo deserto: não se via o jumento, mas os zurros continuavam.

Encolhido sob os galhos de um dos últimos carvalhos do bosque, Benedetto observava o terreno diante de si: ia descaindo lentamente e era sulcado por valas das quais despontavam moitas de pilriteiro e ramos intricados de abrunheiro.

— Você, fique aqui — sussurrou a Simon, que se agachara ao lado dele. — Vou tentar descer: só espero que esta cachorrinha estúpida não se meta a latir...

Cátula levantou a cabeça e o fitou. Depois, sem emitir sequer um ganido, começou a farejar o ar.

Segurando firmemente a trela entre as mãos, Benedetto se colocou de gatinhas e, rastejando com a barriga no chão, começou a descer a ladeira.

Aquele maldito jumento! Por que ainda zurrava? Pouco antes, ele o desamarrara do tronco daquele sicômoro mirrado que se destacava em meio aos estrepes e o atara sob o telheiro do barracão: ali, o animal ficava razoavelmente protegido da chuva, e portanto não havia motivo para continuar a berrar. O homem bufou. Não via a hora em que toda aquela história iria acabar: estava cansado de permanecer entre aquelas quatro tábuas podres, esperando que alguém viesse buscar a moça. Antes de ir embora, o capitão havia prometido que, dali a alguns dias, enviaria outro guarda para substituí-lo, mas já se passara quase uma semana e não aparecera ninguém.

O nível do Lambro o preocupava: o rio não era muito longe dali e, se transbordasse, levaria menos de um dia para alagar a granja. Duas horas antes, isso o impelira a realizar uma rápida inspeção: conferiu se a porta do palheiro estava bem trancada, montou no jumento e seguiu rumo ao oeste. O rio ainda não ultrapassara as margens, mas faltava pouco. Voltou às pressas e começou a refletir: o que deveria fazer, se a enchente chegasse? Certamente não podia abandonar a moça ali: ele era um soldado, embora mascarado de bandido, e recebera ordens às quais não podia desobedecer. Se dependesse de sua vontade, meteria a castelã de volta no saco e a colocaria em cima do jumento, partindo imediatamente para Melegnano: o burgo era fortificado e o castelo, de jurisdição milanesa, constituiria um abrigo seguro. Mas sabia que não podia fazer isso, ou seria duramente punido.

Talvez, se parasse de chover, a água dos rios voltasse aos leitos e a enchente não acontecesse. Abriu a porta do barracão e perscrutou o céu: as nuvens ainda estavam baixas, mas a chuva lhe pareceu menos intensa. Fechou de volta.

Sentia fome. Meteu a mão no bolso e tirou dois pedaços de queijo: aquela estúpida não havia tocado em comida nem mesmo naquele dia, portanto quem ia comer era ele.

O jumento zurrou de novo.

Não podia ir além daquele ponto, ou Cátula começaria a latir. Quando, ao contornar o terreno, tinha descoberto que atrás dos muros desbeiçados da granja existia um palheiro, tivera certeza de que Alisa havia sido escondida ali: a cadela também deve ter percebido isso, porque deu um salto para diante, ganindo. Benedetto precisou apertar o focinho dela entre as mãos e escondê-la embaixo do manto: esperava que quem por acaso estivesse lá dentro não a tivesse ouvido. Deslizando entre as sarças com aquele incômodo fardo contra o peito, deslocara-se alguns passos para a esquerda e finalmente vira o jumento: estava amarrado junto a um barracão, sinal evidente de que lá dentro havia alguém.

Precisava retornar. Continuando a segurar Cátula, virou-se e começou a correr desabalado entre as moitas. Simon o viu chegar e o seguiu. Só pararam sob os primeiros carvalhos, e deram uma olhada para trás: não havia vivalma.

Seguiram bosque adentro.

— Não, Delfina, você fica aqui, nem pense em ir conosco! — exclamou Marchisio. — É melhor que tome conta da cachorra: pode prendê-la na carroça, metê-la dentro de um saco, enfim, faça o que achar melhor, mas não a deixe latir, pelo amor de Deus! E você, Savina — continuou, apontando Germano —, mantenha calmo o menino: ele não deve chorar de jeito nenhum. Agora que parou de chover, o vento está soprando para o norte e, mesmo com as árvores no meio, um latido ou um berro poderiam chegar até a granja.

A ama assentiu, decepcionada. Savina se voltou, pegou uma corda no assoalho da carroça e a repassou ao marido. O rendeiro enrolou-a e guardou-a no bolso da túnica. Benedetto empunhou a podadeira e Simon apertou mais um furo no cinto do qual pendia a bainha do punhal. Marchisio acenou para eles e, juntos, encaminharam-se ao longo da trilha.

63

Castelo de San Martino

No pé da escada, o inquisidor encontrou o inferno.

Servas e domésticos, desgrenhados e aos gritos, corriam de um lado para outro do reduto, dirigindo-se à saída para o pátio: chocavam-se, alguns xingavam, muitas mulheres choravam.

Frei Pietro agarrou uma copeira pelo braço.

— Mas o que está acontecendo aqui?! — perguntou, agitado.

— Ora, me deixe, vá para o diabo que o carregue! — esganiçou-se a mulher.

O inquisidor ficou boquiaberto: a copeira se soltou e fugiu para fora. O frade permaneceu imóvel, olhando-a, e depois, abrindo caminho a cotoveladas em meio à tropelia, alcançou o portal.

O pátio estava cheio de soldados, e os guardas estavam erguendo a ponte levadiça. Da soleira dos alojamentos militares, Clemente, o chefe deles, berrava ordens, mas sua voz pouco se ouvia, superada como era pelo estardalhaço dos habitantes do castelo espalhados pela esplanada. Das cocheiras vinham os relinchos dos cavalos, acompanhados de zurros nervosos das mulas presas no estábulo.

Frei Pietro atravessou a multidão e alcançou o chefe dos guardas.

Quando o viu aproximar-se, Clemente não conseguiu conter um movimento de aversão. “Esta maldita gralha negra!”, resmungou entre dentes. “É ele quem nos traz sarna para nos coçar, filho da puta!”

O frade não o ouviu.

— Quer me dizer que bicho mordeu vocês todos, aqui dentro? — perguntou, raivoso, renunciando à sua linguagem esmerada.

— Cristo, mas o senhor não vê o que está acontecendo? Não percebe que o castelo está ficando embaixo d'água?

O inquisidor o fitou, aturdido.

— Veja, veja com seus próprios olhos: vá até lá em cima! — rugiu Clemente, apontando o adarve. — Dê uma espiada! E agora saia, eu tenho mais o que fazer, em vez de ficar falando com o senhor.

Cuspiu no chão e se afastou rumo às muralhas. O frade subiu às pressas a escada de pedra, alcançou o trecho mais próximo do adarve, debruçou-se a um avançamento e ficou paralisado.

Enquanto um coro longínquo de mugidos lhe enchia os ouvidos, deu-se conta de que o terreno em torno do castelo estava coberto de água. Lamacenta e escura, já enchia um terço do fosso e chapinhava contra as muralhas, ameaçadora. Horrorizado, o inquisidor olhou na direção do rio: nos campos, transformados em palude, as frondes das árvores eram lambidas pela água e os troncos haviam desaparecido. Com o coração na garganta, correu para o outro lado e perscrutou a campina, ao norte: daquela distância, parecia que a parte inferior da casa do rendeiro já estava submersa. Dos barracões que a circundavam, não havia vestígios. Somente o paredão de rocha fronteiro ao rio ainda estava fora da água, mas dos trechos mais baixos da elevação a corrente já começava a derramar-se sobre os campos.

O frade apertou os punhos.

"De novo, não", pensou, "não pode me acontecer de novo..." Fechou os olhos. Não queria ver. A lembrança o investiu como uma onda, negra e lodosa.

Tudo havia acontecido em poucos instantes, e sua mãe não tivera tempo sequer de perceber. Ela batia a roupa à beira do canal que passava junto da casa quando a corrente se inflou e arrastou-a. Ele e o irmão estavam ali, uns cem passos mais atrás, procurando lagartixas na grama: divertiam-se capturando-as e cortando-lhes a cauda. Quando ele se levantou segurando uma lagartixa, a mãe ainda estava ajoelhada, com os braços afundados na água; um instante depois, tinha desaparecido. Os dois tentaram chegar à margem, mas foram obrigados a recuar: a água já ultrapassara as bordas do canal. Correram para casa, subiram ao sótão e ali, chorando, esperaram que o pai retornasse dos campos. A mãe foi encontrada mais embaixo dois dias depois, presa às raízes de um salgueiro: a fúria da corrente as arrancara do terreno e os longos pedaços de madeira retorcida tinham servido de barreira ao corpo. O rosto estava irreconhecível.

Frei Pietro abriu os olhos. Uma violenta onda de náusea obrigou-o a apoiar as mãos às pedras da parede. Vomitou bile. Limpou a boca com a manga do hábito e, cambaleando, voltou à embocadura da escada.

Perscrutou o pátio. Os guardas reuniam pessoas e cavalos, empurrando homens e animais para o interior do reduto. Da soleira, Clemente ainda berrava, ordenando que todos se refugiassem nas torres e ficassem ali, à espera de que a enchente baixasse.

Desceu, atravessou às pressas a esplanada e, empurrando os que lhe impediam o caminho, ultrapassou o portal e subiu correndo a escada que conduzia ao quarto do mestre.

Gualdo fechou a arca e vestiu o manto de Bonizzo. Embora muito pesado para o verão, este era de lã escura e dotado de capuz, um acessório que lhe seria muito conveniente. Levantou-o sobre a cabeca e, na ponta dos pés, aproximou-se da porta, à escuta. As vozes que até aquele momento haviam ressoado no pátio agora ribombavam no interior da construção.

Quando, meia hora antes, metera-se nos aposentos do castelão para procurar ainda mais o manuscrito, havia escutado a gritaria proveniente do exterior e logo compreendera: uma subsequente olhada pela janela lhe confirmou que dali a pouco o chefe dos guardas daria a ordem para todos se refugiarem nos andares mais altos do castelo. "Que bando de idiotas!", pensou. "Como não perceberam antes o que estava para acontecer? Que soldados são esses, se não controlam os limites do território? São vizinhos de um rio, pelo amor de Deus! Por que, com toda a chuva que caiu, não foram verificar se ele ultrapassava as margens? Não percebem que estamos numa planície? Como se, para isolar o castelo da água, bastassem este montículo de terra sobre o qual foi construído e aquele paredão com poucos braços de altura!" Lembrou-se de Juditha: teria ela conseguido fugir, antes que a água invadisse a galeria? E, em caso afirmativo, para onde tinha ido? Iria encontrá-la de novo? Tinha expulsado logo esse pensamento, mas agora, enquanto entrecerrava o batente de um respiradouro, ele voltara a torturá-lo, prepotente. Balançou a cabeça: não era o momento adequado para se distrair.

— Mas afinal, aonde a senhora quer ir agora?! — gritou Giacoma, plantando-se de pernas abertas diante da porta. — O chefe dos guardas disse que devemos todos ficar no ponto mais alto que pudermos, e a senhora quer descer! Enlouqueceu de vez, ou o quê?

Sem responder, Bernarda recuou alguns passos e foi até a arca: abriu-a e remexeu entre os objetos amontoados, até encontrar o que procurava. Dando as costas à doméstica, levantou a veste, afrouxou o cinto que prendia os calções e escondeu dentro destes um pequeno invólucro. Depois se recompôs e se voltou.

— Saia daí, vaca estúpida! — sibilou.

Giacoma não se moveu. A velha fitou-a por um instante e depois se aproximou da lareira, pegou o atiçador e o brandiu, ameaçadora. Incrédula, a mulher a viu avançar e, antes que ela tivesse tempo de respirar, Bernarda desceu-lhe o objeto no ombro, com toda a força. O osso estalou. Giacoma gritou, oscilou e caiu no chão, gemendo. A velha largou o atiçador e saiu.

No corredor ressoavam prantos, imprecações e gritos: ao entrar nele, Bernarda quase foi atropelada por um servo que, seguido por uma das copeiras, corria nervoso rumo à passagem que levava às torres. Sem lhes dar importância, a castelã percorreu o resto do vestíbulo, passou diante do quarto de Alisa e começou a descer.

A porta estava escancarada e Matthew espiou lá dentro: de pé diante da enxerga de Simon, quatro domésticos confabulavam entre si, gesticulando apavorados.

O mestre se retraiu: pelo que pudera perceber, as tábuas estavam em seus lugares na parede, sinal de que Gualdo já devia ter saído dali. Onde poderia estar?

Retomou a escada que acabara de subir e desceu ao piso inferior. O quarto da velha castelã estava fechado, e isso o confortou: provavelmente, em sua loucura, Bernarda sequer havia percebido o que acontecia.

Deteve-se diante do quarto de Alisa e experimentou a porta: abriu-a e deu uma olhada para o interior. Estava vazio. Continuou descendo. O corredor que ladeava os aposentos do castelão estava deserto. Matthew já o percorrera quase todo quando ouviu um leve rangido. Virou-se: pela porta entreaberta, viu surgir a cabeça de Gualdo.

— Ah, eis onde o senhor estava... — sussurrou, enquanto o outro deslizava cauteloso para fora do quarto.

Gualdo pegou as duas abas do capuz e puxou-as, até cobrir quase completamente o rosto.

— Vamos sair daqui, e já — disse baixinho, precedendo o mestre rumo à escada que conduzia ao térreo do castelo.

— Mas... — hesitou Matthew — para onde o senhor quer ir? O chefe dos guardas ordenou que ocupássemos os andares altos, lá embaixo é perigoso, e...

— Esqueça e venha comigo.

O mestre obedeceu.

Mas onde diabos fora parar o inglês? Ali no seu quarto não estava, para onde podia ter ido?

Frei Pietro encostou-se à parede de pedra e tentou refletir, mas tinha dificuldade de recuperar a calma. A imagem pavorosa do rosto tumefato e esverdeado de sua mãe continuava a lhe encher a mente, dominando qualquer outro pensamento. Parecia-lhe tê-la ainda à sua frente, estendida na margem do rio, enquanto minúsculos caranguejos e longos vermes negros saíam de sua boca, escancarada num esgar horripilante.

Sentia frio. Afastou-se da parede úmida e sentou-se no banquinho. Devia resolver logo o que fazer: aquele era um dos ambientes mais altos do castelo, e dali a pouco se encheria de gente. Enquanto se levantava, pensou no grande número de empregados de que o castelão dispunha: entre domésticos, valetes, cozinheiras, copeiras, lavadeiras, estribeiros e soldados, devia tratar-se de umas cem pessoas. E se ninguém se salvasse? Se a inundação alcançasse até os adarves e as torres? Só aquele bastardo de Bonizzo escaparia, meu Deus! Ele estava em seu palácio de Lodi, que, bem protegido pela altura da colina e por aquelas muralhas maciças, jamais seria atingido pela enchente do rio...

Surpreendeu-se rangendo os dentes. Não, as coisas não acabariam assim. Iria ele mesmo a Lodi, em vez de mandar o mestre: em algum lugar, no depósito de equipamentos, tinha visto uma embarcação, uma pequena canoa de madeira robusta. Se queria usá-la, devia descer logo para recuperá-la, antes que a água invadisse também o depósito: de algum modo, conseguiria sair do castelo e chegar remando à cidade. Tinha certeza de que lá também reinava uma grande confusão, e a falta de diretrizes seguras por parte das autoridades certamente lhe permitiria transpor as muralhas sem ser perturbado. Aquele maldito manuscrito devia ser seu, não renunciaria a ele nem mesmo ao preço da própria vida.

Saiu do aposento e se deteve na soleira para escutar: o burburinho que provinha lá de baixo crescia e assinalava a chegada de outras pessoas.

64

Granja de Fizzolo

Tinham chegado à granja. Escondidos entre as ruínas da velha casa do feitor, espiavam o palheiro: de onde estavam, podiam ver a porta, que parecia trancada por um ferrolho. Pouco atrás, aparecia o casebre meio torto ao qual estava amarrado o jumento. Este havia parado de zurrar.

— Se só houver um jumento, significa que há somente um guarda — disse Marchisio baixinho —, o que é ótimo, porque nós somos três. Eu vou na frente e vocês me seguem, abaixados sob as sarças: para qualquer eventualidade, é bom termos as armas prontas.

Simon e Benedetto colocaram-se de gatinhas e esperaram que Marchisio os precedesse. Depois de lançar uma última olhada para o barracão, o homem contornou a casa arruinada e começou a correr através do terreno. Chegado ao palheiro, deteve-se para tomar fôlego: encostou o ouvido à parede de tábuas, mas não ouviu nada. Cauteloso, contornou a construção até o canto e se debruçou para espiar o casebre. O jumento virou a cabeça para olhá-lo.

Quando o viram desaparecer, os dois jovens começaram a rastejar entre as moitas. Indiferentes aos espinhos que os arranhavam, avançaram rumo ao palheiro e o alcançaram.

— Bem — sussurrou o rendeiro —, você, Benedetto, me protege as costas, e o senhor, Simon, fica à esquerda do barracão e faz algum barulho, para chamar a atenção de quem estiver lá dentro. Quando ele sair para conferir, apareça: a essa altura, chego eu. Está tudo claro?

Simon e o garoto assentiram.

— Então, vamos.

O dado rolou e parou no um. O guarda xingou: havia perdido. Se tivesse à sua frente outro jogador, àquela altura deveria desembolsar dinheiro. Era a quarta série de partidas que disputava contra um adversário imaginário e não queria continuar. Recolheu do chão os dados e meteu-os no bolso. Era quase hora de ir ao poço para buscar mais água: aquele pão duro e aquele queijo rançoso que dividia com a prisioneira lhe davam muita sede.

Tinha acabado de pegar as botas que tirara pouco antes para aliviar os pés inchados quando, proveniente do exterior, escutou um estalido, como de um ramo partido. Alarmado, calçou-as às pressas e aproximou-se da porta: com a mão esquerda sobre o ferrolho e a direita no cabo do punhal, ficou à escuta.

O jumento zurrou de novo, e esse lamento incômodo o impediu de captar qualquer outro som. Lentamente, baixou o ferrolho e descerrou a porta: através da fresta, não conseguiu ver mais do que a parede do palheiro e a extensão baldia. Parecia não haver ninguém. Tranquilizado, estava prestes a entrar de volta quando o estalido se repetiu, mais forte.

Esforçou-se por raciocinar. Poderia tratar-se do guarda enviado pelo capitão para rendê-lo, mas não tinha escutado o cavalo. Com certeza, a lama que recobria o terreno abafaria qualquer rumor de cascos, mas pelo menos alguma passada seria possível ouvir. Então, quem poderia ser? Quando percorrera aquelas duas ou três milhas para ir ao rio, não havia encontrado vivalma: será que alguém escondido no bosque o tinha visto e seguido até ali? Um salteador, talvez? Arrepiou-se de excitação: o sujeito lá fora, se fosse realmente um bandido, encontraria um osso duro de roer.

Desembainhou o punhal e escancarou a porta. Uma lufada de vento úmido lhe acariciou a face: ele percebeu não estar usando o capuz. Decidiu dispensá-lo, não havia tempo.

Deu dois passos cautelosos na direção do palheiro e ficou imóvel, com os músculos retesados. Estava para prosseguir quando lhe pareceu captar, com o canto do olho, um movimento à sua direita: virou-se de chofre e viu um jovem elegantemente vestido que avançava em sua direção, brandindo um punhal. Olhou-o, incrédulo, e depois, rugindo um palavrão, lançou-se contra ele.

Simon gritou, tropeçou e caiu. Ergueu os braços para proteger o peito e o punhal lhe escapou. A mão armada do guarda já se levantara, pronta para golpear, quando um nó corrediço caiu sobre o pescoço dele e o apertou. O homem levou as mãos à garganta, escancarou a boca em busca de ar, esbugalhou os olhos e estatelou-se no chão, esperneando e esbracejando.

Marchisio, solidamente ajoelhado atrás dele, puxou a corda ainda mais: o rosto do guarda ficou roxo. Com as últimas forças que lhe restavam, o homem tentou soltar-se daquele aperto mortal: por alguns instantes, braços e pernas rodopiaram no ar, o corpo deslizou para trás e se arqueou. Por fim, tombou, inerte.

O rendeiro afrouxou o nó, mas ainda o manteve seguro. Quando o último espasmo cessou, soltou-o. Simon, que se erguera do solo, olhou horrorizado para o cadáver.

— Nós... — balbuciou — o que fizemos... nós...

— Não fizemos absolutamente nada — recriminou-o Marchisio —, apenas nos defendemos, foi isso que fizemos. Eu...

Empalideceu. Virou-se, afastou-se alguns passos, apoiou as mãos nos joelhos e vomitou.

— Pai, aqui dentro não há mais ninguém! Agora...

A voz de Benedetto ressoou clara, mas foi só por um momento, depois se rompeu. Da soleira do barracão, o garoto fitava, chocado, o corpo do guarda.

Marchisio foi ao encontro dele, cambaleando.

— Vamos olhar no palheiro — disse, rouco.

Ainda tonto, Simon recolheu da terra o punhal: deu alguns passos incertos, e depois começou a correr.

Chegaram todos juntos à porta. Marchisio tentou fazer correr o ferrolho, mas percebeu que havia também uma fechadura.

— Deus do céu, até chave eles colocaram! — exclamou, furioso, balançando a tranca.

Lá de dentro, ouviu-se provir um gemido.

Todo o sangue desapareceu do rosto de Simon. Ele abriu a boca, mas não conseguiu falar. Sem esperar que alguém lhe ordenasse nada, Benedetto voltou correndo e, fechando os olhos para não ver a face do guarda, remexeu freneticamente nos bolsos deste, procurando a chave. Achou-a e levou-a para o pai.

Marchisio virou-a na fechadura, puxou o ferrolho e abriu.

O interior estava escuro, mas a pouca luz que vinha de fora bastou para clarear uma parte do pavimento: encolhida sobre a palha, Alisa olhava a figura recortada contra a porta aberta. Estava aterrorizada.

— Somos nós, senhora, viemos libertá-la — disse o rendeiro, hesitando um momento antes de entrar.

Esse instante bastou: Simon se esgueirou para a frente dele e, afundando na forragem até os tornozelos, alcançou Alisa. Os olhos febris da jovem se destacavam no rosto muito pálido, a boca tremia, os cabelos, sujos e eriçados, caíam ao longo da veste rasgada: o braço, imobilizado pela corda, pendia ao longo do flanco.

Sem hesitar, Simon puxou o punhal da bainha e, com poucos golpes decididos, cortou a corda: Alisa tombou para a frente e o jovem acolheu-a contra si.

— Acabou, meu amor — sussurrou —, acabou.

O som que saiu da garganta de Alisa pareceu o lamento de um animal ferido: começou tênue, misturou-se a um suspiro tão longo que lhe tirou todo o fôlego e finalmente rompeu-se num soluço.

Simon soergueu-a com delicadeza e, mantendo-a estreitada ao próprio corpo, conduziu-a para a porta.

Benedetto, que havia ficado na soleira junto ao pai, afastou-se de lado para deixá-los sair. Quando se deu conta das condições da castelã, não conseguiu conter um impulso de raiva.

— Devíamos ter estripado aquele bastardo, em vez de estrangulá-lo! — exclamou, furioso. — Agora, ele ainda estaria ali, segurando as tripas nas mãos e esperando estourar de uma vez!

Marchisio o encarou, severo, com intenção de repreendê-lo, mas não o fez. Seu filho tinha razão: quem quer que tivesse reduzido Alisa àquele estado merecia o inferno.

— Depressa, vamos — preferiu dizer. — Benedetto, vá desamarrar o jumento e traga-o aqui: esta pobre moça não vai conseguir caminhar até o bosque, devemos colocá-la na sela. Rápido, mexa-se!

O garoto obedeceu. O vento, que continuava a soprar do sul, trazia consigo um forte cheiro de terra molhada. Preocupado, Marchisio perscrutou o campo: tinha a sensação de que dali a pouco a água de um dos dois rios chegaria até ali. Se isso acontecesse, o bosque seria a única proteção para eles. Deviam mover-se com agilidade.

65

Campina de Lodi

O cavalo empinou.

— E então? O que está esperando, sua besta de merda?! — resmungou Bonizzo, plantando-lhe as esporas nos flancos.

O animal relinchou, mas não se moveu da beira do declive. Furioso, o castelão o fustigou com o chicote e o cavalo, sobressaltado, pulou para diante. A lama em que seus cascos afundavam dificultava-lhe o passo.

— Só me faltava este maldito desvio! — bufou Bonizzo, exasperado. — Se eu tivesse vindo ontem, agora já estaria no castelo!

Quando partira, uma hora antes, o pregoeiro da comuna percorria as ruas da cidade, avisando a todos que não a deixassem, a não ser em caso de extrema gravidade. Parecia que a água já inundara o caminho para Milão e havia o temor de que o nível do rio subisse ainda mais. Bonizzo não lhe deu ouvidos: fossem quais fossem as condições da estrada, devia retornar ao castelo. Na realidade, o que o apavorava não era tanto a fúria do rio: no fundo, a estrutura da construção era sólida, e o solar ficava sobre aquele aterro que, embora pouco elevado, seria mais que suficiente para deter o avanço da água. O que o preocupava, isto sim, era o possível comportamento dos habitantes da propriedade em semelhante situação. Quem lhe assegurava que eles não se valeriam da confusão para roubar armas, móveis e provisões? E sua mãe? Ele bem sabia o quanto Giacoma a odiava: e se aquela maldita serva decidisse aproveitar a oportunidade de sua ausência para matá-la? Naquela barafunda, ninguém perceberia...

Tinha saído de Lodi e contornado as muralhas, dirigindo-se ao palude de Selvagreca. Ali, semiescondida pela vegetação densa, estendia-se uma trilha estreita que, após cerca de meia milha, confluía para a via principal. Estava seguro de não correr nenhum perigo: separando o palude do curso do Adda havia a colina sobre a qual se erguia a cidade, e a altura frearia a inundação.

Agora, enquanto o cavalo seguia penosamente ao longo do declive que levava às margens do palude, deu-se conta de que já não conseguia distinguir o pequeno paredão do qual partia a trilha.

— Mas onde foi parar, por todos os diabos? Não pode ter desaparecido! — explodiu, raivoso.

Parou o cavalo e desmontou. Suas botas afundaram até as panturrilhas na lama, viscosa e enegrecida. Liberou-as com dificuldade, uma após a outra, e, em equilíbrio precário, deu dois passos, pestanejando entre as folhas do arbusto de amieiro que estava à sua frente. A trilha não aparecia.

Atrás dele, o cavalo bufou.

Avançou mais. Contornado o arbusto, seus pés já não encontraram apoio e afundaram. Aturdido, ele se deu conta de estar rodeado de água: por um momento longo demais, permaneceu fitando a superfície dela, cada vez mais próxima. Quando aquela massa líquida lhe alcançou os ombros, percebeu que havia deslizado para dentro de um dos numerosos sumidouros do palude. Aterrorizado, começou a gritar. Contorceu-se, estendeu as mãos para os ramos do amieiro, engoliu água e cuspiu-a, estertorando: por um instante, achou que havia conseguido retrair o corpo até a borda. Esticou as pernas ao máximo, para apoiar-se sobre o terreno submerso da margem, mas seus pés encontraram uma massa maleável que os envolveu. Tentou liberá-los, mas percebeu com horror que eles tinham se tornado inertes, como se contidos pelas mãos de um gigante. Debateu-se ainda mais: a cada torção do busto, seu corpo era arrastado para o fundo.

Recomeçou a gritar, e o eco de sua voz ribombou entre as árvores. O último berro se rompeu de repente, sufocado pela lama que o engasgava.

Quando sua cabeça desapareceu à flor d'água, a superfície do palude gorgolejou, vibrou, formou círculos concêntricos. Depois se aquietou.

66

Castelo de San Martino

Encolhida contra a parede do nicho que se abria ao lado do salão nobre, Bernarda começava a sentir os pés entorpecidos. Estava ali havia muito tempo, e aquela posição incômoda lhe fazia doerem os joelhos: tentou distender a articulação, mas o espaço era muito restrito para lhe permitir mover-se. Conteve um suspiro: devia esperar mais. Quando, pouco antes, avançara a cabeça para fora e não vira mais ninguém circulando pelo vestíbulo, acreditara poder sair dali: já estava para esgueirar-se do esconderijo quando outros soldados entraram no reduto. Traziam pela brida uns vinte cavalos e, para seu grande espanto, conduziam-nos pela sala: fecharam os animais ali dentro e depois subiram para as torres, sem perceber sua presença.

Agora que o rumor dos passos pesados deles se afastara, ela espiou de novo o corredor: finalmente estava deserto.

Apoiada nos calcanhares, contraiu os dedos dos pés para fazer passar a dormência: quando lhe pareceu estar bastante firme sobre as pernas, apertou a veste ao peito e deu um passo para fora do nicho. Olhou ao redor, cautelosa, atravessou o vestíbulo e se deteve atrás do portal: o pátio parecia vazio. Saiu.

Giacoma recuperou os sentidos. Apertando os dentes, impeliu-se sobre o cotovelo direito, firmou-se sobre o pavimento e levantou-se. A dor no ombro era insuportável. Uma repentina onda de náusea a obrigou a se apoiar na parede: parecia que o quarto inteiro girava ao seu redor. Respirou fundo algumas vezes, e as paredes pararam de rodar. Aproximou-se da porta, abriu-a e perscrutou o corredor: a velha não estava. O rangido dos degraus de madeira da escada lhe sugeriu que alguém estava descendo. Vacilando sobre as pernas, seguiu o eco daquele rumor.

— Que diabo estamos procurando? — perguntou o mestre, irritado, enquanto seguia Gualdo rumo ao depósito.

As botas deles chapinhavam na água: a parte mais baixa do pátio estava alagada, sinal de que o desnível do fosso já fora preenchido.

— Um barco, estamos procurando um barco. Tenho certeza de que há um, em algum lugar.

— Um barco? Mas...

— Não faça perguntas inúteis! — explodiu Gualdo, sem se voltar. — Temos de andar depressa! Veja — acrescentou, apontando o depósito —, deixaram a porta escancarada, em vez de escorá-la com os sacos de grãos! Que raça de idiotas!

Estavam para entrar quando ouviram um baque, como se algo muito pesado tivesse caído na água.

— Será que alguém teve a mesma ideia que eu? — disse Gualdo, baixinho. Com um aceno, mandou Matthew parar.

Esconderam-se atrás do batente, à escuta. Do interior do local vieram grunhidos, seguidos por uma torrente de imprecações.

Depois de um momento, que a ambos pareceu longuíssimo, a figura espigada do inquisidor apareceu à soleira. Com as mangas do hábito pingando água, o frade se curvou contra o umbral. Estava de costas e os dois homens não podiam ver-lhe o rosto, mas, a julgar pelo tremor que lhe sacudia o corpo magro, parecia ter exaurido todas as suas forças. Recuperou o fôlego, endireitou-se e subiu o leve aclive sobre o qual ficavam o palácio e a capela: ali, a água ainda não tinha chegado.

— Vá espiar o que aquele bastardo vai fazer, e depois entre aqui também — sussurrou Gualdo ao mestre. — Temos de ser dois, para arrastar o barco até o lado de fora.

Saindo de trás da porta, entrou no depósito. Matthew se afastou da parede contra a qual estava encolhido e encostou os olhos à fissura do batente. O frade havia parado diante do reduto: depois de espiar para dentro do portal, dirigiu-se à capela.

O mestre esperou por alguns instantes, deslizou para fora do seu esconderijo e, forçando os olhos na penumbra, alcançou Gualdo. O homem estava envolvendo em torno do cotovelo o cabo de um barco.

— É pequeno — ofegou, com a voz enrouquecida pelo esforço —, mas é pesado: ajude-me, talvez nós dois consigamos arrastá-lo até a porta. Onde está o frade?

— Entrou na capela.

— Bom, se ele voltar, nós o ouviremos chegar. Força! Eu puxo o cabo e o senhor empurra a popa.

Juntos, firmaram os pés na lama e fizeram força. O barco raspou o chão lodoso com a quilha e oscilou, mas depois começou a se mover.

Giacoma se deixou cair sobre o último degrau e o contragolpe nas nádegas a fez gritar de dor: parecia-lhe ter um furador espetado entre o pescoço e o ombro, e já não conseguia sequer girar a cabeça. Apoiou-a à parede, tremendo. Afinal, por que havia descido, em vez de ficar no quarto da velha? O que lhe importava onde esta fora parar? Que fosse para o inferno, aquela puta! Mas quem iria para o inferno era ela, e bem depressa: tinha certeza de que não conseguiria subir de volta, as pernas não conseguiriam sustentá-la. Morreria ali, e a corrente do rio iria arrastá-la, como o cadáver de um animal.

Começou a chorar.

O que era aquela sombra que ele havia entrevisto deslizar para fora da reentrância da parede, ao lado do palácio? Mas não, talvez tivesse tido uma alucinação, talvez o esforço feito na tentativa de deslocar aquele maldito barco lhe tivesse turvado a vista. O frade pestanejou, para enxergar melhor: não, ali não havia ninguém, a porta da capela estava aberta e...

A porta da capela.

Aberta.

Um calafrio o sacudiu. Quando ele atravessara o pátio em direção ao depósito, estava fechada, tinha certeza. Haveria alguém lá dentro? Seria Bonizzo? E se, em vez de ir para Lodi, ele tivesse ficado escondido a noite inteira em algum cantinho do castelo? E se, agora que todos haviam fugido para os andares mais altos, estivesse refugiado ali, para ocultar pela enésima vez o manuscrito?

O frade avançou decidido para o oratório.

A seda dos chinelos estava úmida e lhe esfregava dolorosamente a pele. Bernarda descalçou-os e os largou no chão. A luz que se filtrava pela monófora da abside era pouca, mas suficiente para lhe permitir orientar-se. Apoiando com cautela os pés nus sobre o pavimento áspero, alcançou uma das colunetas que, encaixadas na parede semicircular da abside, ladeavam o altar. Começando de baixo, correu os dedos ao longo dos blocos de pedra: não recordava muito bem a posição, mas tinha certeza de que a fissura era naquela pilastra. Seis anos antes, ao consertarem a parede posterior da capela, danificada pelo terremoto, os pedreiros haviam relaxado em preencher com argamassa o espaço que se criara entre uma pedra e outra. Bonizzo só havia percebido depois que eles se foram, e não tomara mais providências. Bernarda estava certa de que aquele seria o lugar perfeito para esconder alguma coisa: ali, ninguém jamais iria procurar.

“Mas onde diabos é esta bendita fenda?”, pensou, irritada. No entanto, quando os círios estão acesos, vê-se muito bem... Mas estavam apagados, e a claridade fraca que provinha da monófora caía sobre o altar, deixando na sombra as colunas.

Resfolegou. Ergueu-se na ponta dos pés, esticou a mão mais para o alto e tateou de novo, distendendo os músculos da coluna. Finalmente, seus dedos entraram numa cavidade irregular.

— Aí está! — exclamou, ofegando.

— Aí está o quê?

Uma voz imperiosa ribombou entre as paredes da capela e a golpeou como uma chicotada. Retirou a mão às pressas, voltou-se e por um longo instante cambaleou, quase perdendo o equilíbrio. Apoiou-se à coluna e, de olhos arregalados, esquadrinhou a penumbra: uma figura avançava para ela.

— E então, pode-se saber o que a senhora achou? — gritou o inquisidor, aparecendo repentinamente à sua frente.

Bernarda o fitou, confusa: quem era aquele homem? Parecia-lhe já tê-lo visto antes, mas onde? E o que fazia ali na capela, justamente agora? Teria vindo atrás dela?

Dobrada sobre si mesma, recuou um passo.

— Com quem diabos o frade está falando? — perguntou Gualdo, apoiando o cabo sobre a borda da embarcação.

Tão espantado quanto ele, Matthew olhou para a entrada da capela: embora abafada pela espessura das paredes, a voz do inquisidor chegava até os ouvidos de ambos.

— Vamos deixá-lo aqui — disse Gualdo, apontando para o barco —, depois voltaremos para pegá-lo. Quero ver o que está acontecendo lá dentro.

Mantendo-se rentes à parede, os dois homens se aproximaram do oratório e avançaram a cabeça além da porta entreaberta. A luz suave da abside clareava o altar. Encolhida contra a bancada de pedra, Bernarda olhava o inquisidor, que, a poucos passos dela, movia os braços ao longo do fuste de uma coluna: a penumbra que o envolvia não deixava perceber o que ele estava fazendo.

— Maldição, aqui não há nada! Só buracos e crostas de argamassa que cortam as mãos! — urrou o frade. — O que a senhora estava procurando?! O que encontrou, raça de puta, vai me dizer ou não?

Bernarda se encolheu, levantou um braço acima da cabeça, apertou o outro contra o peito e começou a chorar.

Antes que Gualdo pudesse detê-lo, Matthew entrou e se aproximou do inquisidor.

— Esta lhe parece a linguagem digna de um homem de igreja? — exclamou, indignado. — O que o senhor está fazendo a esta pobre velha, não acha que já provocou problemas demais aqui dentro?

O frade girou a cabeça de repente e o fitou. Seus olhos dilatados saltavam das órbitas, e o maxilar contraído lhe distorcia os músculos num esgar demoníaco.

— Saia daqui, mestre de meia-tigela! — sibilou gélido o inquisidor. — O que eu devo dizer à castelã não é coisa que lhe interesse.

— Ah, não? Pois eu creio que sim. O que o senhor quer dela. Não percebe que está confusa, que todo este pandemônio está lhe provocando uma de suas crises? Por acaso quer matá-la de medo?

Os traços do frade se endureceram. A réplica estava prestes a sair violenta de sua boca, quando Bernarda se reergueu e deu um passo incerto na direção do mestre.

— Só ao senhor posso dá-lo, e a mais ninguém — disse, com a voz embargada pelo pranto —, o senhor é o único que pode guardá-lo.

Sob o olhar aturdido dele, a castelã se voltou, pudica, levantou a veste e remexeu entre as pregas dos calções. Depois virou-se, segurando um saquinho de pele fechado desajeitadamente por um laço.

Antes que ela pudesse passá-lo a Matthew, Gualdo surgiu da sombra do pronau e avançou em longas passadas para ela: o capuz abaixado do manto ondulava em torno do seu rosto.

Frei Pietro, que fitava fascinado a trouxinha apertada entre as mãos da velha, viu-o desembocar repentinamente do escuro. Perscrutou-o, e por um instante ficou sem fôlego. Depois deu um passo à frente e lhe espetou no peito o indicador adunco.

— Com que então, o senhor estava em Lodi, hem? — rosnou, enlouquecido de raiva. — Eu devia saber que seus domésticos me mentiram! Lodi, coisa nenhuma, o senhor não saiu do castelo, raça de bastardo! Esperou pacientemente que a confusão atingisse o auge e agora está aqui, pronto para fugir com o manuscrito! E o manuscrito está com ela, como foi que eu não percebi antes? — berrou, virando-se para Bernarda. — Foi a ela que o senhor o confiou, não foi? Quem iria pensar em ir procurá-lo entre as coisas desta doida furiosa? Oh, o senhor foi hábil, não se pode negar: sabia que todos se refugiariam nos andares mais altos do seu miserável solar e convenceu esta velha demente a vir encontrá-lo aqui embaixo, onde estava certo de que ninguém viria...

Em silêncio, Gualdo afastou o capuz do rosto e o deixou cair sobre os ombros.

O inquisidor arregalou os olhos: meu Deus, aquele homem não era Bonizzo! Mas, então, quem diabos era ele, e por que usava o manto do castelão?

Enquanto uma careta zombeteira se desenhava no rosto do desconhecido, o frade deu um passo em direção a ele.

— Não ouse aproximar-se, frei Pietro — ameaçou o outro —, ou vai acabar mal. E o senhor, mestre — acrescentou, sem tirar os olhos do inquisidor —, pegue aquele invólucro: estou muito curioso por saber o que contém.

O frade exibia a expressão de um louco. Parado diante de Gualdo, fitava-o estupefato, como quem não consegue explicar a si mesmo o que está acontecendo.

Em silêncio, Bernarda estendeu as mãos para Matthew: tremiam violentamente, e o invólucro que seguravam caiu sobre o pavimento. Os laços se desataram e do saquinho deslizou para fora um objeto: pelo pouco que se podia distinguir na penumbra, tinha a aparência de um livro.

Um sorriso de triunfo se desenhou na face do inquisidor: veloz como um falcão que despenca sobre a presa, este se inclinou para a frente e agarrou o pacote. Fulminante, Gualdo se lançou sobre ele, derrubando-o no chão. O livro escapuliu das mãos do frade e foi parar embaixo do altar.

Bernarda gritou e começou a mover-se, cambaleando. Antes que ela caísse, Matthew segurou-a pelos ombros e manteve-a solidamente contra si.

Com um salto, o frade conseguiu se levantar: vacilou por um instante e depois, apoiando as costas à borda do altar, deu um violento pontapé. O golpe atingiu Gualdo na virilha. Enquanto o homem arquejava de dor, frei Pietro se inclinou, estendeu a mão e pegou o livro. Quando se reergueu, a outra mão segurava uma faca.

— E agora — ofegou ele, brandindo-a diante de si —, saiam daqui. Todos vocês.

Bernarda gemeu, fechou os olhos e se afrouxou contra o corpo do mestre.

Gualdo, que conseguira recuperar o fôlego, deslocou a mão para o cabo do punhal: o tecido pesado do manto escondeu o movimento do seu braço. Lentamente, ele se moveu na direção do inquisidor.

Incrédulo, frei Pietro o viu avançar. Apertando ao peito o manuscrito, permaneceu imóvel. Enquanto ele contraía os dedos sobre o cabo da faca, pronto a atacar, um rumor estranho ecoou na capela.

De início surdo, em poucos instantes cresceu de intensidade, como quando, por detrás da crista de uma colina, o trovão anuncia a chegada do temporal longínquo.

O rumor aumentou.

O pavimento vibrou e um outro som, ainda mais pavoroso, abalou as paredes do oratório. Era uma espécie de ronco, desta vez mais próximo: em poucos instantes, transformou-se num fragor, como o de milhares de seixos rolando ladeira abaixo, num desmoronamento.

A claridade fraca que iluminava a capela se sombreou: uma violenta onda de água atravessou a monófora e se abateu sobre o interior. Por um momento que pareceu durar um século, a abside tremeu. A parede gemeu e crepitou: depois, com um estrépito horrendo, uma parte da estrutura cedeu. As pedras se soltaram e desabaram no chão, criando uma enorme abertura na parede.

A avalanche de água que despencou por ali atingiu Bernarda em cheio, arrancando-a dos braços do mestre. Na tentativa de pegá-la de novo, Matthew caiu para a frente: por um instante, o líquido lodoso no qual ele afundou o rosto o sufocou. Levantou-se tossindo e, às apalpadelas, procurou alcançar a velha, mas seus pés não se firmavam no pavimento, já submergido por mais de dois braços de água.

Chamou-a, mas Bernarda não respondeu.

A água se tornara uma corrente: da abside desabada derramava-se veloz rumo ao pronau e escorria para o pátio. Tentando não ser derrubado e manter-se em equilíbrio, Matthew se arrastou alguns passos para a frente, impedido nos movimentos pelas botas e pelas roupas encharcadas. Ignorando as ondas que, em rápida sucessão, ficavam cada vez mais altas, dirigiu-se à outra extremidade do oratório. Tinha quase chegado à porta quando um berro, tão agudo que sobrepujou o bramido da corrente, lacerou o ar. Virou-se, cambaleando: pela brecha na parede, uma luz, pálida mas suficiente para distinguir a sombra da escuridão, clareava o que restava da capela.

O corpo de frei Pietro estava caído de costas sobre o altar. A cabeça tombava além da borda, enquanto os braços pendiam à flor d'água. Imóvel, com as pernas abertas sobre ele, Gualdo ainda brandia o punhal com a direita: a esquerda apertava o manuscrito.

Matthew o fitou, horrorizado. Como se tivesse sentido aquele olhar pressionar-lhe a nuca, o homem se voltou. Encarou-o e, lentamente, soergueu a mão que segurava o livro. Embora a distância e a luz tênue não lhe permitissem enxergar bem, Matthew acreditou perceber um sorriso no rosto dele.

— O que o senhor fez? — gritou.

Sua voz se perdeu no borbulhar da corrente. Ancorando-se com a mão na ombreira da porta, o mestre gritou de novo: sem dar sinal de tê-lo ouvido, Gualdo repôs o punhal na bainha, desceu do altar com um salto e, avançando com dificuldade, dirigiu-se para ele.

Estava prestes a alcançá-lo quando de repente a água subiu de novo. Uma onda, tão alta quanto um homem, despencou entre as paredes laterais da capela, inflou-se e, precipitando-se no pronau, quebrou-se espumando sobre o corpo de Gualdo. O homem caiu, levantou-se, tentou erguer acima da água a mão que segurava o manuscrito, tropeçou e caiu de novo para a frente, desaparecendo sob a superfície. A fúria da onda arrancou Matthew da porta. O mestre deslizou para trás, indo parar embaixo d'água.

Tentou emergir, mas não conseguiu: o peso das botas o afundava. Prendendo a respiração, deixou-se arrastar. Quase já não tinha ar nos pulmões quando a corrente o fez bater violentamente numa superfície rígida. Uma das botas se soltou. Com um impulso desesperado, ele ergueu a cabeça e agitou os braços para não afundar de novo; ali, à sua frente, balançava-se o barco. Agarrou-se à lateral e escancarou a boca, em busca de ar: segurando-se à madeira com uma das mãos, com a outra descalçou a segunda bota e, com um esforço enorme, içou-se para dentro da embarcação.

Ali se deixou cair, exausto. Com a cabeça metida entre os ombros, permaneceu imóvel por alguns momentos, recuperando o fôlego, e depois olhou ao redor. A água do rio havia recoberto todo o pátio, e a madeira maciça da poterna boiava perto do barco: a força da enchente a removera das dobradiças. A ponte levadiça ainda estava fechada, mas a água entrava aos borbotões pelas raias verticais dos esteios: dali a pouco, abateria também o tabuleiro. A corrente formava pequenos vórtices na entrada do pórtico e já ultrapassara os degraus do reduto, do qual provinham relinchos desesperados.

De repente, um rangido sombrio encheu o ar: horrorizado, Matthew viu o teto da capela desabar, afundando com um estrondo. Outra onda se inflou, alcançou o barco e o balançou perigosamente, girando a proa na direção da poterna.

Nervoso, o mestre tirou os remos dos suportes e começou a impulsionar a embarcação.

Arrancado da mão inerte de Gualdo, o manuscrito surgiu à superfície e, boiando à flor d'água, ultrapassou a brecha da abside, flutuou acima do muro desmoronado do cemitério e deslizou rumo ao rio.

67

Campina milanesa

O barco encalhou com um ruído seco.

Com o contragolpe, o mestre acordou. Abriu os olhos, firmou os cotovelos sobre a madeira do fundo e soergueu o tronco. Lutando contra as vertigens, levantou a cabeça e olhou por cima do costado. A água, não mais profunda que um pé, lambia somente a popa: a proa estava no seco, acomodada sobre uma proeminência do solo.

Com dificuldade, Matthew se endireitou e, apoiando-se a um dos suportes dos remos, transpôs a borda da embarcação. Seus pés descalços pisaram a lama.

O céu ainda estava encoberto, mas as nuvens se moviam velozes rumo ao sul, impelidas por um vento decidido.

Não chovia mais. Ele se perguntou quanto tempo teria passado desde quando, exausto, havia perdido os sentidos. Recordava ter-se deixado cair sobre o fundo do barco, mas depois as lembranças ficavam confusas: a chuva que lhe fustigava a face, a água que chapinhava violenta contra os costados, bramidos distantes que se apagavam no estrondear da corrente... Mais nada.

Olhou para trás. A campina parecia um enorme pântano. Observando melhor, porém, pareceu-lhe que a água se retirava aos poucos: aqui e ali, emergiam trechos de terreno, começava-se a entrever o tronco de algumas árvores.

Cambaleante, encaminhou-se para o aclive que se apresentava diante dele. À medida que subia, as línguas de lama se reduziam, deixando visíveis terra, grama e seixos. Mais para o alto, a vegetação exuberante do sub-bosque não parecia ter sido aflorada pela enchente: ainda que amolecidas pela chuva, as folhas dos arbustos pareciam bem firmes nos ramos.

Embora as asperezas do terreno lhe arranhassem os pés, Matthew continuou a avançar de cabeça baixa, até quando o volumoso tronco de um carvalho barrou-lhe o passo. Estacou, deslizou as mãos pela casca rugosa e desabou no chão. A náusea o atacou, violenta: ele arquejou, fechou os olhos e perdeu de novo a consciência.

No início, o som das vozes chegou indistinto aos seus ouvidos, acompanhado, como lhe pareceu, pelos latidos de um cão.

Levantou as pálpebras. Uma coberta lhe protegia as pernas, as costas se apoiavam em algo duro. Virou a cabeça: era a roda de uma carroça.

Arregalou os olhos. A poucos passos de distância, o filho do rendeiro o encarava, incerto. Pouco adiante, os pais do garoto falavam com Alisa e Simon. Atrás deles, Delfina escutava, atenta.

— Água — gorgolejou, rouco —, estou com sede...

O garoto correu para a carroça. Enquanto ele subia ao assoalho, Alisa se separou do grupo e se aproximou de Matthew.

— Como se sente, mestre? — perguntou, tristonha, debruçando-se.

Antes que ele encontrasse forças para responder, Benedetto desceu da carroça e lhe estendeu um pequeno odre de couro.

Apertando-o entre as mãos trêmulas, Matthew bebeu demoradamente.

— Estou bem — mentiu afinal, sem fôlego.

Tentou levantar-se, mas as pernas cederam de novo. Marchisio correu para segurá-lo.

— O que o senhor pretende fazer? Não percebe que está fraco demais, até mesmo para falar? — admoestou-o, severo. — Pronto, assim está melhor — disse, soerguendo-o de pé.

— Sim, mas eu... O que... — balbuciou Matthew. — Como... como cheguei aqui? Por que vocês...

— Uma mulher que eu nunca tinha visto foi quem o trouxe. Disse que havia um barco no seco e que, um pouco acima, na colina, estava o senhor, deitado embaixo de um carvalho: não entendo como conseguiu arrastá-lo sozinha até aqui, mas evidentemente era mais forte do que parecia. Quisemos que ficasse conosco, pelo menos um pouco, mas ela não quis. Foi embora logo, como se estivesse com muita pressa. Não sei mesmo quem é, parecia alguém do povo: também era bonita, mas com dois olhos amarelos que pareciam os de um lobo. — Marchisio se arrepiou. — Seja como for, o senhor teve muita sorte! Quem sabe como estaria agora, se ela não o encontrasse!

Matthew anuiu.

— Temos um monte de coisas para lhe dizer — continuou Marchisio, apoiando-o delicadamente contra a carroça —, mas haverá tempo. Há somente uma que eu quero saber logo: o que aconteceu no castelo? Foi invadido pela enchente?

Com um nó na garganta, o mestre teve a impressão de estar sufocado.

— Sim — respondeu —, a água chegava de todos os lados, inundou o pátio e a certa altura a parede da capela cedeu e... — engoliu em seco — os que haviam ficado embaixo morreram todos, dos outros não sei nada... Eu... eu consegui entrar no barco, a corrente me arrastou e depois... depois não sei mais.

Começou a tremer.

— Venha, eu o ajudo a subir na carroça — disse o rendeiro, segurando-o por um braço. — Agora, o senhor deve tentar dormir: mais tarde, nós lhe daremos algo para comer e, quando estiver mais forte, conversaremos de novo.

Arrastou-o com todo o peso até o estribo e o ajudou a deitar-se no assoalho, junto a dois grandes sacos de grãos: depois desceu para buscar a coberta. Quando voltou para jogá-la em cima de Matthew, este já adormecera.

68

A fogueira ardia com vivacidade. Savina queria já tê-la acendido muitas horas antes para secar as roupas encharcadas do mestre, mas seu marido havia sido categórico. "Enquanto soprar este vento forte", disse, "não podemos acender nada: você não vai querer que alguma fagulha voe e incendeie o bosque, vai?"

Com o cair da noite, o vento amainou: só então Benedetto ateou fogo à lenha e, sobre um rudimentar tripé feito com galhos robustos, encontrados ali perto, estendeu a túnica, a camisa e os calções de Matthew. Marchisio emprestou ao mestre um par dos seus, junto com um colete e um velho tabardo de fustão. Em vez de botas, deu-lhe tamancos: eram muito grandes, mas a madeira bem alisada lhe protegia as plantas esfoladas dos pés.

Agora, sentado com os outros diante da fogueira, Matthew escutava Simon, que lhe contava como tinham conseguido libertar Alisa. Sua mente retornou a outra noite e a outra fogueira de muitos anos antes: também daquela vez, alguém o havia socorrido e escutado, além de lhe oferecer a própria amizade e o próprio apoio.

— Mestre...?

A voz atenuada do jovem tirou-o dos seus pensamentos. A um palmo do seu rosto, Simon o fitava.

— E Gualdo? — perguntou baixinho, para que ninguém o escutasse. — Por que não está aqui com o senhor?

Matthew fechou os olhos.

— Creio que morreu — sussurrou. — Tinha descido comigo aos depósitos para buscarmos um barco, e quando apareceu aquela onda gigantesca ele também desapareceu embaixo d'água e não reemergiu. Depois, quando tudo desabou, fui arrastado pela corrente. Não o vi mais.

Não era toda a verdade, mas era a única mentira que se aproximava dela, ao menos um pouco. Desde quando, horas antes, explicara o acontecido, ele esperava essa pergunta: a todos, contou que Bernarda e o inquisidor haviam morrido afogados, mas sobre Gualdo, de cuja presença no castelo somente Simon e Delfina tinham conhecimento, não disse palavra. Também decidiu que nunca revelaria quem tinha roubado o tratado: para todos, seria difícil acreditar que somente a loucura inspirara a ação celerada de Bernarda. O insano comportamento da velha desencadeara uma série de efeitos que, concatenados entre si, haviam gerado outros, causando desastres e semeando morte: aquela mulher sem dúvida não merecia piedade, mas era tarde demais para denunciar seu crime, seguramente cometido de modo inconsciente. Talvez, escutando às escondidas as conversas entre Bonizzo e o negociante, ela tivesse acreditado que aquele manuscrito do qual ouvia falar também era seu e lhe fora subtraído sabe-se lá quando. Matthew não conseguia encontrar outro motivo para o furto: o que censurava em si mesmo, em contraposição, era a falta de perspicácia demonstrada por ocasião de sua visita ao quarto da velha. Quando Bernarda lhe mostrara seus volumes preciosos, ele devia ter compreendido de imediato que naquela mente enferma se criara alguma ligação bizarra entre presente e passado. Agora, ao relembrar tudo, considerou que ele havia sido o único a ter tido a oportunidade de suspeitar: não o fizera, e agora o manuscrito fora engolido pelo rio.

Simon silenciava, fitando as chamas, absorto. Pouco depois, virou-se de novo para Matthew.

— E agora?

— Agora, você está livre — replicou o mestre, com amargura. — Poucos sabem de sua presença aqui, por enquanto ninguém virá procurá-lo e, se andar depressa, poderá retornar à França. Desde que queira ir sozinho — acrescentou, olhando de esguelha para Alisa, sentada do outro lado da fogueira.

— Não, ela também vai. Decidiu que, quando chegarmos a Aix, escreverá uma carta a Bonizzo informando que renuncia a qualquer exigência patrimonial e o deixa senhor de todas as propriedades, incluindo o castelo.

Os olhos de Matthew encontraram os de Alisa, trepidantes. Ele sorriu para a jovem.

— Delfina nos acompanhará — prosseguiu Simon. — Tentamos dissuadi-la, explicando que a viagem será longa e difícil, mas ela não quis ouvir argumentos: disse que prefere morrer em cima do cavalo a nos deixar ir sozinhos! Mas talvez seja melhor assim, aquela mulher é quase uma mãe para Alisa...

"Talvez melhor do que aquela que a gerou", gostaria de dizer o mestre.

— Vocês devem ir logo — exortou, em vez disso. — Assim que a estrada estiver transitável, os raptores voltarão para procurar a castelã e, ao encontrarem o cadáver do guarda e o palheiro vazio, compreenderão que ela foi libertada por alguém: mesmo que não pensem em vocês, será mais prudente que estejam longe daqui.

Simon assentiu, pensativo.

— E o senhor? O que vai fazer? — perguntou.

— Irei para Milão, a fim de montar uma escola de gramática: será destinada a famílias que não podem permitir-se um preceptor privado. É um compromisso que assumi com o preboste de uma ordem de penitentes: eu devia ter escrito a ele para confirmar minhas intenções, mas o que aconteceu no castelo me impediu.

— E...

Simon hesitou.

— E tudo o que sucedeu aqui não terá influências nefastas sobre seu projeto? Quando as autoridades souberem da morte do inquisidor... Quero dizer, eles sabem que o senhor também estava em San Martino, não? Será que não vão impedi-lo de...

O mestre suspirou.

— Espero que não: seja como for, não tenho nada a esconder e, se me interrogarem, direi o que sei. Uma vez obtido meu testemunho, é a Bonizzo que deverão ir pedir explicações: talvez enviem algum outro para procurar o manuscrito no palácio dele em Lodi, mas, francamente, creio que não o farão porque se arriscariam a atiçar um novo vespeiro. Que interesse teriam em tornar pública a história do tratado, depois de tentarem mantê-la secreta por todo este tempo? Além do mais, considerando que serão necessários meses para consertar os danos provocados pela inundação, creio que podestade e arcebispo terão outras questões a resolver, bem mais urgentes do que essa. Serão obrigados a conformar-se e a aceitar o fracasso de toda a operação. Aposto que, depois de um tal malogro, até o papa renunciará às suas buscas, limitando-se a exacerbar as invectivas contra o imperador.

O fogo começava a se apagar. Marchisio, que até aquele momento ficara sentado, conversando com Savina, levantou-se e acrescentou mais lenha. Depois se aproximou do mestre.

— Partiremos antes do amanhecer — avisou —, para chegar aos arredores de Melegnano antes que o sol nasça. Depois nos separaremos: nós tomaremos a estrada para Cassano e o senhor prosseguirá para Milão.

— Para onde vão? — perguntou o mestre.

— Para Vignate: lá existe uma granja fortificada que pertence a um parente distante de Bonizzo. Alisa me deu uma carta de referências para apresentar a ele: a granja é grande, e espero que haja trabalho para nós. Eu e meu filho temos braços fortes e estamos dispostos a fazer qualquer coisa para sobreviver. Por enquanto, será o bastante. Mais tarde, talvez eu saia em busca de outra gleba para cultivar. Afinal, ainda existem muitos patrões que precisam de um feitor...

As rugas de preocupação que sulcavam a testa de Marchisio desmentiam a aparente calma com que ele pronunciara estas últimas palavras. Matthew pousou a mão no braço dele.

— O senhor é um bom homem — disse —, verá que tudo vai correr bem.

O rendeiro baixou os olhos e fitou longamente a ponta das próprias botas. Depois voltou-se e se afastou.

Matthew foi tirar suas roupas do tripé: ainda estavam úmidas. Dobrou-as, colocou-as no braço e se encaminhou para a carroça.

69

Milão

A luz suave do crepúsculo acariciava as muralhas da cidade. O sol, que havia acompanhado a viagem deles desde o alvorecer, havia baixado, mas o céu ainda conservava alguns reflexos avermelhados.

Matthew se deteve para observar o fosso. A água que o enchia estava calma, mas ainda alta: as ondas, lentas e lodosas, lambiam a parte inferior do tabuleiro da ponte, sobre a qual transitavam uns dez soldados a cavalo. Atrás deles, uma coluna de cidadãos a pé, carregados de pás e gadanhos, precedia duas carroças vazias, puxadas por bois. O estrépito dos tamancos e o rangido das rodas eram ensurdecedores.

O mestre imaginou que toda aquela gente estava indo consertar alguma construção avariada pela fúria da inundação, talvez um moinho. Embora a estrada de Melegnano a Milão estivesse transitável, só em parte atingida pela violência da água, provavelmente um pouco mais a leste, onde o Lambro cortava a campina, a devastação havia sido maior.

Virou-se na sela para olhar a estrada atrás de si: os cavalos de Alisa e Simon já tinham entrado no caminho que margeava o fosso, e o animal montado por Delfina os seguia a pouca distância. Quando o jovem lhe perguntara onde seria melhor passar a noite, antes da partida rumo à França, ele lhe aconselhara uma hospedaria vizinha à Poterna dos Ferreiros. "É pouco mais que um casebre", explicou, "mas tem a vantagem de ficar fora das muralhas. Creio que, para vocês, será melhor não entrar na cidade", continuou, "se não quiserem que algum guarda zeloso demais lhes pergunte quem são e de onde vêm. Depois da poterna, continuando a cavalgar ao longo do fosso, estarão justamente no início da estrada que querem percorrer, aquela que leva a Vercelli e Turim." De fato, Simon havia decidido tomar a passagem de Mont Cenis e prosseguir dali rumo ao vale do Durance, a via mais segura para chegar à Provença.

Ao se despedirem, Alisa chorava. Abraçou Matthew e prometeu que lhe mandaria notícias. "Deixamos Cícero no meio", disse, sorrindo entre as lágrimas, "e não quero terminar de estudá-lo com outro mestre!" Simon também o abraçou e, depois de agradecer, convidou-o para ir à França. "Quando o senhor for a Aix, eu lhe pintarei uns pergaminhos: só precisará me indicar o tema", afirmou com decisão. Enquanto os dois jovens diziam adeus, Delfina se mantivera à parte: segurando Cátula, que se debatia em seus braços, olhara para ele, incerta. Foi Matthew quem se aproximou. "Cuide de si", disse, pousando-lhe as mãos nos ombros, "e também de Alisa: ela ainda precisa de sua ama, a senhora sabe, não?" Com os olhos úmidos, a mulher assentiu, sem conseguir falar.

Agora a ponte estava livre. Matthew esporeou o cavalo e entrou em Milão.

70

Apúlia
Castel del Monte, agosto de 1249

"... portanto, o local onde devem crescer os pequenos falcões deve ficar em campo aberto, longe de zonas arborizadas ou de bosques, numa torre ou na parte alta de uma edificação isolada..."

Mantendo a pena de ganso firme entre os dedos, Frederico ergueu da folha o olhar: uma gota de tinta caiu sobre o trapo dobrado ao lado do tinteiro.

Depositou o estilo sobre a escrivaninha, apagou a lamparina a óleo e levantou-se. A grande bífora oriental começava a ser clareada pela luz rosada do amanhecer.

Em longos passos, o imperador atravessou a sala, subiu os quatro degraus fronteiros à janela e, apoiado no balcão de pedra escavado ao longo do vão, deixou vagar o olhar sobre a campina.

A luz estava mudando depressa: o violeta que delineava o horizonte começava a dissolver-se no laranja borrado do sol nascente.

Aflorando com as mãos o peitoril da bífora, Frederico esperou que o astro se erguesse completamente para além daquele longínquo limite visível.

— Nasça, afinal — disse, fitando-o temerário —, e ilumine o imperador, único verdadeiro sol de justiça, nutridor de gentes e defensor de paz.

Ali permaneceu, imóvel, até que seus olhos enfrentaram a luz, cada vez mais vívida. Depois virou-se, desceu os degraus e voltou à escrivaninha. Sentou-se, retomou a pena de ganso, mergulhou-a no tinteiro e recomeçou a escrever.

Nota da autora

A obra que estimulou a invenção literária deste romance tem como título *De arte venandi cum avibus* (A arte de caçar com o falcão). Do manuscrito original existem duas cópias: uma, em dois livros, é conservada na Universidade de Bolonha; a outra, em seis, está na Biblioteca Apostólica Vaticana. Ambas são guarnecidas por refinadas iluminuras que, acrescidas ao valor histórico do texto, fazem delas um testemunho precioso sobre a cultura medieval. Sem me estender sobre as complexas e contraditórias teorias sobre a efetiva paternidade desse tratado (para aprofundá-las, aconselho ler o insubstituível volume coordenado por Anna Laura Trombetti Budriesi para a editora Laterza), aqui me limitarei a sublinhar como alguns historiadores relatam que um manuscrito sobre esse mesmo assunto foi roubado do acampamento imperial em 1248, e como sua sorte subsequente está ligada a um negociante milanês, um certo Guglielmo Bottazio, que em 1264 tentou revendê-lo a Carlo d'Angiò, à época ainda conde de Provença. Com uma circunstanciada carta ao futuro rei da Sicília, o negociante descrevia as deslumbrantes iluminuras que decoravam aquelas páginas, magnificando a eficácia das imagens reproduzidas e a sapiência demonstrada ao ilustrar as virtudes necessárias ao bom falcoeiro.

Ignorando as discussões que durante anos envolveram os estudiosos sobre a real origem do manuscrito, bastará mencionar aqui a temática fundamental que fez dele um tema de interesse filosófico-científico: como o leitor terá intuído no decorrer da narrativa, o tom declaradamente naturalista da exposição não podia deixar de perturbar o já precário equilíbrio político da época. Num período em que o papa era considerado o único depositário de um saber transmitido diretamente por Deus, um imperador que ousasse dissertar sobre ciências, fossem estas médicas ou matemáticas ou, como neste caso, requintadamente naturais, era seguramente mal tolerado pelas hierarquias eclesiásticas, na medida em que percebido como arrogante opositor das verdades reveladas pela Igreja. Se a isso acrescentarmos que a prática da caça com falcão, prerrogativa de reis e aristocratas de alta linhagem, era identificada com a gestão de um poder prazeroso, mundano e frequentemente impregnado de valores paganizantes, podemos intuir o quanto a possível difusão de um manuscrito de tal feitura podia irritar a nutrida fileira de teólogos a serviço do pontífice.

E justamente ao imaginar as disputas às quais a divulgação dos temas contidos em semelhante "livro proibido" poderia conduzir foi que tive a ideia deste romance. Apesar da ausência de qualquer registro histórico sobre um suposto confronto entre papa e imperador em relação ao manuscrito, creio que a invenção literária sobre a qual a trama se apoia poderia não se distanciar muito da realidade. De fato, o conflito entre ciência e fé marcou a história do pensamento ocidental durante séculos; e até hoje, mesmo decorridos quase oitocentos anos desde aquele longínquo 1249, vemo-nos assistindo aos confrontos entre uma Igreja que faz da ética religiosa uma bandeira e um Estado que padece para defender seu pensamento laico.

Desejo esclarecer que nem a família dos San Martino nem um castelo deles existiram nos arredores de Lodi. É verdade, porém, que muitos aristocratas dessa cidade mantinham propriedades no condado circundante e que a gestão de granjas e glebas era confiada a rendeiros.

Os personagens principais do romance são fruto de invenção narrativa: em contraposição, as figuras pertencentes à realidade são o imperador Frederico II, o papa Inocêncio IV, o cardeal Hugues de Saint Cher, o arcebispo Leone de Perego, o vicário Ventura de Niguarda, Ezzelino de Romano, o astrólogo Paulo de Bagdá e o podestade Sopramonte de Lupi.

Agradecimentos

Como sempre, são muitas as pessoas a quem devo agradecer. Franco Rindone, vice-diretor-geral da Província de Lodi, que me ajudou generosamente a reconstituir os fatos e a urbanística da antiga Lodi, disponibilizando-me mapas, cartografia aérea e textos históricos. Ao lado dele, agradeço também a Angelo Stroppa e Maurizio Pozzi, dirigentes da Província de Lodi, e a Claudio Gazzola, responsável pela assessoria de imprensa da comuna de Lodi, que contribuíram para reforçar meus conhecimentos sobre a história da cidade e de seus arredores. Anna Laura Trombetti Budriesi, professora efetiva de História Medieval na Universidade de Bolonha e principal especialista italiana na obra *De arte venandi cum avibus*, que esclareceu minhas incertezas quanto à efetiva paternidade do manuscrito. Vittorio Bergnach, secretário do monsenhor Gianfranco Ravasi, que me permitiu consultar o *Guicennas*, antigo e raríssimo códice sobre falcoaria, conservado na Biblioteca Ambrosiana de Milão. Beppe Conti, diretor do Centro Studi della Val Ceno, que várias vezes me forneceu material de estudo sobre castelos e fortificações medievais. Maurizio Calì, responsável pelos eventos da Associazione Italia Medievale, que me brindou com trechos de filmes de documentação histórica. Dom Luigi Testore, pároco da Igreja de San Marco em Milão, que me informou sobre as origens conventuais do templo. Vittorio Campana, da Libreria Palazzo Roberti de Bassano del Grappa, e Grazia Finco, que me concederam o privilégio de admirar o afresco fredericano do Palazzo Finco. Mauro Cervia, grande veterinário e querido amigo, que me explicou as modalidades de contágio da raiva e sua sintomatologia no ser humano. Gianni di Marco, que dissipou minhas dúvidas de habitante metropolitana sobre o tempo de maturação das amoras.

Quanto àqueles que me estiveram próximos durante a redação do romance, agradeço a Stefano Magagnoli, editor da Rizzoli, pelo apreço que continua a demonstrar por mim e pelas sugestões, frequentemente incisivas, que me presenteou. Sou reconhecida também a Daniela e Luigi Bernabò, meus agentes literários: seu profissionalismo, os conselhos, o encorajamento e algumas merecidas admoestações foram preciosos para o bom êxito deste trabalho. Ao meu marido Giulio, devo a máxima gratidão: seu amor incondicional e sua paciência me deram a força para superar muitos momentos difíceis, inclusive pessoais. Obrigada também à minha filha Elisabetta, que soube captar alguns trechos imperfeitos do original, permitindo-me aperfeiçoar a trama.

Por fim, um agradecimento, de coração, aos muitíssimos leitores que, romance após romance, continuam a me acompanhar: espero não decepcioná-los, nem mesmo desta vez.

Este livro foi composto na tipologia Electra LH Regular, em corpo 11/16, e impresso em papel off-white 80g/m² no Sistema Cameron da Divisão Gráfica da Distribuidora Record.